Lindsey Davis

DREI HÄNDE IM BRUNNEN

Roman

Aus dem Englischen
von Susanne Aeckerle

Knaur

Originaltitel: Three Hands in the Fountain
Originalverlag: Century/Random House, London

Besuchen Sie uns im Internet:
www.droemer-weltbild.de

Die Folie des Schutzumschlags sowie die Einschweißfolie
sind PE-Folien und biologisch abbaubar.
Dieses Buch wurde auf chlor- und säurefreiem
Papier gedruckt.

Umschlaggestaltung: Agentur Zero, München
Umschlagabbildung: AKG, Berlin
Satz: Ventura Publisher im Verlag
Druck und Bindung: Bercker, Kevelaer
Printed in Germany
ISBN 3-426-66069-5

2 4 5 3 1

Für Heather und Oliver,
meine wundervolle Agentin und meinen wundervollen Lektor
(die eigentlich jeder eine Widmung verdient hätten),
mit meinem Dank für die ersten zehn
– und auf die nächsten zehn!

DRAMATIS PERSONAE

Freunde und Familie

Julia Junilla Laeitana	ein Baby im Zentrum der Aufmerksamkeit
M. Didius Falco	ein frisch gebackener Vater, der angeblich einen Partner braucht
Helena Justina	seine Partnerin zu Hause und bei der Arbeit, eine frisch gebackene Mutter
Nux	ihre eigene Herrin, aber ein guter Hund
Falcos Mutter	eine Vermieterin, Julias hingebungsvolle Großmama
Anacrites	ihr Untermieter; ein Unruhestifter sondergleichen
L. Petronius Longus	ein Friedensstifter, aber in Schwierigkeiten
Arria Silvia	seine Frau, alles andere als friedlich
D. Camillus Verus	Julias Großvater, ein idealistischer Senator
Julia Justa	Julias *andere* hingebungsvolle Großmama
Camillus Aelianus	der gerne heiraten will
Camillus Justinus	der keine Ahnung zu haben scheint, was er will

Claudia Rufina	deren Vermögen Aelianus heiraten will
Gaius	Falcos Neffe, ein umtriebiger Bursche
Lollius	sein abwesender Vater, der vorübergehend aufgetaucht ist
Marina	eine Bortenmacherin, angeblich
Rubella	harter, aber gerechter Tribun der Vierten Kohorte der Vigiles
Fusculus	treuer (aber hoffnungsvoller) Ersatzmann für Petronius
Martinus	eifersüchtiger, aber versetzter Rivale für Petros Posten
Sergius	dessen Bestrafung seine Opfer fast tötet
Scythax	der Kohortenarzt, der seine Patienten lieber lebend hat

Liebhaber, Inspektoren, Opfer und Verdächtige

Balbina Milvia	der Grund für Petros Schwierigkeiten
Cornella Flaccida	ihre Mutter, positiv schrecklich (und schrecklich positiv)
Florius	Milvias Ehemann, absolut negativ
Anon	ein Registrator für Geburten, alles andere als fröhlich
Silvius & Brixius	Registratoren für die Toten, zwei fröhliche Gesellen
S. Julius Frontinus	ja, *der* Frontinus! – eine geschichtliche Figur

Statius	ein Ingenieur, zu wichtig, um etwas zu wissen oder zu tun
Bolanus	sein Assistent, der es weiß und tut
Cordus	ein Staatssklave, der auf Finderlohn hofft
Caius Cicurrus	ein Kerzenmacher, der seinen Schatz verloren hat
Asinia	seine Frau, offenbar ein gutes Mädchen
Pia	ihre Freundin, eindeutig ein schlechtes Mädchen
Mundus	Pias Liebhaber, der keine Ahnung von Mädchen hat
Rosius Gratus	ein sehr alter Mann, der abseits lebt
Aurelia Maesia	seine Tochter, der das nur recht ist
Damon	ein lahmer Kutscher, der einen flotten Ruf hat
Titus	nein, nicht *der*! – ein Junge vom Land
Thurius	ein mürrischer Bediensteter

Weitere Verdächtige:

250 000 Zuschauer im Circus Maximus
Jeder, der für die Spiele arbeitet
Alle Einwohner von Tibur und Umgebung
Der Mann auf der Straße

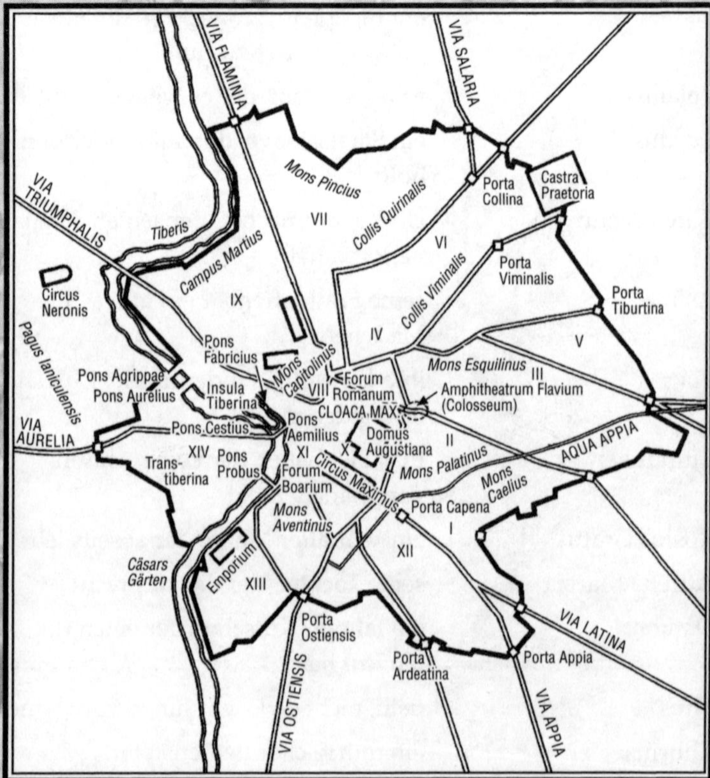

Rom zur Kaiserzeit

Jurisdiktion der Kohorten der Vigiles in Rom:

Koh I	Bezirke VII & VII (Via Lata, Forum Romanum)
Koh II	Bezirke III & V (Isis & Serapis, Esquilin)
Koh III	Bezirke IV & VI (Tempel des Friedens, Alta Semita)
Koh IV	Bezirke XII & XIII (Piscina Publica, Aventin)
Koh V	Bezirke I & II (Porta Capena, Caelimontium)
Koh VI	Bezirke X & XI (Palatin, Circus Maximus)
Koh VII	Bezirke IX & XIV (Circus Flaminius, Transtiberium)

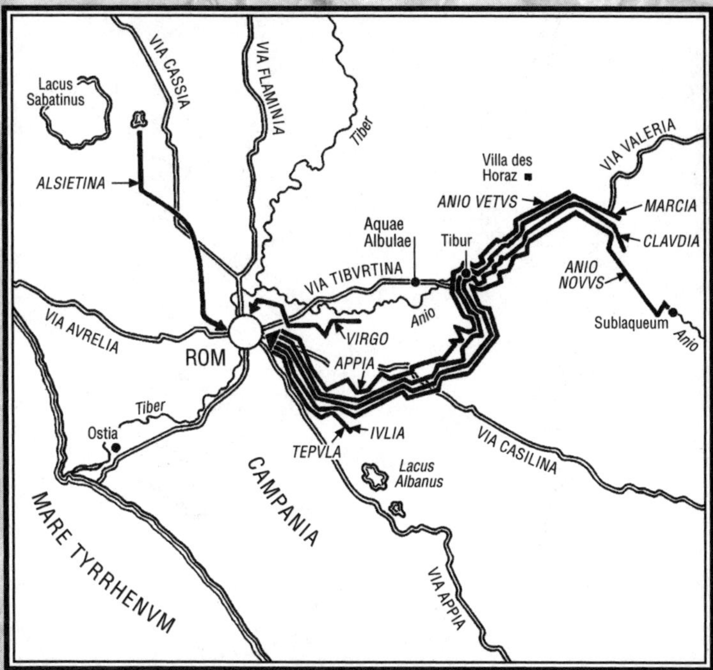

Die römische Campania

ROM:
AUGUST – OKTOBER, 73 n. Chr.

»Kommt [die Wasserleitung] an die Stadtmauer, so soll man ein Wasserschloss errichten und einen aus drei Wasserkästen bestehenden Wasserbehälter … in dem mittleren Kasten sollen Röhrenleitungen so angelegt werden, dass sie zu allen Brunnen führen; aus dem zweiten Wasserkasten sollen Röhrenleitungen zu den Privatbadeanstalten führen, denn so können sie das Wasser [für die Öffentlichkeit] nicht wegnehmen; aus dem dritten Wasserkasten sollen Röhrenleitungen zu den Privathäusern führen, damit die, die privat Wasser in ihre Häuser leiten, jährlich dem Volk ein Wassergeld zahlen.«

Vitruv

»Mit diesen so vielen und so notwendigen Wasserbauten kannst du natürlich vergleichen die überflüssigen Pyramiden oder die übrigen nutzlosen, weithin gerühmten Werke der Griechen!«

Frontinus (Übers. Gerhard Kühne)

»Lass uns was trinken – aber kipp ja kein Wasser rein!«

Petronius Longus von *Falco & Partner*

I

Der Brunnen lief nicht. Was nichts Ungewöhnliches war. Schließlich befanden wir uns hier auf dem Aventin.
Er schien schon eine ganze Weile abgestellt zu sein. Das Auslaufrohr, eine grob geformte Muschel in der Hand einer nackten, aber ziemlich unansehnlichen Nymphe, war mit Taubendreck verkrustet. Das Brunnenbecken war sauberer. Zwei Männer, die sich die Neige einer von der langen Reise durchgerüttelten Amphore spanischen Weins teilten, konnten sich anlehnen, ohne ihre Tuniken zu beschmutzen. Wenn Petronius und ich zu dem Fest zurückschlurfen würden, das in meiner Wohnung im Gange war, würde nichts darauf hindeuten, wo wir gewesen waren.
Ich hatte die Amphore in das leere Becken gelegt, mit der Spitze nach unten, damit wir sie nur zu kippen brauchten, um die Becher zu füllen, mit denen wir uns weggeschlichen hatten. Wir hatten schon ordentlich zugelangt. So betrunken, wie wir bei unserer Rückkehr sein würden, konnte es uns egal sein, was die anderen sagten, außer die Standpauke fiele ungewöhnlich scharf aus. Was gut möglich war, wenn Helena Justina bemerkt hatte, dass ich verschwunden war und sie mit dem Rest der Bagage allein gelassen hatte.
Der Brunnen stand in der Schneidergasse. Wir hatten uns absichtlich ein Stück von meiner Wohnung in der Brunnenpromenade entfernt, damit meine Schwäger uns bei einem Blick auf die Straße nicht entdecken und sich uns aufdrängen würden. Keiner von ihnen war zu dem heutigen Fest eingeladen, aber

sobald sie davon gehört hatten, waren sie wie die Fliegen über uns hergefallen. Sogar Lollius, der Bootsmann, der sonst nie auftauchte, hatte seine hässliche Visage zur Tür hereingestreckt.
Abgesehen davon, dass er in angenehmer Entfernung von meiner Wohnung lag, war der Brunnen in der Schneidergasse ein guter Platz zum Anlehnen und Herzausschütten. Die Brunnenpromenade hatte keinen eigenen Brunnen, genauso wenig wie Schneider in der Schneidergasse ihrem Handwerk nachgingen. Tja, so ist das eben auf dem Aventin.
Ein oder zwei Passanten, die uns in der falschen Straße entdeckten, nahmen an, dass wir über unsere Arbeit sprachen. Sie bedachten uns mit Blicken, die man sonst nur zerquetschten Ratten auf der Landstraße zuwarf. Wir waren beide durchaus bekannt im Dreizehnten Bezirk. Wenige hatten etwas für uns übrig. Manchmal arbeiteten wir zusammen, obwohl die Verbindung des öffentlichen mit dem privaten Sektor eher schwierig war. Ich war Privatermittler und kaiserlicher Agent, gerade zurück von einer Reise in die spanische Provinz Baetica, wofür ich weniger Honorar bekommen hatte als vereinbart, was ich allerdings durch eine raffiniert ausgeklügelte Spesenabrechnung wieder wettgemacht hatte. Petronius Longus lebte von einem festen Gehalt. Er war Ermittlungschef einer Kohorte der Vigiles in diesem Bezirk. Nun ja, für gewöhnlich schon. Nur hatte er mich gerade mit der Eröffnung verblüfft, dass er vom Dienst suspendiert worden war.

Petronius nahm einen kräftigen Schluck Wein und stellte dann seinen Becher vorsichtig auf den Kopf der steinernen Maid, die die Nachbarschaft mit Wasser versorgen sollte. Petro hatte lange Arme, und sie war eine kleine Nymphe, dazu auch noch mit einer leeren Muschel. Petro war ein großer, muskulöser, normalerweise ruhiger und kompetenter Bürger. Jetzt starrte er niedergeschlagen auf die Gasse hinaus.
Ich füllte meinen Becher nach. Das gab mir Zeit, seine Eröff-

nung zu verdauen und zu überlegen, wie ich reagieren sollte. Schließlich sagte ich gar nichts. Auszurufen: Ach du je, alter Freund! oder: Bei Jupiter, mein lieber Lucius, ich kann nicht glauben, was ich da gerade gehört habe!, war zu abgedroschen. Wenn er mir die Geschichte erzählen wollte, dann würde er es tun. Und wenn er es vorzog, sie lieber für sich zu behalten, auch gut. Er war mein bester Freund, und ich würde so tun, als nähme ich es hin.

Ich konnte mich später bei anderen erkundigen. Was auch immer geschehen war, er würde es mir nicht lange verheimlichen können. Ich verdiente mein Geld damit, die pikanteren Einzelheiten von Skandalen herauszufinden.

Die Schneidergasse war typisch für den Aventin. Gesichtslose Mietskasernen erhoben sich über einer dreckigen, einen Karren breiten Gasse, die sich vom Emporium unten am Tiber hier auf der Suche nach dem Tempel der Ceres hinaufschlängelte, nur um sich dann irgendwo auf den steilen Hügeln über dem Pons Probi zu verlieren. Halb nackte Kinder spielten mit Steinchen neben einer fragwürdig aussehenden Pfütze und würden sich jedwedes Fieber zuziehen, das in diesem Sommer in Rom grassierte. Irgendwo über unseren Köpfen dröhnte eine Stimme und erzählte einem schweigenden Zuhörer eine endlose, nichts sagende Geschichte; es hätte mich nicht gewundert, wenn der arme Mensch durchgedreht und zum Hackmesser gegriffen hätte. Wir standen tief im Schatten, waren uns aber der wabernden Augusthitze nur allzu bewusst. Selbst hier klebten uns die Tuniken am Rücken.

»Ich hab übrigens deinen Brief doch noch bekommen.« Petronius näherte sich schwierigen Themen gerne auf verschlungenen, malerischen Pfaden.

»Welchen Brief?«

»In dem du mir schreibst, dass du Vater geworden bist.«

»Was?«

»War drei Monate unterwegs – nicht schlecht.«

Als Helena und ich vor kurzem mit dem Baby aus Tarraconensis zurückgesegelt waren, hatte die Reise nur acht Tage auf See und zwei weitere über Land von Ostia gedauert. »Das ist doch nicht möglich.«

»Du hast ihn an mich im Wachlokal adressiert«, beschwerte sich Petronius. »Die Schreiber haben ihn eine Woche lang untereinander rumgereicht, und als sie beschlossen, ihn mir auszuhändigen, war ich natürlich nicht da.« Er trug mächtig dick auf – ein deutliches Zeichen für seine Anspannung.

»Ich dachte, es wäre sicherer, den Brief an die Vigiles zu schicken. Woher hätte ich wissen sollen, dass man dich vom Dienst suspendiert hat?«, erwiderte ich. Aber er war nicht in der Stimmung für logische Argumente.

Niemand war auf der Straße. Den größten Teil des Nachmittags hatten wir uns hier völlig allein herumgedrückt. Ich hoffte, dass meine Schwestern und ihre Kinder, die Helena und ich zum Mittagessen eingeladen hatten, um ihnen allen gemeinsam unsere neugeborene Tochter vorzuführen, inzwischen gegangen waren. Als Petro und ich uns rausgeschlichen hatten, war davon noch nichts zu merken gewesen. Helena hatte bereits müde ausgesehen. Ich hätte bleiben sollen.

Ihre eigene Familie hatte den Takt besessen, nicht zu erscheinen, hatte uns aber für einen anderen Tag in dieser Woche zum Abendessen eingeladen. Einer ihrer Brüder – der, mit dem ich einigermaßen auskam – hatte die Nachricht gebracht, mit der ihre edlen Eltern höflich unser Angebot ablehnten, einen kalten Imbiss mit meinen vielzähligen Verwandten in unserer winzigen, erst halbwegs möblierten Wohnung zu teilen. Einige von der Bande hatten bereits versucht den illustren Camilli gefälschte Kunstwerke zu verkaufen, die diese sich weder leisten konnten noch haben wollten. Der größte Teil meiner Familie war widerwärtig, und allen mangelte es an Taktgefühl. Man hätte lange suchen müssen, um eine größere Horde lautmäuliger, rechthaberischer, zänkischer Idioten zu finden. Da alle meine Schwestern unter ihrem Stand geheiratet hatten, blieb mir keine Chance, Helenas gesellschaftlich höher stehende Familie zu beeindrucken. Außerdem wollten die Camilli gar nicht beeindruckt werden.

»Du hättest eher schreiben können«, sagte Petronius verdrießlich.

»Keine Zeit. Als ich den Brief schrieb, war ich gerade wie ein Verrückter hunderte von Meilen durch Spanien galoppiert, nur um bei meiner Ankunft zu erfahren, dass Helena große Schwierigkeiten mit der Geburt hatte. Ich dachte, ich würde sie verlieren und das Baby auch. Die Hebamme war irgendwo auf halbem Weg nach Gallien, Helena war völlig erschöpft, und die Mädchen, die mit ihr gereist waren, hatten total die Nerven verloren. Ich hab das Kind selbst auf die Welt geholt – und es wird lange dauern, bis ich darüber hinweg bin!«

Petronius erschauderte. Obwohl auch er ein hingebungsvoller Vater dreier Töchter, war er von Natur aus konservativ und empfindsam. Bei der Geburt ihrer Töchter hatte Arria Silvia ihn weggeschickt, bis das Geschrei vorbei war. Das war seine Vorstellung von Familienleben. Von ihm würde ich keine Anerkennung für meine Heldentat bekommen.

»Und ihr habt sie Julia Junilla genannt. Nach beiden Großmüttern? Falco, du hast es wirklich raus, dir kostenlose Kindermädchen zu sichern.«

»Julia Junilla *Laeitana*«, verbesserte ich.

»Du hast deine Tochter nach einem *Wein* benannt?« Nun schlich sich doch ein bisschen Bewunderung in seine Stimme.

»Das ist der Bezirk, in dem sie geboren wurde«, erklärte ich stolz.

»Du bist doch ein ganz durchtriebenes Bürschchen.« Jetzt war er neidisch. Wir wussten beide, dass Arria Silvia ihm das nie hätte durchgehen lassen.

»Und wo ist Silvia?«, forderte ich ihn heraus.

Petronius atmete langsam und flach und blickte zum Himmel hinauf. Während er nach den Schwalben Ausschau hielt, fragte ich mich, was eigentlich los war. Die Abwesenheit seiner Frau und seiner Kinder von unserem Fest war bestürzend. Unsere

Familien speisten regelmäßig miteinander. Wir hatten sogar gemeinsame Ferien überlebt, obwohl das hart an der Grenze gewesen war.

»Wo ist Silvia?«, sinnierte Petro, als würde die Frage auch ihn interessieren.

»Nun rück schon damit raus.«

»Ach, es ist lächerlich.«

»Du weißt nicht, wo sie ist?«

»Zu Hause, nehme ich an.«

»Sie will nichts mehr von uns wissen?«

Das wäre zu schön, um wahr zu sein. Silvia hatte mich nie gemocht. Sie war stets der Meinung, ich hätte einen schlechten Einfluss auf Petronius. Was für ein Hohn. Er hatte es schon immer sehr gut allein geschafft, sich in Schwierigkeiten zu bringen. Trotzdem waren wir irgendwie miteinander ausgekommen, obwohl Helena und ich Silvia nie allzu lange ertragen konnten.

»Sie will nichts mehr von *mir* wissen«, erklärte er.

Ein Arbeiter kam angeschlurft. Typisch. Er trug eine einarmige Tunika, die über seinen Gürtel hing, und hatte einen alten Eimer in der Hand. Offenbar wollte er den Brunnen säubern, was nach viel Arbeit aussah. Natürlich war er erst am Ende des Arbeitstags aufgetaucht. Er würde die Arbeit unvollendet lassen und nie wieder kommen.

»Lucius, mein Junge«, sagte ich streng, da es so aussah, als müssten wir unser lauschiges Plätzchen bald verlassen, falls es dem Burschen gelingen sollte, den Brunnen wieder zum Laufen zu bringen, »ich kann mir diverse Gründe vorstellen – die meisten davon weiblicher Natur –, warum Silvia von dir die Nase voll hat. Wer ist es?«

»Milvia.«

Ich hatte das als Witz gemeint. Außerdem hatte ich gedacht, dass er das Techtelmechtel mit Balbina Milvia schon vor Monaten aufgegeben hätte. Wenn er seine Sinne beisammen gehabt hätte, dann hätte er gar nicht erst damit angefangen – aber

wann hat das einen Mann schon jemals davon abgehalten, einem Mädchen hinterherzujagen?
»Milvia ist Gift für dich, Petro.«
»Das findet Silvia auch.«
Balbina Milvia war etwa zwanzig Jahre alt. Sie war erstaunlich hübsch, frisch wie eine mit Tautropfen benetzte Rosenknospe, ein dunkles, süßes Püppchen, das Petro und ich im Rahmen unserer Arbeit kennen gelernt hatten. Sie war von einer Naivität, die allmählich nachließ, und mit einem Mann verheiratet, der sie vernachlässigte. Außerdem war sie die Tochter eines üblen Gangsters – eines Schwerverbrechers, den Petronius und ich überführt und schließlich aus dem Weg geräumt hatten. Ihr Ehemann Florius hatte halbherzige Pläne, in die schmutzigen Familiengeschäfte einzusteigen. Dabei wurde er von ihrer Mutter Flaccida unterstützt, einer hartherzigen, abgebrühten Schlampe, die es als Freizeitvergnügen ansah, den Tod von ihr unliebsamen Männern zu arrangieren. Früher oder später würde das auch auf ihren Schwiegersohn Florius zutreffen.
Unter diesen Umständen konnte Milvia als jemand betrachtet werden, der Trost brauchte. Als Offizier der Vigiles ging Petronius ein Risiko ein, wenn er ihr diesen Trost spendete. Und als Ehemann von Arria Silvia, die verdammt viel Haare auf den Zähnen hatte, war er völlig verrückt, überhaupt an so etwas zu denken. Er hätte es dem zarten Pflänzchen Milvia überlassen sollen, allein mit ihrem Leben fertig zu werden.
Bis heute hatte ich so getan, als wüsste ich nichts davon. Er hätte sowieso nicht auf mich gehört. Er hatte ja schon nicht auf mich gehört, als wir noch bei der Armee waren und er Augen auf die üppigen keltischen Schönheiten warf, die kraftstrotzende, rothaarige britische Väter hatten, und er hatte nie auf mich gehört, seit wir nach Rom zurückgekehrt waren.
»Bist du in Milvia verliebt?«
Er schien erstaunt über die Frage zu sein. Ich wusste, dass ich mich mit meiner Vermutung, er würde die Sache mit Milvia

nicht ernst nehmen, auf sicherem Territorium befand. Ernst nahm Petronius Longus seine Ehe mit einer Frau, die ihm eine ansehnliche Mitgift eingebracht hatte (welche er zurückzahlen müsste, falls sie sich von ihm scheiden ließ), und seine Vaterrolle gegenüber Petronilla, Silvana und Tadia, die ihn anbeteten und die er abgöttisch liebte. Das wussten wir alle, aber es würde nicht leicht sein, Silvia davon zu überzeugen, sollte sie von der süßen kleinen Milvia gehört haben. Und Silvia hatte schon immer gut für sich selbst eintreten können.

»Also, wie sieht's aus?«

»Silvia hat mich rausgeschmissen.«

»Das ist doch nichts Neues.«

»Das war vor gut zwei Monaten.«

Ich stieß einen leisen Pfiff aus. »Wo wohnst du denn jetzt?«

Nicht bei Milvia. Milvia war mit Florius verheiratet. Florius war ein solches Weichei, dass selbst seine Frau keine Lust haben würde, ihn zum Hahnrei zu machen, aber er hielt an Milvia fest, weil *ihre* Mitgift – zusammengetragen aus den Gewinnen des organisierten Verbrechens – gewaltig war.

»Ich schlafe im Wachlokal.«

»Bin ich denn schon so betrunken? Ich dachte, das ganze Gespräch hätte damit angefangen, dass du vom Dienst suspendiert bist?«

»Das«, gab Petro zu, »macht die Sache reichlich kompliziert, wenn ich mich für ein paar Stunden aufs Ohr hauen will.«

»Martinus hätte seine wahre Freude gehabt.« Martinus war Petros Stellvertreter gewesen. Einer, der sich eng an die Vorschriften hielt – vor allem, wenn sich damit jemand anderem eins auswischen ließ. »Er ist zur Sechsten befördert worden, oder?«

Petro grinste schwach. »Das hab ich selbst eingefädelt.«

»Die arme Sechste! Und wer leitet jetzt die Vierte? Fusculus?«

»Fusculus ist ein Schatz.«

»Er übersieht es, wenn du dich in einer Ecke zusammenrollst?«

»Nein. Er befiehlt mir zu verschwinden. Fusculus denkt, seit-

dem er Martinus' Posten übernommen hat, müsse er sich genau wie der aufführen.«
»Jupiter! Also bist du auf der Suche nach einem Schlafplatz?«
»Ich wollte mich bei deiner Mutter einquartieren.« Petronius und Mama waren stets gut miteinander ausgekommen. Sie steckten gern die Köpfe zusammen und zogen über mich her.
»Mama würde dich bestimmt aufnehmen.«
»Ich kann sie nicht darum bitten. Sie hat immer noch Anacrites unter ihren Fittichen.«
»Sprich mir bloß nicht von dem Armleuchter!« Der Untermieter meiner Mutter war mir ein Gräuel. »Meine alte Wohnung steht leer«, schlug ich vor.
»Ich hatte gehofft, dass du das sagen würdest.«
»Sie gehört dir. Vorausgesetzt«, fügte ich listig hinzu, »du verrätst mir, wie du es fertig gebracht hast, zusätzlich zu dem Streit mit deiner Frau auch noch von der Vierten suspendiert zu werden. Wann hat Rubella je einen Anlass gehabt, dir Untreue vorzuwerfen?« Rubella war der Tribun der Vierten Kohorte und Petros direkter Vorgesetzter. Rubella konnte einem zwar schwer auf den Geist gehen, war aber ansonsten gerecht.
»Silvia hatte nichts Besseres zu tun, als Rubella zu petzen, dass ich was mit der Verwandten eines Gangsters laufen habe.«
Tja, daran war er selbst schuld, aber es war schon hart. Petronius Longus hätte sich keine andere Geliebte zulegen können, die ihn gründlicher kompromittieren würde. Sobald Rubella von der Affäre erfuhr, blieb ihm nichts anderes übrig, als Petro vom Dienst zu suspendieren. Petro hatte Glück, wenn er überhaupt seine Stelle behielt. Das musste Arria Silvia gewusst haben. Sie musste sehr wütend gewesen sein, um ihren Lebensunterhalt aufs Spiel zu setzen. Es sah so aus, als würde mein alter Freund auch seine Frau verlieren.

Wir waren zu deprimiert, um noch weiter zu trinken. In der Amphore war sowieso nur noch der Bodensatz übrig. Aber wir waren auch nicht bereit, in dieser trüben Stimmung nach Hause zurückzukehren. Der Arbeiter von der Wasserbehörde hatte uns nicht direkt gebeten, aus dem Weg zu gehen, also blieben wir, wo wir waren, und er musste sich an uns vorbeibeugen, um das Auslaufrohr in der Muschel mit einem unappetitlich aussehenden Schwamm an einem Stock zu reinigen. Als das nicht funktionierte, kramte er ein Drahtstück aus seinem Werkzeugbeutel. Er stocherte und kratzte. Der Brunnen gab ein unanständiges Geräusch von sich. Ein Dreckklumpen platschte heraus. Langsam begann Wasser zu tröpfeln und floss nach weiterem Stochern allmählich stärker.

Petronius und ich richteten uns widerstrebend auf. Der Wasserdruck in Rom ist gering, aber irgendwann würde sich das Becken füllen und dann überfließen, um die Nachbarschaft nicht nur mit dem häuslichen Wasserbedarf zu versorgen, sondern auch in einem endlosen Rinnsal durch den Rinnstein zu laufen und den Straßendreck wegzuschwemmen. Die Schneidergasse hatte das bitter nötig, aber trotz unserer Trunkenheit wollten wir nur ungern in diesem nassen Matsch sitzen.

Petronius spendete dem Arbeiter sarkastischen Applaus. »Das war alles?«

»Hat sich verstopft, während er abgestellt war, Legat.«

»Warum war er abgestellt?«

»Kam nichts mehr durch das Leitungsrohr. War am Zufluss im Castellum blockiert.«

Der Mann griff in den Eimer, den er mitgebracht hatte, wie ein Fischer, der einen Krebs herauszieht. Er hielt einen geschwärzten Gegenstand an einem klauenartigen Anhängsel hoch, damit wir ihn kurz betrachten konnten – irgendwas Altes, schwer zu Identifizierendes, und doch beunruhigend vertraut. Er warf es zurück in den Eimer, wo es mit einem erstaunlich schweren Platschen aufprallte.

Beinahe hätten wir keine Notiz davon genommen. Wir hätten uns eine Menge Ärger erspart. Doch dann sah mich Petro von der Seite her an.

»Moment mal!«, rief ich.

Der Arbeiter wollte uns beruhigen. »Nur keine Panik, Legat. So was passiert dauernd.«
Petronius und ich traten näher und schauten in den schmierigen Holzeimer. Ein Ekel erregender Geruch stieg davon auf. Der Grund für die Verstopfung im Wasserturm ruhte jetzt auf einem Bett aus Dreck und Schlamm.
Es war eine menschliche Hand.

II

Keiner meiner Verwandten hatte die Höflichkeit besessen zu verschwinden. Es waren sogar noch mehr gekommen. Zum Glück war wenigstens mein Vater nicht dabei.

Meine Schwestern Allia und Galla verabschiedeten sich hochnäsig, als ich zur Tür hereinkam, aber ihre Ehemänner Verontius und der verdammte Lollius blieben einfach hocken. Junia saß zusammen mit Gaius Baebius und ihrem tauben Sohn eingequetscht in einer Ecke. Wie üblich machten sie auf klassische Familie, damit sie mit niemandem sprechen mussten. Mico, Victorinas Witwer, grinste blöd und wartete vergeblich darauf, dass ihm jemand sagte, wie gut sich seine entsetzlichen Kinder entwickelt hätten. Famia, der Säufer, war besoffen. Seine Frau Maia war irgendwo in einem der hinteren Zimmer und half Helena beim Aufräumen. Die Gören langweilten sich und traten zu ihrem Vergnügen mit den dreckigen Stiefeln gegen meine frisch gekalkten Wände. Alle Anwesenden reagierten erfreut, als sie bemerkten, dass ich mich nur mit Mühe zusammenriss.

»Hallo, Mama. Wie ich sehe, hast du deinen Laufburschen mitgebracht.« Wenn ich das vorher gewusst hätte, dann hätte ich ein paar Schläger engagiert, nur um den Mann rauszuschmeißen. Ein paar Gladiatoren, die sich was dazuverdienen wollten, mit der Anweisung, ihm den Einlass zu verwehren und ihm als Zugabe noch beide Arme zu brechen.

Meine Mutter warf mir einen finsteren Blick zu. Sie war ein kleines schwarzäugiges Energiebündel, das wie eine Barbarentruppe über die Märkte stürmen konnte. Auf ihrem Schoß saß meine Tochter, die sofort zu brüllen begann, als sie mich sah. Julias Kummer beim Anblick ihres Vaters war nicht der Grund für Mamas finstere Blicke; ich hatte ihren Liebling beleidigt. Und dieser Liebling war niemand anderes als ihr Untermieter Anacrites. Er sah aalglatt aus, war aber ein durch und durch mieses Schwein. Er arbeitete für den Kaiser, war dessen Oberspion. Außerdem war er bleich, schweigsam und nur noch ein Schatten seiner selbst nach einer schweren Kopfverletzung, die ihn leider nicht ins Jenseits befördert hatte. Meine Mutter hatte ihm das Leben gerettet. Deshalb fühlte sie sich jetzt bemüßigt, ihn wie eine Art Halbgott zu behandeln, der es wert gewesen war, gerettet zu werden. Er ließ das alles wohlgefällig über sich ergehen. Ich biss die Zähne zusammen.

»Du könntest Anacrites ruhig etwas freundlicher begrüßen, Marcus.« Ihn begrüßen? Er war nicht mein Freund. Er hatte mich vor einiger Zeit umbringen lassen wollen, aber das war natürlich nicht der Grund, warum ich ihn verabscheute. Innerhalb meines Freundeskreises gab es einfach keinen Platz für einen verschlagenen, gefährlichen Drahtzieher mit der Moral eines räudigen Hundes.

Ich nahm das brüllende Baby auf den Arm. Sofort hörte die Kleine auf zu schreien. Niemand war beeindruckt. Sie gurgelte auf eine Weise an meinem Ohr, die bedeutete, dass sie mir gleich auf die Tunika kotzen würde, wie ich aus Erfahrung wusste. Ich legte sie in die hübsche Wiege, die Petronius ihr gezimmert hatte, und hoffte, so tun zu können, als würde mich ihr Gespucke überraschen. Mama setzte gleich die Wiege in Bewegung, und die Krise schien vorüberzugehen.

»Hallo, Falco!«

»Anacrites! Sie sehen ja furchtbar aus«, sagte ich fröhlich. »Zurück aus der Unterwelt, weil Sie Charons Nachen eingesaut haben?« Ich war entschlossen, ihm sofort einen Dämpfer zu verpassen, bevor er sich an mich ranmachen konnte. »Wie steht's um die Spionage? Die Spatzen auf dem Palatin pfeifen von al-

len Dächern, dass sich Claudius Laeta um Ihren Posten beworben hat.«
»Aber nein. Laeta schleicht nur in den Kulissen herum.«
Ich grinste wissend. Claudius Laeta war ein ehrgeiziger Palastbeamter, der hoffte, Anacrites und das bestehende Spionagenetzwerk in seine eigene Abteilung integrieren zu können. Die beiden waren in einen Machtkampf verwickelt, der mich höchstlich amüsierte – solange ich mich da raushalten konnte.
»Der arme Laeta!«, meinte ich verächtlich. »Hätte sich nicht auf diese spanische Angelegenheit einlassen sollen. Ich musste dem Kaiser einen Bericht abliefern, der Laeta in ziemlich schlechtem Licht dastehen lässt.«
Anacrites' Augen wurden schmal. Auch er war in die spanische Angelegenheit verwickelt gewesen und fragte sich wohl, was ich Vespasian über *ihn* berichtet hatte. Da er immer noch Rekonvaleszent war, stand ihm plötzlich der Schweiß auf der Stirn. Er war beunruhigt. Das gefiel mir.
»Anacrites ist noch nicht gesund genug, um die Arbeit wieder aufzunehmen.« Mama ergötzte uns mit Einzelheiten, bei denen er sich vor Verlegenheit wand. Ich bedauerte ihn gebührend und ließ ihn wissen, wie begeistert ich über seine furchtbaren Kopfschmerzen und die Verdauungsbeschwerden war. Ich versuchte weitere Einzelheiten aus ihr herauszulocken, aber Mama kapierte rasch, worauf ich hinauswollte. »Er ist für unbestimmte Zeit auf Krankenurlaub, mit Zustimmung des Kaisers.«
»Oho!«, spottete ich, als hielte ich das für den ersten Schritt zur erzwungenen Pensionierung. »Manche Leute erleiden nach einem kräftigen Schlag auf den Kopf eine Persönlichkeitsveränderung.« Das schien bei ihm leider nicht der Fall zu sein. Wie schade, denn jede Veränderung in Anacrites' Persönlichkeit hätte bei ihm nur von Vorteil sein können.
»Ich habe Anacrites mitgebracht, damit ihr beide euch unterhalten könnt.« Mir wurde ganz kalt. »Jetzt, da du Vater bist, musst du dir einen anständigen Beruf zulegen«, belehrte mich meine

Mutter. »Du brauchst einen Partner, jemand, der dir ein paar Tipps zu geben vermag. Anacrites kann dir auf die Beine helfen – an Tagen, an denen es ihm gut genug geht«
Nun war ich derjenige, der sich krank fühlte.

Lucius Petronius, mein treuer Freund, hatte meinen Schwägern in einer Ecke heimlich die abgehackte Hand aus dem Castellum gezeigt. Diese Perversen waren immer für Sensationelles zu haben.
»Pah!«, prahlte Lollius. »Das ist doch nichts. Wir fischen jede Woche noch viel Schlimmeres aus dem Tiber ...«
Die Kinder meiner Schwestern hatten den grässlichen Gegenstand entdeckt und drängten sich vor, um ihn genauer in Augenschein zu nehmen. Petro wickelte die Hand hastig in einen Lappen; hoffentlich war es keine von unseren neuen spanischen Servietten. Nux, der beherzte Straßenköter, der mich adoptiert hatte, fand das Päckchen äußerst interessant und schnappte danach. Alle versuchten es zu retten. Dabei rutschte die Hand aus dem Lappen. Sie fiel zu Boden und wurde von Marius in Sicherheit verbracht, dem äußerst ernsthaften ältesten Sohn meiner Schwester Maia, die ausgerechnet in diesem Moment ins Zimmer kam. Als sie ihren normalerweise so vernünftigen Achtjährigen an dem schon ziemlich verwesten Relikt schnüffeln sah, offenbar mit freundlicher Zustimmung von Lucius Petronius, bediente sich meine Lieblingsschwester einer Sprache, die ich ihr nie zugetraut hätte. Das meiste davon beschrieb Petronius, und der Rest war mir gewidmet.
Maia schnappte sich die Flasche besten Olivenöls, die ich ihr aus Baetica mitgebracht hatte, und scheuchte Famia, Marius, Ancus, Cloelia und die kleine Rhea schleunigst aus unserer Wohnung.

Nun ja, zumindest hatte wir jetzt mehr Platz.
Während alle anderen kicherten und verschlagen grinsten, warf Petro den Arm um meine Schultern und begrüßte meine

Mutter liebevoll: »Junilla Tacita! Wie Recht Sie damit haben, dass sich Falco hinter seine Arbeit klemmen muss. Wie es der Zufall will, hatten wir beide draußen genau darüber gerade ein langes Gespräch. Sie wissen ja, wie nutzlos er wirken kann, aber er ist sich seiner Verantwortung bewusst. Er muss sein Büro einrichten, ein paar lukrative Aufträge annehmen und sich einen Ruf erwerben, damit das Geld weiterhin fließt.« Das klang gut. Ich wunderte mich, warum ich noch nicht darauf gekommen war. Doch Petronius war mit seinem Sermon noch nicht fertig. »Wir haben die ideale Lösung gefunden. Solange ich bei den Vigiles pausiere, werde ich in seine alte Wohnung ziehen und ihm selbst als Partner zur Seite stehen.«
Ich strahlte Anacrites wohlmeinend an. »Sie kommen leider ein Ideechen zu spät. Der Posten ist schon vergeben, alter Freund. So ein Pech aber auch!«

III

Als wir das Päckchen auf den Tisch des Schreibers legten, griff Fusculus begierig danach. Er hatte schon immer einen gesegneten Appetit und dachte, wir hätten ihm was Leckeres mitgebracht. Wir ließen ihn das Päckchen öffnen.
Im ersten Augenblick hielt er den Inhalt für eine interessante neue Art von Wurst, dann zuckte er mit einem Aufschrei zurück.
»Igitt! Wo habt ihr beiden kindischen Bettler denn wieder gespielt? Zu wem gehört die?«
»Wer weiß?« Petronius hatte sich inzwischen an die abgehackte Hand gewöhnt. Während der fidele Fusculus immer noch bleich aussah, konnte Petro sich blasiert geben. »Kein Siegelring mit dem Namen eines Geliebten, keine hübsche keltische Tätowierung – das Ding ist so aufgequollen, dass man noch nicht mal sagen kann, ob es von einer Frau oder einem Mann stammt.«
»Von einer Frau«, meinte Fusculus. Er bildete sich etwas auf seine berufliche Erfahrung ein. Die Hand, an der vier Finger fehlten, war so vom Wasser verunstaltet, dass es keinen ersichtlichen Grund für seine Annahme gab.
»Was macht die Arbeit?«, fragte Petronius sehnsuchtsvoll. Ich merkte schon, dass sein Engagement als mein Geschäftspartner minimal sein würde.
»Lief alles bestens, bis ihr zwei aufgetaucht seid.«
Wir befanden uns im Wachlokal der Vierten Kohorte. Der größte Teil diente der Unterbringung von Geräten zur Feuerbe-

kämpfung, was die Hauptbeschäftigung der Vigiles ist. Seile, Leitern, Eimer, große Grasmatten, Breithacken und Äxte sowie die Wasserpumpe standen alle in Bereitschaft. Es gab eine kleine kahle Zelle, in die man Einbrecher und Brandstifter werfen konnte, und einen Aufenthaltsraum, in dem die Diensthabenden würfeln oder die Einbrecher und Brandstifter windelweich prügeln konnten, falls das mehr Spaß versprach. Beide Räume waren um diese Zeit normalerweise leer. Die Arrestzelle wurde nachts gebraucht; am Morgen wurden die jämmerlichen Insassen entweder mit einer Verwarnung entlassen oder zu einem formellen Verhör ins Büro des Tribuns gebracht. Da die meisten Verbrechen im Schutz der Dunkelheit verübt wurden, war während des Tages nur eine Rumpfmannschaft im Dienst. Die Männer waren unterwegs, um Verdächtige aufzuspüren, oder sie saßen auf einer Bank in der Sonne.

Aber man darf sich dadurch nicht täuschen lassen. Das Leben der Vigiles ist rau und gefährlich. Die meisten von ihnen waren Staatssklaven gewesen. Sie hatten sich zum Dienst verpflichtet, weil sie, falls sie überlebten, schließlich als Bürger in Ehren entlassen werden würden. Die offizielle Dienstzeit betrug sechs Jahre. In den Legionen dienten die Soldaten mindestens zwanzig Jahre. Es gab also einen guten Grund, sich zu den Vigiles zu melden, und nicht viele erreichten das Ende ihrer Dienstzeit.

Tiberius Fusculus, der Beste von Petros handverlesenen Männern und jetzt Ersatzmann für seinen Chef, betrachtete uns wachsam. Er war ein rundlicher, fröhlicher Bursche mit dünnem Haar, außerordentlich gesund und mit einem scharfen Verstand gesegnet. Sein größtes Interesse galt der Verbrechenstheorie, aber aus der Art, wie er die aufgequollene Hand von sich wegschob, konnten wir entnehmen, dass er nicht vorhatte, die Sache weiter zu verfolgen, wenn er sie unter »Kein Aufklärungsbedarf« ablegen konnte.

»Und was soll ich eurer Meinung nach damit machen?«

»Den Rest dazu finden?«, schlug ich vor. Fusculus schnaubte.

Petronius betrachtete das grässliche Ding. »Sie hat offensichtlich lange Zeit im Wasser gelegen.« Sein Ton war entschuldigend. »Man sagte uns, sie hätte ein Rohr im Castellum an der Aqua Appia verstopft, aber sie hätte auch von irgendwo anders dahin gelangen können.«

»Die meisten Leichen werden eingeäschert«, sagte Fusculus. »Ein Hund könnte eine menschliche Hand an einer Kreuzung in einem Dorf in der Provinz ausbuddeln, aber in Rom werden Leichen nicht im Ganzen vergraben.«

»Das riecht nach einem Verbrechen«, stimmte Petro zu. »Wenn jemand, vermutlich eine Frau, umgebracht worden ist, warum hat es dann keinen Aufschrei gegeben?«

»Weil Frauen dauernd umgebracht werden«, erklärte Fusculus hilfsbereit. »Von ihren Ehemännern oder Liebhabern, und wenn sie dann nüchtern wieder aufwachen, brechen die Männer entweder vor Gewissensbissen zusammen und rennen gleich hierher, um ein Geständnis abzulegen, oder sie finden den Frieden und die Ruhe so angenehm, dass sie nicht daran denken, ein Geschrei zu veranstalten.«

»Alle Frauen haben neugierige Freundinnen«, hielt Petro dagegen. »Viele haben Mütter, die sich ständig einmischen. Manche sorgen für alte Tanten, die auf die Straße laufen und die Esel erschrecken würden, wenn man sie sich selbst überließe. Und was ist mit den Nachbarn?«

»Die Nachbarn melden die Sache«, erwiderte Fusculus. »Also gehen wir hin und fragen den Ehemann. Der erzählt uns, dass die Nachbarn Gift spritzende Neider seien, die ihm nur eins auswischen wollten, und dann behauptet er, seine Frau sei zu Besuch bei Verwandten in Antium. Wir sagen, sie soll doch nach ihrer Rückkehr bitte bei uns vorbeikommen, um das zu bestätigen. Wir notieren die Einzelheiten. Sie kommt nie, aber wir haben keine Zeit, die Angelegenheit weiter zu verfolgen, weil inzwischen zwanzig andere Sachen passiert sind. Außerdem hat sich der Ehemann derweil längst aus dem Staub gemacht.« Er fügte zwar nicht hinzu, dass er ihm Glück wünschte, aber sein Ton war viel sagend genug.

»Erteil mir hier keine Abfuhr. Ich gehöre schließlich nicht zur Plebs.« Petronius entdeckte, wie sich die Plebs fühlte, wenn sie in sein Büro kam. Er klang ärgerlich, wahrscheinlich auf sich selbst, weil er nicht darauf vorbereitet gewesen war.

Fusculus blieb weiterhin vollkommen höflich. Er hatte fünfzehn Jahre lang die Plebs abgewiesen. »Wenn hier ein Verbrechen vorliegt, dann kann es überall verübt worden sein, und unsere Möglichkeiten, den Rest der Leiche zu finden, sind gleich null.«

»Du bist nicht scharf auf die Sache«, erriet ich.

»Gut erkannt.«

»Das Beweisstück tauchte auf dem Aventin auf.«

»Auf dem Aventin taucht aller möglicher Dreck auf«, schnaubte Fusculus verächtlich, beinahe so, als würde er auch uns in diese Kategorie einordnen. »Das ist kein Beweisstück, Falco. Beweisstücke sind materielle Objekte, die ein brauchbares Licht auf einen bekannten Vorfall werfen und die Strafverfolgung ermöglichen. Wir haben keine Ahnung, wo diese einsame Faust herkommt, und ich wette, wir werden es nie erfahren. Wenn du mich fragst«, fuhr er fort und war offenbar der Ansicht, eine hervorragende Lösung gefunden zu haben, »muss das Ding die Wasserzufuhr verschmutzt haben, also ist die Wasserbehörde dafür zuständig, alle anderen Körperteile zu finden. Ich werde den Fund melden. Dann liegt es beim Kurator der Aquädukte, etwas zu unternehmen.«

»Sei doch nicht blöd«, wies ihn Petro zurecht. »Wann hat jemand von der Wasserbehörde denn schon mal irgendwelche Initiative gezeigt? Die sind doch alle viel zu sehr mit Schiebungen und Bestechungen beschäftigt.«

»Ich kann ihnen ja drohen, einige von ihnen bloßzustellen. Irgendwelche Anzeichen, dass du bald wieder zur Arbeit kommst, Chef?«

»Frag Rubella«, knurrte Petro, obwohl ich wusste, dass der Tribun darauf bestanden hatte, Petronius müsse die Gangstertochter fallen lassen, bevor er sich wieder bei der Kohorte blicken ließ. Falls mir nicht irgendwas entgangen war, hatte Petro die Abschiedsrede für Milvia immer noch nicht einstudiert.

»Wie ich hörte, bist du bei Falco ins Geschäft eingestiegen?« Für einen sonst so umgänglichen Mann wirkte Fusculus plötzlich ziemlich steif. Was mich nicht wunderte. Privatermittler haben bei den meisten Römern nicht gerade einen guten Ruf, aber bei den Vigiles sind wir besonders schlecht angesehen. Die Kohorten haben Listen mit unseren Namen, damit sie während des Essens an unsere Tür klopfen und uns zu völlig überflüssigen Verhören abführen können. Staatsbeamte können nun mal keine Leute leiden, die nach den Ergebnissen bezahlt werden.

»Ich helfe ihm nur informell aus. Warum – vermisst du mich etwa?«, fragte Petro.

»Nein, ich wollte nur wissen, wann ich mich für deinen Posten bewerben kann.« Das war spaßig gemeint, aber wenn es Petronius Longus nicht gelang, sein Privatleben schnellstens auf die Reihe zu bringen, konnte sich der Spaß bald in bitteren Ernst verwandeln. Doch es hatte keinen Zweck, ihm das vorzuhalten. Petronius war dickköpfig. Er hatte immer die Tendenz gehabt, gegen Autoritäten zu rebellieren. Das war der Grund, warum wir Freunde waren.

Die Vierte besaß eine grausige Sammlung, die sie der Bevölkerung für einen halben Denarius Eintritt zeigte, um Geld für die Witwen der Kohortenmitglieder zu beschaffen. Wir überließen Fusculus die Hand für die Sammlung und sagten uns, damit sei es nicht mehr unser Problem.

Petronius und ich machten uns auf den Weg über den Circus Maximus zum Forum, wo wir eine Verabredung mit einer Wand hatten.

IV

Wenn ich bei klarem Verstand gewesen wäre, hätte ich die Partnerschaft beendet, während wir noch vor der Wand standen. Ich hätte Petro sagen sollen, dass ich zwar dankbar für sein Angebot sei, es für den Erhalt unserer Freundschaft aber besser wäre, wenn ich ihn einfach nur in meiner Wohnung hausen ließe. Ich würde mir jemand anderen als Partner suchen. Selbst wenn das hieß, dass ich mich mit Anacrites zusammentun musste.

Die Omen waren von Anfang an schlecht. Meine Methode bestand gewöhnlich darin, zum Fuß des Kapitols zu marschieren, rasch die Reklame von jemand anderem am besten Platz des Tabulariums abzuwischen und dann mit ein paar flotten Kreidestrichen das hinzuschreiben, was mir gerade in den Sinn kam. Petronius Longus ging die Sache viel ernsthafter an. Er hatte sich ein Konzept gemacht, hatte verschiedene Variationen des Textes aufgeschrieben (wie ich an seinen Notiztafeln sah) und gedachte, seine Lieblingsversion in akribischen Buchstaben anzubringen, umgeben von einem Rahmen in einem verschlungenen griechischen Muster.

»Hat gar keinen Zweck, sich solche Mühe zu geben.«

»Sei doch nicht so gleichgültig, Falco.«

»Die Ädilen wischen es sowieso ab.«

»Wir müssen es richtig machen.«

»Nein, wir müssen aufpassen, dass wir nicht erwischt werden.«

Graffitischmierereien an nationalen Monumenten mag zwar nach den Zwölf Tafeln nicht als Verbrechen gelten, aber eine Prügelstrafe ist allemal drin.

»Ich mach das schon.«
»Lass mich meinen Namen hinschreiben und was von Scheidung und Wiederbeschaffung gestohlener Kunstgegenstände erwähnen.«
»Mit Kunst geben wir uns nicht ab.«
»Das ist aber meine Spezialität.«
»Deswegen verdienst du ja auch nie was.«
Da war was dran. Leute, die ihre Kunstschätze verloren hatten, sträubten sich meist, noch mehr Geld auszugeben. Außerdem waren sie oft Geizhälse. Was der Grund war, warum sie ihr kostbares Gut nicht von vornherein mit anständigen Schlössern und aufmerksamen Wachen gesichert hatten.
»Na gut, Pythagoras, wie lautet deine Philosophie? Was gedenkst du denn den Leuten Aufsehen Erregendes anzubieten?«
»Ich werde keine Beispiele nennen. Wir müssen ihnen den Mund wässrig machen, andeuten, dass wir alles übernehmen. Wenn dann die Klienten kommen, können wir die Nieten aussortieren und an irgendeines dieser grünen Bürschchen in den Saepta Julia verweisen. Wir werden uns *Didius Falco & Partner* nennen.«
»Ach, du bleibst also anonym?«
»Muss ich.«
»Du willst deinen alten Posten immer noch zurückhaben?«
»Ich habe nie gesagt, dass dem nicht so ist.«
»Ich wollt's ja nur wissen. Arbeite bloß nicht mit mir, wenn dir mein Leben nicht passt.«
»Halt doch mal die Klappe. *Falco & Partner: Ausgewählte Dienstleistungen für anspruchsvolle Klienten*.«
»Klingt wie ein billiges Bordell.«
»Hab Vertrauen, Junge.«
»Oder ein überteuerter Schuster: *Falco & Partner: Probieren Sie unsere dreifach genähten Kalbslederstiefeletten. Gern getragen von dekadenten Nichtstuern, der schiere Luxus in der Arena und hervorragend geeignet für jede Art von Orgie …*«

»Du bist schlimmer als ein räudiger Hund, Falco.«
»Subtilität ist ja gut und schön, aber wenn du nicht wenigstens zart andeutest, dass wir Nachforschungen durchführen und dafür auch ganz gerne bezahlt werden möchten, kriegen wir keine Arbeit.«
»Hör zu – *Unter bestimmten Umständen ist eine persönliche Betreuung durch die Partner möglich.* Das deutet darauf hin, dass wir eine solide Firma mit vielen Angestellten sind, die sich um den Kleinkram kümmern; wir können jedem Klienten damit schmeicheln, dass *er* besonders bevorzugt wird – wofür er natürlich den Höchstsatz zahlt.«
»Du hast wirklich ausgefallene Ansichten über die Arbeit als Freiberufler.« Er genoss es in vollen Zügen. »Hör mal, Schreiber, du hast immer noch nicht gesagt …«
»Doch, hab ich. Steht alles in meinem Entwurf. *Spezialisierte Nachforschungen*. Und dann schreib ich unten in kleineren Buchstaben *Vorbesprechungen werden nicht in Rechnung gestellt*. Das lockt sie an, weil sie denken, sie kriegen was umsonst, deutet aber gleichzeitig auf unser hohes Honorar für den Rest hin.«
»Meine Honorare waren stets angemessen.«
»Tja, und was hast du davon? Die Hälfte der Zeit lässt du dich dazu überreden, für lau zu arbeiten. Du bist zu weich, Falco.«
»Offenbar ist damit Schluss.«
»Mach mal ein bisschen Platz. Steh mir nicht im Weg.«
»Du übernimmst einfach das Steuer«, warf ich ihm vor. »Es ist mein Geschäft, aber du drängst dich rein.«
»Dafür sind Partner da«, sagte Petro grinsend.
Ich erklärte, ich hätte noch eine andere Verabredung.
»Lass dich nicht aufhalten«, murmelte er, völlig in seine Aufgabe vertieft.

V

Zu meiner nächsten Verabredung stand eine formelle Eskorte bereit: meine Freundin, das Baby und der Hund Nux.
Ich war spät dran. Sie saßen auf den Stufen des Saturntempels. Das war ein sehr belebter Ort am Nordende des Forums auf der Seite des Palatin. Sie waren verschwitzt. Das Baby wollte gestillt werden, der Hund bellte jeden Vorübergehenden an, und Helena Justina hatte diesen übermäßig geduldigen Gesichtsausdruck aufgesetzt. Mir stand also noch was bevor.
»Entschuldige. Ich war noch in der Basilica, um die Anwälte wissen zu lassen, dass ich wieder in der Stadt bin. Könnte mir ab und an das Zustellen von Vorladungen einbringen.«
Helena dachte, ich sei in einer Weinschenke gewesen. »Lass nur«, sagte sie. »Mir ist schon klar, dass die Registrierung deines erstgeborenen Kindes in deinem geschäftigen Leben einen sehr niedrigen Stellenwert hat.«
Ich streichelte den Hund, küsste Helenas warme Wange und kitzelte das Baby. Diese überhitzte, gereizte kleine Gruppe war meine Familie. Alle hatten kapiert, dass meine Rolle als Haushaltungsvorstand darin bestand sie an unbequemen Orten warten zu lassen, während ich in Rom herumtrödelte und mein Leben genoss.
Zum Glück hob sich Helena ihre Kommentare auf, bis sie genügend zusammenhatte, um mir einen ordentlichen Anschiss zu verpassen. Sie war ein großer, wohlgerundeter, dunkelhaariger Traum mit tiefbraunen Augen, bei deren zärtlichstem Ausdruck ich wie ein Honigkuchen dahinschmelze, den man auf

einer sonnigen Fensterbank hat liegen lassen. Selbst der vernichtende Blick, den sie mir jetzt zuwarf, machte mich ganz benommen. Eine feurige verbale Balgerei mit Helena war mein größtes Vergnügen, das nur noch von einem Schäferstündchen übertroffen werden konnte.

Der Tempel des Saturn liegt zwischen dem Tabularium und der Basilica Julia. Ich hatte damit gerechnet, dass Helena Justina beim Tempel auf mich warten würde, also hatte ich mich, nachdem ich Petro verlassen hatte, hinten über die Via Nova herumgedrückt. Ich hasse Anwälte, aber ihre Aufträge konnten den Unterschied zwischen Überleben und Untergang bedeuten. Meine finanzielle Situation war, um ehrlich zu sein, zum Verzweifeln. Ich sagte nichts, um Helena nicht zu beunruhigen; sie blinzelte mich misstrauisch an.

Ich versuchte mich unter den Augen der Öffentlichkeit in meine Toga zu winden, während Nux an den hinderlichen Falten des Wollstoffs hochsprang und es für ein Spiel hielt, das ich extra für sie veranstaltete. Helena rührte keinen Finger, um mir zu helfen.

»Ich brauche das Kind nicht zu sehen«, seufzte der Schreiber des Zensors. Er war ein Staatssklave, und sein Los war trübsinnig. Auf Grund des ständigen Stroms von Leuten, die durch sein Büro kamen, war er dauernd erkältet. Seine Tunika hatte vor ihm einem viel größeren Mann gehört, und bei der Auswahl des Barbiers, der ihn rasiert hatte, hatte er nicht das große Los gezogen. Seine Augen hatten einen leicht parthischen Schnitt, was ihm in Rom bestimmt nicht viele Freunde eingebracht hatte.

»Genauso wenig wie die Mutter, nehme ich an?«, schnaubte Helena.

»Manche kommen gern mit.« Er konnte auch taktvoll sein, wenn ihn das vor Beschimpfungen bewahrte.

Ich setzte Julia Junilla auf seinen Schreibtisch, wo sie mit den Beinen strampelte und gurgelte. Sie wusste, wie sie sich bei den

Leuten beliebt machte. Sie war jetzt drei Monate alt und sah meiner Meinung nach allmählich richtig niedlich aus. Sie hatte das zerknautschte, ungeformte Aussehen verloren, mit dem die Neugeborenen ihre frisch gebackenen Eltern ängstigen. Wenn sie zu sabbern aufhörte, war sie nur noch einen Schritt davon entfernt, allerliebst zu sein.

»Bitte entfernen Sie das Baby«, murmelte der Schreiber taktvoll, aber nicht freundlich. Er glättete eine Schriftrolle aus dickem Pergament, bereitete eine minderwertigere vor (unsere Kopie) und machte sich daran, seine Feder in ein Fass mit Gallapfeltinte zu stecken. Er hatte rote und schwarze Tinte; für uns verwandte er die schwarze. Ich fragte mich, was wohl der Unterschied war.

Er tauchte die Feder ein und streifte sie dann am Rand des Tintenfasses ab, um die überflüssige Tinte zu entfernen. Seine Bewegungen waren präzise und formell. Helena und ich beschäftigten uns mit unserer Tochter, während er das Datum des Eintrags notierte, der ihr ihren bürgerlichen Status und ihre Rechte verleihen würde. »Name?«

»Julia Junilla.«

Er sah mich scharf an. »Ihr Name!«

»Marcus Didius Falco, Sohn des Marcus. Bürger von Rom.« Das beeindruckte ihn nicht. Er musste gehört haben, dass die Didii eine Bande streitsüchtiger Rüpel waren. Unsere Vorfahren haben Romulus vielleicht Ärger gemacht, aber seit Jahrhunderten Anstoß erregend zu sein gilt nicht als Stammbaum.

»Rang?«

»Plebejer.« Er hatte es bereits hingeschrieben.

»Adresse?«

»Brunnenpromenade, abgehend von der Via Ostiana auf dem Aventin.«

»Der Name der Mutter?« Er wandte sich immer noch an mich.

»Helena Justina«, erwiderte die Mutter forsch.

»Name des Vaters der Mutter?« Der Schreiber richtete die Fragen weiter an mich, und Helena knirschte hörbar mit den Zäh-

nen. Warum ihren Atem verschwenden? Sie ließ den Mann seine Arbeit tun.
»Decimus Camillus Verus.« Ich merkte, dass ich aufgeschmissen war, falls der Schreiber den Namen des Vaters ihres Vaters wissen wollte.
Helena merkte es auch. »Sohn des Publius«, murmelte sie und machte deutlich, dass diese Bemerkung nur mir persönlich galt und der Schreiber sich verpissen konnte. Er schrieb es nieder, ohne auch nur danke zu sagen.
»Rang?«
»Patrizier.«
Wieder sah der Schreiber auf. Diesmal gestattete er sich, uns beide zu mustern. Das Büro des Zensors war für die öffentliche Moral verantwortlich. »Und wo wohnen Sie?«, wollte er wissen, direkt an Helena gewandt.
»In der Brunnenpromenade.«
»Nur zur Überprüfung«, murmelte er und senkte den Kopf.
»Sie wohnt bei mir«, erklärte ich unnötigerweise.
»Offensichtlich.«
»Was dagegen?«
Wieder hob der Schreiber seinen Blick von dem Dokument. »Sie sind sich der Konsequenzen zweifellos beide vollkommen bewusst.«
Aber ja. Und in einem Jahrzehnt oder zwei würde es Tränen und Wutausbrüche geben, wenn wir das unserem Kind erklären mussten.

Helena Justina war die Tochter eines Senators, und ich stammte aus der Plebs. Sie war mit einem Mann aus ihrer Gesellschaftsschicht unglücklich verheiratet gewesen und hatte nach der Scheidung das Glück oder Unglück gehabt, mich kennen zu lernen und sich in mich zu verlieben. Nach ein paar anfänglichen Fehlversuchen hatten wir beschlossen zusammenzuleben. Und zwar auf einer permanenten Basis. Durch diese Entscheidung waren wir, rein rechtlich gesehen, verheiratet.

Doch vom gesellschaftlichen Standpunkt aus waren wir ein Skandal. Wenn der edle Camillus Verus beschlossen hätte, sich über den Raub seiner Tochter aufzuregen, hätte mein Leben äußerst schwierig werden können. Und ihres auch.
Unsere Beziehung war unsere Angelegenheit, aber Julias Ankunft forderte eine Veränderung dieses Status. Immer wieder wurden wir gefragt, wann denn nun die Heirat stattfinden würde, aber es gab keinen Anlass für Formalitäten. Wir hatten beide die Freiheit zu heiraten, und wenn wir uns entschieden, zusammenzuleben, war damit dem Gesetz Genüge getan. Wir hatten überlegt, ob wir es leugnen sollten. In dem Fall hätten unsere Kinder den gesellschaftlichen Rang ihrer Mutter übernommen, obwohl das nur ein theoretischer Vorteil gewesen wäre. Solange ihrem Vater die Ehrentitel fehlten, auf die er sich bei öffentlichen Gelegenheiten berufen konnte, würden sie in demselben Sumpf feststecken wie ich.
Daher hatten wir bei unserer Rückkehr aus Spanien beschlossen, unsere Stellung öffentlich zu machen. Helena hatte sich damit auf meine Ebene hinabbegeben. Sie war sich im Klaren, was sie tat, sie kannte meinen Lebensstil und war sich der daraus resultierenden Konsequenzen bewusst. Unseren Töchtern waren gute Ehen verwehrt. Unsere Söhne hatten keine Möglichkeit, öffentliche Ämter zu bekleiden, wie sehr sich auch ihr edler Großvater, der Senator, wünschen würde, dass sie sich zur Wahl stellten. Die Oberschicht würde sich ihnen verschließen, während die niederen Ränge sie vermutlich als Außenseiter ebenso ablehnen würden.
Um Helenas und unserer Kinder willen hatte ich es als meine Pflicht betrachtet, meine Stellung zu verbessern. Ich hatte versucht in den mittleren Rang aufzusteigen, was die Unannehmlichkeiten verringert hätte. Der Versuch war kläglich gescheitert. Ich hatte nicht vor, noch einmal einen Narren aus mir zu machen. Trotzdem waren alle anderen davon überzeugt, dass ich es tun sollte.
Der Schreiber des Zensors musterte mich, als wären ihm plötz-

lich Zweifel gekommen. »Haben Sie Ihre Angaben für den Zensus gemacht?«

»Noch nicht.« Wenn irgend möglich, würde ich das vermeiden. Der Zweck von Vespasians neuem Zensus bestand nicht darin, aus bürokratischer Neugier eine Bevölkerungszählung durchzuführen, sondern Besitztümer für die Steuer zu veranlagen. »Ich war im Ausland.«

Er warf mir diesen Blick zu, der so viel besagte wie: *Das behaupten sie alle.* »Militärdienst?«

»Spezialeinsatz.« Da er das nicht in Frage stellte, fügte ich geheimnisvoll hinzu: »Genaueres darf ich Ihnen nicht sagen.« Es schien ihn immer noch nicht zu interessieren.

»Sie haben die Angaben also noch nicht gemacht? Sind Sie der Familienvorstand?«

»Ja.«

»Ihr Vater ist tot?«

»Leider nicht.«

»Sie sind aus der Autorität Ihres Vaters entlassen?«

»Ja«, log ich. Papa würde nicht im Traum daran denken, etwas so Zivilisiertes zu tun. Mir war das völlig schnuppe.

»Didius Falco, können Sie nach bestem Wissen und Gewissen sagen, dass Sie aus eigenem Antrieb im rechtsgültigen Stand der Ehe leben?«

»Ja.«

»Danke.« Sein Interesse war rein oberflächlich. Er hatte nur gefragt, um sich abzusichern.

»Sie sollten mir dieselbe Frage stellen«, sagte Helena schnippisch.

»Nur Familienvorstände«, erklärte ich und grinste sie an. Sie betrachtete ihre Rolle in unserer Familie als eine zumindest gleichgestellte. Das tat ich auch, da ich wusste, was gut für mich war.

»Name des Kindes?« Die Gleichgültigkeit des Schreibers deutete darauf hin, dass er ständig mit so unpassenden Paaren wie uns zu tun hatte. Rom galt als moralischer Sumpf, daher mochte es tatsächlich stimmen – obwohl wir noch niemandem begegnet waren, der dasselbe Risiko so offen auf sich nahm. Zum einen hängen die meisten Frauen an dem Luxus, in dem sie geboren werden. Und zum anderen werden die meisten Männer, die sie von zu Hause fortzulocken versuchen, von Trupps sehr großer und kräftiger Sklaven zusammengeschlagen.

»Julia Junilla Laeitana«, verkündete ich stolz.

»Das schreibt sich ...?«

»J-U-«

Er sah mich schweigend an.

»L«, sagte Helena geduldig, als wäre sie sich bewusst, dass der Mann, mit dem sie zusammenlebte, ein Idiot war, »A-E-I-T-A-N-A.«

»Drei Namen? Und es ist ein Mädchen?« Die meisten hatten nur zwei.

»Sie braucht einen guten Start ins Leben.« Warum hatte ich nur das Gefühl, mich entschuldigen zu müssen? Ich hatte das Recht, sie so zu nennen, wie ich wollte. Der Schreiber runzelte die Stirn. Er hatte für heute genug von wunderlichen jungen Eltern.

»Geburtsdatum?«

»Sieben Tage vor den Kalenden des Juni.«

Diesmal warf der Schreiber seine Feder auf den Tisch. Ich wusste, was ihn verärgert hatte. »Wir akzeptieren Registrationen nur am Tag der Namensgebung!«

Nach den Vorschriften hatte ich meiner Tochter innerhalb von acht Tagen nach ihrer Geburt einen Namen zu geben. (Für Jungs waren es neun Tage; wie Helena sagte, brauchen Männer eben für alles länger.) Es war Sitte, dass die Familie zur Ausstellung der Geburtsurkunde am selben Tag einen Ausflug zum Forum unternahm. Julia Junilla war im Mai geboren; jetzt hatten wir August. Der Schreiber hatte seine Richtlinien. Einen derart schamlosen Bruch der Regeln würde er nicht zulassen.

VI

Ich benötigte eine Stunde, um zu erklären, warum mein Kind in Tarraconensis geboren war. Ich hatte nichts Falsches getan, und es war auch nichts Ungewöhnliches. Handel, die Armee und kaiserliche Aufträge führen viele Väter ins Ausland; willensstarke Ehefrauen (besonders diejenigen, die ausländische Mädchen als wandelnde Versuchung betrachten) begleiten sie. Im Sommer finden die meisten Geburten in Familien, die etwas auf sich halten, sowieso in vornehmen Villen außerhalb Roms statt. Es ist sogar völlig akzeptabel, außerhalb von Italien geboren worden zu sein; nur der elterliche Status ist ausschlaggebend. Ich würde es keinesfalls hinnehmen, dass meine Tochter ihre bürgerlichen Rechte verlor, bloß weil der unpassende Zeitpunkt einer Ermittlung für den Palast mich gezwungen hatte, ihr in einem fernen Hafen namens Barcino auf die Welt zu helfen.

Ich hatte alle mir möglichen Schritte unternommen. Diverse frei geborene Frauen waren bei der Geburt zugegen gewesen und konnten als Zeuginnen auftreten. Ich hatte sofort den Stadtrat von Barcino unterrichtet (der von mir als Ausländer keine Notiz nahm) und innerhalb der festgelegten Frist eine formelle Erklärung in der Residenz des Provinzstatthalters in Tarraco abgegeben. Ich hatte das Siegel des Kerls auf einem verschmierten Zettel, um das zu beweisen.

Es gab einen offensichtlichen Grund für unser heutiges Problem. Staatssklaven werden nicht für ihre Tätigkeiten bezahlt. Natürlich hatte ich das übliche Sümmchen mitgebracht, aber

der Schreiber meinte, er könne noch mehr rausholen als gewöhnlich, wenn er ordentlich Schwierigkeiten machte. Mein einstündiger Vortrag war nötig, um ihn davon zu überzeugen, dass ich nicht mehr Geld besaß.
Er wurde allmählich weich. Dann fiel Julia ein, dass sie Hunger hatte, also kniff sie ihre kleinen Augen zusammen und brüllte, als würde sie schon mal dafür üben, wie sie mich als Halbwüchsige davon überzeugen konnte, sie zu einem Fest gehen zu lassen, ich missbilligte. Sie erhielt ihre Geburtsurkunde ohne weitere Verzögerung.

Rom ist eine maskuline Stadt. Orte, an denen eine ehrbare Frau ihr kleines Kind sittsam stillen kann, gibt es kaum. Was daran liegt, dass ehrbare stillende Mütter zu Hause zu bleiben haben. Helena dachte nicht daran, zu Hause zu bleiben. Vielleicht lag es daran, dass es mir nicht gelungen war, für sie eine reizvollere Umgebung zu schaffen. Sie fand es ebenfalls abstoßend, das Baby in einer der Frauenlatrinen zu stillen, und sie schien nicht bereit zu sein, ein As für die Frauenbäder zu bezahlen. Also blieb uns nichts anderes übrig, als einen Tragestuhl zu mieten und darauf zu achten, dass die Vorhänge die ganze Zeit fest geschlossen waren. Wenn mich etwas noch mehr nervte, als für den Stuhl bezahlen zu müssen, dann war es die Tatsache, dass er sich für das Geld nirgendwohin bewegte.
»Schon gut«, beruhigte Helena mich. »Wir müssen hier nicht stehen bleiben. Du brauchst nicht draußen Wache zu halten und dich zu Tode zu schämen.«
Das Kind musste gestillt werden. Außerdem war ich stolz darauf, dass Helena so hoch gesinnt war, Julia selbst zu stillen. Viele Frauen ihres Standes behaupten zwar, es wunderbar zu finden, zahlen dann aber doch lieber für eine Amme. »Ich warte.«
»Nein, bitte die Männer, uns zum Atrium Libertatis zu tragen«, befahl Helena entschieden.
»Was soll da sein?«

»Dort werden die Akten gelagert, für die im Büro des Zensors kein Platz mehr ist. Außerdem werden da die Toten registriert.« Das wusste ich.
»Wer ist denn gestorben?« Ich ahnte, worauf sie hinauswollte, aber ich lasse mich nun mal nicht gern in Sachen hineindrängen.
»Genau das musst du rausfinden, Marcus.«
»Wie bitte?«
»Du erinnerst dich an die Hand, die ihr, Petro und du, gefunden habt? Ich glaube zwar nicht, dass du dort etwas über den Besitzer der Hand erfährst, aber es muss doch einen Schreiber geben, der dir zumindest sagen kann, wie die Vorgehensweise ist, wenn ein Mensch verschwindet.«
Ich sagte, ich hätte für heute genug von Schreibern, aber wir wurden trotzdem zum Atrium Libertatis getragen.

Wie alle Beerdigungsunternehmer waren die Schreiber in der Sterberegistratur ein munteres Häuflein, ganz im Gegensatz zu ihrem verdrießlichen Kollegen in der Geburtenregistratur. Ich kannte bereits zwei von ihnen, Silvius und Brixius. Privatermittler werden von Erben oder Testamentsvollstreckern oft ins Atrium geschickt. Doch zum ersten Mal kam ich mit meiner vornehmen Freundin, einem schlafenden Baby und einem neugierigen Hund in ihr Büro geschlurft. Sie machten kein Theater, hielten Helena für meine Klientin – eine aufdringliche, die darauf bestand, jeden meiner Schritte zu überwachen. Sah man von der Tatsache ab, dass ich ihr keine Rechnung schicken würde, lagen sie damit gar nicht so falsch.
Sie arbeiteten in demselben kleinen Loch, tauschten schlechte Witze aus und schoben Schriftrollen herum, als wüssten sie nicht, was sie taten; insgesamt gesehen hielt ich sie für sehr tüchtig. Silvius war an die vierzig, schlank und gepflegt. Brixius war jünger, bevorzugte aber den gleichen kurzen Haarschnitt und kunstvollen Tunikagürtel wie Silvius. Es ließ sich kaum übersehen, dass die beiden eine sexuelle Beziehung hatten. Bri-

xius war der empfindsamere der beiden und wollte Julia auf den Arm nehmen. Silvius gab sich nach außen hin säuerlich und kümmerte sich um mich.
»Ich brauche eine allgemeine Information, Silvius.« Ich erzählte von der gefundenen Hand und erklärte, dass Petronius und ich neugierig geworden seien. »Es scheint eine Sackgasse zu sein. Wenn jemand vermisst wird und eine Meldung an die Vigiles erfolgt, wird das notiert, aber ich würde nicht darüber spekulieren wollen, wie lange der Fall offen bleibt. Ob sie der Sache nachgehen, hängt von einer Menge Dinge ab. Doch das ist nicht das Problem. Dieses Überbleibsel kann kaum noch zur Identifikation dienen. Es könnte uralt sein.«
»Und wie können wir dir helfen?«, fragte Silvius misstrauisch. Er war ein Staatssklave. Er verbrachte sein Leben damit, sich neue Möglichkeiten auszudenken, Informationsanfragen an andere Abteilungen weiterzuleiten. »Unsere Unterlagen beziehen sich auf ganze Personen, keine unappetitlichen Teile ihrer Anatomie.«
»Angenommen, wir hätten eine ganze Leiche gefunden. Wenn sie namenlos wäre und man sie auch nicht hätte identifizieren können, würde sie dann hier registriert werden?«
»Nein. Es könnte ein Auswärtiger oder ein Sklave sein. Warum sollte das jemanden interessieren? Wir registrieren nur das Ableben in Rom wohnhafter Bürger.«
»Na gut, gehen wir es mal von der anderen Seite her an. Was ist, wenn jemand vermisst wird? Ein Bürger, einer aus den drei Ständen? Wenn ihre verzweifelten Angehörigen gezwungen sind, die Person für tot zu halten, kommen sie dann zu euch?«
»Kann sein. Das liegt ganz an ihnen.«
»Wieso das?«
»Wenn sie eine formelle Bestätigung brauchen, dann können sie von uns eine Urkunde bekommen.«
»Aber die wird für offizielle Zwecke nicht gebraucht?«
Silvius vergewisserte sich mit einem Blick bei Brixius. »Wenn die vermisste Person ein Familienvorstand war, dann wür-

de die Urkunde das Schatzamt davon überzeugen, dass er nicht mehr der Steuerpflicht unterliegt, da er seine Schulden im Hades bezahlt. Der Tod ist die einzige anerkannte Steuerbefreiung.«

»Sehr witzig.«

»Für die Testamentseröffnung braucht man kein formelles Dokument?«, warf Helena ein.

Ich schüttelte den Kopf. »Testamentsvollstrecker können es jederzeit öffnen, wenn sie es für sinnvoll halten.«

»Und wenn sie einen Fehler begehen, Marcus?«

»Wenn dem Zensor absichtlich falsche Angaben über einen Todesfall gemacht werden«, erwiderte ich, »oder wenn ein Testament wissentlich vorzeitig eröffnet wird, ist das ein schweres Vergehen – Diebstahl und im Falle des Testaments wahrscheinlich Verschwörung. Ein unbeabsichtigter Fehler würde wohl nicht so streng geahndet werden, nehme ich an. Was würdet ihr machen, Jungs, wenn jemand, den ihr als tot registriert habt, unerwartet wieder auftaucht?«

Silvius und Brixius zuckten mit den Schultern und sagten, das sei dann eine Sache für ihre Vorgesetzten. Sie betrachteten ihre Vorgesetzten natürlich als Idioten.

Fehler interessierten mich nicht. »Wenn die Leute kommen und einen Sterbefall registrieren lassen, dann müssen sie nicht beweisen, dass derjenige wirklich tot ist?«

»Niemand muss das *beweisen*, Falco. Sie geben eine feierliche Erklärung ab. Es ist ihre Pflicht, die Wahrheit zu sagen.«

»Ah ja, Aufrichtigkeit ist also eine *Pflicht*!«

Silvius und Brixius schnalzten missbilligend mit der Zunge über meine Ironie.

»Es muss tatsächlich keine Leiche da sein?« Helena war besonders neugierig wegen des jüngeren Bruders ihres Vaters, der mit Sicherheit tot war, aber kein Begräbnis erhalten hatte, weil seine Leiche verschwunden war.

Ich versuchte nicht daran zu denken, dass ich den verwesten Kadaver von Helenas verräterischem Onkel höchstpersönlich in die Kloake befördert hatte, um dem Kaiser Komplikationen zu ersparen, und sagte: »Es kann viele Gründe geben, warum kein Leichnam vorhanden ist. Krieg, Schiffsunglücke ...« Das war die offizielle Version für den Tod von Helenas Onkel Publius.

»Verschleppung durch die Barbaren«, trillerte Silvius.

»Durchbrennen mit dem Bäcker«, fügte Brixius, der Zynischere der beiden, hinzu.

»Ja, genau so was meine ich«, sagte ich. »Jemand, der aus unbekanntem Grund verschwindet. Das *kann* ein durchgebrannter Ehebrecher sein oder eine Entführung und Mord.«

»Manchmal verschwinden die Leute absichtlich«, sagte Brixius. »Der Druck, unter dem sie stehen, wird unerträglich, und sie hauen ab. Mag sein, dass sie eines Tages nach Hause kommen oder nie wieder auftauchen.«

»Und wenn nun ein Verwandter zugibt, dass der Gemeldete nicht steif auf der Totenbahre liegt, sondern nur vermisst wird?«

»Wenn er wirklich glaubt, dass die Person tot ist, sollte er genau das melden.«

»Warum? Was würdet ihr sonst tun?«, fragte Helena mit einem Lächeln.

Brixius grinste. »Wir haben so unsere Möglichkeiten, ihnen das Leben extrem schwer zu machen. Aber wenn die Umstände unverdächtig scheinen, stellen wir ein ganz normales Dokument aus.«

»Normal?«, fragte ich zweifelnd. »Was – kein kleiner Stern am Rand? Keine andersfarbige Tinte? Kein Eintrag in einer besonderen Schriftrolle?«

»Oh!«, quiekte Silvius. »Falco will Einsicht in unsere besondere Schriftrolle!«

Brixius stützte sich auf die Ellbogen und betrachtete mich verschmitzt. »Was für eine besondere Schriftrolle soll das denn sein, Falco?«

»Die, auf der ihr fragwürdige Meldungen eintragt, wegen denen es später Ärger geben könnte.«

»Na, das ist mal eine gute Idee. Ich könnte das als Vorschlag der Angestellten einreichen und den Zensor dazu bringen, das System per Edikt einzuführen.«
»Wir haben schon genug Systeme«, stöhnte Silvius.
»Genau. Hör zu, Falco«, erklärte Brixius aufgeräumt, »wenn irgendwas stinkt, wird jeder Schreiber, der nicht nur Stroh in der Birne hat, den Eintrag vornehmen, als hätte er nichts bemerkt. Falls es dann später irgendein hässliches Nachspiel geben sollte, kann er immer noch sagen, er hätte nichts Faules gerochen.«
»Ich will mich ja auch nur vergewissern«, fuhr ich fort, obwohl ich erkannte, wie hoffnungslos es war, »ob ihr hier irgendwelche brauchbaren Informationen haben könntet, wenn jemand in Rom vermisst wird.«
»Nein«, sagte Brixius.
»Nein«, pflichtete Silvius bei.
»Das Sterberegister ist eine ehrbare Tradition«, setzte Brixius hinzu. »Niemand ist je auf die Idee gekommen, dass es tatsächlich einem vernünftigen Zweck dienen könnte.«
»Wenn du das sagst.« Das brachte mich alles nicht weiter. Tja, daran war ich gewöhnt.
Helena bat Brixius, ihr das Baby wiederzugeben, und wir gingen nach Hause.

VII

Ich wusste, dass Helena an ihren toten Onkel dachte, und wollte angesichts dessen, was ich mit ihm gemacht hatte, unangenehmen Fragen aus dem Weg gehen. Also verfiel ich auf die Ausrede, mich um Petronius kümmern zu müssen. Da ich nur auf der anderen Straßenseite sein würde, klang es harmlos, und Helena stimmte zu.

Meine alte Wohnung, die ich Petro zur Verfügung gestellt hatte, befand sich im sechsten Stock eines absolut scheußlichen Mietshauses. Diese Kaserne voll düsterer Rattenlöcher ragte über die Brunnenpromenade wie ein verfaulter Zahn und hielt das Licht ebenso erfolgreich fern wie die Hoffnung der Mieter auf Glücklichsein. Über das ganze Erdgeschoss erstreckte sich eine Wäscherei, geführt von Lenia, die den Hausbesitzer Smaractus geheiratet hatte. Wir hatten sie alle beschworen, das nicht zu tun, und sie hatte mich auch prompt eine Woche nach der Hochzeit gefragt, ob sie sich meiner Meinung nach wieder von ihm scheiden lassen sollte.

Den größten Teil der Woche hatte sie allein geschlafen. Ihr unappetitlicher Liebster war der Brandstiftung angeklagt und nach einem Unfall mit den Hochzeitsfackeln, bei dem das Brautbett in Flammen aufgegangen war, von den Vigiles eingesperrt worden. Alle hatten das zum Totlachen gefunden – bis auf Smaractus, der sich übel verbrannt hatte. Nachdem die Vigiles ihn wieder entließen, wurde er unausstehlich, was Lenia angeblich total überraschte. Diejenigen von uns, die ihm seit Jahren Miete gezahlt hatten, kannten seinen fiesen Charakter längst.

Sie waren immer noch verheiratet. Lenia hatte Jahre gebraucht, sich dazu durchzuringen, ihr Vermögen mit ihm zu teilen, und würde wahrscheinlich genauso lange mit dem Rauswurf warten. Bis dahin blieb ihren alten Freunden nichts anderes übrig, als sich endlose Debatten über das Thema anzuhören.

Leinen voll nasser Wäsche hingen vor dem Eingang, was mir die Möglichkeit gab, mich vorbeizuschleichen und auf der Treppe zu sein, bevor Lenia mich bemerkte. Aber Nux, das freche Fellknäuel, sauste hinein und bellte wie wild. Wütende Schreie der Bottichstampferinnen und Kremplerinnen ertönten, dann kam Nux mit einer Toga im Maul wieder herausgerannt, verfolgt von Lenia selbst.

Sie war eine wildäugige, übergewichtige Furie mit wirrem Haar, verfügte aber dank ihrer Arbeit über ansehnliche Muskeln. Ihre Hände und Füße waren durch den ständigen Umgang mit warmem Wasser rot und geschwollen, und ihr Haar gab sich den Anschein, ebenfalls grellrot zu sein. Ein bisschen außer Atem, brüllte sie meinem Hund Obszönitäten nach, doch der hatte sich schon über die Straße davongemacht.

Lenia hob die Toga auf. Sie schüttelte sie lethargisch aus und tat so, als würde sie die neuen Dreckstreifen darauf nicht sehen. »Ach, du bist zurück, Falco?«

»Hallo, du alte Schreckschraube. Wie läuft das Geschäft mit der dreckigen Wäsche?«

»Es stinkt, wie immer.« Sie hatte eine Stimme, die man bis zum Palatin hören konnte, von der Süße einer eintönigen Trompete, die bei einer Legionärsparade Signal blies. »Hast du diesem Drecksack Petronius erlaubt, oben zu pennen?«

»Ja, hab ich. Wir arbeiten jetzt zusammen.«

»Deine Mutter war hier, mit ihrer zahmen Schlange im Schlepptau. Sie behauptet, du würdest für ihn arbeiten.«

»Lenia, ich mach seit zwanzig Jahren schon nicht mehr das, was meine Mutter mir sagt.«

»Große Töne, Falco!«

»Ich arbeite *für* mich und *mit* Leuten, die ich auf Grund ihrer Fä-

higkeiten, ihrer Verwendungsfähigkeit und ihres freundlichen Wesens auswähle.«
»Deine Mama sagt, Anacrites wird dich auf Trab halten.«
»Und ich sage, er kann auf ein Katapult krabbeln und sich über den Tiber schießen lassen.«
Lenia lachte. Ihre Heiterkeit hatte etwas Spöttisches. Sie kannte die Macht, die Mama über mich hatte – oder zu haben meinte.

Atemlos kam ich oben an, nicht mehr an den Aufstieg gewöhnt. Petronius schien überrascht, dass nur ich es war. Aus irgendeinem Grund nahm er an, dass ihm wegen seiner kunstvollen Werbung am Forum vornehme Klienten mit interessanten Rechtsproblemen die Tür einrennen würden. Natürlich war keiner gekommen.
»Hast du unsere Adresse angegeben?«
»Bring mich nicht zum Weinen, Falco.«
»Also, hast du's getan?«
»Ja.« Ein unbestimmter Ausdruck huschte über sein Gesicht.
Die Wohnung sah kleiner und schäbiger denn je aus. Es gab zwei Zimmer, eines zum Schlafen und das zweite für alles andere, dazu noch einen Balkon. Der hatte das, was Smaractus als »Flussblick« bezeichnete. Was stimmte, wenn man bereit war, vollkommen verdreht auf der Balkonbrüstung zu sitzen. Es war gerade genug Platz, um mit einer Liebsten draußen auf einer Bank zu hocken, wobei man klugerweise nicht allzu viel wackeln sollte, damit die Balkonstützen nicht abbrachen.
Das Einzige, was ich bei unserem Umzug auf die andere Straßenseite mitgenommen hatte, waren mein Bett, ein antiker Dreibeintisch, den Helena mir einst geschenkt hatte, und unsere Küchenutensilien (nicht gerade von kaiserlichem Standard). Das hieß, dass es jetzt nichts mehr gab, worauf man schlafen konnte, aber Petro hatte es sich mit einer Art Bettzeugrolle auf dem Boden bequem gemacht, offenbar einem Überbleibsel aus unseren Armeetagen. Ein paar Kleidungsstücke hingen an den Haken,

die ich angebracht hatte, als ich noch hier wohnte. Auf einem Hocker waren pedantisch seine persönlichen Toilettenartikel aufgereiht: Kamm, Zahnstocher sowie Strigilis und Ölflasche für die Bäder.

Im äußeren Zimmer hatte sich kaum etwas verändert. Es gab einen Tisch, eine Bank, eine kleine steinerne Kochstelle, zwei Lampen und einen Eimer für den Abfall. Auf dem Rost stand ein blank gescheuertes Essgeschirr, das ich nicht kannte. Der Tisch war mit einer Schale und einem passenden Becher aus rotem Ton gedeckt, dazu ein Löffel und ein Messer. Umsichtiger, als ich es je gewesen war, hatte Petronius bereits einen Laib Brot, Eier, Trockenbohnen, Salz, Pinienkerne, Oliven, einen Salatkopf und einen kleinen Stapel Sesamkuchen gekauft. Er hatte eine Vorliebe für Süßes.

»Komm rein. Tja, Marcus, mein Junge, das ist wie in alten Zeiten.« Mir sank das Herz. Natürlich empfand auch ich eine gewisse Nostalgie bei dem Gedanken an die alten Zeiten der Freiheit, der Frauen, des Suffs und der sorglosen Herumtrödelei … Nostalgie war was Nettes, aber mehr auch nicht. Das Leben geht weiter. Wenn Petronius wieder in die Jugendzeit zurückverfallen wollte, dann musste er das allein tun. Ich hatte mich zu sehr an sauberes Bettzeug und regelmäßige Mahlzeiten gewöhnt.

»Du weißt, wie man es sich gemütlich macht.« Ich fragte mich, wie bald der Reiz des Neuen verfliegen würde.

»Man muss ja nicht in solcher Verkommenheit leben, wie du es getan hast.«

»Mein Leben als Junggeselle war total anständig.« Das hatte es auch sein müssen. Ich hatte viel Zeit damit verbracht, Frauen mit übertriebenen Schilderungen der Annehmlichkeiten in meine Wohnung zu locken. Sie wussten alle, dass ich log, aber so, wie ich redete, erwarteten sie zumindest einen gewissen Standard. Außerdem hatten sie alle davon gehört, dass meine Mutter sich um mich kümmerte, auch nachdem ich bei ihr ausgezogen war. »Mama hat den Schaben das Fürchten beigebracht. Und Helena hat hier alles sehr sauber gehalten, nachdem sie eingezogen war.«

»Ich musste unter der Kochbank den Schmutz wegwischen.«

»Führ dich nicht so auf. Keiner putzt unter der Kochbank.«

Petronius Longus streckte sich. Dabei stieß er an die Decke und fluchte kurz. Ich warnte ihn davor, das im Schlafzimmer zu tun, weil er dabei durch die Dachziegel stoßen konnte. Und die würden dann runterfliegen und Leute auf der Straße erschlagen, deren Verwandte ihn daraufhin verklagen würden. Bevor er anfangen konnte, mich wegen der Wahl meiner Wohnung zu kritisieren, sagte ich: »Mir fällt nur ein erstaunlicher Mangel in deiner perfekten Haushaltsführung auf – keine Amphoren.«

Ein düsterer Ausdruck verdunkelte Petros Gesicht. Mir fiel ein, dass der Wein in dem Haus lagerte, das Silvia nach wie vor besetzt hielt. Sie würde wissen, was es für ihn bedeutete, nicht an seinen Wein kommen zu können. Wenn ihre Auseinandersetzung weiter so bitter blieb, konnte es gut sein, dass Petronius seine wunderbare zehnjährige Sammlung nie wieder sah. Er schaute elend aus.

Zum Glück war noch eine halb volle Amphore von mir unter einem der Bodenbretter versteckt. Rasch zog ich sie heraus und setzte Petronius auf den Balkon in die Abendsonne, damit er sein Unglück vergaß.

Ich hatte immer noch vor, nach Hause zu gehen und mit Helena zu Abend zu essen, aber irgendwie dauerte es länger, als ich gedacht hatte, Petro wieder aufzumuntern. Er war tief deprimiert. Er vermisste seine Kinder und die Vigiles sogar noch mehr. Er war wütend auf seine Frau, konnte aber seine Wut nicht an ihr auslassen, da sie sich weigerte, mit ihm zu sprechen. Er war bereits misstrauisch, was die Arbeit mit mir betraf. Unsicherheit über seine Zukunft hatte an ihm zu nagen begonnen, und statt sich auf sein neues Leben zu freuen, wurde er immer trotziger. Ich ließ ihm den Vorrang beim Wein, was ihm durchaus recht war.

Bald hatten wir beide genug getrunken, um uns erneut über die

abgetrennte Hand zu streiten. Dann blieb uns nichts anderes mehr übrig, als über den Zustand der Gesellschaft, die Brutalität der Stadt, die Härte des Lebens und die Grausamkeit der Frauen zu lamentieren.
»Wie sind wir denn auf die Grausamkeit der Frauen gekommen?«, wunderte ich mich. »Fusculus meint, die Hand stamme höchstwahrscheinlich von einer Frau – also wurde sie vermutlich von einem wütenden Mann abgehackt.«
»Sei doch nicht so kleinlich.« Petro hatte jede Menge Theorien über die Brutalität von Frauen auf Lager und würde mich stundenlang damit vollquatschen, wenn ich ihn ließ.
Ich lenkte ihn mit unseren vergeblichen Nachforschungen im Atrium Libertatis ab. »Da hast du's, Petro. Irgendeine arme Schlampe ist tot. Tot und unbegraben. Zerlegt wie ein Brathuhn und dann in die Wasserzufuhr geworfen.«
»Wir sollten etwas unternehmen.« Das war eine gewaltige Erklärung für einen Mann, der vergessen hatte zu essen, sich jedoch gut daran erinnerte, wofür ein Weinbecher da war.
»Was denn zum Beispiel?«
»Versuchen, mehr über diese Leiche rauszufinden – wo der Rest davon ist.«
»Ach, wer weiß?« Mein Kopf schwamm mehr, als es meinem Gewissen recht war. Ich war nicht allzu sehr darauf erpicht, die sechs Stockwerke hinunterzustolpern und dann auf der anderen Straßenseite die paar Stufen wieder hinauf, um nach Hause zu Helena zu gelangen.
»Jemand weiß es. Jemand hat es getan. Er lacht sich ins Fäustchen. Denkt, er ist damit durchgekommen.«
»Ist er ja auch.«
»Du bist ein elender Pessimist, Falco.«
»Ein Realist.«
»Wir werden ihn finden.«
Es war jetzt klar, dass wir uns furchtbar besaufen würden.
»Du kannst ihn finden.« Ich versuchte aufzustehen. »Ich muss los und mich um meine Frau und das Baby kümmern.«

»Ja.« Petro war großmütig, erfüllt von der verzweifelten Selbstaufopferung der frisch Beraubten und schwer Betrunkenen. »Mach dir keine Gedanken um mich. Das Leben muss weitergehen. Schau, dass du zu deiner kleinen Julia und zu Helena kommst, mein Junge. Entzückendes Baby. Entzückende Frau. Du bist ein glücklicher Mann, ein prima Kerl …«

Ich konnte ihn nicht allein lassen. Also nahm ich wieder Platz. Gedanken hatten sich im Kopf meines alten Freundes festgesetzt, wirbelten herum wie aus der Bahn geratene Planeten.

»Die Hand hat ihren Weg zu uns gefunden, weil wir diejenigen sind, die das aufklären können.«

»Nein, weil wir idiotischerweise gefragt haben, was es ist, Petro.«

»Aber das ist es ja gerade. Wir haben Fragen gestellt. Genau darum geht es, Marcus Didius – am richtigen Ort zu sein und die entsprechenden Fragen zu stellen. Und Antworten zu wollen. Hier sind noch ein paar Fragen: Wie viele Körperteile schwimmen noch wie die Krabben in der städtischen Wasserversorgung herum?«

Ich machte mit. »Wie viele Leichen?«

»Wie lange sind sie da schon?«

»Wer wird dafür sorgen, auch die restlichen Teile dieser Leiche zu finden?«

»Niemand.«

»Also beginnen wir mit der anderen Seite des Rätsels. Wie sucht man eine vermisste Person in einer Stadt, in der es überhaupt kein Verfahren dafür gibt, verlorene Seelen zu finden?«

»Wo die gesamte Verwaltung strikt in Bereiche eingeteilt ist?«

»Wenn die Person ermordet wurde und wenn das in einem anderen Teil der Stadt geschah als dort, wo die abgetrennte Hand aufgetaucht ist, wer ist dann verantwortlich für die Aufklärung dieses Verbrechens?«

»Einzig wir – wenn wir bekloppt genug sind, den Auftrag anzunehmen.«

»Wer wird sich denn schon die Mühe machen, uns darum zu bitten?«, wollte ich wissen.
»Nur ein Freund oder Verwandter des Verstorbenen.«
»Vielleicht hat er – oder sie – keine Verwandten oder sonst jemanden, den das kümmert.«
»Eine Hure.«
»Oder ein entlaufener Sklave.«
»Ein Gladiator?«
»Nein. Gladiatoren haben Trainer, die ihre Investition schützen. Die Mistkerle kümmern sich selbst darum, wenn einer von ihren Leuten vermisst wird. Vielleicht ein Schauspieler oder eine Schauspielerin.«
»Ein ausländischer Besucher Roms.«
»Es gibt bestimmt eine Menge Leute, die nach vermissten Verwandten suchen«, sagte ich traurig. »Aber wie sollen sie in einer Millionenstadt wie Rom davon hören, dass eine verschrumpelte Hand gefunden worden ist? Und selbst wenn, wie sollen wir jemals so was wie das identifizieren?«
»Wir geben eine Anzeige auf«, entschied Petronius. Er dachte, das sei die Antwort auf alles.
»Liebe Götter, nein. Wir bekämen nur tausende von wertlosen Antworten. Und was würden wir denn da reinschreiben?«
»Andere Teile des Rätsels.«
»Andere Teile der Leiche?«
»Vielleicht lebt der Rest ja noch, Falco.«
»Also suchen wir nach einem Einhändigen?«
»Wenn er noch lebt. Ein Toter antwortet nicht auf eine Anzeige.«
»Ein Mörder ebenfalls nicht. Du bist betrunken.«
»Du auch.«
»Dann werde ich mal lieber über die Straße taumeln.«
Er versuchte mich zu überzeugen, dass ich besser noch bleiben und wieder nüchtern werden sollte. Ich hatte genug Besäufnisse mitgemacht, um zu wissen, wie vergeblich das war.

Es kam mir schon äußerst merkwürdig vor, Petronius Longus als den lasterhaften Junggesellen agieren zu sehen, der die ganze Nacht durchsaufen wollte, während ich der nüchterne Familienvater war, der nach einer Ausrede suchte, um heimschleichen zu können.

VIII

Sechs Stockwerke runterzulaufen sollte eigentlich reichen, um den Suff aus dem Kopf zu vertreiben, aber es führt nur dazu, dass man sich blaue Flecken holt, wenn man die Kurven nicht richtig nimmt. Und wenn man deswegen flucht, kann man unerwünschte Aufmerksamkeit erregen.

»Falco! Komm her! Sag mir, ob ich Smaractus verlassen soll.«

»Nicht nur verlassen, Lenia. Der Mann ist das reinste Ungeziefer. Hau ihn um und trampel so lange auf ihm rum, bis er zu quieken aufhört.«

»Aber was ist mit meiner Mitgift?«

»Das hab ich dir doch schon gesagt. Lass dich von ihm scheiden, dann kannst du sie behalten.«

»Er behauptet aber was anderes.«

»Ach ja? Er hat dir ein Leben in Wohlstand, Frieden und immer währendem Glück versprochen, wenn du ihn heiratest. Das war eine Lüge, oder?«

»Das ist eine Lüge, die selbst er nie an mir ausprobiert hat, Falco.«

Vielleicht hätte ich in der Wäscherei bleiben und versuchen sollen, meine alte Freundin Lenia zu trösten. Früher hatte ich die Hälfte meiner Zeit in dem Kabuff verbracht, das sie als Büro benutzte, hatte scheußlichen Wein mit ihr getrunken und über die Ungerechtigkeit und den Mangel an Denarii geklagt. Doch jetzt, da sie nach wie vor mit Smaractus verheiratet war, bestand jederzeit die Möglichkeit, dass er reingeschlurft kam, also

vermied ich dieses Risiko. Außerdem hatte ich selbst ein Heim, in das ich gehen konnte, sobald mich niemand mehr davon ablenken würde.
Nur wusste ich nicht, dass mein Zuhause von einem anderen Ungeziefer heimgesucht worden war: Anacrites.
»Hallo, Falco.«
»Hilfe! Hol mir einen Besen, Helena. Jemand hat eine widerliche Küchenschabe hier reingelassen.« Anacrites schenkte mir ein ruhiges, duldsames Lächeln. Das brachte mich fast zum Platzen.
Helena Justina musterte mich scharf. »Wie geht es deinem Freund?« Sie hatte offenbar entschieden, dass Petronius' Aufenthalt in unserer alten Wohnung zu einer Bedrohung des häuslichen Friedens werden könnte.
»Der wird schon wieder.«
Woraus Helena schloss, dass es ihm sehr schlecht ging. »Es gibt Pinienkernomelett und Salat.« Sie hatte ihres bereits gegessen. Mein Teller war noch an seinem Platz. Es war etwas weniger drauf, als ich mir genommen hätte, das Omelett war kalt geworden, und daneben stand ziemlich anzüglich ein Becher Wasser.
Anacrites warf sehnsuchtsvolle Blicke auf meine Mahlzeit, aber es war nicht zu übersehen, dass er ausgeschlossen war. Helena beachtete ihn nicht. Sie konnte ihn genauso wenig leiden wie ich, obwohl sie keine so strengen Ansichten über seine Tüchtigkeit oder seinen Charakter hatte. Helena verabscheute ihn nur, weil er versucht hatte, mich umbringen zu lassen. Mir gefallen Mädchen mit Prinzipien. Besonders, wenn das Mädchen meint, ich sei es wert, am Leben zu bleiben.
»Wie stehen die Chancen, dass Petronius seine Stelle zurückbekommt?« Anacrites kam direkt zum Anlass seines Besuchs. Vor seiner Kopfverletzung wäre er nie so mit der Tür ins Haus gefallen. Er hatte seine Hinterlist und seine aalglatte, umstürzlerische Selbstsicherheit verloren. Aber seine Augen waren noch genauso wenig vertrauenswürdig wie immer.

Ich zuckte mit den Schultern. »Balbina Milvia ist ein hübsches Mädchen.«
»Sie glauben, es ist ihm ernst mit seiner Vernarrtheit?«
»Ich glaube, Petronius Longus kann es nicht leiden, wenn man ihm sagt, was er zu tun hat.«
»Ich hatte gehofft, es gäbe die Möglichkeit einer Zusammenarbeit mit Ihnen, Falco.«
»Jeder würde denken, Sie hätten Angst vor meiner Mutter.«
Er grinste. »Haben das nicht alle? Es ist mir ernst damit.« Mir war es auch ernst damit, ihm aus dem Weg zu gehen.
Ich setzte meine Mahlzeit fort. Ich hatte nicht vor, Witze mit ihm über Mama zu reißen. Helena ließ sich auf dem zweiten Hocker neben mir nieder. Sie verschränkte die Hände auf dem Tischrand und funkelte Anacrites an. »Ihre Frage scheint beantwortet zu sein. War das alles, weswegen Sie gekommen sind?«
Ihre Feindseligkeit machte ihn offenbar nervös. Seine bleichen grauen Augen blickten unsicher. Seit er den Schlag auf den Kopf bekommen hatte, schien er sowohl körperlich als auch geistig geschrumpft zu sein. Es war merkwürdig, ihn hier bei uns sitzen zu haben. In früheren Zeiten war ich Anacrites nur in seinem Büro auf dem Palatin begegnet. Bevor Mama ihn mit zu unserem Fest gebracht hatte, war er Helena nie offiziell vorgestellt worden, also musste er sich wohl fragen, wie er mit ihr umgehen sollte. Helena hatte ihrerseits schon vor dieser Begegnung genug von den Schwierigkeiten gehört, die Anacrites mir bereitet hatte; sie hatte keinerlei Zweifel daran, wie sie auf ihn reagieren sollte.
Ohne weiter auf Helena zu achten, wandte er sich noch mal bittend an mich. »Wir könnten eine gute Partnerschaft aufbauen, Falco.«
»Ich arbeite mit Petro. Abgesehen von der Tatsache, dass man ihn beschäftigen muss, sind wir alte Mannschaftskameraden.«
»Das könnte das Ende eurer Freundschaft sein.«
»Sie sind ein pessimistisches Orakel.«
»Ich kenne nur den Lauf der Welt.«

»Sie kennen uns nicht.«
Er verbiss sich eine Erwiderung. Ich hielt den Kopf über meinen Teller gesenkt und machte keine Anstalten, das Gespräch fortzusetzen, bis der Spion den Wink verstand und nach Hause ging.
Helena Justina sah mich an. »Was meinst du, worauf ist er aus?«
»Ich habe ihm schon neulich klargemacht, was ich von ihm halte. Er muss ganz impulsiv beschlossen haben, noch mal hier aufzutauchen. Das muss an dem Schlag auf seinen Kopf liegen.«
»Deine Mutter sagt, er sei sehr vergesslich. Und er konnte den Krach auf dem Fest nur schwer ertragen. Bei dem stimmt was nicht.«
»Umso mehr Grund, nicht mit ihm zusammenzuarbeiten. Ich kann mir nicht leisten, einen Versager mit mir rumzuschleppen. Egal, was Mama sagt, er bringt es einfach nicht.«
Helena musterte mich immer noch kritisch. Ich genoss die Aufmerksamkeit. »Petro kommt also zurecht. Und was ist mit dir, Marcus Didius?«
»Ich bin nicht so betrunken, wie ich hätte sein können, und nicht mehr so hungrig, wie ich war.« Ich wischte den Teller ordentlich mit dem letzten Rest des Brötchens aus und legte das Messer im exakten rechten Winkel darüber. Dann leerte ich den Wasserbecher wie ein Mann, der dieses Getränk wirklich köstlich fand. »Vielen Dank.«
Helena neigte ruhig den Kopf. »Du hättest Petronius mit rüberbringen können«, räumte sie ein.
»Vielleicht ein andermal.« Ich hob ihren Kopf und küsste ihn. »Was mich angeht, ich bin genau da, wo ich sein möchte«, erklärte ich. »Bei den Menschen, zu denen ich gehöre. Alles ist wunderbar.«
»Du sagst das, als würde es stimmen«, spottete Helena. Aber sie lächelte mich an.

IX

Mein nächstes Abendessen verspeiste ich in luxuriöserer Umgebung, wenn auch keine so gemütliche Atmosphäre herrschte. Wir nahmen eine offizielle Einladung von Helenas Eltern wahr. Den Camilli gehörten zwei Häuser in der Nähe der Porta Capena. Ihnen standen alle Annehmlichkeiten der geschäftigen Umgebung der nahe gelegenen Via Appia zur Verfügung, doch die Häuser befanden sich verborgen an einer ruhigen Straße, in der nur die Oberschicht willkommen war. Ich hätte nie dort leben können. Die Nachbarn steckten ihre Nase viel zu sehr in die Angelegenheiten der anderen. Und irgendjemand hatte ständig einen Ädilen oder einen Prätor zum Essen da, was bedeutete, dass die Bürgersteige sauber gehalten werden mussten, damit ihre vornehme Enklave nicht von höherer Stelle kritisiert wurde.

Helena und ich waren zu Fuß vom Aventin gekommen. Ihre Eltern würden darauf bestehen, uns in ihrer ramponierten Sänfte mit den reichlich klapprigen Sklaventrägern nach Hause zu schicken, also genossen wir den Spaziergang durch das Gewühl des vorabendlichen Roms. Ich trug das Baby. Helena hatte sich freiwillig bereit erklärt, den großen Korb mit Julias Siebensachen zu schleppen: Rasseln, zusätzliche Windeln, saubere Tuniken, Schwämme, Tücher, Flaschen mit Rosenwasser, Decken und die Lumpenpuppe, die sie mit Wonne aufzuessen versuchte.

Als wir unter der Porta Capena hindurchkamen, über die die Aquädukte der Aqua Appia und Aqua Marcia verlaufen, wurden wir aus den berühmten Wasserlecks besprüht. Der Augustabend war so warm, dass wir bereits wieder trocken waren, als wir das Haus der Camilli erreichten und ich mich in die richtige Stimmung versetzte, den Pförtner von seinem Würfelspiel abzubringen. Er war ein Trottel ohne Zukunft, ein schlaksiger Rüpel mit einem flachen Kopf, der es sich zur Lebensaufgabe gemacht hatte, mich zu erzürnen. Die Tochter des Hauses gehörte jetzt mir. Es war Zeit, aufzugeben, aber er war zu bescheuert, das zu merken.

Die ganze Familie hatte sich zu einem zeremoniellen Empfang unserer neugeborenen Tochter versammelt. Wenn man bedachte, dass zum Haushalt zwei Söhne von Anfang zwanzig gehörten, war das schon eine reife Leistung. Aelianus und Justinus hatten dem Ruf der Theater und der Rennen, der Tänzerinnen und Musikerinnen, Lyriklesungen und Essen mit betrunkenen Freunden widerstanden, um ihre erstgeborene Nichte zu begrüßen. Ich fragte mich im Stillen, welche Drohungen von Taschengeldentzug dem vorausgegangen waren.

Wir reichten Julia weiter, um sie bewundern zu lassen, und zogen uns eilends in den Garten zurück.

»Ihr zwei seht erschöpft aus!« Decimus Camillus, Helenas Vater, hatte sich zu uns hinausgeschlichen. Er war groß, ging etwas gebeugt, hatte kurzes, glattes, abstehendes Haar und so seine Probleme. Er war ein Freund des Kaisers, musste aber immer noch gegen den Schatten eines Bruders ankämpfen, der versucht hatte, die Währung zu unterminieren und den Staat aus den Fugen zu bringen; Decimus konnte nicht damit rechnen, je einen höheren Posten zu bekommen. Zudem verfügte er auch nur über wenig Bares. Im August hätte eine Senatorenfamilie sich eigentlich in einer Villa an der Bäderküste von Neapolis oder an den Hängen eines ruhigen Sees sonnen sollen. Die Camilli besaßen Güter im Inneren des Landes, aber kein angemessenes Sommerhaus. Sie verfügten über Grundbesitz im Wert von einer Million Sesterzen, die zur Aufnahme in

den Senatorenstand nötig waren, hatten aber so wenig Bargeld, dass sie weder finanziell noch gesellschaftlich darauf bauen konnten.
Er hatte uns Seite an Seite auf einer Bank in der Kolonnade sitzend gefunden, die Köpfe zusammen und bewegungslos, völlig erledigt.
»Ein Baby zu versorgen ist harte Arbeit«, meinte ich grinsend.
»Hat man Ihnen einen Blick auf unseren Schatz erlaubt, bevor er Ihnen von gurrenden Frauen entrissen wurde?«
»Sie scheint Erfahrung im Umgang mit Publikum zu haben.«
»Allerdings«, bestätigte Helena und brachte die Kraft auf, ihren Papa zu küssen, der sich zwanglos neben uns quetschte. »Und wenn sie dann genug davon hat, neigt sie dazu, ihre Bewunderer voll zu kotzen.«
»Klingt wie jemand, den ich einst kannte«, sinnierte der Senator.
Helena, seine Älteste, war sein Liebling, und wenn mich meine Intuition nicht täuschte, würde Julia gleich danach kommen. Strahlend beugte er sich über Helena und klopfte mir auf den Arm. Er hätte mich als Eindringling betrachten sollen, stattdessen war ich ein Verbündeter. Ich hatte ihm eine schwierige Tochter abgenommen und bewiesen, dass ich beabsichtigte, bei ihr zu bleiben. Ich hatte selbst kein Geld, kam jedoch im Gegensatz zu einem herkömmlichen Patrizierschwiegersohn nicht jeden Monat an und winselte um ein Darlehen.
»Ihr seid also aus Baetica zurück, Marcus und Helena – und in gutem Ansehen, wie diejenigen auf dem Palatin sagen, die es wissen müssen. Marcus, deine Zerschlagung des Olivenölkartells hat den Kaiser sehr zufrieden gestellt. Wie sehen deine weiteren Pläne aus?«
Ich sagte ihm, dass ich mit Petronius arbeite, und Helena berichtete von unserem gestriges Geplänkel mit dem Schreiber des Zensors.
Decimus stöhnte. »Hast du deinen eigenen Zensus schon erledigt? Ich hoffe, du hast dabei mehr Glück, als ich es hatte.«

»Inwiefern?«
»Ich bin da hinmarschiert, voller Selbstzufriedenheit, dass ich prompt meinen Bericht ablieferte, und man hat mir die Einschätzung meines Vermögens nicht geglaubt. Ich hatte gedacht, meine Geschichte sei hieb- und stichfest.«
Ich pfiff leise durch die Zähne. Ich hielt ihn für einen ehrlichen Mann, soweit ein Senator das sein kann. Außerdem musste Camillus Verus nach der Geschichte mit seinem verräterischen Bruder jedes Mal seine Loyalität unter Beweis stellen, wenn er das Forum betrat. Das war ungerecht, da er eine politische Rarität war – ein selbstloser Mann der Öffentlichkeit. Da es so etwas kaum gab, glaubte ihm niemand. »Das ist hart. Haben Sie das Recht, Einspruch zu erheben?«
»Offiziell gibt es keine Rechnungsprüfung. Der Zensor kann alles auf der Stelle abweisen. Dann kann er seinerseits eine Steuereinschätzung vornehmen.«
Helena hatte ihren Sinn für Humor von ihrem Vater geerbt. Sie lachte und sagte: »Vespasian hat verkündet, er brauche hundert Millionen Sesterzen, um nach Neros Exzessen den Staatsschatz wieder aufzufüllen. Das scheint seine Methode dafür zu sein.«
»Mich auszuquetschen?«
»Du bist gutmütig, und du liebst Rom.«
»Was für eine erschreckende Verantwortung.«
»Haben Sie die Entscheidung des Zensors angenommen?«, fragte ich und lachte leise.
»Nicht ganz. Die erste Möglichkeit war, dagegen zu protestieren, was bedeutet hätte, mit viel Mühe und finanziellem Aufwand Quittungen und Belege beizubringen, über die der Zensor nur gelacht hätte. Die zweite Möglichkeit bestand darin, schweigend zu zahlen, dann würden sie mir halbwegs entgegenkommen.«
»Eine Bestechung!«, rief Helena.
Ihr Vater sah schockiert aus oder tat zumindest so. »Niemand besticht den Kaiser, Helena Justina.«
»Oh, dann war es ein *Kompromiss*«, schnaubte sie wütend.

Da es mir auf der Bank zu eng wurde, stand ich auf, um den Gartenspringbrunnen an einer nahe gelegenen Mauer zu inspizieren – ein betrunkener Silenos, aus dessen Weinschlauch ein dünnes Rinnsal sprudelte. Der arme alte Gott hatte nie viel hergemacht; heute wurde der Wasserzufluss auch noch zusätzlich durch eine Feige behindert, die von einem Baum an der sonnigen Mauer herabgefallen war. Ich fischte sie heraus. Nun gurgelte das Wasser etwas stärker.

»Danke.« Der Senator war es gewöhnt, mit Dingen umgeben zu sein, die nicht funktionierten. Ich schlenderte zu einem Beet, in dem die Taglilien vom letzten Jahr eingepflanzt waren. Sie hatten mit den Käfern zu kämpfen, ihre Blätter waren zerbissen und stark vom Brand befallen. Sie blühten nicht und würden im nächsten Jahr wahrscheinlich eingehen. Lilienkäfer sind knallrot und leicht zu übertölpeln, also schnippte ich einige in meine Hand, ließ sie auf das Steinpflaster fallen und zertrat sie.

Nachdem ich den Brunnen noch mal überprüft hatte, erzählte ich dem Senator von der abgetrennten Hand. Ich wusste, dass er für den Privatzugang zu einem der Aquädukte bezahlte. »Unser Wasser scheint recht sauber zu sein«, sagte er. »Es kommt von der Aqua Appia.«

»Genau wie das in den Brunnen auf dem Aventin«, gab ich zu bedenken.

»Ich weiß. Die Brunnen haben Vorrang. Ich zahle eine hohe Gebühr, aber die Vorschriften für Privathaushalte sind sehr strikt.«

»Die Wasserbehörde bestimmt die Ihnen zustehende Menge?«

»Die Behörde hat mir einen Calix, eine geeichte Düse, zugeteilt, die in die Wand des Beckens im Castellum eingesetzt ist.«

»Können Sie nicht das Rohr verbiegen und den Wasserzufluss erhöhen?«

»Alle privaten Zuleitungen sind aus Bronze gefertigt, um zu verhindern, dass sie illegal vergrößert werden – obwohl ich glaube, dass manche Leute es versuchen.«

»Wie groß ist Ihr Wasserrohr?«

»Nur eine Quinaria.« Also bloß etwas über einen Digiuts im

Durchmesser. Die kleinste Düse, aber da das Wasser Tag und Nacht ununterbrochen floss, reichte es für einen vernünftig geführten Haushalt. Camillus hatte kein Geld zu verschenken. Er war die Art Millionär, der ganz genau rechnen musste.
»Zu eng als Durchlass für irgendwelche Gegenstände«, bemerkte Helena.
»Ja, den Göttern sei Dank. Wir kriegen viel Sand, aber der Gedanke an irgendwelche Körperteile in meinem Brunnen wäre mir äußerst unangenehm.« Er erwärmte sich für das Thema. »Wenn sich zu viel Sand und Dreck im Aquädukt ansammelt, könnte mein Calix innerhalb des Castellums verstopfen. Privathaushalte werden immer als Erste von der Wasserversorgung abgeschnitten. Das ist wohl auch nur gerecht.« Camillus war stets tolerant. »Ich kann mir nicht vorstellen, dass die Wasserbehörde zugibt, etwas so Unhygienisches innerhalb des Castellums gefunden zu haben. Ich gehe davon aus, dass ich mit reinstem Wasser direkt von den Caerulischen Quellen versorgt werde – aber kann man das Zeug aus den Aquädukten wirklich gefahrlos trinken?«
»Halten Sie sich an Wein«, riet ich ihm. Was uns daran erinnerte, nach drinnen zum Essen zu gehen.

Als wir durch die Falttüren ins Esszimmer traten, fanden wir den Tisch üppiger gedeckt als sonst, also hatte die Vaterschaft doch Vorteile. Sieben Erwachsene würden hier speisen. Ich küsste die Wange von Julia Justa, Helenas Mutter, einer stolzen, höflichen Frau, der es gelang, dabei nicht zusammenzuzucken. Ihren ältesten Sohn Aelianus begrüßte ich mit gespielter Lauterkeit, da ich wusste, dass ihn das ärgern würde, und schenkte dann der großen, schlanker gebauten Gestalt seines Bruders Justinus ein ungeheucheltes Lächeln.
Neben der gesamten Camillus-Familie und meiner Wenigkeit war da noch Claudia Rufina, ein kluges, aber sehr ernstes junges Mädchen, das Helena und ich aus Spanien mitgebracht hatten. Sie war bei den Camilli untergekommen, weil es bei uns

kein Gästebett gab. Claudia Rufina war in der Provinz geboren, stammte aber aus einer guten Familie und wäre in jedem vornehmen Haus willkommen gewesen, da sie im heiratsfähigen Alter und die Alleinerbin eines großen Vermögens war. Helena und ich begrüßten sie freundlich. Wir hatten Claudia den Camilli in der schamlosen Hoffnung zugeführt, dass sie ihnen endlich den Weg zu einer Villa bei Neapolis ebnen konnte.

Und das schien auch zu klappen: Wir erfuhren, dass sie bereits einer Verlobung zugestimmt hatte. Die Camilli verfügten offenbar über eine gewisse Skrupellosigkeit. Weniger als eine Woche nachdem Helena und ich diese zurückhaltende junge Frau in ihrem Haus abgeliefert hatten, hatten sie ihr Aelianus angeboten. Claudia, die ihn aus seiner Zeit in Spanien kannte, war dazu erzogen, ein höflicher Gast zu sein – und Julia Justa hatte dafür gesorgt, dass sie keine anderen jungen Männer kennen lernte –, also hatte sie demütig zugestimmt. Ein Brief war an ihre Großeltern geschickt worden, der sie nach Rom einlud, um die Vereinbarungen sofort zu besiegeln. Alles war so schnell gegangen, dass wir erst jetzt davon erfuhren.

»Olympus!«, rief Helena aus.

»Ihr werdet bestimmt beide außerordentlich glücklich werden«, gelang es mir zu krächzen. Claudia schien sich über diese Worte zu freuen, als hätte noch niemand daran gedacht, dass ihr Wohlbefinden dabei auch eine Rolle spielte.

Sie würden unglücklich werden wie die meisten Paare, aber sie waren reich genug, sich ein großes Haus zu leisten, in dem sie einander aus dem Weg gehen konnten. Claudia, ein stilles Mädchen mit einer ziemlich großen Nase, trug Weiß aus Trauer um ihren Bruder, den eigentlichen Erben, der bei einem Unfall ums Leben gekommen war. Ihr war es bestimmt recht, an etwas anderes denken zu können. Aelianus wollte in den Senat eintreten, wofür er Geld brauchte; er würde mit allem einverstanden sein. Außerdem triumphierte er damit über Justinus, seinen besser aussehenden und beliebteren jüngeren Bruder.

Justinus lächelte, zuckte mit den Schultern und schaute nur

milde verwundert wie ein sanftmütiger Junge, der sich fragte, was das ganze Theater eigentlich sollte. Ich hatte einst mit ihm im Ausland eng zusammengearbeitet. Seine unbestimmte Art war nur Tarnung für ein gebrochenes Herz. Er hatte sich bis über beide Ohren in eine blonde, visionäre Prophetin in den Wäldern des noch von den Barbaren gehaltenen Teils von Germanien verliebt (obwohl er sich, kaum nach Rom zurückgekehrt, zum Trost sofort in eine noch unmöglichere Affäre mit einer Schauspielerin gestürzt hatte). Quintus Camillus Justinus sah stets so aus, als wüsste er den Weg zum Forum nicht, aber der Junge hatte verborgene Tiefen.

Der Abend verlief so friedlich, dass sich Helena auf dem Heimweg in der von den stöhnenden Sklaven getragenen Sänfte – sie hatten erwartet, dass ich nebenhergehen würde – zu dem Kommentar veranlasst sah: »Ich hoffe, du hast die Veränderung bemerkt, nachdem wir jetzt ein Kind produziert haben?«

»Inwiefern?«

Ihre großen braunen Augen warfen mir einen komplizenhaften Blick zu. »Niemand nimmt mehr die geringste Notiz von dir und mir. Niemand hat uns gefragt, wann wir uns eine bessere Wohnung suchen ...«

»Oder wann ich mir einen anständigen Beruf zulegen würde ...«

»Oder wann die offizielle Hochzeit stattfindet ...«

»Wenn ich gewusst hätte, dass das alles mit einem Baby zu erreichen ist, hätte ich mir schon längst eins geborgt.«

Helena betrachtete Julia. Völlig erschöpft nach mehreren Stunden der Bewunderung, schlief sie tief und fest. In einer Stunde, wenn ich gerade eingenickt war, würde sich das drastisch ändern. Die meisten Privatermittler bleiben ledig. Das ist einer der Gründe dafür. Andererseits bot eine nächtliche Überwachung in weit von zu Hause entfernten Straßen – selbst wenn es dabei um eine Gerberei und eine illegale Fischsoßendestillieranlage, nach Knoblauch stinkende Huren und deren mit Fleischermessern bewaffneten Zuhälter ging – plötzlich eine unerwartete Attraktivität. Ein Mann, der weiß, wie man sich anlehnt, kann sehr erfrischend im Portikus eines Ladens dösen.

»Was hältst du von der Sache mit Aelianus und Claudia?«

»Deine sanftmütigen Eltern haben den Dreh raus, wie man rasch handelt.«

»Ich hoffe, das geht gut.« Sie klang neutral, was bedeutete, dass sie besorgt war.

»Nun, sie hat Ja gesagt. Dein Vater ist ein anständiger Mann, und deine Mutter würde nie zulassen, dass Aelianus in die Falle gerät, wenn etwas schief gehen sollte.« Doch sie brauchten Claudias Geld dringend. Kurz darauf fragte ich leise: »Als du mit dem Drecksack Pertinax verheiratet wurdest, was hatte deine Mutter dazu zu sagen?«

»Nicht viel.«

Helenas Mutter hatte mich nie gemocht – was bewies, dass ihr Urteilsvermögen in Ordnung war. Helena Justinas erste Ehe war aus Gründen, die ihm in den Kram passten, von ihrem Onkel arrangiert worden (der, den ich später in die Kloake geschubst hatte), und damals hätte selbst Julia Justa kaum etwas dagegen vorbringen können. Helena hatte Pertinax so lange ertragen, wie es ihr möglich war, dann hatte sie ohne Rücksprache mit ihrer Familie die Scheidung eingereicht. Die Familie ihres Mannes hatte versucht eine Aussöhnung herbeizuführen. Aber da hatte sie mich bereits kennen gelernt. Und das war das Ende der Geschichte Pertinax.

»Bevor ihre Großeltern eintreffen, sollten wir besser noch mit Claudia reden«, sagte ich. Da wir das Mädchen hergebracht hatten, fühlten wir uns beide verantwortlich.

»Ich hab schon kurz mit ihr gesprochen, während du dich mit meinem Vater im Arbeitszimmer verkrochen hast. Übrigens«, wollte Helena mit freundlicher Stimme wissen, »was hattet ihr beide denn so Wichtiges zu bereden?«

»Nichts, Liebste. Ich hab ihn nur noch ein bisschen mehr über den Zensus jammern lassen.«

In Wirklichkeit hatte ich Camillus Verus eine Idee vorgetragen. Bei seiner Erwähnung des Zensus war mir eine Möglichkeit eingefallen, wie ich vielleicht etwas Geld verdienen konnte. Ich würde nicht sagen, dass ich meine Autorität gegenüber Helena ausspielte, indem ich ihr nichts erzählte, aber ich fand es amüsant, zuzusehen, wie lange sie brauchen würde, mir oder ihrem Vater die Einzelheiten aus der Nase zu ziehen. Helena und ich hatten keine Geheimnisse voreinander. Doch manche Pläne sind einfach Männersache. Zumindest bilden wir uns das gerne ein.

X

Glaucus, mein Trainer, war scharf wie eine Katzenkralle. Der kleine breitschultrige kilikische Freigelassene führte ein Badehaus zwei Straßen hinter dem Tempel des Castor. Daran schloss sich ein exklusives Gymnasium für Leute wie mich an, die ihren Körper aus Gründen von Leben und Tod fit halten mussten. Für andere – diskrete Kunden aus dem mittleren Rang, die sich seine Gebühren leisten konnten und deren moderate Gewohnheiten die gedämpfte Atmosphäre nicht störten – gab es eine Bibliothek und einen Laden für feines Gebäck. Glaucus erteilte Mitgliedschaften nur auf Grund persönlicher Empfehlungen.

Er kannte seine Stammkunden besser als sie sich selbst. Wahrscheinlich stand keiner von uns ihm in irgendeiner Weise nahe. Nachdem er sich zwanzig Jahre lang die Geheimnisse anderer angehört hatte, während er ihre Muskeln bearbeitete, wusste er, wie er diese Falle vermeiden vermochte. Aber er vermochte ihnen mit der Geschicklichkeit einer Drossel, die eine Schnecke aus ihrem Haus zieht, die peinlichsten Informationen zu entlocken.

Ich wusste, wie ich ihn zu nehmen hatte. Als er mit seiner Ausquetscherei anfing, grinste ich und sagte: »Es reicht, wenn du mich fragst, ob ich dieses Jahr einen Urlaub plane.«

»Du bist viel zu fett und lächerlich braun. Und deine Muskeln sind so labbrig, dass es mich wundert, wieso du nicht umfällst. Du musst irgendwo auf einem Bauernhof herumgelegen haben, Falco.«

»Ja, es war furchtbar ländlich. Aber viel Arbeit, das kann ich dir versichern.«
»Ich höre, du bist Vater geworden.«
»Stimmt.«
»Daraus schließe ich, dass du endlich gezwungen bist, deine lasche Einstellung zur Arbeit zu überdenken. Du hast einen großen Sprung nach vorne getan und arbeitest jetzt mit Petronius Longus zusammen.«
»Du hältst die Ohren offen.«
»Ich versuche nur auf dem Laufenden zu sein. Und bevor du fragst«, teilte mir Glaucus forsch mit, »das Wasser in diesem Badehaus kommt aus der Aqua Marcia. Es hat den Ruf, stets kalt und klar zu sein, von bester Qualität. Ich will nichts davon hören, dass ihr beiden Intriganten Nachforschungen über eklige Dinge im Reservoir anstellt.«
»Das ist nur ein Steckenpferd. Ich wundere mich, dass du überhaupt was davon weißt. Petro und ich bieten unsere Dienste für Scheidungsfälle und Erbschaftsangelegenheiten an.«
»Versuch nicht, mir was vorzumachen, Falco. Ich weiß, dass dein linkes Bein immer noch schwach ist, weil du es vor drei Jahren gebrochen hast. Deine gebrochenen Rippen schmerzen nach wie vor bei Nordwestwind, du kämpfst am liebsten mit dem Dolch, kannst aber auch ganz gut ringen, deine Füße sind in Ordnung, deine rechte Schulter ist eine Schwachstelle, du boxt recht ordentlich, setzt die Hiebe aber immer zu tief an, und es macht dir überhaupt nichts aus, deinen Gegner in die Eier zu treten.«
»Ich hör mich ja wie ein totales Wrack an. Sonst noch irgendwelche netten persönlichen Kleinigkeiten?«
»Du isst zu viele Rissoles aus Straßencauponas, und du hasst Rothaarige.«
»Erspar mir deine kilikische Bauernschläue.«
»Lass mich nur so viel sagen: Ich weiß, auf was ihr, Petronius und du, aus seid.«
»Petro und ich sind nur harmlose Exzentriker. Verdächtigst du uns etwa?«

»Scheißt der Esel? Ich hab doch genau gehört, womit ihr werbt«, informierte mich Glaucus säuerlich. »Jeder Kunde kam heute damit an – Falco & Partner bieten eine hohe Belohnung für jegliche Information über abgetrennte Körperteile, die in den Aquädukten gefunden wurden.«
Das Wort »Belohnung« wirkte bei mir schneller als ein Abführmittel. Schwaches linkes Bein oder nicht, ich war so schnell aus seinem exklusiven Etablissement verschwunden, wie ich meine Klamotten überwerfen konnte. Aber als ich zu der Wohnung in der Brunnenpromenade hinaufraste, um Petronius zu befehlen, seine gefährliche neue Werbung zu entfernen, war es bereits zu spät. Jemand war vor mir gekommen und hatte eine weitere Leichenhand anzubieten.

XI

»Hör zu, du Idiot, wenn du im Namen meines Geschäfts mit Belohnungen um dich wirfst, solltest du erst mal selbst eine Einlage machen!«

»Beruhige dich, Falco.«

»Zeig mir die Farbe deiner Denarii.«

»Halt mal die Klappe, ja? Ich befrage gerade einen Besucher.«

Sein Besucher war genau die Art unsympathische Kreatur, die hier raufgekrabbelt kommen würde, um sich eine Belohnung zu ergattern. Petronius hatte keine Ahnung. Für einen Mann, der sieben Jahre lang Verbrecher festgenommen hatte, war er seltsam unschuldig geblieben. Wenn ich ihn nicht aufhielt, würde er mich ruinieren.

»Was soll das heißen?«, wollte der Befragte wissen. »Stimmt was nicht mit dem Geld?«

»Nein«, sagte Petro.

»Ja«, sagte ich.

»Ich habe gehört, Sie würden eine Belohnung zahlen«, beschwerte er sich anklagend.

»Kommt darauf an, für was.« Ich war stinkwütend, doch die Erfahrung hatte mich gelehrt, jedes Versprechen einzuhalten, das einen möglichen Klienten hierher lockte. Niemand steigt sechs Stockwerke hoch, um einen Privatermittler aufzusuchen, wenn er nicht entweder in dicken Schwierigkeiten steckt oder glaubt, sein Wissen sei bare Münze wert.

Ich betrachtete Petros Fang mit düsterer Miene. Er war einen Fuß kleiner als der Durchschnitt, schlecht genährt und dreckig.

Seine Tunika war ein fadenscheiniger schlammbrauner Lappen, der an den Schultern nur noch von ein paar Wollfäden gehalten wurde. Seine Augenbrauen waren in der Mitte zusammengewachsen. Drahtige schwarze Stoppeln zogen sich von seinem vorspringenden Kinn über seine Wangen bis zu den Säcken unter seinen Augen hinauf. Seine Vorfahren mochten zwar kappadokische Könige gewesen sein, aber dieser Mann war zweifellos ein Staatssklave.

An den Füßen, die so flach wie Brotschaufeln aussahen, trug er grobe Holzschuhe. Sie hatten dicke Sohlen, hielten seine Füße aber trotzdem nicht trocken; aus seinen schwarzen Filzbeinlingen tropfte Wasser. Eine Reihe von Pfützen markierte seinen Weg von der Tür, und dort, wo er stehen geblieben war, sammelte sich bereits eine dunkle Lache.

»Wie ist dein Name?«, fragte Petronius barsch, um seine Autorität wiederherzustellen. Ich lehnte mich mit den Daumen im Gürtel an den Tisch. Ich war immer noch stinksauer. Der Informant brauchte es nicht zu wissen, aber Petronius konnte es an meiner Haltung erkennen.

»Ich sagte: Wie ist dein Name?«

»Warum wollen Sie den wissen?«

Petro blickte ihn finster an. »Warum machst du ein Geheimnis daraus?«

»Ich hab nichts zu verbergen.«

»Das ist lobenswert! Ich heiße Petronius Longus, er heißt Falco.«

»Cordus«, rückte der Mann widerstrebend heraus.

»Und du bist ein Staatssklave, der für den Kurator der Aquädukte arbeitet?«

»Woher wissen Sie das?«

Ich sah, wie sich Petro zusammennahm. »Nach dem, was du mir gebracht hast, war das nicht schwer zu erraten.« Wir schauten alle auf die neue Hand und dann genauso schnell wieder weg. »Zu welcher Familie gehörst du?«, fragte Petro, um nicht über das scheußliche Ding reden zu müssen.

»Zur staatlichen.« Die Wasserbehörde beschäftigte zwei Gruppen von Staatssklaven, wovon die eine auf die ursprünglich von Agrippa ins Leben gerufene Organisation zurückging und jetzt unter voller staatlicher Kontrolle stand, während die andere von Claudius eingerichtet worden war und nach wie vor zum Haushalt des Kaisers gehörte. Es gab keinen vernünftigen Grund, diese zwei »Familien« aufrechtzuerhalten. Sie hätten zum selben Arbeitstrupp gehören sollen. Es war das klassische bürokratische Durcheinander, das der Korruption Tür und Tor öffnete. Die Ineffizienz wurde noch durch die Tatsache verschlimmert, dass heutzutage größere bauliche Maßnahmen von privaten Unternehmen durchgeführt wurden statt von den Sklaven selbst. Kein Wunder, dass die Aqua Appia dauernd leckte.

»Als was arbeitest du, Cordus?«

»Als Maurer. Vennus ist mein Vorarbeiter. Er weiß nicht, dass ich das da gefunden habe ...«

Wieder blickten wir zögernd auf die Hand.

Diese hier war ein dunkler, stinkender, verwester Alptraum, nur als Hand zu erkennen, weil wir darauf eingestellt waren. Sie war in einem scheußlichen Zustand, nur noch teilweise erhalten. Wie bei der ersten fehlten die Finger, aber der Daumen war noch da, war zwar am Gelenk durchtrennt, hing jedoch an einem ledrigen Hautfetzen an der Hand. Vielleicht waren die Finger von Ratten abgefressen worden. Vielleicht war auch noch etwas viel Schrecklicheres damit passiert.

Das Ding lag jetzt auf einem Teller – meinem alten Essteller, wie ich verärgert bemerkte –, der auf einem Hocker zwischen Petronius und dem Befragten stand, so weit wie möglich von beiden entfernt. In dem kleinen Zimmer war das immer noch zu nahe. Ich schob mich am Tisch entlang in die entgegengesetzte Richtung. Eine Fliege summte herein, sah sich das Ding an und floh entsetzt. Uns alle überkam beim Anblick dieser Scheußlichkeit eine trübe Stimmung.

»Wo hast du sie gefunden?«, fragte Petronius.

»In der Aqua Marcia.« Pech gehabt, Glaucus. Das war's dann wohl mit dem kristallklaren Badewasser. »Ich bin mit einem der Inspektoren durch einen Schacht eingestiegen, um zu prüfen, ob wir die Wände abkratzen müssen.«
»Abkratzen?«
»Eine Vollzeitbeschäftigung. Da setzt sich Kalk ab, Legat. So dick wie Ihr Bein, wenn wir nichts dagegen tun. Wir müssen ihn regelmäßig abschlagen, sonst verstopft die ganze Leitung.«
»Zu dem Zeitpunkt war demnach Wasser im Aquädukt?«
»Aber ja. Die Marcia zu schließen ist so gut wie unmöglich. Von ihr hängen so viele ab, und wenn wir geringwertigeres Wasser durchschicken, weil wir eine Umleitung vornehmen müssen, gehen die feinen Pinkel gleich an die Decke.«
»Wie hast du die Hand denn dann gefunden?«
»Sie kam einfach angeschwommen und sagte hallo.«
Petronius stellte keine weiteren Fragen. Er sah so aus, als wäre er froh, wenn ich ihn unterbrechen würde, aber es gab nichts, was ich brennend gern wissen wollte. Mir war übel, genau wie ihm.
»Als sie gegen mein Knie stieß, bin ich eine Meile hoch gesprungen, das kann ich Ihnen sagen. Wissen Sie, wem die Hand gehört?«, fragte der Wasserbehördensklave neugierig. Er schien zu glauben, wir hätten Antworten auf das Unmögliche.
»Noch nicht.«
»Sie werden es bestimmt herausfinden.« Der Sklave tröstete sich selbst. Er wollte glauben, dass die Sache einen guten Ausgang haben würde.
»Wir versuchen es.« Petro klang deprimiert. Er wusste genauso gut wie ich, dass es hoffnungslos war.
»Und was ist nun mit dem Geld?«, fragte Cordus verlegen. Sobald wir etwas rausrückten, würde seine Zurückhaltung zweifellos verschwinden. »Um die Wahrheit zu sagen, ich bin nicht wegen der Belohnung gekommen, wissen Sie.« Petronius und ich lauschten mit einer Miene aufrichtiger Besorgnis. »Ich hörte, dass Sie Fragen stellen würden, also dachte ich, Sie sollten das

hier bekommen ... aber ich würde nicht wollen, dass die Bosse davon erfahren ...«

Petronius betrachtete den Sklaven mit freundlichem Blick. »Ich nehme an«, meinte er, »dass ihr bei einem solchen Fund die Anweisung habt, nichts zu sagen, damit die Öffentlichkeit nicht alarmiert wird?«

»Genau!«, stimmte Cordus aufgeregt zu.

»Wie viele Leichenteile hast du denn vorher schon gefunden?«, fragte ich. Jetzt, da noch eine zweite Person sich zu interessieren begann, wurde er munterer. Vielleicht hatten wir ja doch etwas für seine Gabe übrig. Es könnte unter Umständen die Bezahlung erhöhen.

»Na ja, ich selbst nicht, Legat. Aber Sie würden erstaunt sein. Alle möglichen Sachen tauchen da im Wasser auf, ich hab schon von vielem gehört.«

»Auch handlose Leichen?«

»Arme und Beine, Legat.« Das war reines Hörensagen, merkte ich. Und Petro merkte es auch, wie ich sah.

»Hast du je welche zu Gesicht bekommen?«

»Nein, aber ein Kumpel von mir.« Jeder in Rom hat einen Kumpel, dessen Leben viel interessanter ist als das eigene. Nur komisch, dass man diesen Kumpel nie zu sehen bekam.

»Die Hand ist dein erster großer Fund?« Ich ließ es so klingen, als wäre es etwas, worauf man stolz sein könnte.

»Ja, Herr.«

Ich warf Petronius einen Blick zu. Er verschränkte die Arme. Ich tat es ihm nach. Wir gaben vor, eine schweigende Konferenz abzuhalten. In Wirklichkeit waren wir beide trübster Stimmung.

»Cordus«, fragte ich, »weißt du, ob das Wasser der Aqua Appia und das der Aqua Marcia aus derselben Quelle stammen?«

»Nein, weiß ich nicht, Legat. Fragen Sie mich nichts über Aquädukte. Ich bin bloß so ein Trottel, der im Nassen arbeitet und den Kalk abschlägt. Ich hab keine Ahnung von Technik.«

Ich grinste ihn an. »Wie schade! Ich hoffte, du könntest es uns ersparen, mit einem dieser langatmigen Hydraulikinspektoren zu reden.«

Er sah niedergeschlagen aus.

Vermutlich hatte er alles andere als eine saubere Weste, aber er hatte uns davon überzeugt, dass er es gut gemeint hatte. Wir wussten beide, wie hart das Leben eines Staatssklaven war, also kramten Petro und ich in unseren Taschen und Geldbörsen. Gemeinsam konnten wir drei Viertel eines Denarius zusammenkratzen, alles in kleinen Münzen. Cordus schien begeistert zu sein. Eine halbe Stunde in unserem Loch über der Brunnenpromenade hatte ihm klargemacht, dass er von zwei Typen wie uns kaum mehr als einen Tritt in den Hintern zu erwarten hatte und mit leeren Händen wieder abziehen würde. Ein paar Kupfermünzen waren besser als das, und er konnte sehen, dass bei uns sonst nichts mehr zu holen war.

Nachdem er gegangen war, zog Petronius seine Stiefel an und verschwand, um so rasch wie möglich die Sache mit der Belohnung wieder abzuwischen. Ich trug vorsichtig den Hocker mit der Hand darauf auf den Balkon hinaus, aber sofort kam eine Taube angeflogen und pickte daran herum. Daraufhin holte ich den Hocker wieder herein und stülpte Petros feines Essgeschirr als Deckel darüber.

Er würde mich verfluchen, aber bis dahin wäre ich längst auf der anderen Straßenseite bei Helena. Das Gute an der Arbeit mit einem Partner war, dass ich es ihm überlassen konnte, sich die ganze Nacht mit neuen Beweismitteln herumzuärgern. Als Seniorpartner konnte ich das alles vergessen und dann am nächsten Morgen erfrischt und mit einem Haufen unausführbarer Ideen hereinschlendern und in schikanierendem Ton fragen, auf was das Fußvolk gekommen war.

Manche von uns sind eben geborene Unternehmensleiter.

XII

Der Kurator der Aquädukte war ein kaiserlicher Freigelassener, vermutlich ein raffinierter und gebildeter Grieche, der seine Arbeit mit engagierter Tüchtigkeit ausübte. Ich sage »vermutlich«, weil Petro und ich ihn nie zu sehen bekamen. Dieser hoch gestellte Beamte war zu raffiniert und gebildet, um Zeit für eine Besprechung mit uns zu haben.

Petronius und ich verschwendeten einen ganzen Vormittag in seinem Büro auf dem Forum. Wir beobachteten eine lange Prozession von Vorarbeitern der verschiedenen Sklaventrupps, die ihre Tagesbefehle empfingen und dann wieder hinausmarschierten, ohne ein Wort mit uns zu wechseln. Wir spürten diverse Mitglieder eines geschäftigen Sekretariats auf, die uns alle sehr diplomatisch behandelten und zum Teil sogar höflich waren. Uns wurde klar, dass Leuten aus dem Volk keine Audienz beim Herrn der Wasser gewährt werden würde – selbst wenn sie Vorschläge zu machen hatten, wie er den Wasserzufluss frei von verwesten Teilen toter Mitbürger halten konnte. Die Tatsache, dass wir angegeben hatten, wir seien Ermittler, war auch nicht eben hilfreich. Vermutlich.

Uns wurde erlaubt, eine Petition aufzusetzen, in der wir unserer Besorgnis Ausdruck gaben, obwohl ein ehrlicher Schreiber, der einen Blick darauf warf, uns sagte, dass der Kurator das nicht würde wissen wollen. Letzteres war keine Vermutung, sondern eine Feststellung.

Als Einziges blieb noch, sich an seinen Vorgesetzten zu wenden. Mir liegt diese Art von Taktik nicht. Außerdem kannte ich nie-

manden in so wichtiger Stellung, der es für mich hätte tun können. Also schied auch das aus.
Trotzdem erwog ich die Möglichkeiten. Petro wurde wütend und behandelte die ganze Sache so, als würde sie stinken; er wollte nur was trinken gehen. Aber ich sehe die Dinge gerne in ihrer historischen Perspektive. Die Wasserversorgung war eine lebenswichtige Staatsangelegenheit, und das schon seit Jahrhunderten. Die dazugehörige Bürokratie war ein kunstvolles Geflecht, dessen schwarze Tentakel bis in höchste Kreise hinaufreichten. Wie alles in Rom, in das er seine Nase stecken konnte, hatte Kaiser Augustus auch dafür spezielle Vorgehensweisen ersonnen – angeblich, um für klare Aufsichtsfunktionen zu sorgen, aber vor allem, um informiert zu bleiben.
Ich wusste, dass es eine Kommission für die Aquädukte gab, die aus drei Senatoren im Rang eines Konsuls bestand. Während der Ausübung ihres Dienstes für die Kommission war jeder von ihnen dazu berechtigt, zwei Liktoren vor sich herschreiten zu lassen. Außerdem hatten sie ein beeindruckendes Gefolge, bestehend aus drei Sklaven, die die Taschentücher trugen, einem Sekretär und einem Architekten plus einem großen Stab mehr nebulöser Beamter. Die Rationen und Bezahlung des Stabs wurden von der öffentlichen Hand getragen, und die Kommissionäre konnten sich Büromaterial und andere brauchbare Versorgungsgüter beschaffen lassen, wovon sie zweifellos einen Teil zum Privatgebrauch mit nach Hause nahmen, wie es Tradition war.
Diese ehrwürdigen alten Käuze standen im Dienstrang eindeutig über dem Kurator. Auch nur einen von ihnen für unsere Geschichte zu interessieren hätte als Hebel unter dem Hintern des Kurators dienen können. Leider aber hatten die drei Konsularkommissionäre gleichzeitig noch andere interessante öffentliche Posten inne, wie die Statthalterschaft ausländischer Provinzen. Das war durchaus machbar, da sich die Kommission nur drei Monate im Jahr zur Inspektion der Aquädukte traf – und der August war keiner dieser Monate.

Wir hingen fest. Was nichts Ungewöhnliches war. Ich gab zu, dass Petronius von Anfang an Recht gehabt hatte. Wir besänftigten unsere verletzten Gefühle auf traditionelle Weise – mit einem Mittagessen in einer Weinschenke.

Leicht schwankend führte mich Petronius Longus später zu dem besten Ort, den er kannte, um einen Rausch auszuschlafen. Sein altes Wachlokal. Von Fusculus war heute nichts zu sehen.
»Hat sich frei genommen, um sein Tantchen zu besuchen, Chef«, sagte Sergius.
Sergius war der Vollstreckungsbeamte der Vierten Kohorte – groß, perfekt gebaut, stets voller Tatendrang und erstaunlich gut aussehend. Er saß draußen auf der Bank, ließ die Peitsche schnalzen und machte Ameisen platt. Seine Zielgenauigkeit war mörderisch. Muskeln kräuselten sich aggressiv unter seiner braunen Tunika. Ein breiter Gürtel war eng um seinen flachen Bauch geschnallt und betonte seine schmale Taille und die wohlgeformte Brust. Sergius kümmerte sich um seinen Körper. Er kümmerte sich auch um Schwierigkeiten. Kein Unruhestifter aus der Nachbarschaft, mit dem sich Sergius näher beschäftigt hatte, würde es wagen, sein Vergehen zu wiederholen. Zumindest hinterließ sein langes gebräuntes Gesicht mit der scharfen Nase und den blitzenden Zähnen eine ästhetische Erinnerung bei den Verbrechern, bevor sie unter den Liebkosungen seiner Peitsche ohnmächtig wurden. Von Sergius verprügelt zu werden kam der Teilnahme an einer hochrangigen Kunstform gleich.
»Welche Tante?«, spottete Petro.
»Die, zu der er immer geht, wenn er einen freien Tag braucht.«
Die Vigiles waren Experten darin, irrsinnige Zahnschmerzen zu bekommen oder plötzlich zur Beerdigung eines nahen Verwandten zu müssen, den sie angeblich heiß geliebt hatten. Ihre Arbeit war schwer, schlecht bezahlt und gefährlich. Sich Ausreden einfallen zu lassen, um blauzumachen, war eine notwendige Schutzmaßnahme.

»Es wird ihm Leid tun, dass er nicht da war.« Mit einer schwungvollen Gebärde packte ich die neue Hand aus und schnippte sie neben Sergius auf die Bank. »Wir haben ihm ein weiteres Stück Schwarzpudding gebracht.«
»Bah! Bisschen dick geschnitten, oder?« Sergius bewegte sich nicht. Meiner Meinung nach besaß er keinerlei Gefühle. Trotzdem verstand er, was uns andere bewegte. »Nach dem letzten Leckerbissen, den ihr ihm gebracht habt, hat Fusculus geschworen, nie wieder Fleisch zu essen; jetzt isst er nur noch Kohl und Hagebuttencreme. Welche Caupona hat euch das denn serviert?« Irgendwie hatte Sergius erraten, dass wir gerade gegessen hatten. »Ihr solltet es den Ädilen melden, damit sie den Laden als Gesundheitsrisiko schließen können.«
»Ein Staatssklave hat die Hand aus der Aqua Marcia gefischt.«
»Wahrscheinlich ein Trick der Weinhändlergilde«, gluckste Sergius. »Um alle davon zu überzeugen, dass sie mit dem Wassertrinken aufhören sollen.«
»Uns haben sie schon überzeugt«, nuschelte ich.
»Das merkt man, Falco.«
»Wo ist die andere Hand?«, wollte Petro wissen. »Wir müssen sehen, ob sie zusammenpassen.«
Sergius schickte einen Schreiber los, um die Hand aus dem Museum zu holen, wo sie offenbar eine große Attraktion gewesen war. Sobald sie gebracht wurde, legte er sie neben die neue, als würde er ein Paar Kaltwetterhandschuhe ausbreiten. Er musste ein bisschen an dem losen Daumen der zweiten Hand fummeln, damit er richtig rum lag. »Zwei rechte Hände.«
»Schwer zu sagen.« Petronius hielt gebührend Abstand. Er war sich bewusst, dass die neue Hand in sehr schlechtem Zustand war. Schließlich hatte er die Nacht in derselben Wohnung mit ihr verbracht, ein Erlebnis, das ihm deutlich zusetzte.
»Es fehlt zwar eine Menge, aber der Daumen gehört genau so, und sie liegen beide mit der Handfläche nach oben. Ich sag euch, das sind beides rechte Hände.« Sergius blieb dabei, aber er ereiferte sich nie in einer Auseinandersetzung. Das hatte er

auch nicht nötig. Die Leute brauchten nur seine Peitsche zu sehen, dann gaben sie ihm Recht.

Petronius stimmte mit düsterer Miene zu. »Also muss es zwei Leichen geben.«

»Derselbe Mörder?«

»Könnte ein Zufall sein.«

»Und Flöhe fallen runter, bevor sie beißen«, spottete Sergius. Er beschloss, nach Scythax zu brüllen, um eine professionelle Meinung zu hören.

Scythax, der Arzt der Truppe, war ein mürrischer orientalischer Freigelassener. Sein Haar lag in einer vollkommen geraden Linie auf seinen Augenbrauen, als hätte er es selbst geschnitten und dabei ein Lineal verwendet. Im vergangenen Jahr war sein Bruder ermordet worden, und seitdem war er noch wortkarger. Wenn er sprach, wirkte er misstrauisch, und sein Ton war deprimierend. Das galt auch für medizinische Witze. »Für diesen Patienten kann ich nichts mehr tun.«

»Ach, versuch es doch wenigstens, Hippokrates! Er könnte sehr reich sein. Die Reichen sind immer darauf aus, ewig zu leben, und sie zahlen gut, wenn man ihnen das verspricht.«

»Du bist ein Clown, Falco.«

»Na ja, wir haben nicht von dir erwartet, dass du die hier wieder annähst.«

»Wer hat die denn verloren?«

»Wissen wir nicht.«

»Was kannst du uns über die Hände sagen?«

Sergius erläuterte seine Theorie, dass die Hände von verschiedenen Personen stammten. Scythax schwieg so lange, dass Zweifel daran aufkam, dann bestätigte er es. Er war ein echter Mediziner, wusste genau, wie er die Leute mit seiner überlegenen, wissenschaftlichen Art nerven konnte.

»Sind das männliche Leichen?«, fragte Petro.

»Könnte sein.« Der Arzt blieb so vage wie ein Weg durch das Moor bei dickem Nebel. »Wahrscheinlich nicht. Zu klein. Eher wohl Frauen, Kinder oder Sklaven.«

»Und wie sind sie von den Armen abgetrennt worden?«, wollte ich wissen. »Könnten sie von Hunden oder Füchsen aus den Gräbern ausgebuddelt worden sein?« Bevor das Bestatten von Leichen in der Stadt verboten wurde, hatte es auf dem Esquilin einen Friedhof gegeben. Da oben stank es immer noch. Man hatte Gärten angelegt, aber ich würde es mir zweimal überlegen, dort ein Spargelbeet auszuheben.
Scythax betrachtete die Hände erneut, war aber nicht bereit, sie anzufassen. Sergius hatte keine solchen Skrupel und hob die eine Hand hoch, damit der Arzt das Handgelenk untersuchen konnte. Scythax machte einen Satz zurück. Er spitzte angewidert die Lippen. »Ich kann keine eindeutigen Bissspuren von Tieren erkennen. Für mich sieht es eher so aus, als wäre das Handgelenk mit einer Klinge abgetrennt worden.«
»Dann ist es Mord!«, krähte Sergius. Er hielt sich die Hand direkt vors Gesicht und betrachtete sie wie jemand, der eine kleine Schildkröte untersucht.
»Was für eine Art Klinge?«, wolle Petro von Scythax wissen.
»Keine Ahnung.«
»War es ein sauberer Schnitt?«
»Kann man nicht sagen. Dazu ist die Hand zu stark verwest.«
»Sieh dir auch noch mal die andere an«, befahl ich. Sergius legte die erste Hand hin und hielt eifrig die zweite hoch. Scythax wurde noch bleicher, als der Daumen schließlich abfiel.
»Es lässt sich unmöglich sagen, wie das passiert ist.«
»An beiden ist noch ein Stück Handgelenk dran.«
»Das stimmt, Falco. Sogar etwas vom Unterarmknochen. Das ist keine natürliche Trennung am Gelenk, wie sie durch Verwesung entstehen kann.«
Sergius legte die zweite Hand wieder auf die Bank und richtete sorgfältig den Daumen so aus, wie er seiner Meinung nach an die Hand gehörte.
»Danke, Scythax«, sagte Petro düster.
»Keine Ursache«, murmelte der Arzt. »Wenn ihr weitere Teile von diesen Leuten findet, konsultiert gefälligst einen anderen

Arzt.« Er funkelte Sergius an. »Und du – wasch dir die Hände!« Was nicht viel Zweck haben würde, da das gesamte Wasser aus den verschmutzten Aquädukten kam.

»Nimm ein Kopfwehpulver und leg dich eine Weile hin«, rief Sergius dem mit raschen Schritten davongehenden Arzt fröhlich nach. Scythax war berüchtigt für seine Abneigung, Schmerzmittel zu verschreiben; im Allgemeinen wies er schwer verwundete Vigiles an, zum Dienst zurückzukehren und sich kräftig zu bewegen. Mit den Lebenden ging er hart um. Offenbar hatten wir mit unserer kleinen Auswahl an Leichenteilen seine Schwachstelle gefunden.

Unsere übrigens auch.

XIII

Am nächsten Tag war es nicht mehr zu übersehen, dass sich die Neuigkeit unter den Staatssklaven der Wasserbehörde wie ein Lauffeuer verbreitet hatte. Unter ihnen entbrannte ein Wettkampf, wer die ekligsten »Beweise« beibringen und uns überreden konnte, sie anzunehmen. Sie trotteten die Brunnenpromenade hinauf, gaben sich unschuldig und bescheiden und trugen heimlich kleine Päckchen bei sich. Sie waren Mistkerle. Das, was sie uns zu bieten hatten, war nutzlos. Und es stank. Manchmal konnten wir erkennen, was es war; oft wollten wir es lieber nicht wissen. Aber wir mussten die Sache durchziehen, weil sie uns eines Tages vielleicht etwas Brauchbares bringen würden.

»Das hast du dir selbst zuzuschreiben«, sagte Helena.

»Nein, Liebste. Lucius Petronius Longus, mein wundervoller neuer Partner, ist der Idiot, dem wir das verdanken.«

»Und wie kommst du mit Petro aus?«, fragte sie zurückhaltend.

»Die Frage habe ich dir gerade beantwortet.«

Nachdem die Staatssklaven auch noch ihre Vorarbeiter dazu verleitet hatten, an dem Spiel teilzunehmen, schlossen Petro und ich unser Büro ab und verzogen uns in meine neue Wohnung. Helena ergriff diese Chance sofort. In wenigen Augenblicken hatte sie sich ein schickes rotes Gewand übergeworfen, klimperte mit den Glasperlen an ihren Ohrläppchen und setzte einen Sonnenhut auf. Sie wollte eine Schule für Waisenkinder besuchen, deren Patronin sie war. Ich gab ihr Nux zur Bewachung mit; auf mich würde Julia aufpassen.

Durch das Baby kam es zu Spannungen.

»Ich kann nicht glauben, dass du das erlaubst!«, knurrte Petronius.
»Ich neige dazu, im Zusammenhang mit Helena das Wort ›erlauben‹ nicht zu benutzen.«
»Du bist ein Trottel, Falco. Wie kannst du deinen Job machen, wenn du gleichzeitig als Kindermädchen fungierst?«
»Daran bin ich gewöhnt. Marina hat dauernd Marcia bei mir abgeladen.« Marina war die Freundin meines verstorbenen Bruders, eine Frau, die wusste, wie man anderen das Blut aussog. Ich war ganz verliebt in die kleine Marcia, was Marina nach Kräften ausnützte. Nachdem Festus gestorben war, quetschte sie alles an Mitleid, Schuldgefühlen und (was sie schamlos am meisten vorzog) Bargeld aus mir raus.
»Es muss feste Regeln geben«, fuhr Petro düster fort. Er saß auf meiner Vorderveranda, die großen Füße auf das verrottete Geländer gelegt, und blockierte die Treppe. Da sich nichts tat, verputzte er in aller Ruhe eine Schüssel Damaszenerpflaumen. »Ich lasse nicht zu, dass wir unprofessionell wirken.«
Ich machte ihn darauf aufmerksam, dass der Grund, warum wir wie streunende Hunde auf dem Markt aussahen, an unserem Herumlungern in Weinschenken lag, da wir es bisher noch zu keiner zahlenden Klientel gebracht hatten. »Julia ist kein Problem. Sie schläft ja dauernd.«
»Und brüllt! Wie kannst du einen Klienten beeindrucken, wenn du ein schreiendes Neugeborenes auf einer Decke auf dem Tisch liegen hast? Wie kannst du einen Verdächtigen verhören, während du dem Baby den Hintern abwischst? Bei allen Göttern, Falco, wie kannst du eine diskrete Überwachung mit einem auf den Rücken geschnallten Baby durchführen?«
»Ich schaff das schon.«
»Wenn du erst mal in ein Handgemenge gerätst und ein Verbrecher sich das Kind als Geisel schnappt, wirst du das anders sehen.«
Ich schwieg. In dem Punkt hatte er Recht.
Doch er war noch nicht fertig. »Wie kannst du denn jemals wie-

der ein Fläschchen Wein und ein ruhiges Gespräch in einer Caupona genießen …« Wenn mein alter Freund erst einmal damit anfing, eine Beschwerdeliste aufzustellen, machte er daraus eine zehn Schriftrollen umfassende Enzyklopädie.

Um ihn zum Schweigen zu bringen, schlug ich vor, zum Mittagessen auszugehen. Dieser Aspekt der freiberuflichen Arbeit heiterte ihn wie gewöhnlich auf, und wir machten uns auf den Weg, wobei wir Julia notwendigerweise mitnehmen mussten. Als es Zeit zum Stillen wurde, waren wir gezwungen, nach Hause zurückzukehren, um sie Helena zu übergeben, aber eine kurze Mahlzeit – bei der wir ausnahmsweise unseren Wein mit Wasser vermischten – konnte nur unserer Gesundheit förderlich sein, wie ich Petro erklärte. Er sagte mir, wohin ich mir mein Lob für ein abstinentes Leben stecken könne.

Helena war noch nicht da, also ließen wir uns wieder auf der Veranda nieder, als wären wir nie weg gewesen. Um die Täuschung echter wirken zu lassen, setzten wir denselben Streit fort.

Wir hätten noch Stunden so weitermachen können. Es war, als wären wir wieder achtzehnjährige Legionäre. Während unserer Dienstzeit in Britannien hatten wir Tage damit zugebracht, über sinnlose Themen zu debattieren, unsere einzige Unterhaltung während des obligatorischen Wachtdienstes, den wir zwischen unsere Besäufnisse mit keltischem Bier und der Prahlerei darüber schieben mussten, dass wir in der nächsten Nacht unsere Jungfräulichkeit bei einer der billigen Lagerprostituierten verlieren würden. (Wir konnten es uns nie leisten; unser ganzer Sold ging für das Bier drauf.)

Aber unser Türschwellensymposium sollte unterbrochen werden. Wir beobachteten den näher kommenden Ärger mit Interesse.

»Schau dir diese Bande von Idioten an.«

»Scheinen sich verlaufen zu haben.«

»Verlaufen und blöd noch dazu.«

»Dann wollen sie bestimmt zu dir.«

»Nein, ich würde sagen, zu dir.«
Es waren drei Schlaffis und ein dösig blickender Rüpel, der ihr Anführer zu sein schien. Ihre Tuniken waren so fadenscheinig, dass sich selbst meine geizige Mutter geweigert hätte, sie zum Bodenaufwischen zu benutzen. Die Dinger gingen kaum bis über ihren Hintern, hatten einen Strick als Gürtel, ausgefranste Halsausschnitte, herabhängende Säume, und hier und da fehlte ein Ärmel. Als wir sie entdeckten, tappten sie wie entlaufene Schafe durch die Brunnenpromenade. Sie sahen aus, als wären sie aus einem bestimmten Grund hier, hätten ihn aber vergessen. Jemand musste sie geschickt haben; dieses Häufchen hatte nicht genug Grips im Hirn, sich selbst einen Plan auszudenken. Wer immer ihr Auftraggeber war, er musste ihnen genaue Anweisungen gegeben haben, aber er hatte seinen Atem verschwendet.
Nach einer Weile näherten sie sich der Wäscherei auf der anderen Straßenseite. Wir beobachteten, wie sie berieten, ob sie reingehen sollten, bis Lenia herausgeschossen kam. Sie musste gedacht haben, die Tölpel wollten was von ihren Wäscheleinen klauen, also war sie rausgekommen, um ihnen bei der Auswahl zu helfen. Tja, sie konnte sehen, dass die Jungs es nötig hatten. Ihre derzeitige Aufmachung war erbärmlich.
Sie führten ein langes Gespräch, nach dem die vier die Steinstufen hinaufgingen, die sie – falls sie das Durchhaltevermögen hatten – bis zu meiner alten Wohnung im obersten Stock bringen würden. Lenia drehte sich zu Petro und mir um und gab uns mit einer rüden Grimasse zu verstehen, dass diese Trantüten uns suchten. Wir errieten auch, dass sie ihnen gesagt hatte, wenn sie uns da oben nicht finden würden, hätten sie nicht viel verpasst. Typischerweise hatte sie keine Anstalten gemacht, die vier darauf hinzuweisen, dass wir für alle sichtbar hier drüben saßen.
Sehr viel später kamen die Schlaffis ziellos wieder nach unten getappt. Eine Weile lungerten sie auf der Straße herum und berieten vage. Dann entdeckte einer Cassius, den Bäcker, dessen

Laden während Lenias verhängnisvoller Hochzeitsnacht abgebrannt war. Er mietete jetzt woanders die Öfen eines Kollegen, hatte hier aber noch einen Stand für seine alten Stammkunden. Der hungrige Holzkopf kaufte sich ein Brötchen und fragte offenbar gleichzeitig nach uns. Cassius schien uns verraten zu haben. Der Holzkopf schlenderte zurück zu seinen Kumpanen und erzählte es ihnen. Sie drehten sich alle langsam um und schauten zu uns hinauf.
Petro und ich bewegten uns nicht. Er saß immer noch mit hochgelegten Beinen auf einem Hocker, ich stand gegen den Rahmen der Eingangstür gelehnt und feilte mir die Nägel.
Zu unserer Überraschung schwätzten sie noch weiter miteinander. Dann beschlossen sie, zu uns herüberzukommen. Wir warteten ruhig auf sie.

»Seid ihr Falco und Petronius?«
»Wer will das wissen?«
»Ihr solltet besser antworten.«
»Unsere Antwort lautet: Wer wir sind, geht niemanden was an.«
Eine typische Unterhaltung unter Fremden, wie sie ständig auf dem Aventin stattfand. Für die eine Seite der Beteiligten war das Ergebnis für gewöhnlich kurz, scharf und schmerzhaft.
Die vier, die von ihren Müttern alle nicht gelernt hatten, den Mund zuzumachen oder sich nicht an den Eiern zu kratzen, überlegten, was sie jetzt tun könnten.
»Wir suchen nach zwei Armleuchtern namens Petronius und Falco.« Der Anführer dachte, wenn er es oft genug wiederholt, würden wir schließlich zugeben, es zu sein. Vielleicht hatte man ihm nicht gesagt, dass wir in der Armee gedient hatten. Wir wussten, wie man Befehlen gehorchte – und wie man sie ignoriert.
»Hübsches Spiel.« Petronius grinste mich an.
»Könnte ich den ganzen Tag spielen.«
Eine Pause entstand. Über den Reihen der dunklen Mietshäu-

ser brannte die sengende Mittagssonne. Schatten waren auf nichts zusammengeschrumpft. Balkonpflanzen knickten japsend auf ihren Stängeln. Friede hatte sich über die dreckigen Straßen gesenkt, da alle nach drinnen gekrochen waren und sich gegen mehrere Stunden unerträglicher Sommerhitze wappneten. Es war Zeit zum Schlafen oder zu einem nicht zu anstrengenden Schäferstündchen. Nur die Ameisen arbeiteten noch unverdrossen. Und die Schwalben kreisten noch, stießen manchmal ihre schwachen hohen Schreie aus, während sie unermüdlich durch den atemberaubend blauen römischen Himmel über dem Aventin und dem Kapitol schossen. Selbst das endlose Klicken eines Abakus in einem hoch oben gelegenen Zimmer, wo irgendein Vermieter gewöhnlich saß und sein Geld zählte, schien ein bisschen zu stocken.

Es war zu heiß, Ärger zu machen, und erst recht zu heiß, sich dagegen zur Wehr setzen zu müssen. Trotzdem kam einer der Dummköpfe auf die dämliche Idee, mich packen zu wollen.

XIV

Ich boxte ihn kräftig in den Magen, bevor er an mir dran war. Gleichzeitig kam Petro mit einer fließenden Bewegung auf die Füße. Keiner von uns verschwendete Zeit damit zu kreischen: Oje, was ist denn los? Wir wussten, was los war – und wir wussten, was wir dagegen unternehmen mussten.

Ich packte den Ersten an den Haaren, da seine Tunika nicht genug Stoff für einen festen Griff bot. Die Burschen waren verkümmert und lahm. Keiner hatte den Willen zum Widerstand. Den Arm um seine Taille geschlungen, benutzte ich ihn als Kehrbesen, um die anderen von der Treppe zu fegen. Petro dachte, er sei nach wie vor siebzehn; er musste angeben, setzte über das Geländer und sprang auf die Straße hinunter. Er zuckte reumütig zusammen, war aber in der richtigen Position, den Kampf zu eröffnen, als die Jungs die Treppe herunterrannten. Wir nahmen sie in die Zange und verprügelten sie, ohne zu viel Atem verschwenden zu müssen. Dann warfen wir sie einen auf den anderen.

Mit dem Fuß auf dem Obersten, schüttelte mir Petro förmlich die Hand. Er war kaum ins Schwitzen gekommen. »Zwei für jeden. Gerecht verteilt.«

Wir sahen sie uns an. »Jämmerliche Gegner«, entschied ich bedauernd.

Wir traten zurück und ließen sie aufstehen. In der kurzen Zeit hatte sich eine erstaunliche Menge an Zuschauern gesammelt. Lenia musste es jedem in der Wäscherei gesagt haben; all ihre Wäscherinnen und Bottichjungs waren herausgekommen.

Jemand jubelte uns zu. Die Brunnenpromenade hat auch ihre blasierte Seite; ich hörte Ironie heraus. Alle mussten denken, Petronius und ich seien zwei achtzigjährige Gladiatoren, die ihren Ruhestand abgebrochen hatten, um eine Gruppe sechsjähriger Apfeldiebe zu fangen.

»Und jetzt raus damit«, befahl Petronius mit der Stimme eines Offiziers der Vigiles. »Wer seid ihr, wer hat euch geschickt, und was wollt ihr?«

»Geht euch nichts an«, wagte der Anführer zu sagen, woraufhin wir ihn uns schnappten und ihn wie einen Bohnensack zwischen uns hin und her warfen, bis er unsere Wichtigkeit in dieser Straße begriff.

»Hör auf, die Melone platzt gleich!«

»Ich schlag ihn zu Brei, wenn er sich nicht bald ordentlich benimmt.«

»Willst du jetzt wohl ein guter Junge sein?«

Der Kerl keuchte zu sehr, um antworten zu können, aber wir stellten ihn trotzdem auf die Füße. Petronius, dem das Ganze sichtlich Spaß machte, deutete auf Lenias Mädchen. Einzeln genommen, waren sie alle goldig, aber zusammen verwandelten sie sich in eine johlende, unflätige, obszöne Brut. Wenn man sie auf sich zukommen sah, ging man nicht nur auf die andere Straßenseite, sondern verschwand eilends in der nächsten Gasse. Selbst wenn das bedeutete, dass man überfallen und einem das Geld geklaut wurde. »Noch mehr Ärger, und wir werfen euch diesen Schätzchen vor. Glaubt mir, ihr wollt bestimmt nicht in den Dampfraum abgeschleppt werden. Der Letzte, den diese Waschzuberharpyien sich geschnappt haben, wurde drei Wochen lang vermisst. Wir fanden ihn an einem Wäschepfahl hängen, und seitdem hockt er bibbernd in einer Ecke.«

Die Mädchen machten unanständige Gesten und wedelten aufreizend mit den Röcken. Sie waren ein fröhliches und dankbares Publikum.

Petro hatte die Drohungen ausgestoßen, daher war ich mit dem Verhören dran. Dieser Abschaum würde in Ohnmacht fallen,

wenn ich es mit hochgestochener Rhetorik versucht hätte, also hielt ich es ganz simpel. »Was wollt ihr?«
Der Anführer ließ den Kopf hängen. »Ihr sollt aufhören, so ein Theater wegen der verstopften Brunnen zu machen.«
»Wer hat denn dieses dramatische Edikt erlassen?«
»Geht euch nichts an.«
»Geht uns wohl was an. Ist das alles?«
»Ja.«
»Das hättet ihr uns auch sagen können, ohne eine Prügelei anzufangen.«
»Du hast dich auf einen meiner Jungs gestürzt.«
»Dein kriecherischer Kumpel hat mich bedroht.«
»Du hast ihn am Hals verletzt!«
»Er kann von Glück sagen, dass ich ihm den Hals nicht umgedreht habe. Lasst euch nie wieder in diesem Teil des Aventins sehen.«
Ich blickte zu Petro. Sie hatten nicht mehr zu erzählen, und wir hätten Ärger mit dem Gesetz bekommen können, wenn wir sie zu sehr zurichteten, also sagten wir dem Anführer, er solle aufhören zu jammern, klopften den anderen den Staub ab und befahlen ihnen zu verschwinden.
Wir ließen ihnen ein paar Minuten, sich hinter der nächsten Ecke über uns aufzuregen. Dann verfolgten wir sie unauffällig auf ihrem Heimweg.

Wir hätten uns denken können, wohin sie gingen. Trotzdem war es eine gute Übung. Da sie keine Ahnung hatten, dass sie beschattet wurden, war es leicht, ihnen hinterherzuschlendern. Petronius kaufte sich unterwegs sogar einen gefüllten Pfannkuchen und holte mich dann wieder ein. Wir gingen den Aventin hinunter, um den Circus herum und aufs Forum. Was keine Überraschung war.
Sobald wir das Büro des Kurators der Aquädukte erreichten, warf Petro den Rest von seinem Imbiss in die Gosse, und wir nahmen Tempo auf. Wir marschierten hinein. Die vier waren

verschwunden. Ich wandte mich an einen Schreiber. »Wo sind die Offiziere, die gerade hereingekommen sind? Sie sagten uns, wir sollen ihnen folgen.« Er deutete mit dem Kopf auf eine Tür. Petro stieß sie auf, und wir marschierten hinein.
Gerade noch rechtzeitig. Die vier Dummköpfe waren dabei, sich bei einem Vorgesetzten zu beschweren. Ihm war klar geworden, dass wir sie verfolgen würden, und er war aufgesprungen, um den Riegel vor die Tür zu schieben. Als er sah, dass es zu spät war, tat er so, als wäre er zu unserer Begrüßung aufgesprungen, und schickte seine jämmerliche Schlägertruppe weg. Es bedurfte keiner gegenseitigen Vorstellung. Wir kannten diesen Kerl: Anacrites.

»Schau, schau«, sagte er.
»Schau, schau«, gaben wir zurück.
Ich wandte mich an Petro. »Es ist unser seit langem auf See vermisster Bruder.«
»Ach, und ich dachte, es sei der vermisste Erbe deines Vaters.«
»Nein, den hab ich auf einem sehr verlässlichen Bergrücken ausgesetzt. Den sollte inzwischen längst ein Bär verputzt haben.«
»Und wer ist der dann?«
»Ich glaube, das muss der unbeliebte Geldverleiher sein, den wir in einem Deckenschrank verstecken wollen, bevor wir den Schlüssel dazu wegschmeißen.«
Aus irgendeinem Grund schien Anacrites keinen Spaß an unseren Hänseleien zu haben. Na ja, niemand erwartet von einem Spion, dass er zivilisiert ist. Wir besannen uns auf seine Kopfverletzung und taten so, als würden wir uns nicht mehr gegen ihn zusammenrotten, obwohl der Schweiß auf seiner Stirn und der argwöhnische Blick seiner halb geschlossenen grauen Augen uns verriet, dass er immer noch befürchtete, wir würden nur auf die Gelegenheit lauern, ihn so lange kopfüber in einen Wassereimer zu stecken, bis wir kein Blubbern mehr von ihm hörten.

Wir nahmen den Raum in Besitz, warfen Schriftrollen zur Seite und schoben die Möbel herum. Er beschloss, kein Theater zu machen. Wir waren zu zweit, einer davon sehr groß und beide sehr wütend. Außerdem war er angeblich krank.

»Warum bedrohen Sie uns wegen unserer unschuldigen Neugier?«, knurrte Petronius ihn an.

»Sie betreiben Panikmache.«

»Was wir entdeckt haben, gibt durchaus Anlass, alarmiert zu sein.«

»Es gibt keinen Grund zur Beunruhigung.«

»Jedes Mal, wenn ich das höre«, sagte ich, »stellt es sich als Lüge eines verschlagenen Beamten heraus.«

»Der Kurator der Aquädukte nimmt die Situation sehr ernst.«

»Und deswegen lümmeln Sie hier in seinem Büro herum?«

»Ich bin für einen Spezialauftrag ausgewählt worden.«

»Die Brunnen mit einem hübschen kleinen Schwamm zu säubern?«

Er sah beleidigt aus. »Ich berate den Kurator, Falco.«

»Verschwenden Sie Ihre Zeit nicht. Als wir berichtet haben, dass Leichenteile den Wasserzufluss blockieren, wollte der Drecksack nichts davon wissen.«

Anacrites fand sein Selbstvertrauen wieder. Er nahm die freundliche, selbstgerechte Haltung eines Mannes ein, der uns den Job geklaut hatte. »So läuft das nun mal im öffentlichen Dienst, mein Freund. Wenn sie beschließen, eine Untersuchung durchzuführen, betrauen sie damit niemals denjenigen, der sie auf das Problem aufmerksam gemacht hat. Sie misstrauen ihm; der Informant neigt meist zu der Ansicht, dass er der Experte ist und die Wahnsinnstheorien hat. Stattdessen setzen sie einen Profi ein.«

»Sie meinen, einen unfähigen Neuling, der kein wirkliches Interesse hat?«

Er grinste triumphierend.

Petronius und ich wechselten einen eisigen Blick, dann sprangen wir auf die Füße und verschwanden.

Wir hatten unsere Nachforschungen an den Oberspion verloren. Selbst auf Krankenurlaub besaß Anacrites mehr Gewicht als wir zwei. Tja, damit verschwand bei uns jedes Interesse, dem Staat zu helfen. Wir konnten uns stattdessen unseren Privatklienten widmen.
Außerdem fiel mir gerade etwas Furchtbares ein – ich war ohne Julia losgegangen. Gute Götter, ich hatte meine drei Monate alte Tochter in einer verrufenen Gegend auf dem Aventin allein gelassen, dazu auch noch in einem leeren Haus.
»Nun ja, das ist eine Möglichkeit zu vermeiden, ein Baby mit sich rumzuschleppen und unprofessionell auszusehen«, meinte Petro.
»Ihr ist bestimmt nichts passiert – hoffe ich. Viel mehr Sorgen macht mir, dass Helena wahrscheinlich inzwischen zurück ist und weiß, was ich getan habe …«
Es war zu heiß zum Rennen. Trotzdem kehrten wir auf dem schnellsten Wege nach Hause zurück.

Als wir die Treppe hinaufkamen, erkannten wir gleich, dass es Julia gut ging und sie inzwischen ordentlich Gesellschaft bekommen hatte. Frauenstimmen unterhielten sich drinnen in normaler Lautstärke. Wir tauschten einen Blick aus, den man nur als gedankenvoll bezeichnen konnte, dann schlenderten wir hinein, als wäre unserer ehrlichen Meinung nach überhaupt nichts passiert.
Eine der Frauen war Helena Justina, die jetzt das Baby stillte. Sie sagte nichts, aber ihre Blicke trafen mich mit einem Grad an sengender Hitze, die das Wachs an Ikarus' Flügeln geschmolzen haben musste, als er der Sonne zu nahe kam.
Die andere war ein noch viel härterer Brocken: Petros von ihm getrennt lebende Frau Arria Silvia.

XV

»Du brauchst gar nicht nachzusehen. Ich habe die Kinder nicht mitgebracht.« Silvia verlor keine Zeit. Sie war ein Fünkchen, zurechtgemacht wie eine Puppe. Petronius pflegte über sie zu lachen, als hätte sie nur einen energischen Charakter; ich hielt sie für völlig unmäßig. Sie presste die Hände zusammen und stieß hervor: »In dieser Gegend weiß man ja nie, auf was für Typen sie stoßen könnten.« Silvia hatte sich nie davor gescheut, grob zu werden.

»Sie sind auch meine Kinder.« Petronius war ein echter Paterfamilias. Da er die drei Mädchen bei ihrer Geburt anerkannt hatte, gehörten sie gesetzmäßig ihm. Wenn er hätte Schwierigkeiten machen wollen, hätte er darauf bestehen können, dass sie bei ihm lebten. Aber wir gehörten zur Plebs. Er hatte keine Möglichkeit, sich um sie zu kümmern, wie Silvia genau wusste.

»Hast du sie deswegen verlassen?«

»Ich bin gegangen, weil du es von mir verlangt hast.«

Petros Ruhe brachte Silvia nur noch mehr in Rage. Er wusste genau, wie er sie mit seiner Beherrschtheit auf die Palme treiben konnte. »Und, wundert dich das, du Mistbock?«

Silvias Wut verstärkte seine Dickköpfigkeit. Er verschränkte die Arme. »Wir kriegen das schon geregelt.«

»Das ist deine Antwort auf alles!«

Helena und ich achteten darauf, uns neutral zu verhalten. Ich hätte es dabei belassen, aber da gerade eine Pause eingetreten war, warf Helena traurig ein: »Ich finde es schade, euch beide so zu sehen.«

Silvia warf den Kopf zurück, ganz die ungezähmte Stute. Zum Pech für Petro waren mehr als eine Hand voll Karotten nötig, um sie zu beruhigen. »Misch dich nicht ein, Helena.«
Helena gab sich nach außen hin gelassen, was bedeutete, dass sie Silvia am liebsten die Obstschale an den Kopf geworfen hätte. »Das war nur die Feststellung einer Tatsache. Marcus und ich haben euch immer um euer harmonisches Familienleben beneidet.«
Arria Silvia erhob sich. Sie besaß ein undeutbares Lächeln, das Petronius bestimmt mal bezaubernd gefunden hatte. Heute setzte sie es als bittere Waffe ein. »Tja, jetzt siehst du, was für ein Schwindel das war.« Ihr Kampfgeist verflog, was ich beängstigend fand. Sie wandte sich zum Gehen. Petronius stand ihr im Weg. »Kann ich mal vorbei?«
»Ich möchte meine Töchter sehen.«
»Deine Töchter möchten einen Vater sehen, der nicht jedes zerbrochene Pflänzchen aufhebt, das ihm vor die Füße fällt.«
Petronius machte sich nicht die Mühe, ihr zu widersprechen. Er trat zur Seite und ließ sie durch.

Petro blieb noch so lange stehen, bis er sicher war, Arria Silvia nicht auf der Straße zu begegnen. Dann ging auch er, weil es nichts mehr zu sagen gab.
Julia hatte inzwischen ihr Bäuerchen gemacht. Auf dem Tisch lag ein neues Spielzeug, das Silvia als Geschenk für das Baby mitgebracht haben musste. Wir übersahen es, da wir beide wussten, dass uns der Anblick von nun an unangenehm berühren würde. Helena legte das Baby in seine Wiege. Manchmal durfte ich das tun, aber heute nicht.
»Es wird nicht wieder vorkommen«, versprach ich, ohne näher erklären zu müssen, was ich meinte.
»Das wird es nicht«, pflichtete sie bei.
»Dafür gibt es keine Entschuldigung.«
»Bestimmt wurdest du zu etwas äußerst Wichtigem fortgerufen.«

»Nichts ist wichtiger als Julias Sicherheit.«
»Das meine ich auch.«
Wir standen auf gegenüberliegenden Seiten des Zimmers und sprachen leise, als wollten wir das Baby nicht wecken. Der Ton war seltsam leicht, vorsichtig, ohne allzu viel Nachdruck auf Helenas Warnung und meine Entschuldigung. Der offene Streit zwischen unseren beiden alten Freunden hatte uns so mitgenommen, dass wir keinen eigenen riskieren wollten.
»Wir werden ein Kindermädchen brauchen«, sagte Helena.
Diese vernünftige Feststellung trug gewaltige Konsequenzen in sich. Entweder musste ich nachgeben und mir eine Frau von den Camilli ausborgen (was uns schon angeboten, aber von mir stolz abgelehnt worden war), oder ich musste selbst eine Sklavin kaufen. Das wäre eine Neuerung, auf die ich kaum vorbereitet war – ich hatte nicht das Geld, sie zu kaufen, zu verköstigen und zu kleiden, hatte nicht vor, unseren Haushalt zu erweitern, solange wir in diesen beengten Verhältnissen wohnten, und auch nicht die Hoffnung, dass sich die Bedingungen in naher Zukunft ändern würden.
»Natürlich«, erwiderte ich.
Helena ging nicht weiter darauf ein. Das weiche Material ihres dunkelroten Kleides war an den Kufen der Wiege zu ihren Füßen hängen geblieben. Ich konnte das Baby nicht sehen, aber ich wusste genau, wie es ausschauen und riechen und schniefen und blinzeln würde, wenn ich an die Wiege trat und es betrachtete. Genau wie ich Helenas rascheren Atem kannte, das Aufwallen ihrer Verärgerung, weil ich das Kind ungeschützt zurückgelassen hatte, und den angespannten Muskel im Winkel ihres süßen Mundes, während sie mit ihren widersprüchlichen Gefühlen für mich kämpfte. Vielleicht konnte ich sie mit einem frechen Grinsen für mich gewinnen. Aber sie war mir zu wichtig, um das zu versuchen.
Wahrscheinlich hatte Petro einst das Gleiche für seine Frau und seine Familie empfunden wie ich für meine. Weder er noch Silvia hatten sich grundlegend verändert. Und doch schien es ihm

irgendwann egal geworden zu sein, ob sie von seinen Fehltritten erfuhr, während sie aufgehört hatte, daran zu glauben, dass er vollkommen sei. Sie hatten die häusliche Toleranz verloren, die das Zusammenleben mit einem anderen Menschen erträglich macht.

Helena schien sich zu fragen, ob auch uns das eines Tages passieren würde. Vielleicht sah sie aber auch die Traurigkeit in meinem Gesicht, denn sie kam zu mir, als ich die Hände nach ihr ausstreckte. Ich nahm sie in die Arme und hielt sie umschlungen. Sie war warm, und ihr Haar duftete nach Rosmarin. Wie immer passten sich unsere Körper einander vollkommen an. »Ach, Liebste, es tut mir so Leid. Ich bin eine Katastrophe. Wieso bist du nur auf mich verfallen?«

»Falsche Beurteilung. Und warum hast du mich gewählt?«

»Ich fand dich wunderschön.«

»Muss an der Beleuchtung gelegen haben.«

Ich beugte mich ein bisschen zurück und betrachtete ihr Gesicht. Bleich, vielleicht müde, doch nach wie vor ruhig und gefasst. Sie wurde schon mit mir fertig. Immer noch Hüfte an Hüfte mit ihr, küsste ich sie leicht auf die Stirn, eine Begrüßung, nachdem wir getrennt gewesen waren. Ich glaubte an tägliche Zeremonien.

Ich fragte sie nach der Schule für Waisenkinder, und sie berichtete mir von ihrem Tag, sprach förmlich, aber ohne Vorwurf in der Stimme. Dann fragte sie mich, was so wichtig gewesen sei, mich aus dem Haus zu locken, und ich erzählte ihr von Anacrites. »Er hat uns also unser Rätsel vor der Nase weggeschnappt. Das ist sowieso eine Sackgasse, daher sollten wir wohl froh sein und es ihm überlassen.«

»Du wirst doch nicht aufgeben, Marcus?«

»Du meinst, ich sollte weitermachen?«

»Du hast darauf gewartet, dass ich das sage«, meinte sie lächelnd. Nach einem Moment fügte sie hinzu und beobachtete mich dabei: »Was will Petro denn tun?«

»Hab ihn nicht gefragt.« Auch ich wartete einen Moment und

sagte dann mit einer Grimasse: »Wenn ich am Brüten bin, rede ich mit dir. Das wird sich nie ändern, weißt du.«
»Ihr beide seid Partner.«
»Arbeitspartner. Du bist meine Lebenspartnerin.« Mir war aufgefallen, dass ich trotz der Zusammenarbeit mit Petro nach wie vor diffizile Themen mit Helena durchkauen wollte. »Das ist eine Frage der Definition, Liebste. Wenn ein Mann eine Frau nimmt, will er sie ins Vertrauen ziehen. Wie nahe ein Freund ihm auch stehen mag, da bleibt immer noch ein letztes Quäntchen an Zurückhaltung. Vor allem, wenn der Freund selbst sich auf eine Weise verhält, die unvernünftig scheint.«
»Du unterstützt Petronius doch ganz und gar …«
»Aber ja. Dann komme ich nach Hause und erzähle dir, was für ein Trottel er ist.«
Helena sah aus, als wollte sie mich mehr als flüchtig küssen, aber zu meiner Verärgerung wurde sie dabei unterbrochen. Kleine Füße in großen Stiefeln traten wiederholt gegen unsere Haustür. Als ich rausging, um nachzusehen, war es, wie ich erwartet hatte, die verdrießliche, unsoziale Gestalt meines Neffen Gaius. Ich kannte seinen Vandalismus nur zu gut.
Er war dreizehn, würde demnächst vierzehn werden. Einer von Gallas Brut – ein rasierter Kopf, die Arme voll selbst angebrachter Tätowierungen von Sphinxen, den Mund voller Zahnlücken, eine viel zu große Tunika, gehalten von einem drei Zoll breiten Gürtel mit einer »Leck mich«-Schnalle und mörderischen Beschlagnägeln, behängt mit Schwertscheiden, Beuteln, Kürbisflaschen und Amuletten. Ein kleiner Junge, der auf großer Mann machte – und der, da er Gaius war, damit durchkam. Er war ein Herumtreiber. Auf die Straße getrieben durch sein unerträgliches Zuhause und seine räuberische Natur, lebte er in einer eigenen Welt. Wenn wir ihn bis ins Erwachsenenalter brachten, ohne dass er vorher einer schrecklichen Katastrophe zum Opfer fiel, konnten wir uns gratulieren.
»Hör auf, meine Tür einzutreten, Gaius.«
»Hab ich doch gar nicht.«

»Ich bin nicht taub, und diese neuen Fußabdrücke haben deine Größe.«
»Hallo, Onkel Marcus.«
»Hallo, Gaius«, erwiderte ich geduldig. Helena war hinter mir herausgekommen. Sie war der Ansicht, Gaius brauchte mitfühlende Unterhaltung und Verhätschelung statt einer ordentlichen Tracht Prügel, die der Rest meiner Familie für Tradition hielt.
»Ich hab dir was mitgebracht.«
»Wird es mir gefallen?« Ich ahnte schon, was es war.
»Natürlich! Es ist ein Supergeschenk …« Gaius besaß einen Sinn für trockenen Humor. »Na ja, es ist noch so ein ekliges Ding, das du für deine Nachforschungen suchst. Ein Freund von mir hat es in einer Abflussrinne auf der Straße gefunden.«
»Spielst du oft in Abflüssen?«, fragte Helena besorgt.
»Aber nein«, log er, um jeder Belehrung aus dem Weg zu gehen. Er fummelte in einem seiner Beutel und holte sein Geschenk heraus. Es war klein, nicht viel größer als ein Würfel. Er zeigte es mir, zog es aber rasch wieder weg. »Wie viel zahlst du?« Ich hätte wissen müssen, dass der Bengel von der Belohnung gehört hatte, mit der Petro warb. Der gerissene kleine Gauner hatte wahrscheinlich ganze Horden von Straßenkindern beauftragt, an unappetitlichen Plätzen nach Schätzen zu suchen, die ich ihm abkaufen würde.
»Wer hat dir erzählt, dass ich noch mehr von diesen widerlichen Fundstücken haben will, Gaius?«
»Alle reden davon, was ihr, du und Petro, sammelt. Vater ist wieder zu Hause«, erwiderte er, also wusste ich, wer da die größten Töne spuckte.
»Wie schön.« Ich lehnte es ab, einem dreizehnjährigen Jungen zu sagen, dass ich seinen Vater für einen unzuverlässigen Perversling hielt. Gaius war gewitzt genug, das selbst rauszukriegen.
»Vater sagt, er fischt dauernd Leichenteile aus dem Fluss …«

»Lollius muss den Geschichten anderer immer noch eins draufsetzen. Hat er dir wilde Märchen über zerstückelte Leichen erzählt?«

»Er weiß alles darüber! Hast du die Hand noch? Kann ich sie sehen?«

»Nein, hab ich nicht und kannst du nicht.«

»Das ist der aufregendste Fall, den du je hattest, Onkel Marcus«, teilte mir Gaius ernst mit. »Wenn du in die Kloaken runter musst, um nach weiteren Leichenteilen zu suchen, kann ich dann mitkommen und dir die Lampe halten?«

»Ich steige nicht in irgendwelche Kloaken, Gaius. Die Teile wurden in den Aquädukten gefunden. Selbst du solltest den Unterschied kennen. Außerdem kümmert man sich bereits darum. Ein Beamter untersucht die Angelegenheit im Auftrag des Kurators der Aquädukte, und Petronius und ich können wieder unserer üblichen Arbeit nachgehen.«

»Bezahlt uns die Wasserbehörde für Knochen und so Zeug?«

»Nein, sie werden euch wegen Aufruhrs festnehmen. Der Kurator will, dass die Sache nicht an die große Glocke gehängt wird. Und wahrscheinlich hast du sowieso nichts Wichtiges gefunden.«

»O doch«, widersprach mir Gaius hitzig. »Einen großen Zeh!«

Helena, die hinter meiner Schulter stand, erschauderte. Erpicht darauf, sie zu beeindrucken, zog der Bengel erneut den dunklen Knubbel heraus, fragte mich dann aber wieder, wie viel ich dafür zahlen würde. Ich sah mir das Ding an. »Hör doch auf, Gaius. Geh mir nicht damit auf die Nerven, mir einen alten Hundeknochen anbieten zu wollen.«

Gaius betrachtete das Ding genau und gab dann traurig zu, dass er versucht hatte, mir was anzudrehen. »Ich halt trotzdem die Lampe für dich, wenn du in die Kloaken steigst.«

»Die Aquädukte, wie ich dir schon gesagt habe. Außerdem wär's mir lieber, du würdest das Baby halten, damit ich nicht ausgeschimpft werde, wenn ich es allein lasse.«

»Gaius hat Julia noch gar nicht gesehen«, meinte Helena. Mein

Neffe hatte sich der Vorstellungsparty entzogen. Er hasste Familientreffen – ein Junge mit verborgenen Qualitäten.

Zu meiner Überraschung fragte er, ob er sie jetzt sehen dürfe. Helena nahm ihn mit hinein und hob das Baby sogar aus der Wiege, damit er es halten konnte. Nach einem entsetzten Blick nahm er das schlafende Bündel entgegen (aus irgendeinem Grund war Gaius immer einigermaßen höflich zu Helena), und dann sahen wir, wie das berühmte Raubein von unserem winzigen Knirps überwältigt wurde, bis er über ihre kleinen Finger und Zehen regelrecht in Verzückung geriet. Wir versuchten ihm unsere Abneigung für seine Rührseligkeit nicht zu zeigen.

»Ich dachte, du hättest selbst kleine Brüder und Schwestern«, sagte Helena.

»Ach, mit denen hab ich absolut nichts am Hut!«, erwiderte Gaius verächtlich. Er sah nachdenklich aus. »Wenn ich auf sie aufpassen würde, gäb's dafür eine Bezahlung?«

»Natürlich«, sagte Helena sofort.

»Wenn du es ordentlich machst«, fügte ich schwach hinzu. Ich würde Gaius eher auf einen Rattenkäfig aufpassen lassen, aber wir waren in einer verzweifelten Lage. Zudem hätte ich nie gedacht, dass er sich dazu bereit erklären würde.

»Wie viel?« Er war ein wahres Mitglied der Didii.

Ich nannte eine Summe, Gaius verdoppelte sie, reichte Julia dann ganz vorsichtig wieder Helena und beschloss, nach Hause zu gehen.

Helena rief ihn zurück und gab ihm ein Zimtteilchen (zu meiner Verärgerung, da ich es bereits auf dem Tisch entdeckt und mich darauf gefreut hatte, es selbst zu verputzen). Dann küsste sie ihn förmlich auf die Wange. Gaius verzog das Gesicht, ließ es aber über sich ergehen.

»Jupiter! Ich hoffe, er ist sauber. Ich habe ihn das letzte Mal in die Thermen gezerrt, bevor wir nach Spanien aufbrachen.«

Wir sahen ihm nach. Noch immer hielt ich seinen kleinen Schatz aus den Ablaufrinnen in der Hand. Ich war zufrieden mit mir,

dass ich seinen Bestechungsversuch abgewehrt hatte, obwohl mich trotzdem gemischte Gefühle erfüllten.
»Wieso das?«, fragte Helena zweifelnd und rechnete bereits mit dem Schlimmsten.
»Hauptsächlich, weil ich glaube, dass es wirklich ein menschlicher Zeh ist.«
Helena strich mir sanft über die Wange, als würde sie ein wildes Tier bändigen, so wie sie es auch mit Gaius gemacht hatte. »Tja, da hast du es«, murmelte sie. »Anacrites kann machen, was er will – aber du hast offenbar trotzdem noch Interesse an der Sache.«

XVI

Lenia erlaubte Petro und mir, einen Anschlag an der Wäscherei aufzuhängen, auf dem stand, dass alle Körperteile aus den Wasserzuflüssen jetzt per Verordnung bei Anacrites abzugeben seien. Das half.

Wir waren inzwischen so berüchtigt, dass sich selbst der Strom der regulären Klienten erhöhte. Meist brachten sie uns Arbeit, die wir mit geschlossenen Augen erledigen konnten. Da gab es die üblichen Anwälte, die Zeugenaussagen von Leuten außerhalb Roms brauchten. Das überließ ich Petro. Es war eine gute Möglichkeit, ihn davon abzulenken, wie sehr ihm seine Kinder fehlten – und dafür zu sorgen, dass er sich mit weiteren Besuchen bei Balbina Milvia nicht in die Nesseln setzte. Außerdem hatte er noch nicht begriffen, dass die Anwälte uns nur beauftragten, weil es so öde wie der Hades war, mit einem Maulesel nach Lavinium und zurück zu reiten, nur um sich von einem alten Weib anzuhören, wie ihr noch älterer Bruder ausgerastet war und einem Stellmacher eine halbe Amphore über den Schädel geknallt hatte (wobei man bedenken musste, dass der Stellmacher wahrscheinlich kalte Füße kriegen und die Klage gegen den Bruder zurückziehen würde).

Ich beschäftigte mich damit, Schuldner aufzuspüren und die Moral potenzieller Ehemänner für vorsichtige Familien auszukundschaften (was sich doppelt bezahlt machte, weil ich dem jeweiligen Bräutigam vorschlagen konnte, von mir die finanzielle Situation der Familie seiner Braut überprüfen zu lassen). Mehrere Tage lang war ich ein hingebungsvoller Privatschnüffler. Als das seinen Reiz verlor, holte ich den großen Zeh aus der leeren Vase auf einem hohen Bord außerhalb von Nux' Reichweite und ging damit zum Forum, um zu sehen, ob ich Anacrites nerven konnte.

Ihm wurden so viele eklige Fundstücke von Leuten gebracht, die meinten, die Belohnung gelte immer noch, dass er einen Extraraum und zwei Schreiber dafür eingesetzt hatte. Ein rascher Blick sagte mir, dass man die meisten Fundstücke hätte ablehnen sollen, aber die Beamten nahmen alles in Empfang und verzeichneten es. Anacrites war bisher nur so weit gekommen, ein Formular zu entwerfen, das sorgfältig von seinen Schreibern ausgefüllt werden musste. Ich warf ihnen den von Gaius gefundenen Zeh hin, weigerte mich, Einzelheiten für die vorgeschriebene halbe Schriftrolle zu liefern, grinste anzüglich in Richtung Tür von Anacrites' abgeschirmtem Privatbüro und verschwand wieder.

Ich hatte meinen Spaß gehabt und hätte es dabei belassen können. Stattdessen nagte etwas an mir, das Gaius gesagt und ich auch auf Julias Fest mitbekommen hatte, und ich beschloss, Lollius einen Besuch abzustatten.

Meine Schwester Galla mühte sich um ein Auskommen für ihre ungewisse Kinderzahl, ohne dabei von ihrem Mann unterstützt zu werden. Sie wohnte in einem miesen Loch unten an der Porta Trigemina zur Miete. Man hätte es als schönes Grundstück am Fluss mit einer fabelhaften Aussicht und einer Sonnenterrasse beschreiben können, nur durfte man es dazu nicht gesehen haben. Hier war mein Lieblingsneffe Larius aufgewachsen, bevor er so vernünftig war, durchzubrennen und Wandmaler in den luxuriösen Villen an der Bucht von Neapolis zu werden. Gaius wohnte ebenfalls theoretisch hier, wenn er auch kaum auftauchte und es vorzog, Würste von den Straßenverkäufern zu klauen und sich nachts in einem Tempelportikus zusammenzurollen. Hier konnte man zu extrem unregelmäßigen Zeiten sogar auf den Tiberbootsmann Lollius treffen.

Er war ein fauler, betrügerischer und brutaler Mann – ziemlich zivilisiert im Vergleich zu meinen übrigen Schwägern. Ich konnte ihn noch weniger als die anderen leiden, mit Ausnahme von Gaius Baebius, dem arroganten Zollbeamten. Lollius war dazu auch noch hässlich, aber so großspurig, dass er die Frauen irgendwie von seiner Attraktivität überzeugte. Galla fiel darauf rein – jedes Mal, wenn er von den anderen Weibern zurückkam. Sein Erfolg mit Schankkellnerinnen war einfach unglaublich. Galla und er unternahmen regelmäßige Versuche, ihre Ehe zu kitten, und behaupteten, sie täten es um der Kinder willen. Die meisten ihrer Kinder verkrochen sich bei meiner Mutter, wenn das passierte. Kaum war das bedauernswerte Paar angeblich wieder vereint, spielte Lollius rein mit dem Kaninchen ins Loch bei der nächsten fünfzehnjährigen Blumenverkäuferin; natürlich erfuhr Galla es schnellstens von einer mitfühlenden Nachbarin, und wenn er dann nächtens nach Hause getorkelt kam, fand er die Tür verschlossen. Das schien ihn jedes Mal zu überraschen.

»Wo ist Gaius?«, schrie meine Schwester, als ich ihr verdrecktes Heim betrat und mir den Stiefel abputzte, weil ich im Flur in eine vergessene Schüssel mit Welpenfutter getreten war.

»Woher soll ich das wissen? Dein ungewaschener, unerzogener kleiner Rotzlöffel geht mich nichts an.«

»Er wollte zu dir.«

»Das muss vor mindestens zwei Tagen gewesen sein.«

»Ach ja?« Kein Wunder, dass Gaius sich herumtrieb. Galla war eine hoffnungslose Mutter. »Was gedenkst du wegen Larius zu unternehmen?«

»Nichts, Galla. Hör auf, mich damit zu nerven. Larius macht genau das, was er schon immer wollte, und wenn das zufällig das Bemalen von Wänden meilenweit von Rom entfernt ist, dann finde ich das völlig in Ordnung. Wo ist Lollius?«, brüllte ich, da ich Galla noch nicht zu Gesicht bekommen hatte und nicht wusste, aus welchem Raum sie mich anplärrte.

»Wen kümmert's? Er schläft.« Wenigstens war er da.

Ich fand den unsympathischen Schuft und zerrte ihn von einem schmierigen Kissen, auf dem er mit einer leeren Amphore im Arm schnarchte. Das war Lollius' Vorstellung von einem treu sorgenden Gatten. Galla begann zu keifen, sobald sie ihn brummeln hörte, woraufhin er mir zuzwinkerte und wir uns davonmachten, ohne ihr Bescheid zu sagen. Galla war daran gewöhnt.

Ich ging mit meinem Schwager zum Forum Boarium. Er war vermutlich betrunken, aber da er auch schon in nüchternem Zustand humpelte, blieb mir nichts anderes übrig, als ihn zu stützen. Er sah aus, als würde er stinken, also hielt ich genügend Abstand.
Wir befanden uns auf der mit Stein verkleideten Seite des Tiber, genannt das Marmorufer, ein ganzes Stück entfernt von den Kais am Emporium, aber noch vor den schicken Theatern und Portiken und der großen Flussbiegung, die das Marsfeld umschließt. Hinter dem Pons Sublicius umgingen wir den Bogen des Lentulus und das Büro des Marktinspektors und blieben schließlich nahe des alten Tempels des Portunus direkt über dem Austrittsbogen der Cloaca Maxima am Ufer stehen. Wäre der richtige Ort gewesen, Lollius in den Fluss zu schubsen, so wie es hier stank. Ich hätte es tun sollen. Rom und Gallas Kinder hätten es mir gedankt.
»Was willst du, Marcus?«
»Für dich immer noch Falco. Du solltest dem Familienvorstand mehr Respekt entgegenbringen.« Er hielt das für einen Scherz. Vorstand unserer Familie zu sein war eine undurchführbare Ehre. Außerdem unerträglich – eine Strafe, die mir die Parzen aus Böswilligkeit auferlegt hatten. Mein Vater, der Auktionator und schamlose Betrüger Didius Geminus, hätte diese vorgeschriebene Pflicht ausüben sollen, aber er war vor vielen Jahren von zu Hause abgehauen. Er war abgebrüht und gerissen.
Lollius und ich schauten trübsinnig zum Pons Aemilius hinüber. »Erzähl mir davon, was du im Fluss findest, Lollius.«

»Scheiße.«
»Ist das als Antwort zu betrachten oder als allgemeiner Fluch?«
»Beides.«
»Ich will was über die zerstückelten Leichen hören.«
»Selber schuld.«
Ich sah ihn streng an. Es half nichts.
Als ich mich zwang, ihn genauer zu betrachten, wurde mir einmal mehr bestätigt, was für ein erbärmliches Exemplar er war. Lollius wirkte wie fünfzig, musste aber etwa in meinem Alter sein. Er war kleiner und gedrungener als ich und in so schlechter Verfassung, dass es gut für seine Erben aussah. Sein Gesicht war schon hässlich gewesen, bevor er die meisten seiner Zähne verloren hatte und sich eins seiner Augen dauerhaft schloss, nachdem ihm Galla eine dickbödige Pfannkuchenpfanne draufgeknallt hatte. Seine Augen standen zu eng zusammen, seine Nase war so verbogen, dass er permanent schniefte, und einen Hals hatte er erst gar nicht. Die traditionelle Wollmütze der Bootsmänner bedeckte sein strähniges Haar. Das Ganze wurde durch mehrere Lagen übereinander getragener Tuniken vervollständigt; wenn er genug Wein auf die eine gekleckert hatte, zog er einfach eine andere darüber.
Gab es denn gar nichts, was für ihn sprach? Na ja, er konnte ein Boot rudern. Er konnte schwimmen. Er konnte fluchen, prügeln und vögeln. Er war ein potenter Ehemann, aber ein treuloser Vater. Er hatte ein regelmäßiges Einkommen, belog meine Schwester jedoch darüber und gab ihr nie etwas zum Unterhalt der Familie – ein klassischer Fall. Wahres Metall aus der traditionellen römischen Gussform. Bestimmt überfällig, um in die Priesterschaft oder für ein Tribunat gewählt zu werden.
Ich schaute wieder auf den Fluss. Er machte nicht viel her. Braun und unstet gurgelnd wie immer. Manchmal überflutete er die Ufer, doch den Rest der Zeit war der legendäre Tiber nur ein mittelmäßiger Strom. Ich war in kleineren Städten gewesen, die an beeindruckenderen Flüssen lagen. Aber Rom war hier nicht nur wegen der legendären Sieben Hügel erbaut worden.

Die Stadt hatte die beste Lage in Zentralitalien. Die Tiberinsel zu unserer Rechten war die erste Möglichkeit zum Brückenschlag meeraufwärts gewesen, nur eine gemütliche Tagereise von der Küste entfernt. Den begriffsstutzigen Schäfern, die es für clever gehalten hatten, eine Schwemmebene zu befestigen und ihr Forum auf brackigem Sumpfland zu erbauen, war es wahrscheinlich wie der ideale Siedlungsort vorgekommen.
In der jetzigen Zeit erwies sich der schmale, verschlammte Fluss als schwerer Nachteil. Rom importierte unglaubliche Mengen von Handelsgütern aus der ganzen Welt. Jede Amphore und jeder Ballen mussten über die Fernstraßen auf Karren oder Eselsrücken herangeschafft oder auf Barken zum Emporium geschippert werden. Der neue Hafen in Ostia hatte umgebaut werden müssen, war aber immer noch unbefriedigend. Neben den Barken gab es demzufolge noch viele kleine Transportboote, und das machte die Existenz solcher Parasiten wie Lollius möglich.
Er war der Letzte, von dem ich Hilfe bei einer meiner Nachforschungen annehmen wollte. Doch Petro und ich brauchten dringend verwendbare Informationen. Wenn wir mit Anacrites wetteifern wollten, musste selbst mein Schwager angezapft werden. »Entweder hältst du die Klappe über die Funde, Lollius, oder du sagst mir im Namen der Götter, was es ist.«
Er warf mir seinen unzuverlässigsten Blick zu, listig und verschwommen. »Ach, du meinst die Festtagsleckerbissen!«
Ich wusste sofort, dass der Knallkopp mir etwas Bedeutsames mitgeteilt hatte.

XVII

»So nennen wir sie«, meinte er hämisch. Da er selbst schwer von Begriff war, hielt er mich für ebenso dämlich. »Festtagsleckerbissen …«, wiederholte er liebevoll.
»Wovon sprichst du eigentlich, Lollius?«
Er ahmte mit dem Zeigefinger zwei Schnitte nach, einen quer über seinen dreckigen Hals und einen oberhalb seiner dicken Beine. »Du weißt schon.«
»Torsos? Ohne Gliedmaßen?«
»Ja.«
Ich war nicht mehr in Plauderstimmung, aber mein Schwager sah ganz begierig aus. Um ihn davon abzuhalten, weitere scheußliche Einzelheiten zum Besten zu geben, fragte ich: »Die Köpfe fehlen ebenfalls, nehme ich an?«
»Klar doch. Alles, was man abhacken kann.« Lollius entblößte den Rest seiner Zahnstümpfe zu einem hässlichen Grinsen. »Einschließlich der Möpse.« Er malte Kreise auf seinem Brustkorb und fuhr dann mit der flachen Hand darüber, als würde er Brüste abschneiden. Gleichzeitig machte er ein widerliches schmatzendes Geräusch mit den Lippen.
»Dann sind es also Frauen?« Seine Pantomime war äußerst plastisch, aber ich hatte gelernt, mich bei ihm immer doppelt abzusichern.
»Zumindest waren sie das mal. Sklavinnen oder Flittchen, nehmen wir an.«
»Wie kommst du darauf?«
»Keiner hat je nach ihnen gesucht. Was sollten sie sonst sein?

Na gut, Sklavinnen sind vielleicht wertvoll. Dann sind es eben alles brave Mädchen, die einfach Pech gehabt haben.« Er zuckte gleichgültig mit den Schultern. Ich missbilligte seine Haltung, aber er hatte vermutlich Recht.

»Ich hab noch nie was von diesen Mädchen ohne Gliedmaßen gehört.«

»Dann verkehrst du in den falschen Kreisen, Falco.«

Ich hatte nicht vor, meinen gesellschaftlichen Umgang zu ändern. »Hast du welche davon rausgefischt?«

»Nein, aber ich kenne jemanden, der das gemacht hat.« Schon wieder diese alte Leier.

»Hast du sie mit eigenen Augen gesehen?«

»Hab ich.« Bei der Erinnerung daran wurde selbst er still.

»Von wie vielen reden wir hier?«

»Na ja, so viele waren es nicht«, gab Lollius zu. »Gerade genug, dass wir wissen, er hat's schon wieder getan, wenn eine im Wasser treibt oder sich an einem Ruder verfängt. Sie sehen alle ziemlich gleich aus«, erklärte er, als wäre ich zu dämlich, um mir selbst denken zu können, wie die Bootsmänner in Kontakt mit ihnen kamen.

»Mit den gleichen Verstümmelungen? Das hört sich so an, als wäre das Rausfischen dieser Schönheiten ein selbstverständlicher Teil deiner Arbeit. Wie lange geht das schon so?«

»Ach, seit Jahren!« Das sagte er recht bestimmt.

»Jahren? Wie vielen Jahren?«

»Seit ich Bootsmann bin. Na ja, zumindest die meiste Zeit.« Ich hätte wissen müssen, dass Lollius sich zu nichts mit Bestimmtheit äußerte, selbst wenn es sich um etwas so Sensationelles handelte.

»Wir haben es also mit einem erwachsenen Mörder zu tun?«

»Oder mit einem vererbten Familiengeschäft«, erwiderte Lollius kichernd.

»Wann wurde die Letzte entdeckt?«

»Die Letzte, von der *ich* gehört habe« – Lollius machte eine Pause, damit ich begriff, dass er im Zentrum des Lebens auf

dem Fluss stand und daher alles Wichtige mitbekam – »war irgendwann im April. Manchmal finden wir sie aber auch im Juli und manchmal im Herbst.«
»Und wie hast du sie genannt?«
»Festtagsleckerbissen.« Er war immer noch stolz auf die Bezeichnung und wiederholte sie nur zu gerne. »Wie diese besonderen kretischen Kuchen, weißt du?«
»Ja, ja, hab schon verstanden. Sie tauchen also an öffentlichen Feiertagen auf.«
»Hübsch, nicht? Jemand muss entdeckt haben, dass es immer dann passiert, wenn große Spiele im Gange sind oder Triumphzüge.«
»Der Kalender ist so voller Feiertage, dass es mich wundert, wie das jemandem aufgefallen ist.«
»Der Witz ist, dass es immer dann passiert, wenn wir mit wirklich scheußlichem Kopfweh zur Arbeit zurückkehren und uns schon von viel weniger schlecht wird.« Auch das passierte dauernd. Die Bootsmänner waren berüchtigt für ihre Saufgelage.
»Wenn ihr sie rausfischt, was macht ihr dann mit den Leichen?«
Lollius funkelte mich an. »Was glaubst du wohl? Wir piken sie mit dem Bootshaken auf, um das Gas rauszulassen, schleppen sie dann den Fluss runter, wo uns keiner sieht, und versenken sie, wenn es geht.«
»Oh, wie menschenfreundlich.«
Sein Hohn war gerechtfertigt. »Wir sind ja nicht so bescheuert, sie der Obrigkeit zu übergeben!«
»Verständlich.« Gemeinsinn ist im besten Fall Zeitverschwendung und führt im schlimmsten dazu, dass man zehn Monate ohne Prozess in den finsteren Zellen der Lautumiae verrottet.
»Was schlägst du denn vor?«, spottete Lollius. »Dass wir ein großes Loch in einem öffentlichen Garten ausheben und die Klumpen vergraben, wenn niemand hinschaut – oder wenn wir hoffen, dass das niemand tut? Oder dass wir zusammenlegen und irgendwas über den Beerdigungsverein unserer Gilde organisieren? Klar doch. Versuch du mal, eine anständige Ein-

äscherung für jemanden zu organisieren, den du nicht kennst und dem alle Gliedmaßen von einem Perversen abgehackt worden sind. Außerdem, Falco, wenn ich einen von diesen Leckerbissen gefunden hätte und sogar bereit gewesen wäre, was zu unternehmen, kannst du dir vorstellen, wie ich das Galla hätte erklären sollen?«

Ich lächelte schwach. »Ich nehme an, du hättest meiner wunderbar vertrauensvollen großen Schwester eine komplizierte Lüge aufgetischt, Lollius – wie du das immer tust!«

XVIII

Petronius war wütend. Als er von seinem Landausflug zurückkam, brachte die Geschichte, die ich ihm von Lollius erzählte, die schlimmste Seite seiner Mitgliedschaft bei den Vigiles zum Vorschein. Er wollte zum Tiber hinunterstürmen und jeden verhaften, der ein Ruder mit sich herumtrug.

»Hör auf, Petro. Wir kennen keine Namen, und wir werden auch keine erfahren. Ich hab ein bisschen rumgebohrt, aber die Bootsmänner schweigen eisern. Sie wollen keinen Ärger bekommen. Wer kann ihnen das verdenken? Außerdem, was können wir schon tun ohne einen Torso? Wir wissen jetzt, dass die Bootsleute sie finden, was keine große Überraschung ist, denn wenn abgetrennte Hände rumschwimmen, müssen ja auch die anderen Körperteile irgendwo sein. Ich lass sie wissen, dass wir beim nächsten Mal, wenn sie was rausfischen, bereit sind, es in Empfang zu nehmen. Wir sollten die Kerle nicht verärgern. Lollius hat das alles nur ausgespuckt, weil er vor mir angeben wollte.«

»Er ist ein widerlicher Schmierlappen.«

»Wem erzählst du das.«

»Ich hab's satt, nur in der Gegend rumzutrödeln, Falco.« Petronius schien gereizt. Vielleicht hatte er durch seine Reise nach Lavinium eine Verabredung mit Milvia verpasst. »Es ist einfach unglaublich, wie du die Sachen anpackst. Du tänzelst auf Zehenspitzen um die Fakten herum, schleimst dich bei Verdächtigen mit einem blöden Lächeln ein, wenn es angebracht wäre, ihnen eine ordentliche Tracht Prügel zu verpassen ...«

»Das ist die Methode der Vigiles, das Vertrauen der Öffentlichkeit zu gewinnen, was?«
»Nein, so führt man eine systematische Ermittlung durch.«
»Ich ziehe es vor, die Wahrheit aus ihnen rauszulocken.«
»Alles Schwindel. Du bestichst sie nur.«
»Falsch. Dazu fehlt mir das Geld.«
»Und was ist dann deine Methode, Falco?«
»Subtilität.«
»Affenscheiße und Stiertestikel! Es wird Zeit, hier eine anständige Routine einzuführen«, verkündete Petro.
Um dieses hervorragende Konzept in die Tat umzusetzen, rannte er los, trotz des heißen Wetters, weil er sich unten am Fluss die Bootsleute vorknöpfen wollte, obwohl ich ihm davon abgeraten hatte. Ich wusste, dass er nichts erreichen würde. Offensichtlich musste Lucius Petronius die ganzen bitteren Lektionen, die man mir in meinen sieben Jahren als Privatermittler aufgezwungen hatte, neu lernen, bevor er zu einem ernst zu nehmenden Partner für mich wurde. Er war gewohnt, sich auf simple Autorität zu verlassen, um etwas noch Simpleres zu erzeugen: Furcht. Jetzt würde er merken, dass ihm das fehlte. Auf dem Privatsektor würde er nur Hohn und Verachtung ernten. Außerdem war es für einfache Bürger verboten, Gewalt anzuwenden. (Für die Vigiles wahrscheinlich auch, aber darum kümmerte sich niemand.)
Während Petro sich bei den Wasserflöhen austobte, ging ich los, um ein bisschen Geld zu verdienen. Als Erstes erfreute ich mich damit, die Bezahlung für diverse Aufträge einzutreiben, die ich vor Monaten abgewickelt hatte, bevor Petro mein Partner geworden war. Die Denarii verschwanden sofort in meinem Banksafe am Forum, abzüglich der Summe, die ich für zwei Haifischsteaks für Helena und mich hinblättern musste.
Dann waren uns dank unserer neuen Berühmtheit ein paar schmackhafte Brocken in den Schoß gefallen. Ein Vermieter wollte, dass wir Nachforschungen über eine seiner Mieterinnen anstellten, die behauptete, in letzter Zeit Pech gehabt zu haben

und knapp bei Kasse zu sein. Er hatte den Verdacht, dass sie ihrem Freund Unterschlupf gewährte, ohne ihn an der Miete zu beteiligen. Ein Blick auf die Dame hatte mir bereits verraten, dass es gut vorstellbar war. Sie war ein Schätzchen, und in meiner sorgenfreien Jugend hätte ich die Ermittlung auf Wochen ausgedehnt. Der Vermieter hatte vergebens versucht dem Freund aufzulauern. Mich kostete das nur eine Stunde der Überwachung. Ich hatte mich um die Mittagszeit eingefunden. Wie erwartet, tauchte prompt ein verstohlen um sich blickender Bengel in einer geflickten Tunika auf. Er konnte es nicht ertragen, sein Mittagsmahl zu verpassen. Ein Wort mit dem Wasserträger des Mietblocks bestätigte, dass der Bursche dort wohnte. Ich marschierte hinein, stellte die Missetäter, die bei Eiern und Oliven saßen, und schloss den Fall ab.

Ein wohlhabender Papyrushändler verdächtigte seine Frau, ihn mit seinem besten Freund zu betrügen. Wir hatten sie beobachtet; ich war davon überzeugt, dass der Freund unschuldig war, obwohl die Dame höchstwahrscheinlich regelmäßig von ihrem Verwalter gevögelt wurde. Der Klient war überglücklich, dass ich seinen Freund rein gewaschen hatte, wollte nichts über den ehebrecherischen Sklaven hören und bezahlte mich auf der Stelle. Das Geld wanderte in Petros und meine gemeinsame Kasse, sogar inklusive des großzügigen Trinkgeldes.

Auf dem Rückweg zur Brunnenpromenade machte ich in den Bädern Halt, benutzte ausgiebig meinen Strigilis, hörte mir ein wenig unwichtigen Klatsch an und scherzte mit Glaucus. Er war mit einem anderen Kunden beschäftigt, und ich blieb nicht lange. Als ich in unsere Zentrale zurückkehrte, war Petronius Longus immer noch nicht wieder aufgetaucht. Ich würde mir eine Menge Sorgen über seine Aufenthaltsorte machen müssen; es war, als müsste ich auf einen liebeskranken Halbwüchsigen aufpassen. Ich hoffte, seine Abwesenheit läge daran, dass er einen Versöhnungsversuch mit seiner Frau unternommen hatte. Viel wahrscheinlicher war jedoch, dass der Hund sich heimlich zu Balbina Milvia geschlichen hatte.

Zufrieden mit meinem Tagewerk, schloss ich das Büro ab, wechselte ein paar Worte mit Lenia und schlenderte über die Straße. Ich war der Koch im Haus, solange es uns an einer Horde greinender Sklaven mangelte. Helena hatte die Fischsteaks mit Olivenöl und Kräutern mariniert. Ich briet sie über den glühenden Kohlen unserer Kochbank, und wir aßen sie mit grünem Salat, der mit Essig, Olivenöl und einem Spritzer Fischsoße angemacht war. Nach unserem Spanienabenteuer hatten wir genug Öl und Soße, die ich allerdings sparsam verwendete. Ein gutes Haifischsteak sollte nicht überwürzt werden.

»Hast du sie ordentlich gewässert?«

»Natürlich«, antwortete Helena. »Ich konnte ja sehen, dass sie eingesalzen waren. Wenn mir auch so bestimmte Gedanken über das Waschwasser durch den Kopf gegangen sind …«

»Denk nicht daran. Sonst machst du dich verrückt.«

Sie seufzte. »Tja, wenn Lollius Recht hat und Leute schon seit Jahren ermordet, zerstückelt und ins Wasser geworfen werden, sind wir wahrscheinlich daran gewöhnt.«

»Die Torsos müssen direkt in den Fluss geworfen worden sein.«

»Wie beruhigend«, murmelte Helena. »Ich mach mir Sorgen um die Gesundheit des Babys. Ich werde Lenia fragen, ob wir Wasser aus dem Wäschereibrunnen schöpfen dürfen.«

Sie wollte, dass der Horror endete. Genau wie ich. Sie wollte, dass ich ihn beendete; ich bezweifelte, dass mir das gelingen würde.

Wir warteten eine Weile, damit es nicht so aussah, als würden wir auf ein Abendessen spekulieren, und gingen dann vom Aventin hinüber zum Haus von Helenas Eltern. Ich dachte, wir würden uns nur ein billiges Abendvergnügen gönnen, merkte aber bald, dass Helena Justina präzisere Pläne hatte. Zum einen wollte sie genauer herausfinden, wie es um Claudia Rufina stand. Claudia und beide Brüder von Helena waren zu Hause und bliesen Trübsal, weil ihre Eltern Gäste aus ihrer eigenen Generation bewirteten und das Haus voll köstlicher Essens-

düfte hing, während die Jugend sich mit den Resten begnügen musste. Wir saßen mit ihnen herum, bis Aelianus sich zu langweilen begann und beschloss, in ein Konzert zu gehen.
»Du könntest Claudia mitnehmen«, meinte Helena.
»Ja, natürlich«, sagte Aelianus sofort, da er aus einer scharfsinnigen Familie kam und gut erzogen war. Aber Claudia fürchtete sich vor dem nächtlichen Rom und lehnte die Einladung ihres Verlobten ab.
»Keine Bange, wir kümmern uns um sie«, versicherte sein Bruder dem zukünftigen Bräutigam. Es war eine ruhige und unkritische Bemerkung. Justinus hatte schon immer gewusst, wie er ihm unbemerkt eins reinwürgen konnte. Die Jungs konnten sich nicht ausstehen. Ihr Altersunterschied von zwei Jahren war einfach zu gering. Sie hatten nicht die Angewohnheit, etwas zu teilen, schon gar nicht Verantwortung.
»Danke«, erwiderte Aelianus lakonisch. Er schien es sich möglicherweise anders zu überlegen. Vielleicht aber auch nicht.
Er verließ uns. Claudia unterhielt sich weiter mit Helena über die Waisenschule, was sie beide zu befriedigen schien. Claudia hatte unser Baby auf dem Arm. Sie war die Art von Mädchen, die sich Babys sofort schnappen und zeigen, wie gefühlvoll sie sein können. Das war vielleicht nicht der richtige Weg zum Herzen ihres Verlobten. Aelianus konnte den Gedanken, sich zu verehelichen, gerade noch hinnehmen. Es war taktlos von Claudia, ihm zu zeigen, dass sie von ihm erwartete, seinen Teil zum Füllen des Kinderzimmers beizutragen.
Ich genoss meine Unterhaltung mit Justinus. Wir hatten einst ein gemeinsames Abenteuer erlebt, waren wie die Helden durch den Norden Germaniens getobt, und ich hielt seitdem sehr viel von ihm. Wenn ich seiner Gesellschaftsschicht angehört hätte, dann hätte ich ihm ein Patronat angeboten, aber als Privatermittler konnte ich ihm keine Hilfe geben.
Er war jetzt Anfang zwanzig, ein hoch aufgeschossener und schlanker junger Mann, dessen gutes Aussehen und Liebenswürdigkeit unter den gelangweilten Ehefrauen der Senatoren

Chaos hätte anrichten können, wenn ihm je aufgegangen wäre, dass er das Zeug zum Herzensbrecher hatte. Sein Charme bestand zu einem großen Teil darin, dass er von seinen Talenten und seinem Verführungspotenzial keine Ahnung hatte. Doch diese großen braunen Augen mit dem faszinierenden Anflug von Traurigkeit bemerkten wahrscheinlich mehr, als er zeigte. Quintus Camillus Justinus war ein gerissener kleiner Soldat. Einem Gerücht zufolge jagte er einer Schauspielerin nach, aber ich fragte mich, ob das Gerücht nicht absichtlich in die Welt gesetzt worden war, damit man ihn in Ruhe ließ, während er sich seinen eigenen Weg suchte. Schauspielerinnen waren der Tod für Senatorensöhne. Quintus war zu klug für einen gesellschaftlichen Selbstmord.

Vespasian hatte ihn von einem militärischen Tribunat in Germanien nach Rom zurückbeordert, anscheinend ein großer Gunstbeweis. Wie es so oft geschieht, löste sich das Versprechen auf eine Beförderung in nichts auf, sobald Justinus zu Hause ankam. Andere Helden forderten Aufmerksamkeit. Justinus, der stets zurückhaltend war, zeigte weder Überraschung noch Verärgerung. Ich war wütend für ihn, und ich wusste, dass Helena es auch war.

»Ich dachte, es sei die Rede davon, dass du dich gleichzeitig mit deinem Bruder für die Senatswahl aufstellen lässt? Hat der Kaiser nicht angedeutet, dass ein frühzeitiger Eintritt möglich sei?«

»Die Luft ist raus.« Er lächelte gequält. Jede Schankkellnerin hätte seinen Becher sofort noch einmal kostenlos aufgefüllt. »Du weißt, wie das ist, Marcus. Also werde ich mich wohl erst im üblichen Alter zur Wahl aufstellen lassen. Das verteilt Papas finanzielle Belastung.« Er hielt inne. »Ich weiß sowieso noch nicht, was ich machen will.«

»Durchläufst grad 'ne schwierige Phase, was?«, meinte ich grinsend. Er wollte sich beweisen – und es besser machen als Aelianus. Das war ganz klar.

»Ziemlich schwierig«, gab er zu.

Helena sah auf. Sie musste zugehört haben, obwohl sie ins Gespräch mit Claudia vertieft schien. »Ich nehme an, du kratzt dich vor Vaters illustren Freunden, weigerst dich, mehr als einmal im Monat deine Tunika zu wechseln, und bist mürrisch zur Frühstückszeit?«
Er strahlte sie liebevoll an. »Ich komme gar nicht erst zum Frühstück, liebste Schwester. Mitten am Morgen, wenn alle Sklaven damit beschäftigt sind, die Böden aufzuwischen, steige ich aus dem Bett, tappe mit den dreckigen Schuhen vom Abend vorher über den sauberen Boden und verlange eine frische Sardine und ein Omelett aus fünf Eiern, das *genau richtig* gebraten sein muss. Wenn es mir dann serviert wird, lasse ich die Hälfte stehen.«
Ich lachte. »Du wirst es weit bringen – aber erwarte nicht, von uns zu Besuch eingeladen zu werden.«
Claudia Rufina sah mit beunruhigter Ernsthaftigkeit an ihrer langen Nase entlang auf uns drei. Vielleicht war es ganz gut, dass sie mit Aelianus verlobt worden war. Er war furztrocken und konservativ und gab sich nie irgendwelchen lächerlichen Phantasien hin.
Helena tätschelte aus keinem ersichtlichen Grund den mit vielen Reifen behängten Arm des jungen Mädchens. Unsere Blicke trafen sich, ebenfalls aus keinem ersichtlichen Grund. Ich zwinkerte ihr zu. Schamlos zwinkerte sie, ohne zu zögern, zurück. Dann versenkten wir die Blicke ineinander, wie es Liebende manchmal tun, auch wenn es gerade nicht angebracht ist, und schlossen die beiden anderen aus.
Helena sah gut aus. Hellhäutig, humorvoll, wach und intelligent. Förmlicher gekleidet als daheim, da man nie so genau wusste, was einen im Haus eines Senators erwartete – ein makelloses weißes Gewand mit einer schimmernden goldenen Stola, eine Bernsteinkette und leichte Ohrringe, das Gesicht hier und da mit einem Hauch Farbe betont, das Haar mit mehreren schicken Kämmen aufgesteckt. Es beruhigte mich, sie so selbstsicher und zufrieden zu sehen. Ich hatte Helena nicht da-

mit geschadet, sie aus dem Haus ihres Vaters fortzulocken. Sie hatte den Dreh raus, vorübergehend ohne Verlegenheit in diese Gesellschaftsschicht zurückzukehren und mich mitzunehmen. Doch obwohl sie die Bequemlichkeit vermissen musste, zeigte sie kein Anzeichen von Bedauern.

»Tja, Marcus!« Ihre Augen lächelten auf eine Weise, die mich ihre Hand ergreifen und küssen ließ. Diese Geste durfte man sich in der Öffentlichkeit durchaus erlauben, aber sie muss auf wesentlich größere Intimität hingedeutet haben.

»Zwischen euch herrscht so viel Zärtlichkeit!«, rief Claudia impulsiv aus. Erschrocken durch ihre Bewegung, wachte das Baby auf und begann zu greinen. Helena nahm es ihr ab.

Justinus erhob sich von seiner Liege, stellte sich hinter seine Schwester, umarmte sie und küsste sie ebenfalls. »Wir sind eine liebevolle Familie, Claudia Rufina«, meinte er boshaft. »Bist du nicht froh, eine von uns zu werden?«

»Statt hier rumzuhampeln und dumme Bemerkungen zu machen«, sagte Helena, »könntest du mal eben in Vaters Arbeitszimmer gehen und mir seinen Jahreskalender holen.«

»Planst du das nächste Fest?«

»Nein. Ich will Marcus zeigen, dass sein bester Partner derjenige ist, mit dem er zusammenlebt.«

»Marcus weiß das«, sagte ich.

Der Senator besaß ein teures Exemplar des offiziellen Jahreskalenders von Rom. Die Tage, an denen die Comitia zusammentrat, waren mit einem C versehen, ein F kennzeichnete die Tage, an denen Recht gesprochen werden durfte, und N stand für Feiertage. Unglückstage waren mit schwarzer Farbe markiert. Alle offiziellen Feste und alle Spiele waren angegeben. Decimus hatte in den Almanach auch den Geburtstag seiner Frau und seiner Kinder eingetragen, dazu seinen eigenen und den seiner Lieblingsschwester und einiger betuchter Verwandter (die ihn in ihrem Testament bedenken könnten, wenn er sich um sie bemühte). Der letzte Eintrag, ausgeführt in der schwär-

zesten Tinte, wie Helena mir zeigte, war der Tag, an dem Julia Junilla geboren war.
Helena las das alles schweigend durch. Dann sah sie auf und betrachtete mich mit strengem Blick. »Du weißt, warum ich das mache?«
Ich schaute demütig, zeigte aber, dass auch ich denken konnte. »Du fragst dich, was Lollius gemeint haben könnte.«
Natürlich wollten Claudia und Justinus wissen, wer Lollius war und was er von sich gegeben hatte. Ich erzählte es ihnen und blieb dabei so geschmackvoll wie möglich. Als Claudia daraufhin erschauderte und Justinus ernst blickte, tat Helena ihre Meinung kund. »Es muss jährlich über hundert Feiertage geben und an die fünfzig Feste. Aber die Feste sind über das Jahr verteilt, und dein Schwager berichtete doch, dass diese weiblichen Überreste nur zu bestimmten Zeiten aufgetaucht sind. Ich glaube, das hängt mit den Spielen zusammen. Lollius sagte, sie hätten Leichen im April rausgefischt – da finden die Megalenses-Spiele für Kybele statt, die Spiele der Ceres und die Floralia, alle im selben Monat. Dann knubbelt es sich wieder im Juli ...«
»Den er ebenfalls erwähnt hat.«
»Genau. Da haben wir die Apollinares-Spiele, die am Tag vor den Nonen beginnen, und später die Spiele zu Ehren der Siege Cäsars, die ganze zehn Tage dauern.«
»Passt alles zusammen. Lollius gab an, dass es im Herbst noch mal schlimm wird.«
»Im September sind die Römischen Spiele, die fünfzehn Tage dauern, dann Anfang des nächsten Monats die Spiele zum Gedenken an Augustus, Ende Oktober gefolgt von den Spielen zu Ehren der Siege Sullas ...«
»Und vergiss nicht die Plebejischen Spiele im November«, erinnerte ich sie. Ich hatte sie schon vorher entdeckt, als ich über Helenas Schulter lugte.
»Da spricht mal wieder der Republikaner!«
»Der Plebejer«, sagte ich.

»Aber was bedeutet das?«, wollte Claudia aufgeregt wissen. Sie dachte, wir hätten den ganzen Fall gelöst.
Justinus warf den sauber geschorenen Kopf zurück und betrachtete die rauchgeschwärzte Gipsdecke. »Es bedeutet, dass Marcus Didius eine hervorragende Ausrede gefunden hat, die nächsten zwei Monate hauptsächlich in den Arenen unserer großen Stadt zu verbringen – und das dann Arbeit zu nennen.«
Ich schüttelte traurig den Kopf. »Ich arbeite nur, wenn jemand mich bezahlt, Quintus.«
Helena passte sich meiner Stimmung an. »Außerdem hätte es keinen Zweck, wenn Marcus beim Circus rumhängt, solange er keine Ahnung hat, was er eigentlich sucht.«
Das klang wie der größte Teil der Überwachungsarbeit, die ich durchführte.

XIX

Petronius Longus war in Organisationsstimmung. Seine Befragung der Tiberbootsmänner war genauso erfolglos verlaufen, wie ich es vorausgesagt hatte, und er verkündete, dass wir Schluss machen sollten mit unseren sinnlosen Bemühungen, die Verursacher der Wasserverschmutzung zu finden. Er wolle sich jetzt Klarheit verschaffen über unser Geschäft. (Er wollte sich Klarheit verschaffen über *mich.*) Er würde Ordnung einführen. Er würde neue Aufträge an Land ziehen, die Fälle sinnvoll verteilen und mir zeigen, wie man Wohlstand durch unermüdliche Tüchtigkeit erreichte.

Er verbrachte viel Zeit damit, Tabellen zu entwerfen, während ich durch die Stadt trabte und Gerichtsvorladungen zustellte. Ich brachte die mageren Denarii ein, und Petro verzeichnete sie in einem aufwendigen Kontierungssystem. Ich war froh zu sehen, dass er sich von allem Ärger fern hielt.

Petronius schien glücklich zu sein, obwohl ich allmählich den Verdacht bekam, dass er etwas verbarg, und das noch bevor ich am Wachlokal der Vigiles vorbeikam und Fusculus mir zurief: »He, Falco, kannst du nicht dafür sorgen, dass unser Chef beschäftigt ist? Er lungert hier dauernd rum und steht im Weg.«

»Ich dachte, er sei entweder in unserem Büro und richtet Chaos unter den Klienten an, oder er geht flirten.«

»Ach, das tut er auch – er geht zu seinem Liebchen, wenn er uns endlich in Ruhe lässt.«

»Du deprimierst mich, Fusculus. Keine Hoffnung, dass er Milvia hat fallen lassen?«

»Tja, wenn er das getan hätte«, verkündete Fusculus fröhlich, »dann wären deine Klienten in Sicherheit und er wäre wieder fest bei uns.«

»Mach dir nichts vor. Petronius liebt die Arbeit als Freiberufler.«

»Klar doch!« Fusculus lachte mich aus. »Deswegen bohrt er auch dauernd bei Rubella wegen einer Begnadigung nach.«

»Die er aber nicht kriegt. Und woher weiß Rubella, dass Milvia immer noch an seiner Angel zappelt?«

»Woher weiß Rubella überhaupt irgendwas?« Fusculus hatte natürlich eine Theorie. Das hatte er immer. »Unser vertrauensvoller Tribun bleibt in seiner Höhle, und die Informationen fliegen ihm durch die Luft zu. Er ist übersinnlich.«

»Nein, er ist nur ein Mensch«, sagte ich mutlos. Ich wusste, wie Rubella arbeitete, und das war strikt professionell. Er wollte sich einen Namen als Offizier der Vigiles machen und dann in die besseren Ränge der Städtischen Kohorten aufsteigen, vielleicht sogar bei den Prätorianern dienen. Seine Prioritäten änderten sich nie; er war hinter den großen Verbrechern her, deren Verhaftung Aufsehen erregen und ihm Beförderungen einbringen würde. »Ich wette, der lässt Milvia und ihren aufregenden Mann rund um die Uhr bewachen, falls sie die alten Banden wieder beleben. Jedes Mal, wenn Petronius sich dem Haus nähert, wird das vermerkt.«

Fusculus stimmte mir in seiner üblichen bequemlichen Art zu: »Da hast du Recht. Es ist kein Geheimnis, obwohl sich die Überwachung auf die alte Schachtel konzentriert. Rubella ist der Meinung, dass eine Neubelebung der alten Banden von Flaccida ausgehen wird.«

Milvias Mutter. Was die Sache für Petro trotzdem nicht besser machte, weil Cornella Flaccida bei ihrer Tochter und ihrem Schwiegersohn lebte. Sie war gezwungen worden, bei ihnen einzuziehen, als Petronius ihren Verbrecher-Ehemann überführte und dessen Besitz konfisziert wurde. Ein Grund mehr, nicht mit dem reizenden Häschen anzubandeln, wenn

Petro seine Sinne beisammen gehabt hätte. Milvias Vater war ein Schweinehund gewesen, aber ihre Mutter war noch gefährlicher.

»Wann«, wollte Fusculus in seiner fröhlichen Art wissen, »können wir also damit rechnen, dass du dir Balbina Milvia vorknöpfst, dieses zarte Pflänzchen aus der Unterwelt, und sie überredest, unseren verehrten Chef in Ruhe zu lassen?«

Ich stöhnte. »Warum muss ich immer die Drecksarbeit machen?«

»Warum bist du Privatschnüffler geworden, Falco?«

»Petronius ist mein ältester Freund. Ich kann das nicht hinter seinem Rücken tun.«

»Natürlich nicht.« Fusculus grinste.

Eine Stunde später betätigte ich den großen bronzenen Antilopentürklopfer, der den Pförtner an die Tür des verschwenderischen Heims von Milvia und Florius rief.

XX

Sollte ich jemals eigene Sklaven erwerben, wird darunter keinesfalls ein Pförtner sein. Wer will schon einen faulen, stoppelbärtigen, rattenärschigen, überheblichen Kerl in seinem Flur rumstehen haben, der höfliche Besucher beleidigt – vorausgesetzt, er kann sich überwinden, sie überhaupt einzulassen? Auf der Suche nach Verdächtigen verbringt ein Ermittler mehr Zeit als andere Leute damit, sich mit dieser verabscheuungswürdigen Rasse herumzuschlagen, und ich war es gewöhnt, in Rage zu geraten, bevor ich in eines der besseren Häuser eingelassen wurde.

Milvias war sogar schlimmer als die meisten. Sie hielt sich nicht nur den üblichen unverschämten Rotzlöffel, der schnellstens zurück zu seinem Soldatenspiel gegen den Unterkoch wollte, sondern einen zwergenhaften Exgangster namens Klein Ikarus, den ich zuletzt gesehen hatte, als er von den Vigiles bei einem gewaltigen Kampf in einem berüchtigten Bordell zu Brei geschlagen wurde. Bei diesem Kampf hatte sich auch sein Kumpel, der Müller, von einem wild gewordenen Magistratsliktor, dem es wurscht war, was er mit seiner zeremoniellen Axt anstellte, beide Füße an den Knöcheln abhauen lassen. Klein Ikarus und der Müller waren mörderische Schläger. Wenn Milvia und Florius vorgaben, eine nette Mittelschichtsfamilie zu sein, dann hätten sie sich andere Angestellte suchen sollen. Offenbar hatten sie es nicht mehr mit dem Vorgeben.

Klein Ikarus war schon grob zu mir, bevor er sich daran erinnerte, wer ich war. Danach sah er wütend aus, als hätte er vor, mir seinen Kopf in meine Manneszier zu rammen (weiter hoch kam er nicht). Als er als Milvias Janus eingesetzt worden war, hatte ihm jemand die Waffen abgenommen; vielleicht betrachtete ihre Mutter das als die richtige Methode, ihn handzahm zu machen. Die Tatsache, dass der Schläger eines Gangsters hier Türstopper war, sagte genug darüber aus, was für ein Haushalt dies war. Es sah alles recht prächtig aus. Rechts und links neben der Eingangstür standen die üblichen Topfrosenbüsche, und das Atrium im Inneren war voll mit guten Kopien griechischer Statuen. Aber jedes Mal, wenn ich hierher kam, stellten sich mir die Nackenhaare auf. Ich wünschte, ich hätte jemandem – egal, wem – von meinem Besuch hier erzählt. Jetzt war es zu spät; ich hatte mir bereits meinen Weg nach drinnen erkämpft.

Milvia schien ganz begeistert zu sein, mich zu sehen, was nicht an meinem Charme lag.

Nicht zum ersten Mal fragte ich mich, was Petro dazu bewegte, sich mit diesem Miniaturpüppchen einzulassen – große vertrauensvolle Augen und kleine Piepsstimme, und unter der aufgesetzten Unschuld bestimmt ebenso falsch und hinterlistig wie die dreisten großen Mädchen, in die ich mich früher verknallt hatte. Balbina Milvia war ein unschätzbares Exemplar. Sie hatte dunkle Ringellocken, zusammengehalten von protzigen Goldkränzen, einen fest geschnürten Busen, der unter Lagen kostbaren Musselins hervorlugte, winzige Füße in glitzernden Sandalen – und natürlich auch ein Fußkettchen. Schlangenreifen mit echten Rubinen als Augen wanden sich um die bleiche Haut ihrer zarten Arme. Ganze Reihen von Filigranringen hingen schwer an ihren winzigen Fingern. Alles an ihr war so klein und glitzernd, dass ich mir wie ein grober Rüpel vorkam. Doch in Wahrheit verdeckte das Glitzern den Dreck. Milvia konnte nicht mehr so tun, als wüsste sie nicht, dass ihr ganzer Aufputz durch Diebstahl, Erpressung und organisiertes Verbrechen finanziert wurde. Ich wusste es auch. Sie verursachte mir einen schlechten, metallischen Geschmack im Mund.

Das provokative Bündel, das so geziert lächelte, war von Eltern aus dem Hades gezeugt worden. Ihr Vater war Balbinus Pius gewesen, ein übler, rücksichtsloser Verbrecher, der den Aventin jahrelang terrorisiert hatte. Ich fragte mich, ob der zirpenden Milvia klar war – als sie Pfefferminztee und in Honig eingelegte Datteln bringen ließ –, dass ich der Mann war, der ihrem Vater ein Schwert in die Brust gerammt und ihn dann in einem brennenden Haus zurückgelassen hatte. Ihre Mutter wusste es zweifellos. Cornella Flaccida wusste alles. Auf diese Weise war es ihr gelungen, das kriminelle Imperium zu übernehmen, das ihr Gatte zurückgelassen hatte. Und man glaube ja nicht, dass sie allzu lange geweint hat, nachdem er von der Bildfläche verschwunden war. Es war nur überraschend, dass sie mir keine Riesenbelohnung zukommen ließ, weil ich ihn für sie aus dem Weg geräumt hatte.

»Wie geht es Ihrer lieben Mama?«, fragte ich Milvia.

»Den Umständen entsprechend. Sie ist verwitwet, wissen Sie.«

»Wie tragisch.«

»Es hat ihr das Herz gebrochen. Ich sage ihr immer, die beste Möglichkeit, damit fertig zu werden, ist, sich beschäftigt zu halten.«

»Oh, ich bin sicher, dass sie das tut.« Das musste sie auch. Kriminelle Banden erfolgreich zu führen erforderte Zeit und grenzenlose Energie. »Sie müssen ein großer Trost für sie sein, Milvia.«

Milvia schaute selbstgefällig und dann ein bisschen ängstlich, weil sie merkte, dass meine Worte und der Ton nicht zueinander passten.

Ich beachtete die Erfrischungen, die vor mir ausgebreitet wurden, nicht. Als Milvia ihre Sklaven mit einem Wedeln der Hand entließ, gab ich vor, nervös und schockiert zu sein. Was ich natürlich nicht war. »Wie geht es Florius? Besucht er nach wie vor die Rennen, wann immer er kann? Und ich höre, dass Ihr treu liebender Gatte auch seine Geschäftsbeziehungen erweitert hat?« Florius (dessen treue Liebe nicht vorhanden war) fand Gefallen daran, seinen dreckigen Ritterzeh in den trüben Teich von Mietwucher, Erpressung und organisiertem Diebstahl zu stecken. Milvia war in der Tat von Verwandten mit kreativen finanziellen Interessen umgeben.

»Ich weiß nicht, was Sie meinen, Marcus Didius.«

»Mein Name ist Falco. Und ich glaube, Sie haben mich sehr wohl verstanden.«

Das rief einen hübschen Auftritt hervor. Der kleine Mund schmollte. Die Brauen zogen sich zusammen. Die Augen wurden gereizt niedergeschlagen. Der Rock wurde geglättet, die Armreifen zurechtgeschoben und die übermäßig verzierten Silberschüsseln auf dem piekfeinen Tablett mit Delfingriffen umgestellt. Ich betrachtete das ganze Repertoire wohlwollend.

»Ich mag Mädchen, die alles geben.«

»Wie bitte?«

»Sie schauspielern gut. Sie wissen, wie man einen Schleimer zurechtweist, bis er sich wie ein Rüpel vorkommt.«

»Wovon reden Sie, Falco?«

Ich ließ sie auf meine Antwort warten, lehnte mich zurück und betrachtete sie aus der Distanz. Dann sagte ich kalt: »Wie ich höre, haben Sie sich sehr mit meinem Freund Petronius Longus angefreundet?«

»Oh!« Sie wurde munterer, dachte offenbar, ich würde als Vermittler fungieren. »Hat er Sie zu mir geschickt?«

»Nein – und wenn Sie wissen, was gut für Sie ist, erwähnen Sie ihm gegenüber meinen Besuch nicht.«

Balbina Milvia zog ihre glitzernde Stola schützend um die schmalen Schultern. Sie hatte das Verhalten eines erschreckten Rehkitzes perfektioniert. »Alle brüllen mich an, und ich habe das bestimmt nicht verdient.«

»Oh, das haben Sie! Sie verdienen es, über diese Elfenbeinliege gelegt und ordentlich versohlt zu werden. Da ist eine betrogene Ehefrau auf dem Aventin, der man erlauben sollte, Ihnen die Augen auszukratzen, und drei kleine Mädchen, die jubeln sollten, während sie das tut.«

»Wie können Sie so was Schreckliches sagen!«, rief Milvia.
»Machen Sie sich mal keine Sorgen. Genießen Sie einfach die Aufmerksamkeit, und lassen Sie sich von einem Mann vögeln, der weiß, wie, statt von diesem schlaffen Rettich eines Ehemanns, und zerbrechen Sie sich nicht das Köpfchen über die Konsequenzen. Sie können es sich leisten, Petronius den Luxus zu bieten, den er entdecken möchte – nachdem er seine Stellung, seine Frau, seine Kinder und die meisten seiner wütenden und enttäuschten Freunde verloren hat. Aber denken Sie daran«, schloss ich, »falls Sie der Grund dafür sein sollten, dass er alles verliert, was ihm wichtig ist, könnte er Sie am Ende dafür verfluchen.«
Sie war sprachlos. Milvia war als Kind maßlos verwöhnt worden und wurde als Ehefrau nicht beaufsichtigt. Sie verfügte über großen Reichtum, und ihr Vater hatte die gefürchtetsten Straßenbanden Roms unter sich gehabt. Niemand legte sich mit ihr an. Selbst ihre Mutter, die eine grausame Hexe war, behandelte Milvia mit Zurückhaltung – vielleicht, weil sie spürte, dass dieses rehäugige, verwöhnte Püppchen eines Tages wirklich über die Stränge schlagen könnte. Widerwärtiges Benehmen war der einzige Luxus, den sich Milvia bisher noch nicht gegönnt hatte. Aber es konnte nicht mehr lange dauern.
»Ich kann es Ihnen nicht verdenken«, sagte ich. »Er ist nun mal sehr anziehend. Es braucht einen starken Willen, um die Tür vor ihm zu verschließen. Aber Sie sind ein kluges Mädchen, und Petronius ist total naiv, wenn es um Gefühle geht. Sie sind diejenige, die mit ihrer Intelligenz erkennt, dass es am Ende zu nichts führen wird. Hoffentlich sind Sie auch diejenige mit dem Mut, die Dinge in Ordnung zu bringen.«
Sie richtete sich auf. Wie alle von Petros Frauen war sie nicht groß. Er barg sie gern an seiner breiten Brust wie verlorene Schäfchen; aus irgendeinem Grund nahmen sie alle diese Zuflucht an, sobald er sie darbot.
Ich überlegte, ob ich Milvia von den anderen erzählen sollte, aber das würde sie nur zu der Annahme verleiten, sie sei die

eine, die anders war. Das dachten sie alle. Und keine war es jemals, außer Arria Silvia, die ihn mit einer Mitgift (und ihrer Persönlichkeit) festgenagelt hatte, um ihn zu überzeugen.
Ich sah, wie das Dämchen sich aufplusterte, um mich zu beschimpfen. Ich war zu ruhig. Es kam sie hart an, so einseitig zu streiten. Einige der Frauen, die ich kannte, hätten ihr Unterricht darin geben können, aber unter all ihrem Putz war die hier ein glanzloses Mädchen von zwanzig Jahren, das fernab von der Welt aufgewachsen war. Sie besaß alles, was sie wollte, aber sie wusste nichts. Trotz ihres Reichtums wurde sie, obwohl sie jetzt verheiratet war, die meiste Zeit im Haus gehalten. Natürlich war das die Erklärung für Petronius. Wenn Frauen eingesperrt sind, stellt sich bald Ärger ein. Nach guter römischer Tradition war Milvias einzige Quelle der Erregung die heimlichen Besuche ihres Liebhabers.
»Sie haben kein Recht, in mein Haus einzudringen und mich aus der Fassung zu bringen! Sie können jetzt gehen, und kommen Sie nie wieder!« Die Goldkörnchen ihres Haarkranzes blitzten auf, als sie ihren Kopf ärgerlich zurückwarf.
Ich hob eine Augenbraue. Ich muss müde ausgesehen haben statt beeindruckt. Wieder warf sie den Kopf zurück – ein sicheres Zeichen ihrer Unreife. Eine Expertin hätte noch eine andere verächtliche Geste zur Verfügung gehabt.
»Blendend gespielt!«, spottete ich. »Ich gehe – aber nur, weil ich das sowieso vorhatte.« Und ich ging. Da sah Milvia natürlich traurig aus, weil das Drama vorbei war.

Ich hatte gelogen, als ich behauptete, dass nur sie in der Lage sei, die Affäre zu beenden. Wenn er wollte, konnte Petronius ohne weiteres selbst diesem Gefängnis entkommen. Darin hatte er genug Übung.
Das Problem war nur, dass ihm so viele Leute sagten, er solle es tun, und damit sein Interesse immer neu anfachten. Mein alter Freund Lucius Petronius Longus hatte es noch nie leiden können, sich von anderen etwas sagen zu lassen.

XXI

Natürlich hatte ihm jemand gepetzt, dass ich da gewesen war. Bestimmt Milvia selbst. Aus irgendeinem Grund erfüllte der Einsatz seines treuen Freundes, der selbstlos versuchte, ihn vor der Katastrophe zu retten, Lucius Petronius nicht mit warmherzigen Gefühlen für ebenjenen treuen Freund. Wir hatten einen hitzigen Streit.

Dadurch wurde die Zusammenarbeit nicht gerade angenehmer, obwohl wir daran festhielten, weil keiner von uns einräumen wollte, dass er Schuld hatte und sich aus der Partnerschaft zurückziehen sollte. Ich wusste, dass unsere Reibereien nicht von Dauer waren. Wir waren beide zu verärgert, ständig hören zu müssen, dass unsere Partnerschaft nicht funktionieren würde. Früher oder später würden wir uns zusammenraufen und den Zweiflern beweisen, dass sie sich irrten.

Außerdem waren Petro und ich schon seit unserem achtzehnten Lebensjahr Freunde. Um uns zu entzweien, war mehr als ein dussliges junges Gör nötig.

»Du klingst wie seine Frau«, spottete Helena.

»Nein, tu ich nicht. Seine Frau hat ihm gerade gesagt, er soll sich nach Mesopotamien verpissen und dann mit einem Sack über den Kopf in den Euphrat springen.«

»Ja, ich hörte, dass sie diese Woche wieder eine liebenswürdige kleine Plauderei hatten.«

»Silvia hat ihm ein Scheidungsbegehren gebracht.«

»Maia erzählte mir, Petro habe es ihr an den Kopf geworfen.«

»Es ist nicht notwendig, dass sie es ihm überbringt.« Die gegnerische Partei zu informieren war eine reine Höflichkeitsgeste. Verbitterte Frauen konnten die Sache immer zu einem Drama ausweiten. Besonders Frauen, die eine ansehnliche Mitgift zurückzufordern hatten. »Sie hat ihn rausgeschmissen und sich geweigert, ihn wieder ins Haus zu lassen. Das reicht als Beweis für ihre Absicht, sich von ihm zu trennen. Wenn sie noch länger getrennt leben, wird die Mitteilung überflüssig.«

Petronius und Silvia hatten einander schon früher verlassen. Das dauerte normalerweise ein oder zwei Tage, bis derjenige, der wütend aus dem Haus gestürmt war, zurückkehrte, um die Katze zu füttern. Diesmal hatte der Bruch vor Monaten begonnen. Inzwischen hatten sie sich tief eingegraben. Sie hatten Palisaden errichtet und ihre Stellung mit dreifachen Gräben voller Eisenspitzen gesichert. Einen Waffenstillstand zu erreichen würde schwierig sein.

Statt mich von dem Misserfolg entmutigen zu lassen, zwang ich mich, Arria Silvia aufzusuchen. Auch sie hatte gehört, dass ich bei Milvia gewesen war. Sie jagte mich gleich wieder weg.

So war auch dies ein weiteres vergebliches Bemühen, das die Sache nur noch schlimmer machte. Da Petro sich weigerte, mit mir zu sprechen, brauchte ich mir wenigstens nicht anzuhören, was er von meiner Friedensmission zu seiner Frau hielt.

Inzwischen war es September. Petro und ich hatten unseren Krach am ersten Tag des Monats, den Kalenden, gehabt, die, wie Helena mich sarkastisch hinwies, das Fest des Donnergottes Jupiter waren. Offenbar hatten Passanten in der Brunnenpromenade, die den Meinungsaustausch zwischen Petro und mir mitbekommen hatten, geglaubt, der Gott habe sich permanent auf dem Aventin niedergelassen.

Drei Tage später begannen, ebenfalls zu Ehren von Jupiter Tonans, die Römischen Spiele.

Die beiden jungen Camilli-Brüder benutzten ihren aristokratischen Einfluss – was hieß, sie kratzten eine Menge Sesterzen zusammen –, um gute Karten für den ersten Tag zu besorgen.

Es gab immer Leute mit Schulden, die ihre reservierten Plätze an Schwarzhändler verhökerten, oder Nachfahren militärischer Helden, die ihre ererbten Plätze verkauften. Nachfahren von Helden pflegen Söldner zu sein – im Gegensatz zu den Helden selbstverständlich. Also besorgten Helenas Brüder Plätze und nahmen uns freundlicherweise mit. Für mich war es eine äußerst angenehme Abwechslung, einen Sitzplatz mit guter Sicht zu haben, statt mich auf die unreservierten Ränge quetschen zu müssen.

Die junge Claudia Rufina sollte formell in den Circus von Rom eingeführt werden. Zuzuschauen, wie sich Horden von Gladiatoren aufschlitzten, während der Kaiser leise in seiner vergoldeten Loge schnarchte und die besten Taschendiebe der Welt die Menge beklauten, würde ihr zeigen, in was für eine zivilisierte Stadt ihre geplante Vermählung sie gebracht hatte. Da sie ein liebenswürdiges Mädchen war, gab sie sich Mühe, überwältigt auszusehen.

Es gelang uns, Kissen und große Taschentücher mit reinzuschmuggeln, die wir als Kopfbedeckung verwenden konnten (was einst verboten war, aber jetzt hingenommen wurde, wenn man sie diskret benutzte). Wir sahen uns die Parade und die Wagenrennen an, verkrümelten uns fürs Mittagessen, während die minderwertigen Gladiatoren ausgebuht wurden, und blieben dann bis zur Dunkelheit. Helena verbrachte den Nachmittag mit Julia zu Hause, schloss sich uns aber für die letzten ein oder zwei Stunden wieder an. Nett zu sein wurde zu anstrengend für Aelianus, und er verließ uns am frühen Abend, doch seine Verlobte hielt mit Helena, Justinus und mir bis zum Schluss durch. Wir schlüpften während des letzten Kampfes hinaus, um die Verkehrsstaus zu vermeiden und den Zuhältern aus dem Weg zu gehen, die am Ende der Veranstaltung die Tore umlagerten.

Aelianus wirkte verstört darüber, dass seine spanische Braut so viel Gefallen am Circus fand. Er muss befürchtet haben, dass es ihm schwer fallen würde, an Feiertagen für die traditionellen

männlichen Ausschweifungen von zu Hause fortzukommen, wenn ihn seine edle Dame immer begleiten wollte. Während man ihr das Schirmchen hält und gesalzene Nüsse reicht, ist es schwer, auch nur betrunken zu werden und schmutzige Geschichten zu erzählen; ungehobelteres männliches Verhalten wäre ganz ausgeschlossen. Claudia Rufina hatte ihren Spaß, und nicht nur, weil Justinus und ich Aelianus ermutigten, sich früh aus dem Staub zu machen. Sie war begierig darauf, an meinen Ermittlungen teilzunehmen. Ich entspannte mich nicht nur einfach im Circus, sondern hielt Ausschau nach irgendwas Verdächtigem im Zusammenhang mit den Aquäduktmorden. Natürlich passierte nichts.
Die Ludi Romani dauern fünfzehn Tage, wovon vier für Theateraufführungen vorbehalten sind. Aelianus fand sein Interesse nicht wieder. Er hatte uns die Karten zur Eröffnungsfeier geschenkt (spielte den großzügigen Bräutigam), daher war jetzt ziemliche Ebbe in seinem Geldbeutel. Seinen Bruder oder mich bitten zu müssen, ihm jedes Mal, wenn der Getränkeverkäufer vorbeikam, Geld für ein Mulsum auszulegen, ging ihm irgendwann auf die Nerven. Am dritten Tag hatte Aelianus sich angewöhnt, mit Helena zu verschwinden, wenn sie sich auf den Weg nach Hause machte, um das Baby zu stillen. Von Zeit zu Zeit ließ ich Claudia mit Justinus allein und sah mich im Circus nach Verdächtigen um. Bei dem täglich wechselnden Publikum von einer viertel Million Menschen waren die Chancen, eine Entführung unmittelbar mitzubekommen, äußerst gering.
Doch es passierte. Und es entging mir. Irgendwann zu Beginn der Spiele wurde eine Frau ihrem schrecklichen Schicksal zugeführt. Dann fand man am vierten Tag die Hand eines neuen Opfers in der Aqua Claudia, und die Nachricht verursachte einen Aufruhr.

Als ich nach dem Mittagessen zu Hause mit Helena zu Claudia Rufina und Justinus zurückkehren wollte, bemerkte ich eine große Anzahl von Menschen, die in eine Richtung strömten. Ich war auf dem Clivus Publicus den Aventin hinuntergekommen, aber die Menge bewegte sich eindeutig nicht zum Circus Maximus. Keiner wollte sich die Zeit nehmen, mir zu sagen, was los war. Es musste entweder ein sehr guter Hundekampf sein, ein Nachlassverkauf mit erstaunlich günstigen Schnäppchen oder ein öffentlicher Aufruhr. Also rannte ich natürlich mit. Um sich schnappende Hunde interessieren mich nicht, aber ich verpasse ungern die Chance, einen billigen Satz Töpfe zu ergattern oder zuzusehen, wie die Menge Steine auf das Haus eines Magistrats wirft.

Von den Startgattern des Circus schoben und drängten sich die Massen durch das Forum Boarium, an der Porta Carmentalis vorbei, um die Kurve des Kapitols und auf das Forum, das wegen der Spiele seltsam friedlich dalag. Doch selbst an Feiertagen war das Forum Romanum nie ganz leer. Touristen, Störenfriede, Arbeitswütige, Nachzügler, die zu den Spielen wollten, und Sklaven, die keine Karten oder keine Zeit hatten, waren immer auf dem Forum unterwegs. Jenen, die nicht bemerkten, dass sie sich mitten in einem Aufruhr befanden, wurde auf die Füße getrampelt, und wenn sie sich beschwerten, wurden sie noch mal angerempelt. Plötzlich brach Panik aus. Sänften wurden umgestoßen. Anwälte, die dienstfrei hatten (und mit ihren scharfen Nasen so was förmlich rochen), versteckten sich in der Basilica Julia, die unbesetzt und hallend war. Die Geldverleiher, die ihre Stände nie schlossen, klappten ihre Geldkisten so schnell zu, dass sich manche die fetten Finger einklemmten.

Inzwischen hatte sich ein bestimmter Teil der Menge in ein Publikum verwandelt, saß auf den Stufen der Monumente und beobachtete den Spaß. Andere vereinten ihre Kräfte und ließen Beschimpfungen gegen den Kurator der Aquädukte vom Stapel. Nichts allzu politisch Aufrührerisches. Nur so kultivierte Sprüche wie: »Er ist ein nutzloser Bastard!«, und: »Der Mann muss gehen!«

Ich sprang hinauf in den Portikus des Castortempels, einen meiner beliebten Beobachtungsposten. Von hier aus konnte ich die Menge sehen, die sich Reden unter dem Triumphbogen des Augustus anhörte. Dort wedelten diverse Hitzköpfe mit den Armen, als wollten sie ein paar Pfund abnehmen, während sie in einer Weise gegen die Regierung wetterten, die sie ins Gefängnis bringen konnte, wo ungewaschene Wächter sie zusammenschlagen würden. Einige von ihnen wollten Philosophen sein – lange Haare, nackte Füße und kratzige Decken um die Schultern –, was in Rom die sicherste Methode war, als gefährlich eingestuft zu werden. Aber mir fielen auch ein paar Vorausdenkende auf, die sich mit Wasserflaschen und Proviant ausgerüstet hatten.

Derweilen legten Gruppen bleicher, bekümmerter Frauen in Trauerkleidung feierlich Blumengaben am Becken der Juturna ab, der heiligen Quelle, an der Castor und Pollux ihre Pferde getränkt haben sollen. Kranke, die sich die übel schmeckende Brühe zur Heilung ihrer Gebrechen einverleibten, zogen sich nervös zurück, als diese Mittelschichtsmatronen unter viel Geklage ihre welken Blumen ablegten, sich dann an den Händen fassten und träumerisch das Becken umkreisten. Danach schlängelte sich der Zug hinüber zum Haus der Vestalinnen. Die meisten der Jungfrauen saßen vermutlich auf ihren Ehrenplätzen im Circus, aber es musste mindestens eine im Dienst sein, um die heilige Flamme zu bewachen. Sie würde daran gewöhnt sein, Abordnungen wohlmeinender Damen zu empfangen, die geschmackvolle Geschenke und ernste Gebete brachten, aber nicht viel Verstand besaßen.

Auf der anderen Seite der Via Sacra, nahe des alten Rostrums und des Janustempels, steht der uralte Schrein der Venus Cloacina, der Reinigenden. Auch hier hatten sich Gruppen lärmender Protestler versammelt. Venus würde definitiv ihre schönen Hüften gürten und in Aktion treten müssen.

Von einem Mitbeobachter erfuhr ich, dass gestern wieder eine Hand in der Aqua Claudia gefunden worden war, eines der neuesten Aquädukte, die sich in ein Sammelbecken nahe des Tempels des Claudius am anderen Ende des Palatin ergoss. Das erklärte den Tumult auf dem Forum. Die Bürger von Rom hatten endlich kapiert, dass ihr Wasser verdächtige Fragmente enthielt, die sie vergiften konnten. Ärzte und Apotheken wurden von Patienten belagert, denen so kotzübel war wie einem kranken Nilkrokodil.

Die Menge war eher lärmend als gewalttätig. Das würde die Obrigkeit nicht davon abhalten, brutal zuzuschlagen. Die Vigiles hätten gewusst, wie sie die Leute mit ein paar Püffen und Flüchen auseinander treiben konnten, aber irgendein Idiot hatte die Städtischen Kohorten gerufen. Diese fröhlichen Gesellen waren dem Stadtpräfekten unterstellt. Ihr Auftrag lautete, »die Unterwürfigkeit aufrechtzuerhalten und Übergriffe einzudämmen«. Dazu waren sie jeder mit einem Schwert und einem Dolch ausgerüstet, und es war ihnen egal, wen sie damit aufspießten.

Die Städtischen sind zusammen mit den Prätorianern kaserniert und genauso arrogant. Sie lieben jede friedliche Demonstration, die sie aufmischen können, bis sie sich in einen blutigen Aufruhr verwandelt. Das rechtfertigt ihre Existenz. Sobald ich ihre hässlichen Phalanxen anmarschieren sah, sprang ich an der Rückseite des Tempels auf die Via Nova hinunter und schlenderte über den Vicus Tuscus davon. Es gelang mir, den Unruheherd zu verlassen, ohne dass mir der Schädel eingeschlagen wurde. Andere kamen bestimmt nicht so gut davon.

Da ich nicht weit von Glaucus' Badehaus entfernt war, schlüpfte ich hinein und blieb in dem verlassenen Gymnasium, stemmte Gewichte und schlug mit einem Übungsschwert auf den Pfosten ein, bis die Gefahr vorüber war. Es brauchte mehr als die Städtischen, um an Glaucus vorbeizukommen; wenn er sagte: »Eintritt nur auf Einladung«, dann galt das.

Die Straßen waren wieder ruhig, als ich hinaustrat. Auf dem Straßenpflaster war nicht allzu viel Blut.

Ohne zu den Spielen zurückzukehren, machte ich mich auf den Weg zum Büro, in der schwachen Hoffnung, dort Petronius zu finden. Als ich die Brunnenpromenade entlangschlenderte, merkte ich, dass etwas los war. Das war zu viel Aufregung für einen Tag. Ich zog mich augenblicklich in den Barbierladen zurück. Er war illegal geöffnet, weil Männer an Feiertagen gern proper aussehen wollen, falls ihnen ein hübsches Mäuschen über den Weg läuft, und außerdem hatte der Barbier in unserer Straße sowieso keine Ahnung vom Kalender. Ich bat ihn, mir in aller Ruhe die Haare zu schneiden, und beobachtete die Szene draußen vorsichtig.

»Wir haben hohen Besuch«, meinte der Barbier verächtlich, da er wenig Respekt vor der Obrigkeit hatte. Sein Name war Apius. Er war fett, rotgesichtig und hatte die schlimmsten Haare zwischen hier und Rhegium. Dünne, fettige Strähnen hingen ihm von dem schuppigen Schädel. Zudem rasierte er sich nur selten.

Auch ihm war die äußerst ungewöhnliche Anwesenheit von einigen müden Liktoren aufgefallen. Auf der Suche nach Schatten lungerten sie unter dem Portikus von Lenias Wäscherei herum. Frauen blieben dreist vor ihnen stehen und machten wahrscheinlich anzügliche Witze. Kinder schlichen sich kichernd an und forderten sich gegenseitig heraus, mit ihren kleinen Fingern die zeremoniellen Axtschneiden in den Rutenbündeln zu berühren, die die Liktoren achtlos hatten fallen lassen. Liktoren sind freigelassene Sklaven oder mittellose Bürger – ungehobelt, aber bereit, sich durch Arbeit zu rehabilitieren.

»Wem stehen denn sechs zu?«, fragte ich Apius. Der Barbier redete immer so, als wüsste er alles, aber ich musste den Tag erst noch erleben, an dem er eine einfache Frage richtig beantwortete.

»Jemand, der lange vor seiner Ankunft angekündigt werden will.« Liktoren gehen traditionell im Gänsemarsch vor der Persönlichkeit her, die sie eskortieren.

Sechs war eine ungewöhnliche Zahl. Zwei standen einem Prätor oder einem anderen hohen Beamten zu. Zwölf, das wäre die Anzahl des Kaisers gewesen, obwohl dann auch die Prätorianer aufmarschiert wären. Ich wusste, dass Vespasian heute in seiner Loge im Circus festsaß.

»Ein Konsul«, entschied Apius. Er hatte wirklich keine Ahnung. Konsuln standen ebenfalls zwölf zu.

»Warum sollte ein Konsul Lenia besuchen?«

»Um sich über Dreckflecken in seiner Unterwäsche zu beschweren?«

»Oder ausgebleichte Stellen an seiner besten Toga? Jupiter, Apius – die Ludi Romani sind im Gange, und Lenias Wäscherei ist geschlossen! Du bist das Letzte. Ich bezahle dir den Haarschnitt morgen. Es widerstrebt mir, Geld an einem Festtag auszugeben. Ich seh mir mal an, was da los ist.«

Jeder glaubt, dass Barbiere die Quelle allen Klatsches sind. Unserer nicht. Und Apius war ein typisches Beispiel. Der Mythos, dass Barbiere immer über den neuesten Skandal Bescheid wissen, ist genauso verlogen wie die von Fremden aufgebrachte Mär, Römer würden in öffentlichen Latrinen gesellschaftlichen Umgang pflegen. Also bitte! Wenn man sich abmüht, um den schon ziemlich vergangenen Hasen-im-eigenen-Saft vom gestrigen Abend wieder loszuwerden, will man doch nicht, dass sich irgendein freundlicher Bursche mit einem albernen Grinsen neben einem niederlässt und einen nach seiner Meinung über das Senatsdekret dieser Woche bezüglich des nicht ehelichen Zusammenlebens von Freigelassenen und Sklaven fragt. Wenn das jemand mit mir versuchen sollte, würde ich ihm einen viel gebrauchten Abwischschwamm in den Allerwertesten rammen.

Diese erhebenden Gedanken amüsierten mich, während ich die Brunnenpromenade entlangschlenderte. Bei der Wäscherei sagten mir die Liktoren, dass sie einen Exkonsul eskortierten, der zu einem früheren Zeitpunkt dieses Jahres im Amt gewesen, aber zurückgetreten war, um einem anderen Großkopferten eine Chance zu geben. Er sei auf der anderen Straßenseite und würde offenbar jemanden namens Falco besuchen.

Das brachte mich in fröhliche Stimmung. Wenn ich eines mehr

hasse als hohe Beamte unter der Bürde ihres Amtes, dann sind es Beamte, die diese Bürde gerade abgelegt haben und auf der Suche nach Ärger sind, den sie verursachen können. Ich hüpfte die Treppe hinauf, ganz heiß darauf, ihn zu beleidigen und dabei nicht zu vergessen, dass ich, falls dieses immer noch sein Ernennungsjahr war, drauf und dran war, grob zu dem verehrtesten und höchstrangigen Exmagistrat von Rom zu sein.

XXII

Es gibt Frauen, die geraten in Panik, wenn sie einem Konsul gegenübertreten müssen. Einer der Vorteile, eine Senatorentochter als meine unbezahlte Sekretärin zu beschäftigen, bestand darin, dass Helena Justina, statt vor Entsetzen zu kreischen, den prestigeträchtigen Mann wie einen Nennonkel begrüßen und sich ruhig nach seinen Hämorriden erkundigen würde.

Der Bursche war mit einem Becher heißem Zimt versorgt worden, den Helena, wie ich wusste, mit Honig und einem Schuss Wein aufbrauen konnte, so dass er wie Ambrosia schmeckte. Er sah bereits beeindruckt aus von unserer Gastfreundschaft und dem gesunden Menschenverstand. Als ich dann hereinmarschierte, die Daumen in meinen Festgürtel gehakt wie ein gereizter Zyklop, wurde ich mit einem Konsul konfrontiert, der bereits gezähmt war.

»Tag. Mein Name ist Falco.«

»Mein Mann«, fügte Helena lächelnd hinzu, heute besonders respektierlich.

»Ihr ergebener Sklave«, erklärte ich, ganz der höfliche, liebenswürdige Gatte. Na ja, schließlich war heute Feiertag.

»Julius Frontinus«, sagte der bedeutende Mann schlicht.

Ich nickte. Er nickte zurück.

Ich setzte mich an den Tisch, und mir wurde von der eleganten Gastgeberin mein persönlicher Becher gereicht. Helena war in blendendes Weiß gekleidet, die angemessene Farbe für den Circus. Obwohl sie wegen der notorischen Taschendiebe wenig Schmuck trug, hatte sie ihr Haar mit geflochtenen Bändern geschmückt, was sie ganz entzückend aussehen ließ. Um zu unterstreichen, wie die Dinge hier in diesem Haus standen, nahm ich einen weiteren Becher, und goss ihr ein. Dann erhoben wir beide feierlich unsere Becher und tranken dem Konsul zu, den ich dabei genauer betrachtete.

Wenn er das übliche Alter für ein Konsulat hatte, dann war er dreiundvierzig; vierundvierzig, falls er bereits Geburtstag gehabt hatte. Sauber rasiert und ein ordentlicher kurzer Haarschnitt. Von Vespasian ernannt, musste demnach kompetent, selbstsicher und gerissen sein. Ließ sich weder von meinem forschenden Blick noch von der ärmlichen Umgebung aus der Ruhe bringen. Ein Mann, der eine solide Karriere hinter sich hatte und doch noch genug Energie für mehrere hochkarätige Ämter besaß, bevor er senil wurde. Körperlich fit, nicht übergewichtig oder zügellos. Jemand, dem man Respekt entgegenbringen musste – oder ein wandelndes Ärgernis, darauf aus, jeden Stein umzudrehen.

Auch er musterte mich. Frisch aus dem Gymnasium, in festlicher Kleidung, aber mit Militärstiefeln an den Füßen. Ich lebte in einer heruntergekommenen Gegend, zusammen mit einem Mädchen von hohem gesellschaftlichen Rang – eine interessante Mischung. Er wusste, dass er plebejischer Aggression gegenübersaß, und doch war er mit kostspieligem Zimt aus dem luxuriösen Orient besänftigt worden. Von den späten Sommerlilien in einer campanischen Bronzevase drang pfeffriger Duft auf ihn ein. Und sein Getränk war in einem glasierten Keramikgefäß aus rotem Ton serviert worden, geschmückt mit zart ausgeführten rennenden Antilopen. Wir hatten Geschmack. Wir hatten interessante Handelsverbindungen oder waren selbst Reisende oder konnten Freunde gewinnen, die uns hübsche Geschenke machten.

»Ich suche nach jemandem, mit dem ich zusammenarbeiten kann, Falco. Sie wurden mir von Camillus Verus empfohlen.«

Jeder von Helenas Papa vermittelte Auftrag musste höflich willkommen geheißen werden. »Was ist das für ein Auftrag, und welche Rolle spielen Sie dabei? Welche Rolle hätte *ich* zu übernehmen?«

»Erst muss ich mehr über Ihren Hintergrund erfahren.«

»Camillus wird Sie doch sicher ausreichend informiert haben?«

»Ich würde es gern von Ihnen selbst hören.«

Ich zuckte mit den Schultern. Wenn ein Kunde pingelig ist, beschwere ich mich nie. »Ich bin Privatermittler, arbeite für das Gericht, für Testamentsvollstrecker, übernehme finanzielle Beurteilungen, spüre gestohlene Kunstwerke auf. Im Moment habe ich einen Partner, der ein ehemaliges Mitglied der Vigiles ist. Von Zeit zu Zeit betraut mich der Palast in offizieller Funktion mit Aufträgen, über die ich nicht sprechen kann, meist im Ausland. Ich mache das seit acht Jahren. Davor habe ich in der Zweiten Augusta in Britannien gedient.«

»Britannien!« Frontinus fuhr auf. »Was hielten Sie von Britannien?«

»Nicht genug, um dorthin zurückkehren zu wollen.«

»Danke«, meinte er trocken. »Ich bin gerade zum nächsten Statthalter ernannt worden.«

Ich grinste. »Sie werden die Provinz bestimmt faszinierend finden. Ich war zweimal dort; meine erste Mission für Vespasian führte mich dorthin.«

»Uns hat Britannien mehr gefallen, als Marcus Didius zugeben will«, warf Helena diplomatisch ein. »Sollten Ermittler jemals aus Rom verbannt werden, könnten wir uns eventuell dorthin zurückziehen. Marcus träumt von einem ruhigen Landgut in einem fruchtbaren grünen Tal ...« Das Mädchen war boshaft. Sie wusste genau, wie sehr ich Britannien hasste.

»Es ist ein neues Land, in dem noch viel zu tun bleibt«, sagte ich und klang genau wie jeder pompöse Forumsredner. Ich wich Helenas tanzenden Augen aus. »Wenn Sie Arbeit mögen und eine Herausforderung, werden Sie Ihre Amtszeit dort genießen.«

Er schien sich zu entspannen. »Ich würde mich sehr gern noch weiter darüber unterhalten, aber da gibt es zunächst et-

was Dringenderes. Bevor ich nach Britannien abreise, bin ich gebeten worden, offizielle Nachforschungen zu überwachen. Ich möchte, dass sie so rasch wie möglich durchgeführt werden.«
»Es handelt sich also nicht um eine private Ermittlung?«, fragte Helena unschuldig.
»Nein.«
Sie fischte die Zimtstange aus ihrem Becher und drückte sie leicht am Rand aus. Niemand trieb die Formalitäten voran. Nun ja, ich konnte mich auf Helenas vorsichtig sondierende Neugier verlassen. »Ist das ein Auftrag vom Senat?«
»Vom Kaiser.«
»Hat er vorgeschlagen, dass Marcus Ihnen assistiert?«
»Vespasian meinte, Ihr Vater könne mich mit jemand Verlässlichem in Verbindung bringen.«
»Um was zu tun?«, beharrte sie liebenswürdig.
Frontinus wandte sich an mich. »Brauchen Sie die Zustimmung Ihrer Frau?« Er klang amüsiert.
»Ich niese nicht mal ohne Erlaubnis.«
»Du hörst nie auf mich«, widersprach Helena.
»Immer!«
»Dann nimm den Auftrag an.«
»Ich weiß ja noch nicht mal, um was es sich handelt.«
»Papa will, dass du es machst, und der Kaiser auch. Du brauchst ihr Wohlwollen.« Ohne auf Frontinus zu achten, beugte sie sich zu mir und klopfte mir mit den schlanken Fingern ihrer linken Hand leicht auf den Arm. An einem der Finger trug sie einen Silberring, den ich ihr als Liebespfand gegeben hatte. Ich schaute auf den Ring, dann in ihre Augen und tat verdrossen. Sie errötete. Ich hieb mir mit der Faust gegen die Schulter und senkte den Kopf – die Unterwerfungsgeste der Gladiatoren. Helena machte ein missbilligendes Geräusch. »Du warst zu viel im Circus! Hör auf zu spielen. Julius Frontinus denkt sonst noch, du wärst ein Clown.«
»Das wird er nicht. Wenn ein Exkonsul sich erniedrigt, den

Aventin hinaufzusteigen, dann nur, weil er bereits von meiner ausgezeichneten Leistung gehört hat und beeindruckt ist.«
Frontinus verzog den Mund.
Helena drängte mich nach wie vor: »Hör zu, ich kann mir denken, was man von dir will. Es hat heute auf dem Forum einen Tumult gegeben ...«
»Ich war dort.«
Sie sah überrascht und dann misstrauisch aus. »Warst du der Anlass?«
»Danke für das Vertrauen, Liebste! Ich war nicht der Täter. Aber vielleicht hat die öffentliche Besorgnis mit mir und Lucius Petronius angefangen.«
»Eure Entdeckungen sind Stadtgespräch. Du hast die Sache ins Rollen gebracht, daher solltest du sie auch endgültig aufklären«, sagte Helena streng.
»Ich nicht. Es ist bereits eine Untersuchung über die Aquäduktmorde im Gange. Unter der Schirmherrschaft des Kurators, und er hat diesen Pinsel Anacrites damit beauftragt.«
»Aber jetzt muss Vespasian eine übergeordnete Nachforschung befohlen haben«, entgegnete Helena.
Wir richteten beide den Blick auf Julius Frontinus. Er hatte seinen Becher abgestellt und öffnete die Hände in einer Geste der Zustimmung, war aber wohl leicht verblüfft darüber, wie wir um ihn herumgeredet und seinem Ersuchen zuvorgekommen waren.
Wieder grinste ich. »Ich möchte von Ihnen nur hören, dass Ihr Auftrag Vorrang vor allem hat, was vom Kurator der Aquädukte unternommen wird – und dass Ihre Assistenten Vorrang vor seinen haben.«
»Zählen Sie meine Liktoren«, sagte Frontinus leicht gereizt.
»Sechs.« Ihm musste eine Spezialtruppe zugestanden worden sein, um den Spezialauftrag zu erfüllen.
»Dem Kurator der Aquädukte stehen nur zwei zu.«
Also stand Frontinus höher im Rang als er – und ich würde höher im Rang stehen als Anacrites.

»Es ist ein Vergnügen, mit Ihnen Geschäfte zu machen, Konsul«, sagte ich. Dann stellten wir die hübschen Trinkgefäße beiseite und begannen, die praktischen Dinge durchzusprechen, die unternommen werden mussten.
»Ich würde mir gern einen Teller ausborgen«, bat Frontinus ruhig. »Einen, den Sie nicht oft benutzen, würde ich vorschlagen.«
Helena sah mich an, die Augen dunkel vor Besorgnis. Uns war beiden klar, wofür er den Teller haben wollte.

XXIII

Die dritte Hand war geschwollen, aber unversehrt. Julius Frontinus wickelte sie aus und präsentierte sie ohne Dramatik, legte sie auf unseren Teller wie ein von einem Chirurgen entferntes Organ. Die ersten beiden Relikte waren dunkel vor Verwesung. Diese Hand war schwarz, weil ihre Besitzerin schwarz gewesen war. Sie musste aus Mauretanien oder Afrika stammen. Die feine Haut auf dem Handrücken war schwarz wie Ebenholz, die der Handfläche und der Fingerspitzen viel heller. Die Nagelhaut war manikürt, die Nägel sauber geschnitten.

Die Hand sah jung aus. Die Finger, die alle noch vorhanden waren, mussten genauso schmal und schlank gewesen sein wie die von Helena, die mir gerade so drängend auf den Arm geklopft hatten. Das hier war eine linke Hand. In dem geschwollenen Fleisch des vierten Fingers war ein schlichter goldener Ehering eingebettet.

Julius Frontinus schwieg. Ich war bedrückt.

Helena Justina hatte sich plötzlich vorgebeugt und die abgetrennten Überreste mit ihrer viel blasseren Hand bedeckt, die Finger ausgestreckt und gespreizt, wobei sie die anderen zum Glück nicht ganz berührte. Es war ein unwillkürliches Zeichen der Zärtlichkeit für das tote Mädchen. Helenas Gesichtsausdruck zeigte das gleiche Vertieftsein, das sie hatte, wenn sie diese Geste über unserem schlafenden Kind machte.

Vielleicht hatte ihre Geste etwas in ihr ausgelöst. Ohne ein Wort erhob sich Helena, und wir hörten sie ins andere Zimmer gehen, wo Julia Junilla geborgen in ihrer Wiege lag. Schon nach

kurzer Zeit, als hätte sie sich nur von der Unversehrtheit des Babys überzeugt, kam Helena zurück und nahm mit gerunzelter Stirn ihren Platz wieder ein. Ihre Stimmung war düster, aber sie sagte nichts, und Frontinus und ich begannen über die Arbeit zu sprechen.
»Diese hier wurde beim Säubern des Wasserspeichers der Aqua Claudia am Bogen des Dolabella gefunden.« Frontinus' Verhalten und Ton waren geschäftsmäßig. »Sie kam in einem der Eimer mit hoch, die den Sand nach oben befördern. Der Arbeitstrupp, der sie entdeckte, wurde schlecht überwacht; statt den Fund sofort zu melden, stellten sie ihn öffentlich gegen Geld zur Schau.« Er hörte sich an, als würde er das missbilligen, es den Männern aber nicht vorwerfen.
»Das hat den heutigen Aufruhr ausgelöst?«
»Offenbar. Der Kurator der Aquädukte war im Circus, zum Glück für ihn. Einer seiner Mitarbeiter hatte das Pech, auf der Straße erkannt und zusammengeschlagen worden zu sein. Es entstanden auch Sachschäden. Und natürlich kam es zu einem Aufschrei wegen der mangelhaften Hygienemaßnahmen. Die Panik hat alle möglichen Schwierigkeiten verursacht. Über Nacht ist eine Epidemie ausgebrochen …«
»Kein Wunder«, sagte ich. »In dem Moment, als ich hörte, dass die städtische Wasserversorgung verunreinigt ist, fühlte ich mich auch sofort ganz mies.«
»Hysterie«, bemerkte der Konsul knapp. »Aber wer immer das auch getan hat, er muss jetzt gefunden werden.«
Helena hatte genug gehört. »Wie gedankenlos!« Ihre Stimme war zu sanft. Wir wurden unter Beschuss genommen. »Irgendein dummes Mädchen lässt sich von einem Wahnsinnigen töten und bringt Rom in Aufruhr. Frauen müssen wirklich daran gehindert werden, sich in solche Situationen zu begeben. Juno, wir können doch nicht zulassen, dass Frauen für Fieberepidemien verantwortlich sind, ganz zu schweigen von Sachbeschädigungen …«
»Es ist der Mann, den wir daran hindern müssen, weiterzumor-

den.« Ich versuchte den Sturm auszureiten. Frontinus warf mir einen hilflosen Blick zu und überließ es mir, mit ihr fertig zu werden. »Ob seine Opfer ihm durch eigenes Verschulden in die Klauen fallen oder er sie hinterrücks in dunklen Gassen überwältigt, niemand behauptet, dass sie es verdient haben, Liebste. Und ich glaube, die Öffentlichkeit hat sich noch gar keine Gedanken darum gemacht, was er diesen Frauen antut, bevor er sie tötet – ganz abgesehen davon, wie er sie hinterher zurichtet.«
Zu meiner Überraschung ließ sich Helena recht schnell besänftigen. Sie war sehr behütet aufgewachsen, aber sie achtete auf die Vorgänge in der Welt und hatte ein lebhaftes Vorstellungsvermögen. »Diese Frauen müssen Schreckliches durchmachen.«
»Ganz zweifellos.«
Ihr Gesicht war wieder voller Mitleid. »Die Besitzerin dieser Hand war warmherzig und jung. Nur vor ein oder zwei Tagen hat sie vielleicht noch genäht oder gewebt. Diese Hand hat ihren Ehemann oder ihre Kinder gestreichelt. Sie hat das Essen zubereitet, ihr Haar gekämmt, den Göttern Weizenküchlein dargebracht …«
»Und sie war eine in einer langen Reihe, die dem entrissen wurden und dann so schrecklich endeten. Die einst ein Leben vor sich hatten.«
»Ich hatte gehofft, das sei ein neueres Phänomen«, sagte Frontinus.
»Nein, das geht schon seit Jahren so«, erklärte Helena verärgert. »Unser Schwager arbeitet auf dem Fluss und sagt, dass man schon so lange verstümmelte Körper gefunden hat, wie er denken kann. Jahrelang ist das Verschwinden von Frauen nicht gemeldet oder zumindest nicht untersucht worden. Ihre Leichen wurden heimlich beseitigt. Erst seitdem die Leute denken, die Aquädukte wären verunreinigt, wird davon Notiz genommen!«
»Es hat zumindest eine Ermittlung in Gang gesetzt.« Frontinus

war mutiger als ich, das zu erwähnen. »Natürlich ist es ein Skandal, und natürlich kommt diese Ermittlung viel zu spät. Das bestreitet niemand.«

»Sie sind unaufrichtig«, tadelte sie ihn sanft.

»Nur praktisch«, sagte er.

»Wer auch immer sie waren«, versicherte ich Helena, »diese Frauen werden die Ermittlung bekommen, die sie verdient haben.«

»Ja, jetzt wohl.« Sie vertraute mir. Das war eine schwere Verantwortung.

Ich griff nach dem Teller und hielt ihn fest. »Auch wenn es respektlos erscheinen mag, werden wir auf jeden Fall den Ehering dieser armen Person entfernen müssen.« Dabei sollte besser niemand zuschauen. Der Ring war in das vom Wasser aufgequollene Fleisch eingebettet, und das Entfernen würde scheußlich sein. »Nur wenn wir wenigstens eines der Opfer identifizieren und genau herausfinden, was mit ihm passiert ist, haben wir die Chance, den Fall zu lösen.«

»Wie wahrscheinlich ist das?«, fragte Frontinus.

»Nun, es ist das erste Mal, dass der Mörder die Überreste beseitigen muss, während jemand nach ihm Ausschau hält. Der Torso des Mädchens wird vermutlich bald in den Tiber geworfen, wie Helena gesagt hat.« Der Konsul sah auf, reagierte bereits und durchdachte die Logistik. »In den nächsten Tagen«, fuhr ich fort. »Spätestens nach Beendigung der Spiele. Wenn Sie Männer zur Verfügung haben, könnten Sie die zur Bewachung von Brücken und Flussufern einsetzen.«

»Eine Bewachung bei Tag und Nacht erfordert mehr Ressourcen, als ich habe.«

»Und die wären?«

»Ein bescheidenes Kontingent an Staatssklaven.« Sein Gesichtsausdruck verriet mir, dass ihm klar wurde, wie sehr man mit den Mitteln für die Untersuchung gegeizt hatte.

»Tun Sie Ihr Bestes. Nichts zu Auffälliges, sonst verschrecken wir den Mörder. Ich benachrichtige die Bootsmänner, und mein

Partner kann vielleicht dafür sorgen, dass wir Hilfe von den Vigiles bekommen.«

Helenas große braune Augen blickten immer noch traurig, aber ich sah, dass sie nachdachte. »Ich frage mich nach wie vor, wie diese kleineren Leichenteile in die Wasserversorgung gelangt sind, Marcus. Die meisten Wasserleitungen verlaufen doch entweder tief unter der Erde oder werden über hohe Brücken geführt und sind daher unzugänglich.«

Ich gab die Frage an Frontinus weiter. »Guter Punkt«, stimmte er zu. »Wir müssen uns bei den Beamten erkundigen, wie ein unerlaubter Zugang möglich ist.«

»Wenn wir herausfinden, wo es passiert, können wir das Schwein vielleicht auf frischer Tat ertappen.« Mich interessierte, wie sich unser Auftauchen auf Anacrites auswirken würde. »Aber wird der Kurator es nicht als Einmischung in seine eigenen Ermittlungen betrachten, wenn wir mit Beamten der Wasserbehörde sprechen?«

Frontinus zuckte mit den Schultern. »Er weiß, dass ich gebeten worden bin, mir einen Überblick zu verschaffen. Ich werde ihn bitten, uns morgen einen Ingenieur zur Verfügung zu stellen. Der Kurator wird das hinnehmen müssen.«

»Er wird seine Angestellten nicht dazu ermutigen, uns zu unterstützen. Wir werden wohl gezwungen sein, sie mit List auf unsere Seite zu bringen«, sagte ich.

»Lass deinen Charme spielen«, spottete Helena.

»Was schlägst du vor, Liebste? Offenheit und das Grübchenlächeln?«

»Nein, ich meinte, steck ihnen ein paar Münzen zu.«

»Vespasian würde das nicht gutheißen!« Ich setzte eine strenge Miene auf, um des Konsuls willen. Frontinus verfolgte unser Geplänkel mit einiger Vorsicht. »Wir sollten in der Lage sein, etwas Brauchbares von den Ingenieuren zu erfahren, Konsul. Wollen Sie bei diesem Teil der Ermittlungen dabei sein?«

»Aber gewiss.«

Oje. »Oh, gut.«

Ich fragte mich, wie Petro und ich es fertig bringen würden, unsere Ahnungen mit einem Ex-Magistrat zu teilen. Uns an einen Konsul ranzuschleimen war nicht unser Stil.
Die Frage musste sofort geklärt werden; Petronius war heraufgeschlurft, um uns zu besuchen. Er hatte offenbar die in Lenias Eingang herumlungernden Liktoren entdeckt. Theoretisch redeten wir ja nicht miteinander, aber Neugier ist eine wunderbare Sache. Er blieb kurz im Türrahmen stehen, eine große, breitschultrige Gestalt, die zögerte, uns zu unterbrechen.
»Falco! Was hast du getan, um dir sechs Ruten-und-Axtmänner in deinem Gefolge zuzulegen?«
»Verspätete Anerkennung meiner Verdienste um den Staat ... Komm rein, du Dummkopf. Das ist Julius Frontinus.« Ich sah, dass Petro die Botschaft in meinem Blick verstanden hatte. »Er ist der diesjährige Konsul – und unser neuester Klient.« Während Petronius freundlich nickte und unbeeindruckt tat, berichtete ich ihm von dem Ermittlungsauftrag und dass unsere Erfahrung für die Fußarbeit gebraucht wurde. Es gelang mir, eine warnende Andeutung darüber einzuflechten, dass unser Kunde beabsichtigte, bei den Befragungen dabei zu sein.
Sextus Julius Frontinus war ein Mann, der zu unseren Lebzeiten einen unerreichten Ruf für seine Fähigkeiten als Anwalt, Staatsmann, General und städtischer Administrator erlangen sollte, ganz zu schweigen von seinen hervorragenden Werken über Militärstrategie und die Wasserversorgung der Stadt Rom (an der, wie ich mir gern einbilde, sein Interesse durch die Arbeit mit uns geweckt wurde). Seine glänzende Karriere würde dem Ideal einer solchen Laufbahn entsprechen. Doch zum damaligen Zeitpunkt interessierte Petro und mich nur, ob wir ihn als Vorgesetzten würden ertragen können – und ob der mächtige Frontinus bereit wäre, seine Toga mit dem Purpurstreifen über seinen knubbligen Knien hochzuraffen und wie ein echter Kumpel mit uns in den schmuddligen Weinschenken zu zechen, in denen wir unsere Debatten über Beweismaterial abzuhalten pflegten.

Petronius zog sich einen Hocker heran und fügte sich ohne weiteres in unsere Gruppe ein. Er griff nach dem Teller mit dem neuesten Fund, betrachtete die Hand mit einem angemessen bedrückten Seufzer, hörte zu, als ich ihn auf sichtbare Axtspuren am Handgelenksknochen hinwies, und stellte den Teller dann vorsichtig wieder ab. Er verschwendete seinen Atem nicht mit hysterischen Ausrufen, verlangte auch keine ermüdende Wiederholung des Gesprächs, das er verpasst hatte. Er stellte nur die Frage, die seiner Meinung nach Priorität hatte: »Das ist eine Ermittlung von großer Bedeutung. Ich gehe davon aus, dass die Bezahlung angemessen ist?«

Ich hatte ihn gut geschult. Lucius Petronius Longus war jetzt ein echter Privatschnüffler.

XXIV

Durch den Ehering bekamen wir unseren ersten brauchbaren Hinweis. Es blieb an mir hängen, ihn zu entfernen. Möge mich niemand fragen, wie mir das gelungen ist. Ich musste allein in ein anderes Zimmer schlüpfen. Petronius erwog kurz, die Sache zu übernehmen, verzog dann das Gesicht und gab mir den Vortritt, aber ich verließ mich darauf, dass er Helena und den Konsul aus dem Weg hielt.

Ich war froh, dass ich darauf bestanden hatte, den Ring abzunehmen – auf der Innenseite waren die Namen »Asinia« und »Caius« eingraviert. Es gab tausende von Männern in Rom mit dem Namen Caius, aber einen zu finden, der vor kurzem eine Ehefrau namens Asinia verloren hatte, konnte sich als durchführbar erweisen.

Unser neuer Kollege sagte, er würde den Stadtpräfekten bitten, Nachforschungen bei den Kohorten der Vigiles durchzuführen, die unter seinem Kommando standen. Wir überließen ihm diese Initiative, da sein Rang möglicherweise eine Reaktion beschleunigen würde. Doch da wir wussten, wie die Vigiles auf Höherrangige zu reagieren pflegten, wandte sich Petronius vorsichtshalber noch privat an die Sechste, die für den Circus Maximus zuständig war und nun das Unglück hatte, unter dem Kommando seines ehemaligen Stellvertreters Martinus zu stehen. Da die Morde offenbar mit den Spielen zusammenhingen, mochte der Circus der Ort sein, an dem das Opfer seinen Mörder getroffen hatte. Höchstwahrscheinlich würde sich der Ehemann an die Sechste wenden mit der Bitte, nach ihr zu suchen. Martinus versprach in seiner unzuverlässigen Art, uns sofort zu benachrichtigen, wenn das geschah. Na ja, er war kein vollkommen hoffnungsloser Fall; mochte sein, dass er sich irgendwann dazu bequemen würde.

Während wir darauf warteten, etwas zu hören, wandten wir uns der Sache mit den Aquädukten zu. Petro und ich begaben uns früh am nächsten Morgen zu Frontinus' Haus. Wir trugen saubere Tuniken, hatten uns die Haare glatt gekämmt und traten mit der Ernsthaftigkeit tüchtiger Ermittler auf. Wir sahen aus, als wären wir für diese Arbeit geschaffen. Wir verschränkten ständig die Arme und runzelten nachdenklich die Stirn. Jeder Exkonsul würde glücklich sein, zwei solche Leuchten in seinem Stab zu haben.

Obwohl man uns gestattet hatte, einen Ingenieur zu befragen, blieb es dem Kurator der Aquädukte überlassen, welchen er uns schickte. Der Mann, den er uns andrehte, hieß Statius, und an der Anzahl seiner Begleiter konnten wir erkennen, was für ein Einfaltspinsel er sein musste. Er brachte zwei Sklaven mit Notiztafeln mit (um aufzuschreiben, was er sagte, damit er es hinterher genau überprüfen und uns Korrekturen schicken konnte, falls er versehentlich zu offen gewesen war), einen Taschenträger, einen Assistenten und den pausbäckigen Schreiber des Assistenten. Ganz zu schweigen von den Sänftenträgern und den mit Keulen bewaffneten Wächtern, die er draußen gelassen hatte. Theoretisch sollte er uns sein Expertenwissen zur Verfügung stellen, aber er benahm sich, als wäre er herbeordert worden, um sich gegen schwere Korruptionsvorwürfe zu verteidigen.

Frontinus stellte die erste Frage in seiner für ihn typischen direkten Art: »Haben Sie eine Karte der Wasserversorgung?«

»Ich glaube, dass ein Lokalisationsdiagramm der Substrata- und Superstrataleitungen existieren könnte.«

Petronius fing meinen Blick auf. So was hatte er gern – einen Mann, der einen Spaten ein Erdredistributionsgerät nennen würde.

»Können Sie uns eine Kopie davon zukommen lassen?«
»Diese Geheimdokumente sind der Öffentlichkeit nicht zugänglich.«
»Verstehe!« Frontinus sah ihn finster an. Sollte er je den Posten eines Wasseradministrators übernehmen, war klar, welche taube Nuss als Erste aus dem Fenster fliegen würde.
»Vielleicht wäre es dann möglich«, schlug Petronius vor und spielte den mitfühlenden väterlichen Typ (na ja, einen großen Bruder mit einem Knüppel in der Faust), »dass Sie uns einfach etwas darüber erzählen, wie die Dinge funktionieren?«
Statius nahm Zuflucht zu seiner Tasche, in der er ein Leinentuch zum Abwischen seiner Stirn versteckt hatte. Er war übergewichtig und rot im Gesicht. Seine Tunika war zerknittert und schlug schmuddlig aussehende Falten, obwohl sie am Morgen vermutlich sauber gewesen war. »Es ist schwierig, das einem Laien zu erklären. Das ist eine höchst komplizierte technische Angelegenheit ...«
»Versuchen Sie's trotzdem. Wie viele Aquädukte gibt es?«
»Acht«, antwortete Statius nach einer entsetzten Pause.
»Sie meinen wohl neun?«, warf ich ruhig ein.
Er sah verärgert aus. »Na ja, wenn Sie die Alsietina mitrechnen wollen ...«
»Gibt es einen Grund, warum ich das nicht tun sollte?«
»Weil sie sich jenseits des Tiber befindet.«
»Das weiß ich.«
»Die Aqua Alsietina wird nur für die Naumachia benutzt und zum Bewässern von Cäsars Gärten.«
»Oder von den armen Schweinen in Transtiberim, die das Wasser trinken, wenn die anderen Aquädukte trocken sind.« Jetzt war ich verärgert. »Wir wissen, dass das Wasser von schlechter Qualität ist. Es war nur dazu gedacht, das Becken für die Triremenschaukämpfe zu füllen. Das ist nicht der Punkt, Statius. Wurden irgendwelche Frauenhände oder andere menschliche Körperteile in der Alsietina gefunden?«
»Darüber besitze ich keine genauen Informationen.«

»Dann geben Sie zu, dass dort Leichenteile sein *könnten?*«
»Das könnte eine statistische Möglichkeit sein.«
»Es ist statistisch gewiss, dass eine der Wasserleitungen voller Köpfe, Beine und Arme sein muss.«
Petronius mischte sich wieder ein, ergänzte mich immer noch als der freundliche, vernünftige Typ: »Gut, sollen wir uns dann auf die Zahl neun einigen? Mit etwas Glück können wir bald einige davon ausschließen, aber wir müssen zu Anfang das gesamte System in Betracht ziehen. Wir müssen herausfinden, wie ein Mann und eventuell sein Komplize die Aquädukte benutzen, um die Überreste ihrer entsetzlichen Verbrechen wegzuschwemmen.«
Statius hielt sich immer noch mit Irrelevantem auf. »Die Wasserbehörde trägt keine Verantwortung dafür. Sie können doch nicht etwa meinen, dass die schlechte Wasserqualität der Alsietina auf die illegalen Verunreinigungen menschlichen Ursprungs zurückzuführen ist?«
»Natürlich nicht«, sagte Petronius grimmig.
»Selbstverständlich nicht«, stimmte ich zu. »Die Alsietina führt genug natürlichen Dreck mit.«
Die Blicke des Ingenieurs, dessen Augen zu eng beieinander standen, schossen nervös zwischen uns hin und her. Er wusste, dass Julius Frontinus zu wichtig war, um ihn mit Verachtung zu strafen, aber er betrachtete uns als lästige Insekten, die er nur zu gern zerquetscht hätte. »Sie versuchen herauszubekommen, wie einige wenige – sehr wenige – unerwünschte Überreste in die Wasserkanäle gelangt sind. Nun, wir begrüßen diese Initiative …« Er log. »Aber wir müssen daran denken, um welches Ausmaß es sich dabei handelt.« Zumindest redete er jetzt. Wir hörten ihm zu. Er hatte Selbstvertrauen gewonnen; vielleicht kam er sich durch das Abwehren von Fragen größer vor. »Die Frischwasserzufuhr besteht aus zwei- bis dreihundert Meilen von Kanälen …« Das schien eine sehr vage Angabe zu sein. Jemand musste das genauer ausgemessen haben, zumindest während des Baus der Aquädukte. »Soviel ich

verstehe, sind diese außergewöhnlichen Verschmutzungsgegenstände ...«

»Gliedmaßen«, bemerkte Petronius.

»... nur in den Wassertürmen aufgetaucht, von denen das System eine beängstigende Vielzahl besitzt.«

»Wie viele?«, wollte Frontinus sofort wissen.

Statius wandte sich an seinen Assistenten, der uns bereitwillig Auskunft gab. »Die Aqua Claudia und die Aqua Anio Novus haben zusammen an die hundert Castelli, und für das gesamte System kann man die Zahl mehr als verdoppeln.«

Ich bemerkte, dass Frontinus sich die Zahlen aufschrieb. Er tat es selbst, benutzte keinen Schreiber, obwohl er genug davon haben musste. »Wie hoch ist die tägliche Wasserzufuhr?«, bellte er.

Statius erbleichte. »Grob geschätzt«, fügte Frontinus entgegenkommend hinzu.

Wieder brauchte Statius seinen Assistenten, der, ohne zu zögern, sagte: »Es ist schwer zu bemessen, weil das Wasser ständig fließt und es jahreszeitliche Veränderungen gibt. Ich habe mal eine grobe Schätzung für die Aqua Claudia erstellt, eine der großen vier aus den Sabinerbergen. Es war kaum zu fassen, Herr. Uns gelang es, einige technische Messungen durchzuführen, und als ich die Zahlen hochrechnete, bin ich auf eine tägliche Zufuhr von über sieben Millionen Kubikfuß gekommen. In alltäglichen Begriffen könnte man sagen, an die sieben Millionen Amphoren, oder, wenn man es in Cullea rechnet, über sechzigtausend.«

Da ein Culleus ein gewaltiger Wein- oder Wasserschlauch ist, der bereits einen ganzen Karren einnimmt, konnte man sich schwer sechzigtausend davon voll mit Wasser vorstellen. Und das war nur die Menge, die an einem Tag durch ein einziges Aquädukt nach Rom floss.

»Ist das von Bedeutung?«, fragte Statius. Statt dankbar zu sein, schien er verärgert, dass ein Untergebener ihn bloßgestellt hatte.

Frontinus sah auf, immer noch ganz beeindruckt von den Zahlen. »Ich weiß es nicht. Noch nicht. Aber es ist faszinierend.«

»Niemand weiß«, fuhr der Assistent fort, der das Ganze zu genießen schien, »ob menschliche Überreste vielleicht unentdeckt in den Absetzbecken entlang der Strecke liegen.«
»Wie viele Absetzbecken gibt es?«, fragte Petronius rasch, bevor der faszinierte Konsul ihm zuvorkommen konnte.
»Zahllose«, antwortete Statius abwehrend. Der Assistent sah aus, als wüsste er die richtige Antwort, blieb aber stumm.
»Sie können einen Zensus vornehmen und sie jetzt zählen«, knurrte Frontinus den Ingenieur an. »Wie ich höre, geschieht diese empörende Verunreinigung schon seit Jahren. Es erstaunt mich, dass die Wasserbehörde das nicht schon vor langer Zeit untersucht hat.«
Er hielt inne, erwartete offensichtlich eine Erklärung, aber Statius ging nicht darauf ein. Petronius und ich beobachteten einen Zusammenprall zwischen Intelligenz und Dickköpfigkeit. Der Exkonsul besaß all das Flair und die Schnelligkeit, die in den besten Administratoren zum Vorschein kommt; der Ingenieur war in einer korrupten Behörde hochgeschwemmt worden, in der er sich einfach nur zurückzulehnen brauchte und sein Siegel unter alles setzte, was seine Untergebenen ihm vorlegten. Keiner der beiden konnte recht glauben, dass es diese andere Spezies gab.
Frontinus erkannte, dass er mit Entschlossenheit auftreten musste. »Vespasian besteht darauf, dass dieser schrecklichen Angelegenheit eine Ende gemacht wird. Ich werde den Kurator anweisen, alle Castelli sofort absuchen zu lassen – und danach so schnell wie möglich sämtliche Absetzbecken. Die Opfer müssen gefunden, identifiziert und anständig beerdigt werden.«
»Soviel ich verstehe, nimmt man an, dass es sich dabei nur um Sklaven handelte«, sagte Statius, der immer noch Widerstand leistete, lahm.
Eine Pause entstand.
»Das sind sie wahrscheinlich«, stimmte Petronius zu. Sein Ton war trocken. »Dann ist das alles also eine Mittelverschwendung wie auch ein Risiko für die öffentliche Gesundheit.«

Der Ingenieur war klug genug, darauf nichts zu entgegnen. In seinem Schweigen konnten wir das Echo all der Spötteleien und Obszönitäten hören, die jede neue grausige Entdeckung durch die Aquäduktarbeiter über die Jahre begleitet haben musste, und das Stöhnen ihrer Vorgesetzten, während sie planten, wie man es vertuschen könnte. Helena hatte Recht gehabt, diese Toten wurden als lästig betrachtet. Selbst die offizielle Kommission, die dem ein Ende machen sollte, war ein ihnen ungerechterweise von oben aufgezwungenes Ärgernis.

Julius Frontinus sah Petro und mich an. »Noch weitere Fragen?« Er machte kein Geheimnis daraus, dass er von Statius und seinem nichts sagenden Gebrabbel genug hatte. Wir schüttelten die Köpfe.

Als der Ingenieur mit seinem Anhang verschwand, hielt ich den pausbäckigen Schreiber des Assistenten zurück. Ich hatte eine Notiztafel und einen Stilus in der Hand und fragte ihn nach seinem Namen, als wäre mir aufgetragen worden, ein Protokoll des Treffens anzufertigen, wozu ich eine Liste der Namen aller Anwesenden brauchte, um meine Schriftrolle zu füllen. Er gab mir seinen Namen preis, als wäre es ein Staatsgeheimnis.

»Und der des Assistenten?«

»Bolanus.«

»Nur falls ich überprüfen muss, ob ich seine Zahlenangaben richtig notiert habe, wo kann ich Bolanus finden?«

Der Schreiber gab mir widerstrebend eine Wegbeschreibung. Man schien ihm eingetrichtert zu haben, sich abweisend zu verhalten, aber er dachte wohl, Bolanus würde mich fortschicken, wenn ich mit Fragen zu ihm kam. Das kratzte mich nicht.

Ich ging wieder hinein und erklärte Frontinus, dass ich Bolanus für ansprechbar hielt. Ich würde ihn allein aufsuchen und ihn um seine Hilfe bitten. Petronius würde derweilen das Büro des Stadtpräfekten und unsere eigenen Kontakte bei den Vigiles abklappern, um zu sehen, ob etwas Neues über das tote Mädchen aufgetaucht war. Frontinus schaute zwar etwas trübsinnig, weil keiner von uns ihn zu brauchen schien, aber ihm blieb nichts anderes übrig, als den Rest des Tages mit dem zu verbringen, was Exkonsuln eben so zu Hause tun.

Wahrscheinlich werkeln sie genauso rum wie wir anderen auch. Aber mit mehr Sklaven, um ihre abgekauten Apfelbutzen aufzusammeln und nach ihren Werkzeugen und Schriftrollen zu suchen, die sie irgendwo abgelegt haben und nicht wieder finden können.

XXV

Der Ingenieur Statius verfügte zweifellos über ein hübsches, geräumiges Büro voller Karten und Diagramme, die er nie benutzte, bequeme Klappstühle für Besucher und einen Apparat zum Weinerwärmen, um seinen Kreislauf wieder in Gang zu bringen, wenn er gezwungen war, an einem etwas kühlen Tag auf ein Aquädukt zu klettern. Ich konnte mir vorstellen, wie oft das geschah.

Bolanus hatte nicht mehr als eine Hütte. Sie stand nahe des Claudiustempels und war schwer zu finden, da sie in eine Ecke gequetscht war, gegen das Endverteilerbecken der Aqua Claudia. Dafür gab es einen Grund. Bolanus wollte nahe bei seiner Arbeit sein. Denn Bolanus war natürlich derjenige, der die Arbeit machte. Ich war erfreut, dass mir das aufgefallen war. Es würde uns eine Menge Verdruss ersparen.

Ich wusste, dass er reden würde. Er hatte so viel zu tun, dass er sich nicht leisten konnte, rumzuschwadronieren. Wir würden ihm Extraaufgaben aufbürden, egal, was er tat, also war es das Beste, praktisch zu reagieren.

Seine winzige Hütte war eine Zuflucht vor der Sommerhitze. Ein Seil an einer Reihe von Pfosten sollte ihn vor neugierigen Besuchern schützen. Eine reine Geste, jeder konnte drübersteigen. Draußen waren Leitern, Lampen und Windbrecher gestapelt, die aussahen, als würden sie viel benutzt. Auch das Innere war mit Gegenständen voll gestopft: diese speziellen Waagen, die man Chorobates nannte, Messlatten, Dioptra, Gromae, ein Hodometer, eine tragbare Sonnenuhr, Senkbleie, gewachste

Messbänder, Zeichendreiecke, Stechzirkel, Kompasse. Ein halb gegessenes Wurstbrötchen lag auf einer entrollten Karte, in der ich eines der Diagramme erkannte, die der hochtrabende Statius als zu geheim für uns erklärt hatte. Bolanus hatte sie offen auf dem Tisch liegen, damit er sie jederzeit zu Rate ziehen konnte.

Als ich auftauchte, schien er gerade erst selbst wieder gekommen zu sein. Arbeiter, die auf seine Rückkehr gewartet hatten, standen draußen geduldig Schlange, um ihm Auftragszettel und Anweisungen vorzulegen. Er bat mich zu warten, während er rasch diejenigen abfertigte, denen er sofort helfen konnte, und anderen versprach, sie so bald wie möglich an ihrer Arbeitsstelle aufzusuchen. Sie gingen davon, als wüssten sie, dass er sich an das Versprechen halten würde. Die Schlange hatte sich aufgelöst, bevor ich mich zu langweilen begann.

Er war ein kleiner, breitschultriger, kräftiger Mann mit einem kahl geschorenen Kopf, kurzen, dicken Fingern und keinem Hals. Seine Tunika hatte dieses dunkle Rot, das in der Wäsche immer streifig wird, gehalten von einem verschlissenen Ledergürtel, den er schon vor fünf Jahren hätte wegschmeißen sollen. Er setzte sich sehr vorsichtig auf seinen Hocker, als hätte er Rückenschmerzen. Eines seiner braunen Augen wirkte verschwommen, aber beide schauten sehr intelligent.

»Mein Name ist Falco.«

»Ja.« Er erinnerte sich an mich. Ich bilde mir gern ein, dass ich die Menschen beeindrucke, aber mit vielen Leuten kann man eine Stunde lang reden, und wenn sie einen später in einem anderen Zusammenhang wieder sehen, erinnern sie sich nicht mehr.

»Ich will Ihnen nicht auf die Nerven gehen, Bolanus.«

»Wir alle haben unsere Arbeit zu erledigen.«

»Würde es Ihnen was ausmachen, wenn wir unsere Unterhaltung von heute Morgen fortführen?«

Bolanus zuckte mit den Schultern. »Nehmen Sie sich einen Hocker.«

Ich zog mir einen freien Hocker heran, und er ergriff die Gelegenheit, sein halb gegessenes Salamibrötchen zu verputzen. Doch zuerst holte er einen Korb unter dem Tisch hervor, schlug das makellose Tuch darüber zurück und bot mir etwas von dem üppigen Picknick an. Das beunruhigte mich. Leute, die höflich zu Ermittlern sind, haben gewöhnlich etwas zu verbergen. Aber es war alles so schmackhaft, dass ich meinen Zynismus beiseite schob.

»Schauen Sie, Sie wissen, wo das Problem liegt ...« Ich hielt inne und gab ihm mit einer Geste zu verstehen, wie gut alles schmeckte. »Wir müssen einen Wahnsinnigen finden. Es ist uns rätselhaft, wie er diese Überreste in die Wasserleitungen bekam. Verlaufen die meisten Leitungen nicht unterirdisch?«

»Es gibt Zugangsschächte für die Wartung und Instandhaltung.«

»Wie bei den Kloaken.« Die kannte ich. Schließlich hatte ich da selbst eine Leiche reingeworfen. Helenas Onkel Publius.

»Die Kloaken haben wenigstens einen Ausgang zum Fluss, Falco. Alles in den Aquädukten landet früher oder später zum Entsetzen der Öffentlichkeit in einem Badehaus oder einem Brunnen. *Will* er, dass die Leichenteile entdeckt werden?«

»Vielleicht wirft er sie nicht absichtlich da rein, und sie geraten nur zufällig in die Aquädukte?«

»Kommt mir wahrscheinlicher vor.« Bolanus biss herzhaft zu. Ich wartete, während er kaute. Er schien ein Mann zu sein, den man nicht drängen musste. »Ich hab über die Sache nachgedacht, Falco.«

Das konnte ich mir gut vorstellen. Er war praktisch, ließ Probleme nicht einfach Probleme sein. Wenn etwas rätselhaft war, würde es ihn nicht in Ruhe lassen. Wenn er Lösungen vorschlug, würden sie funktionieren. So einen wie ihn hätte ich als Schwager brauchen können statt der Nichtsnutze, die meine Schwestern geheiratet hatten. Ein Mann, mit dem man eine Sonnenterrasse bauen konnte. Ein Mann, der vorbeikommen und den kaputten Fensterladen reparieren würde, wenn man im Urlaub war.

»Die Aquädukte, die über Brückenbögen verlaufen, haben gewölbte Abdeckungen oder gelegentlich auch Steinplatten über den Wasserrinnen. Das schützt sie hauptsächlich gegen Verdunstung. Man kann also nicht irgendwelchen Abfall hochwerfen und hoffen, dass er in der Rinne landet, Falco. Die Wartungsschächte sind im Abstand von zweihundertvierzig Fuß angebracht. Die kann jeder finden, weil sie mit den Cippi markiert sind …«

»Den ›Grabsteinen‹?«

»Genau. Augustus hatte die kluge Idee, die Schächte zu nummerieren. Allerdings nutzen wir sein System nicht, weil es einfacher ist, sich an dem nächstgelegenen Meilenstein auf der Straße zu orientieren. Das tun zumindest die Arbeitstrupps.«

»Ich nehme nicht an, dass Cäsar Augustus in vielen Arbeitstrupps gearbeitet hat.«

Bolanus verzog das Gesicht. »Es würde vielleicht besser funktionieren, wenn ein paar Wochen in einem Arbeitstrupp zur Ämterlaufbahn der Senatsmitglieder gehören würden.«

»Stimmt. Ein Mann, der seine Hände mit ehrlicher Arbeit schmutzig gemacht hat, ist mir allemal lieber.«

»Wie dem auch sei, Wartungsschächte zu finden ist nicht schwer – aber sie sind mit massiven Steinplatten verschlossen, die nur ein Kran heben kann. Wir müssen die Schächte nicht so oft benutzen wie die von der Kloakenreinigung, und wir sind ständig hinterher, dass die Leute nicht ihre eigenen Leitungen anbringen und Wasser klauen. Dass sich Ihr Wahnsinniger da Zugang verschafft, scheint mir demnach nicht sehr wahrscheinlich.«

Das hörte sich vernünftig an. »Na gut. Womit haben wir es hier zu tun? Auf jeden Fall nicht mit spontanen Morden im häuslichen Bereich. Hier handelt es sich um einen Schweinehund, der regelmäßig über einen langen Zeitraum Frauen mit dem Vorhaben überfallen hat, sie sowohl lebend als auch tot zu missbrauchen. Dann muss er die Beweise beseitigen, und zwar so, dass nichts direkt auf ihn hindeutet. Also zerstückelt er die Frauen, nachdem er sie umgebracht hat, um die Leichen leichter loszuwerden.«

»Oder weil er Spaß daran hat.« Bolanus war ein fröhlicher Geselle.

»Wahrscheinlich beides. Männer, die wiederholt morden, können sich im Kopf davon distanzieren. Er muss besessen sein – und er ist berechnend. Aber warum benutzt er die Wasserkanäle, und wie macht er das, wenn sie so schwer zugänglich sind?«

Bolanus holte tief Luft. »Vielleicht sind sie für ihn nicht unzugänglich. Vielleicht arbeitet er in ihnen. Vielleicht ist er einer von uns.«

Das hatte ich mir natürlich auch schon überlegt. Ich sah Bolanus durchdringend an. »Das wäre eine Möglichkeit.« Er schien erleichtert zu sein, es ausgesprochen zu haben. Obwohl er offen mit mir war, kam es einem Verrat an seinen Kollegen gleich. »Es gefällt mir nicht, Bolanus. Da die Staatssklaven alle in Trupps arbeiten, könnte das nur funktionieren, wenn der ganze Trupp davon weiß und eines seiner Mitglieder seit Jahren deckt. Aber bedenken Sie, was für Probleme das aufwerfen würde. Könnte der Mörder wirklich diverse Leichen beseitigen, ohne dass seine Kameraden es mitbekommen? Und wenn es bemerkt worden wäre, dann hätte irgendjemand auf jeden Fall was gesagt.«

Bolanus runzelte die Stirn. »Die Vorstellung ist schrecklich, dass jemand mit einer menschlichen Hand oder einem Fuß in der Tasche in die Rohrleitungen kriecht ...«

»Fuß?«

»Es ist mal einer hier aufgetaucht.« Von wie vielen grausigen Funden würden wir wohl noch erfahren? »Und dann müsste er warten, bis er sicher ist, dass keiner seiner Arbeitskollegen hinsieht, wenn er das Ding reinwirft.«

»Wahnsinn. Wer würde so ein Risiko eingehen?«

»Vielleicht ist das Risiko ja Teil des Nervenkitzels«, meinte Bolanus.

Ich fragte mich, ob er nicht zu viel Verständnis für die Empfindungen des Mörders zeigte. Schließlich hatte seine Arbeit mit den Aquädukten zu tun, und er konnte als Ingenieurassistent jederzeit allein Inspektionen durchführen. Zudem würde er als einer der Ersten von möglichen Ermittlungen erfahren und konnte sich zur Verfügung stellen, um mitzubekommen, was da lief.

Unwahrscheinlich. Ja, er war wegen seines speziellen Wissens ein Einzelgänger. Aber er war ein Mann, der dafür sorgte, dass alles reibungslos lief, und keiner, der aus düsteren, unmenschlichen Motiven Frauen überfiel und sie zerstückelte. Bolanus war einer dieser tüchtigen Männer, die das Imperium aufbauten und es in Ordnung hielten. Doch auch der Mörder musste, nachdem er jahrelang unentdeckt Verbrechen begangen hatte, über eine gewisse Tüchtigkeit verfügen. Sollten wir ihn je stellen, würden wir zweifellos Hinweise auf seinen Wahnsinn finden – und trotzdem würde er jemand sein, der innerhalb der Gesellschaft lebte, ohne das Misstrauen seiner Umgebung zu wecken. Das eigentlich Entsetzliche an solchen Männer ist, wie sehr sie dem Rest von uns ähneln.

»Da mögen Sie Recht haben«, erwiderte ich und beschloss, Bolanus trotzdem zu testen. Ich wollte nicht der dämliche Ermittler sein, der sich von einem hilfreichen Freiwilligen an der Nase herumführen ließ, nur um nach wochenlanger Frustration zu entdecken, dass dieser freiwillige Helfer der wirkliche Verbrecher ist. Das ist schon oft genug passiert. Zu oft. »Sein größter Nervenkitzel besteht wahrscheinlich darin, Macht über seine Opfer zu haben. Wenn wir ihn finden, wird es jemand sein, der Frauen hasst.«

»Der Außenseiter in der Menge!«, spottete Bolanus.

»Er hat Schwierigkeiten, sich ihnen zu nähern, und wenn er es versucht, lachen sie ihn vermutlich aus. Je mehr er ihnen ihre Ablehnung verübelt, desto mehr spüren sie die Gefahr und halten sich von ihm fern.«

»Klingt wie der Alptraum jedes Jungen.«

»Aber es ist alles aus dem Ruder gelaufen, Bolanus. Und im Gegensatz zu uns lernt er nie, bei Frauen etwas zu riskieren. Er ist mehr als nur ein unbeholfener Tölpel. Bei ihm muss von Anfang an eine Schraube locker gewesen sein, so dass er die Frauen gar nicht für sich gewinnen *will*, und das merken sie. Diesem Mann ist es unmöglich, sich vernünftig mitzuteilen, während wir anderen immer wieder Fehler machen, aber, wenn wir Glück haben, auch ein paar Gewinne verbuchen können.«

Plötzlich grinste Bolanus mit einer gewissen Nostalgie. »Und wenn uns das gelingt, sind wir wie verzaubert.«

Das klang aufrichtig.

Natürlich sind Serienmörder für gewöhnlich auch geschickte Lügner, die gut schauspielern können. Dieser Mann könnte so jemand sein, ein manipulativer Betrüger, der genau wusste, was ich hören wollte. Mit einer so perversen Gerissenheit, dass er Normalität vorspiegeln und mich jederzeit zu täuschen vermochte.

»Sie könnten es sein oder ich«, meinte Bolanus, als wüsste er, was ich dachte. Er kaute immer noch an seinem Brötchen. »Er hebt sich nicht von der Menge ab wie ein wildäugiges Monster, sonst hätte man ihn schon vor Jahren geschnappt.«

Ich nickte. »O ja, er sieht wahrscheinlich ganz gewöhnlich aus.«

Wieder blickte er mich aus schmalen Augen an, als würde er meine Gedanken lesen.

Wir kehrten zu der Frage zurück, wie sich der Mörder der Leichen entledigte.

»Sie wissen, dass die Tiberbootsmänner ebenfalls Torsos im Fluss finden?«

»Das ergibt Sinn, Falco. Er mag einen Weg gefunden haben, die Hände durch die Aquädukte wegzuschwemmen, aber Torsos sind zu groß. Sie würden sich verklemmen. Der Mörder verteilt die Stücke wahrscheinlich über ein weites Gebiet, um nicht aufgespürt zu werden. Mit Sicherheit riskiert er keine regelmäßige Verstopfung eine halbe Meile von seinem Wohnort entfernt.«

»Genau.«

Bolanus hielt mir den Korb erneut hin, aber mir war der Appetit vergangen. »Wie lange wissen Sie schon von diesen Funden in den Aquädukten, Bolanus?«
»Das reicht bis vor meine Zeit zurück.«
»Und wie lange sind Sie schon dabei?«
»Seit fünfzehn Jahren. Ich habe meine Ausbildung bei den Legionen im Ausland erhalten, wurde aus Krankheitsgründen entlassen und kam gerade rechtzeitig zum Bau der Dämme bei Neros großer Villa in Sublaqueum zurück. Die liegt am Anio, wissen Sie – der gleichzeitig die Quelle für die vier sabinischen Aquädukte ist.«
»Ist das von Bedeutung?«
»Meiner Meinung nach ja. Soweit mir bekannt ist, tauchen die Körperteile nur an bestimmten Stellen in unserem Wasserleitungssystem auf. Ich habe mir da so meine eigene kleine Theorie zurechtgelegt.« Ich horchte auf. Eine Theorie von Bolanus mochte einiges an Respekt verdienen. »Ich bin zu einer Art Spezialist für alle Aquädukte geworden, die vom Anio ausgehen.«
»Das sind die langen, die von Caligula und Claudius gebaut wurden?«
»Und das alte Monster, die Anio Vetus.«
»Ich hab sie natürlich in der Campania gesehen.«
»Ein toller Anblick. Wenn man das sieht, weiß man, wieso Rom die Welt regiert. Sie werden mit dem guten, kühlen Wasser des Flusses und aus den Quellen in den Sabinerbergen gespeist, machen einen Umweg um die Villen von Tibur und werden dann über viele Meilen hierher geführt. Eine erstaunliche Ingenieurleistung. Aber lassen Sie es mich auf meine Weise erzählen.«
»Entschuldigung.« Seine Theorie mochte zwar Hand und Fuß haben, doch mir graute plötzlich vor seiner Rhetorik. Ich hatte schon früher mit Ingenieuren geredet. Stundenlang. »Fahren Sie fort, mein Freund.«
»Lassen Sie mich ein bisschen weiter ausholen. Sie sind heute Morgen mit Statius wegen der Aqua Alsietina aneinander geraten.«

»Er wollte, dass wir sie außer Acht ließen. Sind dort auch solche grauslichen Funde gemacht worden?«
»Nein. Meiner Meinung nach kann man sie getrost ignorieren. Sie kommt aus Etruria – westlich von uns –, und ich glaube nicht, dass der Mörder sich in ihrer Nähe aufhält. Dasselbe gilt für die Aqua Virgo.«
»Ist das nicht die, die Agrippa speziell für seine Bäder nahe den Saepta Julia gebaut hat?« Ich kannte die Saepta gut. Abgesehen davon, dass sie ein traditioneller Treffpunkt für Privatschnüffler waren, denen ich aus dem Weg gehen musste, um nie in Verbindung mit meinen abgehalfterten Kollegen zu kommen, waren die Saepta voller Antiquitätenhändler und Goldschmiede, inklusive meines Vaters, der dort ein Büro hatte. Papa ging ich ebenfalls lieber aus dem Weg.
»Ja. Die Virgo erhält ihr Wasser aus einem Sumpfgebiet in der Nähe der Via Collatina und verläuft fast in ihrer gesamten Länge unterirdisch. Die Aqua Julia und die Tepula würde ich gleichfalls ausschließen.«
»Warum das?«, fragte ich.
»Ich habe nie davon gehört, dass in ihnen etwas gefunden wurde, das mit diesen Morden zu tun haben könnte. Die Julia erhält ihr Wasser aus einem Sammelbecken, das nur sieben Meilen von Rom entfernt an der Via Latina liegt. Die Tepula ist nicht weit davon weg.«
»Nahe des Albanersees?«
»Ja. Die Julia und Tepula kommen auf denselben Brückenbögen in die Stadt wie die alte Aqua Marcia – und da könnte meine Theorie ein bisschen ins Wanken geraten, weil in der Marcia Teile gefunden wurden.«
»Woher kommt die Marcia?«
Bolanus öffnete die Hände mit einer triumphierenden Geste. »Sie ist eine der großen vier aus den Sabinerbergen!«
Ich versuchte so auszusehen, als verstünde ich die Bedeutung. »Sind all diese verschiedenen Leitungen miteinander verbunden? Kann das Wasser zwischen ihnen ausgetauscht werden?«

»Allerdings!« Bolanus schien zu glauben, er bringe mir Logik bei. »An bestimmten Stellen kann Wasser von einem Aquädukt in ein anderes umgeleitet werden, wenn wir zusätzliche Wassermengen brauchen oder einen Teil des Leitungssystems schließen müssen, um Reparaturarbeiten durchzuführen. Die einzige Beschränkung liegt darin, dass man das Wasser nach unten lenken muss, von einem höheren Aquädukt in ein niedrigeres. Man kann Wasser nicht nach oben führen. Wie auch immer, sobald die Claudia, Julia und Tepula hier ankommen, vereinigen sie sich in einem gemeinsamen Sammelbecken. Das könnte von Interesse sein. Es könnte ebenfalls wichtig sein, dass die Marcia eine direkte Verbindung zur Claudia hat. Die Claudia erreicht Rom zusammen mit der Anio Novus; sie werden beide über Bogenbrücken geführt, die sich nahe der Stadt vereinen.«

»In einem Kanal?«

»Nein, zwei. Die Claudia wurde zuerst gebaut. Sie verläuft unter der Anio Novus.« Er hielt inne. »Hören Sie, ich will Sie nicht mit diesen technischen Einzelheiten verwirren.«

»Jetzt klingen Sie wie der verdammte Statius.« Doch er hatte Recht, mir reichte es allmählich.

»Ich will damit nur sagen, dass es mich nicht überraschen würde, wenn die Hände, die in Rom auftauchen, weit außerhalb der Stadt ins Wasser geworfen wurden.«

»Soll das heißen, sie gelangen in das Leitungssystem, bevor die Wasserrinnen überdeckt sind oder unterirdisch verlaufen?«

»Mehr als das«, sagte Bolanus. »Ich wette, sie werden direkt an der Quelle reingeworfen.«

»An der Quelle? Sie meinen, oben in den Bergen? Aber etwas so Großes könnte doch wohl kaum bis nach Rom geschwemmt werden?«

»Wir haben das mit Kürbisflaschen ausprobiert. Die Strömung trug sie mit. Wir haben Mengen von Kieseln rausgeholt, die sich nicht in den Absetzbecken verfangen haben. Durch die Reibung sind sie vollkommen rund.«

»Würde diese Reibung die Hände nicht zerstören?«
»Sie könnten obenauf mittreiben. Aber vielleicht sind auch immer noch Körperteile in den Absetzbecken – oder es könnten mehr Überreste nach Rom geschwemmt worden sein, als wir wissen, so stark zerrieben, dass niemand erkannt hat, um was es sich handelt.«
»Wenn etwas obenauf treibt und nicht zerrieben wird, wie lange würde es dauern, bis es in Rom ankommt?«
»Sie werden überrascht sein. Selbst die Aqua Marcia, die sechzig Meilen lang ist, weil sie zur Beibehaltung des Gefälles über Land geführt wird, braucht nur einen Tag, um das Wasser in die Stadt zu bringen. Bei den Kürzeren dauert es manchmal nicht mehr als zwei Stunden. Natürlich würde der Abrieb schwimmende Gegenstände etwas verlangsamen. Aber nicht allzu viel, würde ich sagen.«
»Sie wollen mich also davon überzeugen, dass dieser Wahnsinnige auf dem Land in der Nähe von Tibur sein Unwesen treibt?«
»Ich würde es noch genauer eingrenzen. Ich wette, er wirft die abgetrennten Stücke in den Anio.«
»Das kann ich nicht glauben.«
»Na ja, das ist ja auch nur eine Vermutung.«
Ich redete hier mit einem Mann, der daran gewöhnt war, gute Vorschläge zu machen, die von inkompetenten Vorgesetzten einfach ignoriert wurden. Ihm war das inzwischen egal. Ich konnte es annehmen oder sein lassen. Seine Theorie klang zu weit hergeholt und doch gleichzeitig auf absurde Weise möglich.
Ich wusste nicht, was ich davon halten sollte.

XXVI

Zum Glück konnte ich die Beurteilung noch rausschieben. Zunächst einmal musste etwas Dringenderes überprüft werden.
Ich hatte mich mit Petronius in der Brunnenpromenade verabredet. Als ich am frühen Nachmittag dort eintraf, fand ich als Erstes heraus, dass ich das Mittagessen mit Helena verpasst hatte; sie hatte ihres bereits verspeist, da sie annahm, ich würde woanders essen. Als Zweites entdeckte ich, dass Petronius vor mir angekommen war und mein Mittagessen serviert bekommen hatte.
»Schön, dich in der Familie zu haben«, bemerkte ich.
»Danke.« Er grinste. »Wenn wir gewusst hätten, dass du hierher unterwegs bist, hätten wir natürlich gewartet.«
»Da sind noch ein paar Oliven«, meinte Helena tröstend.
»Wie großzügig!«, erwiderte ich.
Nachdem wir uns gesetzt hatten, berichtete ich, was Bolanus mir erzählt hatte. Petronius fand die Idee, dass der Mörder auf dem Land lebte, noch absurder als ich. Er war auch nicht sonderlich an meinem neu erworbenen Wissen über die Aquädukte interessiert. Ja, man muss sagen, dass er als Partner eifersüchtig wie der Hades war. Er wollte nur darüber reden, was er selbst herausgefunden hatte.
Zuerst mochte ich nichts davon hören. »Wir sitzen ganz schön in der Tinte, falls Bolanus Recht hat und die Morde in der Campania oder oben in den Bergen verübt werden.«
»Vergiss es.« Petros Erfahrung als Offizier der Vigiles kam zum

Tragen. »Die Jurisdiktionsprobleme sind der reinste Alptraum, wenn du dich außerhalb Roms begeben musst.«
»Julius Frontinus könnte in der Lage sein, dieses ganze bürokratische Brimborium zu umgehen.«
»Dafür würde er mehrere Legionen brauchen. Eine Ermittlung über die Stadtgrenze hinaus durchzuführen ist so gut wie unmöglich. Lokalpolitik, senile örtliche Magistrate, hirnlose Banden, die noch nicht mal einen Pferdedieb dingfest machen können, uralte pensionierte Generäle, die meinen, allwissend zu sein, weil sie mal gehört haben, wie Julius Cäsar sich räusperte …«
»Na gut. Dann verfolgen wir erst mal jeden möglichen Hinweis in Rom.«
»Danke für deine Einsicht. Ich werde zwar stets ein Bewunderer deiner intuitiven Herangehensweise sein, Marcus Didius, aber …«
»Du findest, dass meine Methode nichts taugt.«
»Ich kann es sogar beweisen. Legitime polizeiliche Vorgehensweisen sind diejenigen, die Ergebnisse bringen.«
»Ach ja?«
»Ich bin dem Mädchen auf die Spur gekommen.«
Offensichtlich hatte seine Methode wirklich etwas für sich – die mystische Zutat, die man Erfolg nennt.
Helena und ich brachten ihn auf die Palme, indem wir uns weigerten, weitere Fragen zu stellen, obwohl er darauf brannte, es uns zu erzählen.
Wir blieben trotzdem gelassen, nervten ihn mit einer Erörterung darüber, ob seine eine Identifikation mehr wert war als die Hintergrundinformationen, die ich erhalten hatte und die neue Ideen zünden und schließlich zu einer Lösung führen konnten …
»Entweder hört ihr auf damit«, knurrte Petro, »oder ich gehe allein los und befrage den Mann.«
»Welchen Mann, lieber Lucius?«, erkundigte sich Helena sanft.
»Den namens Caius Cicurrus, der heute Morgen der Sechsten

Kohorte Meldung gemacht hat, dass seine geliebte Frau Asinia vermisst wird.«

Ich sah ihn mit mildem Blick an.

»Damit können wir verdammt viel mehr anfangen, Falco, als mit deiner dussligen Erkenntnis, für die du wertvolle Zeit vergeudet hast, dass du, wenn du morgens in Tibur pinkelst, die Leute in einer Imbissbude vor den Thermen des Agrippa am nächsten Morgen vergiften kannst.«

»Du hast nicht zugehört, Petro. Die Thermen des Agrippa werden von der Aqua Virgo versorgt, deren Quelle an der Via Collatina liegt, nicht in Tibur. Die Virgo ist außerdem nur fünfzehn Meilen lang, wohingegen die Marcia und die Anio Novus vier- oder fünfmal so lang sind, was bedeutet, dass den Leuten, wenn du morgens in den Sumpf pinkelst und einberechnest, wie langsam die Wasserträger zwischen dem Brunnen und deiner hypothetischen Imbissbude hin und her watscheln, dein unappetitlicher Saft schon am Nachmittag in die Weinbecher gekippt wird.«

»Gute Götter, du bist wirklich ein eingebildeter Pinsel. Willst du jetzt meine Geschichte hören oder hier den ganzen Tag lang klugscheißen?«

»Ich würde deine Geschichte liebend gerne hören, bitte schön.«

»Dann lass dein dämliches Grinsen.«

In dem Moment klopfte Julius Frontinus an und kam gleich darauf herein, vielleicht zum Glück für uns beide. Er war nicht der Typ, der zu Hause rumsaß und darauf wartete, sich von uns Bericht erstatten zu lassen, wann es uns passte.

Dank sei Jupiter, Juno und Minerva, dass wir ihm überhaupt etwas zu berichten hatten.

»Falco hat ein paar faszinierende Fakten und Zahlen über die Wasserversorgung in Erfahrung gebracht.« Petronius Longus sagte das mit völlig ernstem Gesicht. Was für ein heuchlerischer Janus. »Inzwischen erfuhr ich von meinem persönlichen Kontakt bei der Sechsten Kohorte der Vigiles, dass ein Mann namens Caius Cicurrus seine Frau als vermisst gemeldet hat. Der Name der Frau ist Asinia. Das stimmt mit den Namen in dem Ring an der Hand überein, die Sie uns gebracht haben, Konsul.«

»Der Stadtpräfekt hat mir nichts darüber berichtet.« Frontinus war verärgert. Seine offiziellen Kanäle hatten ihn im Stich gelassen. Wir Piesepampel waren seinen illustren Kontakten zu höheren Kreisen zuvorgekommen, offenbar ohne uns anstrengen zu müssen.

»Die Nachricht ist bestimmt schon zu Ihnen unterwegs.« Petro ließ es so klingen, als würde der Stadtpräfekt die Sache nie auf die Reihe bringen. »Entschuldigen Sie, dass ich den offiziellen Kanälen vorgegriffen habe. Ich wollte in der Lage sein, den Mann zu befragen, bevor sich diese Idioten von der Untersuchungskommission des Kurators einmischen.«

»Dann sollten wir besser gleich gehen.«

»Es könnte heikel werden«, meinte ich, in der Hoffnung, den Konsul abzuschrecken.

»Man hat Caius noch nicht gesagt, dass seine Frau tot ist«, erklärte Petro. »Mein früherer Untergebener Martinus hat ihm nicht mitgeteilt, dass man bereits über das Schicksal der Frau Bescheid weiß.« Martinus war so lahmarschig, dass er den Zusammenhang wahrscheinlich erst kapiert hatte, nachdem Caius Cicurrus gegangen war.

»Hätte er den armen Mann nicht von seiner Qual erlösen sollen?«, fragte Frontinus.

»Besser, wir erklären es ihm. Wir kennen die Einzelheiten des Fundes, und wir sind mit der Hauptermittlung befasst.« Petro zeigte sein Missfallen an Martinus nur selten.

»Wir möchten die Reaktion des Ehemanns sehen, wenn er davon erfährt«, fügte ich hinzu.

»Ja, das würde ich auch gern.« Nichts konnte Frontinus zurückhalten. Er war entschlossen, uns zu begleiten. Petronius hatte die kluge Idee, dem Konsul zu sagen, dass seine Toga mit dem Purpurstreifen den trauernden Ehemann vielleicht einschüchtern würde, woraufhin Frontinus sich der Toga entle-

digte, sie zu einem Ball zusammenrollte und fragte, ob er sich eine schlichte Tunika leihen könne.
Er hatte in etwa meine Größe. Helena ging wortlos hinaus und holte einen meiner am wenigsten geflickten weißen Überzieher. Der Exkonsul zog sich aus und schlüpfte hinein, ohne rot zu werden.
»Am besten überlassen Sie uns das Reden«, beharrte Petro.
Ich fand unseren neuen Freund Frontinus eigentlich recht liebenswert, aber wenn Petronius Longus eines mehr hasst als feine Pinkel, die unter sich bleiben, dann sind es feine Pinkel, die sich uns als einer der unseren anschließen wollen.

Als wir hinaustrabten, blieb Petro abrupt auf der Veranda stehen.
Gegenüber hielt eine schicke Sänfte vor der Wäscherei an. Ein kleines Figürchen hüpfte heraus. Ich erhaschte nur einen Blick auf hauchzarte Schleier in hellem Violett mit schweren Goldborten und ein Fußkettchen an einer schmalen Fessel. Die Trägerin dieses prächtigen Nichts sprach kurz mit Lenia und huschte dann die Treppe zu meiner alten Wohnung hoch.
Kaum war sie verschwunden, sprang Petronius hinunter auf die Straße und ging mit langen Schritten davon. Frontinus hatte nichts bemerkt, aber ich fand das doch interessant. Es sah so aus, als wäre Petros kleines Turteltäubchen zu jemandem geworden, dem er lieber aus dem Weg ging.
Ich schaute zu meiner eigenen Haustür zurück. Helena Justina stand mit Julia auf der Veranda und winkte uns nach. Auch sie sah nachdenklich zur anderen Straßenseite hinüber. Ich fing ihren Blick auf. Sie lächelte mich an. Diesen Ausdruck kannte ich. Wenn die kleine Milvia wieder herunterkam, würde die Tochter des illustren Camillus ein ernstes Wort mit ihr sprechen. Es würde mich überraschen, wenn Milvia danach ihre zierlichen Fesseln noch mal in der Brunnenpromenade zeigen würde.
So wie er um die Ecke in die Schneidergasse witschte, schien das Petronius nur recht zu sein.

XXVII

Als wir zu der Adresse gingen, die Petro von Martinus bekommen hatte, hörten wir gedämpftes Gebrüll aus dem Circus. Die fünfzehn Tage dauernden Ludi Romani waren immer noch im Gange. Der Präsident der Spiele hatte wohl gerade sein weißes Taschentuch in die Arena geworfen, und die Streitwagen waren losgeprescht. Zweihunderttausend Menschen hatten aufgeschrien, weil offenbar etwas Dramatisches geschehen war. Der Schrei hallte im Tal zwischen dem Aventin und Palatin wider, so dass die Tauben aufflatterten und eine Weile umherkreisten, bevor sie sich erneut auf den heißen Dächern und Balkonen niederließen. Ein tiefes Summen begleitete den Rest des Rennens.

Irgendwo im Circus Maximus saßen jetzt auch die beiden jungen Camillus-Brüder und Claudia Rufina (nun, zumindest Justinus und Claudia). Irgendwo mochte auch der Mörder sein, der Frauen zerstückelte und dessen neueste grausige Tat wir gleich einem unwissenden Ehemann erklären mussten. Und wenn uns Caius Cicurrus nicht etwas Brauchbares mitteilen konnte, saß vielleicht jetzt schon irgendwo im Circus Maximus die nächste Frau, die dazu bestimmt war, stückchenweise in dem Aquädukt zu landen.

Caius Cicurrus war Kerzenmacher. Da sie keine Kinder hatten, lebte er mit seiner Frau in einer dieser typischen Wohnungen im dritten Stock einer Mietskaserne, die nur aus solchen Kleinstwohnungen bestand. Alles war sehr eng, aber gut gepflegt. Selbst bevor wir den glänzenden Türklopfer in Form eines Lö-

wenkopfes betätigt hatten, war uns anhand der ansehnlichen Blumentöpfe und der Fußmatte eines klar geworden – seine Asinia war vermutlich keine Prostituierte gewesen. Eine junge Sklavin ließ uns ein. Sie war sauber und ordentlich, scheu, aber nicht eingeschüchtert. Die Wohnung machte einen gepflegten Eindruck. Die Regale sahen staubfrei aus. Ein angenehmer Geruch von getrockneten Kräutern hing in der Luft. Die Sklavin bat uns automatisch, unsere Straßenschuhe abzulegen.
Caius saß zusammengesunken auf einem Hocker, starrte ins Leere und hatte Asinias Korb mit der Spinnwolle zu seinen Füßen stehen. Auf dem Schoß hatte er einen Schmuckkasten, der wohl ihr gehörte, und ließ Schnüre mit Glas- und Bergkristallperlen durch seine Finger gleiten. Er sah ganz bekümmert und wie betäubt vor Schmerz aus. Was auch immer ihn so bekümmerte, es war nicht der reine finanzielle Verlust eines verlassenen Zuhälters.
Caius war dunkelhäutig, aber eindeutig Italiener. Er besaß die haarigsten Arme, die ich je gesehen hatte, wohingegen sein Kopf fast kahl war. Er war Mitte dreißig und ein vollkommen harmloser, völlig gewöhnlicher Mann, der noch nichts von seinem Verlust und den grausigen Umständen wusste.
Petronius stellte uns vor, erklärte, dass wir eine Spezialermittlung durchführten, und fragte, ob wir mit ihm über Asinia sprechen könnten. Caius sah erfreut aus. Er redete gern über sie. Er vermisste sie sehr und tröstete sich damit, jedem, der zuhören wollte, zu erzählen, wie lieb und sanft sie sei. Asinia war die Tochter einer Freigelassenen seines Vaters, und Caius hatte sie geliebt, seit sie dreizehn war. Das erklärte, warum der Ehering so fest gesessen hatte. Das Mädchen hatte ihn bereits getragen, als es aufwuchs. Sie war erst zwanzig gewesen – ist zwanzig, sagte Caius.
»Sie haben sie heute Morgen als vermisst gemeldet?« Petronius leitete weiterhin die Befragung. Durch seine Arbeit bei den Vigiles besaß er beträchtliche Erfahrung darin, sogar mehr noch als ich, den Hinterbliebenen die traurige Nachricht zu übermitteln.

»Ja, Herr.«
»Aber sie wurde schon länger vermisst?«
Caius schien verwirrt über die Frage.
»Wann haben Sie sie zum letzten Mal gesehen?«, hakte Petro sanft nach.
»Vor einer Woche.«
»Waren Sie verreist?«
»Ich habe mein Anwesen auf dem Land besucht«, antwortete Caius. Petronius hatte sich schon so etwas gedacht. »Asinia blieb zu Hause. Ich besitze ein kleines Geschäft, eine Kerzenmacherei. Sie kümmert sich darum, wenn ich fort bin. Ich vertraue ihr ganz und gar. Sie ist eine wunderbare Partnerin ...«
»War Ihr Geschäft nicht über die Feiertage geschlossen?«
»Ja. Als die Spiele begannen, ist Asinia zu einer Freundin gezogen, die näher am Circus wohnt, damit sie nicht abends spät nach Hause zurückkehren muss. Ich habe es nicht gern, wenn sie allein in Rom unterwegs ist.«
Ich sah, wie Petronius schwer atmete, da ihn die Unschuld des Mannes ganz verlegen machte. Um ihn zu entlasten, fragte ich leise: »Wann entdeckten Sie genau, dass Asinia vermisst wird?«
»Gestern Abend bei meiner Rückkehr. Meine Sklavin teilte mir mit, Asinia sei noch bei ihrer Freundin, aber als ich dort hinkam, sagte mir die Freundin, Asinia sei vor drei Tagen nach Hause zurückgekehrt.«
»War sie sich sicher?«
»O ja, sie hat sie in einer Sänfte hergebracht, bis an die Haustür. Sie wusste, dass ich das von ihr erwartete.« Ich warf Petronius einen Blick zu; wir würden mit dieser Freundin reden müssen.
»Entschuldigen Sie, wenn ich Sie das frage«, sagte Petro, »aber wir müssen das tun. Besteht die Möglichkeit, dass sich Asinia in Ihrer Abwesenheit mit einem anderen Mann getroffen hat?«
»Nein.«
»Ihre Ehe war vollkommen glücklich, und sie war ein stilles Mädchen?«

»Ja.«
Petronius ging sehr behutsam vor. Da wir die Ermittlungen mit der Annahme begonnen hatten, dass es sich bei den Opfern um leichtlebige Mädchen handelte (die verschwinden konnten, ohne dass jemand allzu viel Notiz davon nahm), bestand immer noch die Möglichkeit, dass Asinia ein Doppelleben geführt hatte, ohne dass ihr Mann davon wusste. Aber wahrscheinlicher war, dass der Wahnsinnige, der sie zerstückelt hatte, ein Fremder war und Asinia nur das Pech gehabt hatte, sein Augenmerk auf sich zu lenken und von ihm entführt zu werden. Die Verstümmelungen, die Lollius beschrieben hatte, besiegelten das. Männer, die Frauen auf diese Weise zerstückeln, haben ihnen gefühlsmäßig nie nahe gestanden.
Und jetzt erfuhren wir, dass dieses Opfer ein ehrbares Mädchen war. Wo war sie gewesen, nachdem man sie vor der Haustür abgesetzt hatte? Auf welches Abenteuer hatte sie sich eingelassen? Wusste ihre Freundin vielleicht davon?
Petronius, der den Ring mitgebracht hatte, zog ihn jetzt heraus. Er ließ sich Zeit damit. Seine Bewegungen waren langsam, sein Gesichtsausdruck ernst. Caius hätte inzwischen etwas ahnen müssen, obwohl bei ihm kein Anzeichen davon zu sehen war.
»Ich hätte gern, dass Sie sich etwas anschauen, Caius. Erkennen Sie das wieder?«
»Natürlich. Das ist Asinias Ring. Sie haben sie also gefunden?«
Hilflos mussten wir zusehen, wie sich das Gesicht des Mannes mit Entzücken füllte.

Langsam wurde ihm klar, dass die drei Männer, die das kleine Zimmer mit ihm teilten, in düsterer Stimmung blieben. Langsam sah er, dass wir von ihm erwarteten, er solle die wirkliche, tragische Schlussfolgerung ziehen. Langsam wich das Blut aus seinem Gesicht.
»Es gibt keine Möglichkeit, Ihnen die Sache leichter zu machen«, erklärte Petronius. »Wir müssen leider annehmen, Caius Cicurrus, dass Ihre Frau tot ist.« Der entsetzte Ehemann

schwieg. »Es kann kaum einen Zweifel daran geben.« Petronius versuchte Cicurrus damit zu sagen, dass keine Leiche existierte.
»Sie haben sie gefunden?«
»Nein – und das Schlimmste ist, dass wir sie vielleicht nie finden werden.«
»Aber wie können Sie dann behaupten ...«
Petronius seufzte. »Haben Sie von den abgetrennten menschlichen Gliedmaßen gehört, die von Zeit zu Zeit in der Wasserversorgung gefunden wurden? Frauen sind über einen langen Zeitraum von einem Mörder getötet worden, der seine Opfer zerstückelt und sich ihrer in den Aquädukten entledigt. Meine Kollegen und ich ermitteln in dieser Sache.«
Cicurrus wollte noch immer nicht verstehen. »Was soll das mit Asinia zu tun haben?«
»Wir müssen annehmen, dass dieser Mörder sie entführt hat. Asinias Ring wurde im Wasserspeicher der Aqua Claudia gefunden. Es tut mir Leid, Ihnen das sagen zu müssen, aber der Ring steckte an einer ihrer Hände.«
»Nur eine Hand? Sie könnte immer noch am Leben sein!« Der Mann war verzweifelt. Er stürzte sich auf jedes Fünkchen Hoffnung.
»Das dürfen Sie nicht glauben!«, krächzte Petro. Er fand es geradezu unerträglich. »Sagen Sie sich, dass sie tot ist, Mann. Sagen Sie sich, dass sie schnell gestorben ist, nachdem sie vor drei Tagen entführt wurde. Glauben Sie daran, dass sie kaum gelitten hat. Sagen Sie sich, dass es keine Rolle spielt, was mit der Leiche geschah, weil Asinia es nicht mehr gespürt hat. Und dann sagen Sie *uns* alles, was uns dabei helfen kann, den Mörder Ihrer Frau zu fassen, bevor er andere Bürger ihrer Frauen berauben kann.«
Caius Cicurrus starrte ihn an. Das ging ihm alles zu schnell. »Asinia ist tot?«
»Ja. Es tut mir Leid, daran gibt es kaum einen Zweifel.«
»Aber sie war wunderschön.« Allmählich begriff er die Wahrheit. Seine Stimme hob sich. »Asinia glich keiner anderen Frau – sie war so liebevoll, und unser häusliches Leben war so voller

Zärtlichkeit ... Oh, ich kann es nicht glauben. Ich spüre, dass sie jeden Moment nach Hause kommen wird ...« Tränen rannen über sein Gesicht. Er hatte die Wahrheit endlich akzeptiert. Jetzt musste er lernen, damit fertig zu werden – und das konnte ewig dauern. »Nur ihre Hand wurde gefunden? Was wird mit dem Rest von ihr geschehen? Was soll ich tun? Wie kann ich sie bestatten?« Er wurde immer erregter. »Wo ist die arme Hand jetzt?«

Frontinus antwortete ihm: »Asinias Hand wurde einbalsamiert. Sie wird Ihnen in einem verschlossenen Kästchen überbracht werden. Ich bitte Sie, öffnen Sie das Schloss nicht.«

Uns alle bedrückte der Gedanke, was geschehen würde, wenn die anderen Überreste auftauchten. Sollten wir sie diesem verstörten Mann Stück für Stück übergeben? Würde er dann die Gliedmaßen einzeln bestatten oder sie für ein endgültiges Begräbnis sammeln? Zu welchem Zeitpunkt sollte er entscheiden, dass nun genug beisammen war, um eine Zeremonie zu rechtfertigen? Wenn wir den Torso fanden, mit ihrem Herzen? Oder ihren Kopf? Welcher Philosoph würde ihm sagen, wo die Seele dieses armen Mädchens zu finden war? Wann würde seine Qual enden?

Es gab keinen Zweifel, dass seine Liebe zu Asinia echt war. Die nächsten Wochen würden ihn vielleicht in den Wahnsinn treiben. Nichts, was wir taten, konnte ihn davor bewahren, immer wieder über das Entsetzen ihrer letzten Stunden zu grübeln. Wir würden ihm sehr wenig mitteilen, aber genau wie wir würde er sich bald vorstellen, wie der Mörder wahrscheinlich seine Opfer quälte.

Petronius verließ das Zimmer, als wollte er die Sklavin holen, damit sie sich um ihren Herrn kümmerte. Ich hörte ihn leise mit ihr sprechen. Ich wusste, dass er sie diskret über Asinias letzte bekannte Schritte ausfragte und sich wahrscheinlich den Namen und die Adresse der Freundin geben ließ, bei der sie sich aufgehalten hatte. Er brachte das Mädchen mit herein, und wir verabschiedeten uns.

Vor der Wohnung blieben wir einen Moment lang stehen. Die Begegnung hatte uns allen sehr zugesetzt.
»›Eine perfekte Hausfrau‹«, zitierte Frontinus grimmig die üblichen Nachrufe. »›Bescheiden, tugendhaft und nicht streitsüchtig. Sie war die beste aller Frauen, hütete das Haus, webte und spann.‹«
»›Zwanzig Jahre alt‹«, grummelte Petronius verzweifelt.
»›Möge die Erde leicht auf ihr liegen‹«, vervollständigte ich die Formel. Da wir die Reste von Asinia noch finden mussten, würde das vielleicht nie der Fall sein.

XXVIII

Keiner von uns konnte es ertragen, heute Abend noch etwas zu unternehmen. Petro und ich begleiteten den Konsul nach Hause, wo er mir die Tunika zurückgab, nachdem er sich auf der Türschwelle entkleidet hatte. Ganz klar, dass er zur Oberschicht gehörte. Ein Plebejer hätte sich solche Exzentrik nie erlaubt. Ich kenne Ringer, die sich beim Ausziehen abwenden, und das selbst in einem Badehaus. Frontinus' eigener Pförtner schaute bestürzt, und er sollte doch an seinen Herrn gewöhnt sein. Wir ließen den Konsul in der Obhut des Pförtners, und er zwinkerte uns zu, zum Dank dafür, dass wir keine Miene verzogen hatten.

Dann gingen Petro und ich langsam zur Brunnenpromenade zurück. Ein paar Läden hatten wieder geöffnet, hofften auf Kundschaft aus der Menge, die vom Circus kam. Die Straßen schienen voll von Männern mit verschlagenen Mienen, Betrunkenen, Nutten, Sklaven, die nichts Gutes im Schilde führten, und Mädchen, die auf Abenteuer aus waren. Die Leute redeten zu laut, schubsten uns von den Bürgersteigen, und wenn wir auf der Straße weitergingen, schubsten sie uns in den Rinnstein. Das geschah wahrscheinlich unabsichtlich, aber es war ihnen trotzdem egal. Instinktiv begannen auch wir zu schubsen.

Die Stadt zeigte sich von ihrer schlimmsten Seite. Vielleicht war sie immer so, und es fiel mir heute Abend nur besonders auf. Möglicherweise hatten aber auch die Spiele mehr Unrat hochgespült.

Bedrückt durch das Gespräch mit Cicurrus, machten wir noch nicht mal in einer Weinschenke Halt, um uns vor dem Essen einen Schluck zu genehmigen. Wir hätten es lieber tun sollen. Dadurch wäre uns eventuell eine äußerst unangenehme Begegnung in der Brunnenpromenade erspart geblieben. Da wir niedergeschlagen mit gesenkten Köpfen dahintrotteten, blieb uns keine Chance zur Flucht. Im letzten Moment legte ich warnend die Hand auf Petros Arm, und er stöhnte laut auf. Die Sänfte, die wir am Nachmittag vor der Wäscherei gesehen hatten, stand immer noch da. Die Insassin hatte eindeutig auf unsere Rückkehr gewartet.

Sie sprang heraus und sprach uns vor allen Leuten an. Doch es war nicht die kleine leichtfüßige violett gekleidete Balbina Milvia. Die Frauen aus Florius' Haushalt schienen sich diese Sänfte zu teilen. Sie hatte eine wesentlich Furcht erregendere Besucherin gebracht als Petros Zuckerpüppchen: Milvias Mama.

Noch bevor sie sich auf Petronius stürzte und zu brüllen begann, sahen wir, dass sie wütend war.

XXIX

Cornella Flaccida besaß die Grazie eines fliegenden Nilpferds – große Hände, dicke Füße und ein unrettbar anmaßendes Gebaren. Allerdings war sie ordentlich herausgeputzt. Die Gesichtszüge der verbitterten alten Vettel waren mit der Maske einer frischen jungen Maid übermalt, gerade in einem funkelnden Regenbogen dem Schaum von Paphos entstiegen. Der Körper, der sich an langen Abenden mit weingetränkten Reiherflügeln voll gestopft hatte, war mit Seide aus Kos und phantastischen Kragen aus granuliertem Goldfiligran behängt, alles so leicht, dass es flatterte und klimperte und die verdutzten Sinne müder Männer aufschreckte. Die Füße, die auf uns zustapften, trugen hübsche fransenbesetzte Stiefeletten. Ein überwältigender Parfümgeruch verschlug uns den Atem.

Wenn man bedachte, dass nach Balbinus Pius' Verhaftung durch Petronius der gesamte Besitz des Gangsters an den Staat gefallen war, dann war es schon erstaunlich, wie viel Geld dieses grimmige Weib noch zu verplempern hatte. Allerdings war Balbinus eine harte Nuss gewesen. Er hatte dafür gesorgt, dass ein ansehnlicher Teil seiner weltlichen Güter dem Zugriff der öffentlichen Hand entzogen wurde. Das meiste davon war in ein von Flaccida verwaltetes Treuhandvermögen eingegangen und als Teil der Mitgift ihres sauberen Töchterchens Milvia deklariert worden.

Die Mama lebte jetzt bei ihrer Tochter. Ihre eigenen Villen waren konfisziert worden, daher waren die beiden auf Gedeih und Verderb in der alles andere als schäbigen Hütte von Florius zu-

sammengesperrt. Sämtliche Kohorten der Vigiles hatten Wetten abgeschlossen, wie lange die drei es miteinander aushalten würden. Bisher hielten sie zusammen wie Pech und Schwefel, denn nur so war ihnen ihr Geld sicher. Ein Buchhalter des Schatzamtes überprüfte täglich den Gesundheitszustand von Milvias Ehe, denn wenn sie sich von Florius scheiden ließ und ihre Mitgift an die Familie zurückfiel, wollte der Kaiser den Zaster haben. Dies war ein Fall, auf den die Förderung des Ehestandsgesetzes nicht zutraf.
Da unser neuer Kaiser Vespasian sich offen für die Unterstützung der altmodischen Tugenden des Familienlebens einsetzte, aber bereit war, für die Geldmenge, die er nach Milvias Scheidung einsacken würde, sein altmodisches Gewissen vorübergehend auszuschalten, konnte man erahnen, wie hoch das Vermögen tatsächlich sein musste. Tja, das sind eben die Freuden des organisierten Verbrechens. Erstaunlich, dass nicht mehr Leute es zu ihrem Lebensinhalt machen.
So erstaunlich auch wieder nicht, denn es gab einen Grund, warum die Leute ehrlich blieben. In Konkurrenz zu Cornella Flaccida zu treten war einfach zu Furcht erregend. Wer möchte schon angedünstet, gebraten, durch jede Körperöffnung aufgespießt und in einer Drei-Käse-Soße serviert werden, mit den inneren Organen leicht sautiert als pikante Appetithappen?
Natürlich übertrieb ich. Flaccida hätte gesagt, dass das als Strafe viel zu raffiniert sei.

»Wagen Sie es verdammt noch mal nicht, vor mir davonzulaufen!«, brüllte sie.
Petro und ich liefen nirgendwohin; wir hatten nicht mal die Zeit gehabt, daran zu denken.
»Gnädigste!«, rief ich aus. Neutralität ist eine zweifelhafte Zuflucht.
»Spielen Sie nicht mit mir rum!«, knurrte sie.
»Was für eine widerwärtige Idee.«
»Halt die Klappe, Falco.« Petro fand mich nicht eben hilfreich.

Ich hielt die Klappe. Normalerweise war er alt genug, auf sich selbst aufzupassen. Doch die verbissene Flaccida konnte sogar für ihn ein zu harter Brocken sein, also blieb ich als treuer Freund in der Nähe. Außerdem wollte ich den Spaß nicht verpassen.

Ich bemerkte, dass Helena auf die Veranda trat. Meine Hündin Nux schnüffelte eifrig hinter ihr her, die Heimkehr ihres Herrn spürend. Helena bückte sich und packte sie nervös am Halsband. Sie schien sich im Klaren darüber zu sein, dass unsere Besucherin eine Frau war, die zum Vergnügen Köpfe von Wachhunden abbiss.

»Kenn ich euch zwei Schmutzfinken nicht?« Milvias Mutter hatte Petronius Longus, den Ermittlungsbeamten, der ihren Mann überführt hatte, bestimmt nicht vergessen. Mir war allerdings wenig daran gelegen, dass sie in mir den Helden mit dem sozialen Gewissen erkannte, der sie dann tatsächlich zur Witwe gemacht hatte.

»Wie reizend, dass unsere Leben sprühenden Persönlichkeiten solchen Eindruck gemacht haben«, gurgelte ich.

»Sagen Sie Ihrem Clown, er soll sich da raushalten«, befahl Flaccida Petro. Der lächelte nur.

Sie legte den Kopf mit der ausgeblichenen blonden Frisur zurück und betrachtete ihn, als wäre er ein Floh, den sie in ihrer Unterwäsche entdeckt hatte. Er erwiderte ihren Blick, total ruhig wie immer. Groß, kräftig, voll zurückhaltender Präsenz – jede Mutter hätte ihre Tochter um diesen Liebhaber beneiden sollen. Petronius Longus strahlte die beherrschte Verlässlichkeit aus, auf die Frauen flogen. Die Götter wissen, dass ich oft genug beobachten konnte, wie sie sich auf ihn stürzten. Was ihm an gutem Aussehen fehlte, machte er durch Größe und erkennbaren Charakter wett, und dieser Tage trug er auch einen schicken Haarschnitt.

»Sie haben vielleicht Nerven!«

»Verschonen Sie mich damit, Flaccida. Sie bringen sich doch nur selbst in Verlegenheit.«

»Ich werde Sie in Verlegenheit bringen! Nach allem, was Sie meiner Familie angetan haben …«

»Nach allem, was Ihre Familie Rom angetan hat – und vermutlich noch immer tut –, bin ich überrascht, dass Sie sich nicht verpflichtet gefühlt haben, in eine entlegene Provinz zu ziehen.«

»Sie haben uns zerstört, und dann mussten Sie auch noch meine kleine Tochter verführen.«

»Ihre Tochter ist nicht so klein.« Und braucht auch nicht allzu viel Verführung, deutete Petro damit an. Er war jedoch zu höflich, um sie zu beleidigen, selbst zu seiner eigenen Verteidigung.

»Lassen Sie Milvia in Ruhe!« Das kam wie ein tiefes, raues Knurren heraus, ähnlich dem einer Löwin, die ihre Beute bedroht. »Ihre Vorgesetzten bei den Vigiles würden sicher gern erfahren, dass Sie meine Milvia besuchen.«

»Meine Vorgesetzten wissen das.« Seine Vorgesetzten würden allerdings nicht besonders freundlich auf wütende Besuche der keifenden Cornella Flaccida im Büro des Tribuns reagieren. Diese stechende Hornisse konnte Petros Entlassung verursachen.

»Florius hat es noch nicht gehört.«

»Oh, ich zittere vor Angst.«

»Das sollten Sie auch!«, schrie Flaccida. »Ich habe immer noch Freunde. Ich will nicht, dass Sie sich je wieder in unserem Haus blicken lassen – und ich kann Ihnen versichern, dass Milvia Sie nie mehr aufsuchen wird!«

Sie wandte sich ab. In dem Moment riss sich Nux von Helena Justina los und rannte die Treppe hinunter, ein struppiges Bündel graubraunen Fells, die Ohren angelegt und die scharfen Zähne gebleckt. Nux war klein und übel riechend und hatte was gegen häuslichen Streit. Als Flaccida ihre Sänfte besteigen wollte, schoss die Hündin auf sie zu, verbiss sich in dem gestickten Saum ihres teuren Kleides und stemmte sich auf ihren kräftigen Beinen zurück. Nux musste Buddler und Wildschweinjäger in ihrem Stammbaum haben. Flaccida schlug die

Sänftentür zu, um sich in Sicherheit zu bringen. Wir hörten ein befriedigendes Reißen teuren Stoffes. Sie fluchte und wies ihre Träger kreischend an, sie hier wegzubringen, während mein dickköpfiger Hund nicht losließ, bis der Rocksaum abriss.
»Braver Hund!«, riefen Petronius und ich. Nux wedelte stolz mit dem Schwanz und beutelte die halbe Elle koischer Seide, als wäre es eine tote Ratte.
Petro und ich wechselten einen heimlichen Blick, ohne direkt zu Helena zu sehen. Dann tauschten wir einen ernsten, formellen Salut aus. Er ging hinauf in meine alte Wohnung, dabei auf den Hacken wippend wie ein vergnügter Dissident. Ich ging nach Hause wie ein braver Junge.

Die Augen meines Lieblings waren warm und freundlich und von einem so dunklen Braun wie die Fleischsoßen bei einem kaiserlichen Festmahl. Ihr Lächeln war gefährlich. Ich küsste sie trotzdem. Ein Mann sollte sich auf seiner eigenen Türschwelle nicht einschüchtern lassen. Doch es war ein eher förmlicher Kuss auf die Wange.
»Marcus! Was sollte das?«
»Nur die Begrüßung eines Heimkehrers …«
»Dummkopf! Die Schreckschraube, die einen Teil ihres Fähnchens zurückgelassen hat? War das nicht Cornella Flaccida?« Helena hatte mir einst bei der Befragung der Frau geholfen.
»Ich würde mal darauf tippen, dass jemand Balbina Milvia verschreckt hat und sie heim zu Mama gelaufen ist. Mama kam angewetzt, um den bösen Liebhaber auszuzanken. Es muss ihr einen Mordsschreck versetzt haben, als sie entdeckte, dass ein Mitglied der Vigiles leichten Zugang zu ihrem Haushalt hat. Sie muss sich vor Angst ins Höschen machen bei dem Gedanken, wie er sich in Milvias Vertrauen eingeschlichen hat.«
»Glaubst du, dass sie Milvia den Hintern versohlt hat?«
»Das wäre das erste Mal. Milvia ist als verwöhnte Prinzessin groß geworden.«
»Ja, das dachte ich mir«, entgegnete Helena ziemlich lakonisch.

»Ach?«, fragte ich und täuschte milde Neugier vor. »Kann es sein, dass die Prinzessin von mehr als nur diesem Bohnensack von Mutter eine Abreibung bekommen hat?«
»Das wäre möglich«, gab Helena zu.
»Ich frag mich, wer das wohl gewesen ist.«
»Vielleicht jemand, den sie getroffen hat, als sie sich in ihrer hübschen Sänfte herumtragen ließ?« Helena erwiderte meinen förmlichen Kuss auf die Wange wie eine sittsame Matrone bei der Heimkehr ihres Gatten. Sie duftete nach Rosmarin und Rosenöl. Alles an ihr war weich und sauber und verlangte danach, zärtlicher gestreichelt zu werden. Ich merkte, wie mir die Knie weich wurden. »Vielleicht wird das Milvia lehren, zu Hause an ihrem Webstuhl zu bleiben«, sagte sie.
»So wie du?« Ich führte sie nach drinnen und legte beide Arme um sie. Nux hüpfte wachsam hinterher, um bei eventueller Schmuserei gleich bellen zu können.
»So wie ich, Marcus Didius.«
Helena Justina besaß keinen Webstuhl. Unsere Wohnung war so klein, dass wir kaum Platz dafür hatten. Sie hätte einen haben können, wenn sie darum gebeten hätte. Selbstverständlich hätte ich traditionelle tugendhafte Beschäftigungen unterstützt. Aber Helena Justina hasste langweilige, sich wiederholende Tätigkeiten.
Sie blieb im Haus, webte und spann? Wie viele Römer war ich gezwungen, das Gegenteil einzugestehen; nein, nicht mein hingebungsvolles Turteltäubchen.
Zumindest wusste ich, wie sich meines benahm, selbst wenn ich von zu Hause fort war. Nun ja, ich bildete mir wenigstens ein, es zu wissen.

XXX

Petronius kam am nächsten Morgen herüber, um mich abzuholen. Er sah aus wie ein Mann, der das Frühstück vergessen hatte. Da ich der Koch in unserem Hause war, konnte ich ihm von unseren Brötchen abgeben, während Helena ihres schweigend verzehrte. Sie hatte sie geholt, war am Morgen barfuß hinunter zu Cassius gelaufen, und ich hatte sie dann in einer Schale zu einem hübschen Muster angeordnet.

»Du hast hier das Sagen, wie ich sehe, Falco.«

»Ja, ich bin ein strenger römischer Paterfamilias. Wenn ich spreche, verhüllen meine Frauen das Haupt und beeilen sich, mir zu gehorchen.«

Petronius schnaubte, und Helena wischte sich geziert den Honig von den Lippen.

»Was sollte dieses ganze Theater gestern?«, fragte sie ihn geradeheraus, um zu zeigen, wie unterwürfig sie war.

»Der olle Rammbock hat Angst, ich könnte zu weit vordringen und den alten Banden durch meine intimeren Kenntnisse die Daumenschrauben anlegen. Sie glaubt, Milvia sei dämlich genug, mir alles zu erzählen, was ich herausfinden will.«

»Wobei wir anderen wissen, dass du nicht zum Reden zu ihr gehst … Interessante Situation«, grübelte ich und zog ihn auf. Dann sagte ich zu Helena: »Offenbar jagt Milvia jetzt Lucius Petronius, während ihr ehemals feuriger Liebhaber dabei beobachtet wurde, ihr aus dem Weg zu gehen.«

»Ach? Wie kann das sein?«, fragte Helena und warf ihm einen strahlenden Blick zu.

»Hat Angst vor ihrer Mama«, meinte ich grinsend.
Petro runzelte düster die Stirn. »Milvia hat plötzlich ein paar seltsame Vorstellungen entwickelt.«
Ich hob die Augenbraue. »Du meinst, sie hat endlich erkannt, dass du nichts taugst?«
»Nein. Sie will Florius verlassen.« Er hatte den Anstand, leicht zu erröten.
»Ach du je!«
»Und mit dir zusammenleben?«, fragte Helena.
»Und mich *heiraten*!«
Helena nahm es gelassener hin als ich. »Keine gute Idee?«
»Helena Justina, ich bin mit Arria Silvia verheiratet.« Helena verbiss sich jeden Kommentar zu seiner kühnen Behauptung. »Ich gebe zu«, fuhr Petro fort, »dass Silvia das in Frage stellen könnte. Was nur zeigt, wie wenig Ahnung Silvia hat.«
Helena reichte ihm den Honig. Ich hatte erwartet, sie würde ihm den Topf an den Kopf werfen. Wir bewahrten unseren Honig in einem keltischen Gesichtstopf auf, den wir auf einer Reise durch Gallien erworben hatten. Petro betrachtete ihn misstrauisch. Dann hielt er ihn hoch und verglich die glupschäugigen Gesichtszüge mit meinen eigenen.
»Es war dir also nie ernst mit Milvia?« Helena nahm ihn in die Mangel.
»Nicht auf diese Weise. Es tut mir Leid.«
»Wenn sich Männer entschuldigen, warum dann immer nur bei der falschen Person? Und jetzt möchte sie wichtiger für dich werden?«
»Sie glaubt, dass sie es ist. Sie wird's schon noch kapieren.«
»Arme Milvia«, murmelte Helena.
Petronius bemühte sich, verantwortungsvoll auszuschauen. »Sie ist härter im Nehmen, als sie aussieht. Sie ist sogar härter, als sie selbst glaubt.«
Helenas Gesichtsausdruck ließ darauf schließen, dass sie Milvia für noch härter und viel gerissener hielt, als Petro bisher erkannt hatte. »Ich werde heute deine Frau besuchen, Lucius Pe-

tronius. Maia kommt auch mit. Ich habe die Mädchen seit Ewigkeiten nicht gesehen, und ich hab ein paar Mitbringsel für sie aus Spanien. Soll ich irgendwas ausrichten?«

»Sag Silvia, ich hätte Petronilla versprochen, sie zu den Spielen mitzunehmen. Sie ist alt genug dafür. Wenn Silvia sie morgen bei ihrer Mutter lässt, hole ich sie dort ab und bringe sie wieder hin.«

»Bei ihrer Mutter? Willst du ein Zusammentreffen mit Silvia vermeiden?«

»Ich will nur vermeiden, verprügelt und zusammengestaucht zu werden. Außerdem macht es die Katze traurig, wenn ich zu Hause auftauche.«

»So kommt ihr nie wieder zusammen.«

»Das kriegen wir schon hin«, entgegnete Petronius barsch. Helena atmete tief durch, schwieg aber. »Schon gut«, kapitulierte er. »Das sage ich immer, wie Silvia bemerken würde.«

»Dann brauche ich es ja nicht zu sagen«, gab Helena nicht unfreundlich zurück. »Warum redet ihr beiden nicht über eure Arbeit?«

Das war nicht nötig. Es ging endlich voran. Heute wussten wir, was wir zu tun hatten und was wir zu erfahren hofften.

Nicht lange danach küsste ich das Baby, küsste Helena, rülpste, kratzte mich, zählte mein Kleingeld und schwor mir, mehr zu verdienen, kämmte rasch mein Haar und ging mit Petronius los. Wir hatten Frontinus nichts von unseren Plänen erzählt. An seiner Stelle hatten wir Nux. Helena würde die Hündin nicht zu ihrem Besuch mitnehmen können, da sie und Petros berühmte Katze Erzfeinde waren. Mir hätte es nicht das Geringste ausgemacht, wenn Nux das flohverseuchte Vieh in Stücke gerissen hätte, aber Petronius würde einen Koller bekommen. Außerdem brauchte Helena keinen Wachhund, wenn sie mit meiner Schwester Maia unterwegs war. Maia war angriffslustiger als alles, was ihnen auf dem kurzen Weg über den Aventin begegnen mochte.

Petro und ich gingen in die andere Richtung. Wir waren unterwegs zur Zyklopenstraße auf dem Caelius. Wir wollten Asinias Freundin befragen.
Ihr Name war Pia, aber das schmuddlige Mietshaus, in dem sie wohnte, überzeugte uns im Voraus davon, dass ihr hochtrabender Name unpassend sein würde. Schwer zu sagen, wie sie sich mit jemandem anfreunden konnte, der sich in einem so guten Ruf sonnte wie Asinia, doch wir hatten gehört, dass die Freundschaft schon Jahre zurückreichte. Ich war zu alt, um mir Gedanken darüber zu machen, wie Mädchen ihre Freundinnen auswählten.
Wir stiegen mehrere Stockwerke über stinkige Treppen hinauf. Ein Hausmeister mit einem Kropf ließ uns ein, lehnte es aber ab, uns zu begleiten. Wir kamen an dunklen Eingängen vorbei, kaum erleuchteten Schlitzen in den geschwärzten Wänden. Unsere Tuniken bekamen Schmutzflecken, wenn wir das Geländer streiften. Wo Licht einfiel, tanzten dicke Staubflocken. Petronius hustete. Es gab ein hohles Echo, als wäre das Haus unbewohnt. Vielleicht hoffte irgendein Magnat, auch noch die letzten Mieter zu vertreiben, damit er das Haus abreißen und mit kräftigem Gewinn neu aufbauen konnte. Während es des Abrisses harrte, hatte sich die Luft mit dem dumpfigen Geruch von Verzweiflung gefüllt.
Pia schien auf Besuch zu warten. Sie schaute sogar noch interessierter, als sie sah, dass wir zu zweit waren. Wir gaben ihr zu verstehen, dass wir nichts kaufen wollten, und sie verfiel in eine weit weniger freundliche Stimmung.
Sie rekelte sich auf einer Leseliege, wenn auch offenbar nicht zur geistigen Erbauung. Es gab nichts zu lesen. Ich bezweifelte, dass sie überhaupt lesen konnte. Sie hatte langes Haar in einem seltsamen Zinnoberrot, das sie wahrscheinlich als Kastanienrot bezeichnen würde. Ihre Augen waren unter den dunklen Ringen aus Holzkohle und gefärbtem Blei kaum zu sehen. Ihre Wangen waren gerötet, was nichts mit guter Gesundheit zu tun hatte. Sie trug eine kurze Untertunika in Gelb und darüber eine

längere, durchsichtigere in einem hässlichen Türkis; das Obergewand hatte Löcher, aber sie zog es trotzdem an. Gazestoff ist nicht billig. Jeder Finger war protzig beringt, sieben grünliche Ketten lagen eng um ihren dürren Hals, sie hatte Armbänder, sie hatte Glücksbringer aus minderwertigem Metall an dünnen Fußkettchen, sie hatte klimpernden Haarschmuck. Pia übertrieb alles, bis auf den Geschmack.

Trotzdem konnte sie ein warmherziges, aufrichtiges Püppchen sein.

»Wir möchten mit dir über Asinia reden.«

»Haut ab, ihr zwei«, entgegnete sie.

XXXI

»Du liebst doch Herausforderungen, fang du an«, sagte ich zu Petronius.
»Nein, du bist der Experte für unfreundliche Trullas«, gab er höflich zurück.
»Gut, dann entscheidest du«, lud ich Pia ein. »Welchen willst du?«
»Ihr könnt mich mal.« Sie streckte die Beine aus. Wenn sie weniger dreckig gewesen wären, hätten sie mehr hergemacht.
»Nette Stelzen!«, log Petronius in seinem leichten, bewundernden Ton. Ein Ton, den die Mädchen drei Sekunden lang für echt hielten, bis sie merkten, dass er höhnisch war.
»Verpisst euch.«
»Lass dir doch mal was Neues einfallen, Süße.«
»Wie lange kanntest du Asinia?«, erkundigte ich mich. Petronius und ich würden uns bei der Befragung abwechseln, und jetzt war ich dran.
»Seit Jahren.« Trotz ihres Getönes konnte sie nicht widerstehen, die Frage zu beantworten.
»Wo habt ihr euch kennen gelernt?«
»In dem Laden, in dem sie bedient hat.«
»Der Kerzenmacherei? Hat man dich da zum Einkaufen hingeschickt?« Ich hatte erraten, sprach es aber nicht aus, dass Pia früher Sklavin gewesen war. Inzwischen musste sie unabhängig sein, wenn auch nicht gut betucht.
»Wir plauderten gern.«
»Und seid zusammen zu den Spielen gegangen?«

»Da ist doch nichts dabei.«
»Ist es auch nicht – wenn ihr tatsächlich dort wart.«
»Aber ja!« Das kam schnell und entrüstet heraus. Bisher log sie nicht.
»Hatte Asinia einen Freund?« Petronius übernahm.
»Die doch nicht.«
»Vielleicht einen, von dem sie selbst dir nichts erzählt hat?«
»Das würde ich gern mal erleben. Die kann doch kein Geheimnis für sich behalten. Nicht, dass sie je welche gehabt hätte.«
»Sie liebte ihren Mann?«
»Ganz schön blöd. Haben Sie ihn kennen gelernt? Das reinste Heulbaby.«
»Seine Frau wird vermisst. Da ist das doch verständlich«, wies Petronius sie zurecht. Er hätte sich den Atem sparen können. Pia zupfte desinteressiert mit ihren schmuddligen Fingern an ihrem zerzausten Haar herum. »Es hat euch also niemand begleitet, und Asinia hat sich hinterher mit niemandem getroffen? Dann erzähl uns lieber, was passiert ist, als ihr aus dem Circus kamt.«
»Nichts ist passiert.«
»Asinia schon«, sagte ich und übernahm wieder.
»Ihr ist nichts passiert.«
»Sie ist tot, Pia.«
»Nehmen Sie mich doch nicht auf den Arm.«
»Jemand hat sie umgebracht und in Stücke gehackt. Keine Bange, wir werden sie schon nach und nach finden, wenn es auch ein paar Jahre dauern mag.«
Sie war bleich geworden und hatte einen abwesenden Blick bekommen. Offenbar dachte Pia: Das hätte auch ich sein können!
Petronius brachte sie unsanft in die Gegenwart zurück. »Wen hat sie getroffen, Pia?«
»Niemanden.«
»Lüg nicht. Und du brauchst nicht zu befürchten, dass wir es Caius Cicurrus erzählen. Wir können sehr diskret sein, wenn es

sein muss. Wir wollen die wahre Geschichte. Wer der Mann auch war, mit dem sich Asinia getroffen hat, er ist ein gefährlicher Mörder. Nur du kannst ihn aufhalten.«
»Asinia war ein gutes Mädchen.« Wir sagten nichts. »Das war sie wirklich«, beharrte Pia. »Sie hat sich mit niemandem getroffen, aber ich. Asinia sagte, sie würde nach Hause gehen.«
»Hierher?«
»Nein. Die Wohnung brauchte ich doch für meinen Kerl, Dummkopf! Sie wollte zu sich nach Hause gehen.«
»Wie wollte sie dort hinkommen?«
»Zu Fuß. Sie sagte, das mache ihr nichts aus.«
»Ich dachte, ihr hättet euch eine Sänfte genommen? Das glaubt Cicurrus zumindest. Du hast ihm erzählt, du hättest Asinia bis nach Hause begleitet.«
»Wir hatten unser ganzes Geld ausgegeben. Außerdem war es schon spät. Der Circus wurde geschlossen. Alle Miettragestühle waren weg.«
»Du hast sie also allein gelassen«, bellte ich. »Dieses gute Mädchen, das schon so lange mit dir befreundet war, obwohl du wusstest, dass die Straßen voll waren mit grölenden Nachtschwärmern und sie fast bis zum Pincius laufen musste?«
»Sie wollte das so«, beharrte das Mädchen. »Das war typisch für Asinia. Für andere tat sie alles. Sie sah, dass ich beschäftigt war, also mochte sie nicht stören.«
»Hat sie dir geholfen, den Kerl anzuquatschen?«, fragte Petro.
»Nein.«
»War sie daran gewöhnt, mit Männern zu reden?«
»Nein. Sie war ein hoffnungsloser Fall.«
»Aber hübsch?«
»O ja! Sie zog die Blicke auf sich. Doch das fiel ihr nie auf.«
»War sie zu vertrauensselig?«
»Sie wusste genug.«
»Offenbar nicht!«, krächzte Petro ärgerlich. Er machte eine angewiderte Handbewegung und überließ die Befragung erneut mir.

»Wer war der Mann, den du kennen gelernt hattest, Pia?«
»Woher soll ich das wissen? Er hätte von überall herstammen können. Ich hab ihn nie zuvor gesehen. Er war betrunken, und er hatte kein Geld. Auf so was fall ich immer wieder rein. Wenn der mir noch mal über den Weg läuft, quetsch ich ihm die Eier ab.«
»Junge Liebe, was? Ich bin ganz heiß auf solche romantischen Geschichten. Würdest du ihn wieder erkennen?«
»Nein.«
»Bestimmt nicht?«
»Ich hatte selbst ganz schön gebechert. Glauben Sie mir, er war keine Erinnerung wert.«
»Wo genau hast du Asinia das letzte Mal gesehen.«
»Beim Circus Maximus.«
»Aber *wo* da? Welchen Ausgang habt ihr benutzt?«
Pia warf die Schultern zurück und sprach überdeutlich, als wäre ich taub. »Ich habe Asinia das letzte Mal beim Tempel von Sonne und Mond gesehen.« Eine klare Aussage. Doch dann verdarb sie es, hatte es sich anders überlegt. »Stimmt gar nicht – sie ging die Straße der Drei Altäre hinunter.«
Die Straße der Drei Altäre führt vom runden Ende des Circus Maximus, nahe des Tempels von Sol und Luna, den Pia erwähnt hatte, zum Clivus Scaurus. Der Clivus Scaurus verläuft am Tempel des Vergöttlichten Claudius vorbei bis zum alten Bogen des Dolabella, der jetzt als Wasserspeicher für die Aqua Claudia benutzt wurde. Dort hatte man Asinias Hand gefunden.
Ich fragte mich, ob es von Bedeutung war oder nur ein schrecklicher Zufall, dass die vermisste Frau zum letzten Mal so nahe von dem Fundort ihrer abgetrennten Hand gesehen worden war. Wo war sie in der Zwischenzeit gewesen? Es war äußerst unwahrscheinlich, dass wir das je erfahren würden.
Ich warf Pia einen genervten Blick zu. »Asinia machte sich demnach auf den langen Weg nach Hause, und du kamst hierher. Wie viele Leute waren in der Straße der Drei Altäre?«

»Hunderte natürlich. Der Circus war gerade geschlossen worden.«
»Keine Sänften, sagst du? Und andere Fahrzeuge?«
»Nur so Privatkram.«
»Kram?«
»Sie wissen schon, ganze Fuhren voll von diesen Großkotzen in ihren schicken Kutschen. Es war lange nach der Sperrstunde.«
»Wie viele Kutschen?«
»Ach, kaum eine.« Sich zu widersprechen war eine ihrer Spezialitäten. »Das ist das falsche Ende. Die großen Tiere lassen sich lieber bei den Startgattern nahe der kaiserlichen Loge abholen. Sie wissen schon.«
»Leider nicht«, bemerkte Petro. »Das runde Ende vom Circus ist nach der Sperrstunde viel zu gefährlich für uns.«
Pia warf ihm einen vernichtenden Blick zu. Doch um Petro kleinzukriegen, brauchte es mehr als das verkniffene Gesicht eines schlecht geschminkten Mädchens.
»Hast du Asinia mit jemandem reden sehen?«, fragte ich.
»Nein. So was hätte Asinia nie getan.«
»Hat jemand versucht sie anzusprechen?«
»Das hab ich doch gerade beantwortet!«
»Jemand könnte ihr nachgerufen haben. Was ja nicht heißen muss, dass sie darauf einging.«
»Nein«, sagte Pia.
»Du bist uns keine große Hilfe.« Petro beschloss, es sei an der Zeit, grob mit ihr zu werden. »Was mit ihr passiert ist, könnte genauso gut dir zugestoßen sein. Kann es immer noch.«
»Auf keinen Fall. Ich geh nicht mehr zu den Spielen.«
»Kluger Entschluss. Aber könntest du uns an einem Abend mal dorthin begleiten, wo du dich von Asinia getrennt hast, und schauen, ob du irgendjemanden wieder erkennst?«
»Ich geh da nicht mehr hin.«
»Nicht mal, um uns zu helfen, den Mörder deiner Freundin zu finden?«
»Das nützt ja doch nichts.«

»Woher willst du das wissen?«
»Ich kenn mich aus in der Welt.«
Petronius sah mich an. Wenn wir so pessimistisch wären wie dieses billige Flittchen, würden wir aufgeben. Vielleicht hätten wir nie begonnen. Vielleicht hätten wir das auch nie tun sollen – aber jetzt steckten wir mittendrin. Ohne dass er etwas sagen musste, erriet ich, dass er Pia noch mal von den Vigiles befragen lassen wollte, in der Hoffnung, dass sie sie das Fürchten lehrten. Die Zyklopenstraße, in der sie wohnte, musste sich im Ersten oder Zweiten Bezirk befinden; ich war mir nicht ganz sicher, aber die Grenze verlief nahe der Porta Metrovia am Ende der Straße – das ganze Gebiet gehörte zur Fünften Kohorte. Wenn sie noch nichts davon gehört hatten, dass Petro von Rubella suspendiert worden war, konnte er wahrscheinlich mit einer Bitte um »offizielle« Amtshilfe durchkommen.
Hier gab es für uns nichts mehr zu holen. Das Mädchen war zu verstockt.
Erst als wir gehen wollten, wurde sie weinerlich und ängstlich. »Sie haben das doch nicht ernst gemeint, als Sie sagten, Asinia sei tot?«
Petronius lehnte sich an den Türrahmen, die Daumen in den Gürtel gesteckt. »Leider stimmt es. Willst du uns noch was erzählen?«
»Ich weiß sonst nichts«, sagte Pia trotzig.
Wir gingen hinaus und schlossen die Tür leise hinter uns. Petronius Longus stieg mit festen Schritten die stinkende Treppe hinunter. Dann blieb er kurz stehen. Ich sah ihn an. Er kaute nachdenklich auf seinem Daumen.
»Die dämliche Kuh lügt«, sagte er.

XXXII

Vor Pias Mietskaserne trennten wir uns. Wie ich erwartet hatte, wollte er mit der Fünften Kohorte sprechen. Ihr Wachlokal lag direkt am Ende dieser Straße – und auch nicht weit entfernt vom Wasserspeicher am Dolabellabogen. Ich schlug vor, er solle sie bitten, abends nach Beendigung der Spiele besonders wachsam zu sein, falls unser wahnsinniger Mörder die Wasserzufuhr direkt unter ihrer Nase verunreinigte.

»Schon gut, du brauchst mir meine Reden nicht zu schreiben.«

»Nur ein paar rhetorische Punkte, Partner.«

»Du bist lästig.« Wieder sah er nachdenklich aus. Dann sagte er, sogar noch trotziger: »Pia lügt, Falco, oder ich bin der Koloss von Rhodos.«

»Du bist einfach nur ein kolossaler Holzkopf«, meinte ich grinsend, und da wir fast schon beim Wachlokal der Fünften waren, verließ ich ihn, damit er den Mythos aufrechterhalten konnte, ein Vertreter seiner eigenen Kohorte zu sein. Wenn er mit einem Privatschnüffler aufgetaucht wäre, hätte ihn das sofort als Freiberufler entlarvt.

Die Zyklopenstraße liegt nicht weit von der Straße der Ehre und Tugend entfernt, noch eine verkommene und unpassend benannte Zufluchtsstätte für Schlampen von zweifelhafter Herkunft. Was Marina mit einschloss, die verrückte Nudel und Freundin meines verstorbenen Bruders, die meine Nichte Marcia zur Welt gebracht hatte. Ich fühlte mich für Marina verantwortlich, da sie keinen Zweifel daran gelassen hatte, dass sie niemals gedachte, selbst Verantwortung zu übernehmen. Da

ich nun schon einmal in der Nähe war, zwang ich mich, sie und das Kind zu besuchen.
Vergebens. Ich hätte wissen müssen, dass es keinen Zweck hatte, während die Spiele im Gange waren. Marina war im Circus. Klar, dass sie sich die Chance, mit zweihunderttausend Männern zusammen zu sein, nicht entgehen ließ. Sie musste Marcia irgendwo abgeladen haben. Es war kaum jemand zu finden, den ich fragen konnte, und niemand wusste Bescheid. Ich hinterließ eine Nachricht, um Marina zu warnen, dass ein gefährlicher Bursche Frauen in ihrer Nachbarschaft entführte. Das würde sie völlig kalt lassen. Aber wenn sie dachte, dass ich in der Nähe auf Beobachtungsposten war, mochte es sie veranlassen, besser auf meine Nichte aufzupassen.
Marcia war jetzt fast sechs. Sie schien ein fröhliches, gut angepasstes, lebhaftes Kind zu sein. Gott sei Dank. Helena und ich befanden uns nicht in der Lage, sie retten zu können.
Ganz schön nervig. Mein Bruder Festus war im Krieg in Judäa gefallen, ohne zu wissen, dass er Marcia gezeugt hatte. Aus diversen Gründen, einigen davon edel, versuchte ich seinen Platz einzunehmen.
Der Tag war brütend heiß, aber mich überrann ein kalter Schauer. Ich hoffte, der Aquäduktmörder war nicht in Versuchung, zu einem Kinderschänder zu werden. Marcia war viel zu freundlich mit allen Leuten. Mir graute vor dem Gedanken, dass meine kleine Lieblingsnichte mit ihrem unschuldigen Lächeln durch diese Straßen hüpfte, während ein perverser Schlächter auf der Suche nach ungeschütztem weiblichem Fleisch durch dieselbe Nachbarschaft streifte.
Niemand war sicher. Als wir die erste stark verweste Hand gefunden hatten, schien uns deren anonyme Besitzerin so fern, dass Petro und ich neutral bleiben konnten. Wir würden sie nie identifizieren – und die nächste auch nicht. Jetzt kamen wir näher heran. Und damit begannen die Alpträume. Ich hatte genug über eines der Opfer erfahren, um das Gefühl zu haben, es zu kennen. Ich hatte gesehen, wie Asinias Tod ihrer Familie

und ihren Freunden zusetzte. Asinia, Frau des Caius Cicurrus, zwanzig Jahre alt, hatte einen Namen und eine Persönlichkeit. Bald würde es nur zu leicht sein, nachts schweißgebadet aufzuwachen in der Furcht, dass das nächste Opfer jemand war, der mir nahe stand.
Ich kehrte zurück zum Wachlokal der Fünften Kohorte; Petronius war bereits gegangen. Weil ich ganz in der Nähe war, wollte ich Bolanus in seiner Hütte aufsuchen, aber er war unterwegs. Ich hinterließ ihm eine Nachricht und teilte ihm mit, dass die entführten Frauen möglicherweise in seiner direkten Umgebung verschwanden und ich gern darüber mit ihm reden würde. Ich wollte wissen, ob es mögliche Zugänge zur Aqua Claudia oder einem der nahe gelegenen Wasserleitungssysteme gab.
Nachdem es mir nicht gelungen war, drei verschiedene Personen zu finden, beendete ich meine Pechsträhne mit einem alten Privatschnüfflertrick – ich ging zum Mittagessen nach Hause.

Ich sah Petronius erst spät am selben Abend wieder. Als die Schwalben im Dämmerlicht am geschäftigsten hin und her schossen, begab ich mich hinüber ins Büro, wo er gerade nach dem Abendessen abwusch. Genau wie ich war auch er zum Ausgehen angezogen. Wir trugen weiße Tuniken und Togen, um wie die üblichen Müßiggänger bei den Spielen auszusehen, hatten aber darunter Arbeitsstiefel an, die sich gut dazu eigneten, übles Gelichter in die Weichteile zu treten. Er hatte sich einen dicken Knüppel in den Gürtel unter der Toga gesteckt. Ich verließ mich auf den Dolch in meinem Stiefel.
Wir schlenderten hinunter zum Tempel von Sonne und Mond, ohne viel miteinander zu reden. Petro blieb auf den Stufen des Tempels stehen. Ich ging ein bisschen weiter und nahm mir die Straße der Drei Altäre vor. Tagsüber war es eine geschäftige Gegend, die recht offen wirkte, trotz der Nähe zum Circus Maximus. Das Tal zwischen dem Aventin und dem Palatin ist breit und flach und hat nicht viel Durchgangsverkehr, da die Leute

es nach Möglichkeit vermeiden, ganz um den Circus herumlaufen zu müssen, um an ihren Zielort zu gelangen. Es mag zwar schnell gehen in einer von schnaubenden Rössern gezogenen Quadriga unter dem anfeuernden Brüllen der Menge, aber zu Fuß ist es eine Qual.

In der Abenddämmerung verschlechterte sich die Atmosphäre. Imbissbuden, die am Mittag noch anziehender ausgesehen hatten als erwartet, wirkten wieder schäbig. Bettler – wahrscheinlich entlaufene Sklaven – kamen aus ihren Löchern gekrochen, um die herausströmende Menge zu bedrängen. Altes Graffiti trat stärker hervor an Gebäuden, die jetzt viel verfallener wirkten. Als der Circus die müden Horden ausspuckte, wurde der Lärm eine Zeit lang unerträglich; daher würde das hier nie eine bevorzugte Wohngegend werden. Leute, die sich laute Abschiedsgrüße zurufen, nachdem sie sich gut amüsiert haben, sind eine starke Belästigung für solche, die nicht gefeiert haben. Und wer will schon, dass die Besucher von Pferderennen, die zu viel Sonne abgekriegt und zu viel gegessen haben, fünfzehn Nächte hintereinander auf die Fußmatte am Hauseingang kotzen?

Die Ersten, die herauskamen, waren nur große Gruppen, die nach Hause gingen. Freunde oder Familien oder auch Arbeitskollegen auf Betriebsausflug kamen mit flotten Schritten, schubsten manchmal, wenn es zu eng wurde, und verloren sich bald. Die Trödler waren unterschiedlicher und auch lärmender. Manche waren betrunken. Wein in der Arena zu verbieten konnte sich im gesamten Imperium nicht durchsetzen, und jene, die welchen hineinschmuggelten, nahmen genug mit, um sich ordentlich voll laufen zu lassen. Auch Wetten waren verboten, aber das war ja der eigentliche Sinn des Circus. Die Gewinner feierten gern beim Tempel von Sonne und Mond, wo Petro sich aufgestellt hatte, oder auch beim nahe gelegenen Tempel des Merkur, bevor sie durch die Straßen wankten, verfolgt von hoffnungsvollen Dieben. Die Verlierer waren entweder rührselig oder aggressiv. Sie lungerten herum und suchten nach Köpfen zum Einschlagen. Schließlich, kurz bevor die Tore des Circus geschlossen wurden, kamen die hirnlosen Mädchen herausgeschlendert, die ihren Ruf ruinieren wollten, und die angeberischen Männer, deren Aufmerksamkeit sie zu erringen suchten.

Viele Mädchen waren zu zweit oder in kleinen Gruppen. Das sind sie meistens. Es gibt ihnen Selbstvertrauen, das sie meiner Erfahrung nach nicht brauchen. Früher oder später steuern sie eine Gruppe von Müßiggängern an mit dem Plan, sich jede ein Opfer auszusuchen, wobei es manchmal einen unscheinbaren Trampel gibt, deren traditionelle Rolle darin besteht, die anderen zu warnen und dann allein davonzustapfen, während sich ihre schamlosen Freundinnen ins Vergnügen stürzen.

Ich beobachtete einige der Unscheinbaren und ging ihnen sogar in diskretem Abstand nach, um zu sehen, ob sie von irgendeinem Finsterling verfolgt wurden. Doch ich gab bald wieder auf. Ich wollte sie nicht erschrecken, aber noch schlimmer wäre gewesen, wenn ein Bekannter mich bei der Verfolgung einer unattraktiven Frau gesehen hätte; das hätte meinen guten Ruf ruiniert.

Mich interessierte die Transportsituation. Am Anfang, als alle herausströmten, waren jede Menge Mietstühle da, aber die Besonnenen, die sich gleich nach einem Transportmittel für den Heimweg umsahen, schnappten sie rasch weg. Nur ein paar Stühle kamen für eine zweite Fuhre zurück, und inzwischen waren die immer noch Wartenden so verzweifelt, dass auch sie schnell wieder verschwanden. Es gab ein paar private Transportmittel; sie hatten natürlich die Anweisung, auf ihre Besitzer zu warten, und waren daher theoretisch nicht verfügbar – obwohl die jeweiligen Sklaven genügend Anfragen bekamen, sich schwarz was dazu zu verdienen, was ich auch einige annehmen sah.

Der Mode entsprechend gab es entweder offene Tragestühle mit zwei Trägern oder schulterhohe Sänften mit vier, manchmal sogar acht kräftigen Männern an den Tragestangen. Kutschen

waren selten. In der Stadt waren sie nicht wendig genug. Fahrzeuge waren tagsüber in Rom verboten, abgesehen von den Karren der Bauarbeiter, die öffentliche Monumente errichteten, und den zeremoniellen Carpenta der Vestalinnen.
Soweit ich wusste, hatte keine Vestalin seit Menschengedenken einem umherirrenden Mädchen angeboten, es mitzunehmen. Eine Frau konnte im Rinnstein ihr Kind zur Welt bringen, und die Vestalinnen würden sie hochmütig ignorieren. Da sie kein Geld hatte, war Asinia, nachdem sie Pia in jener verhängnisvollen Nacht verlassen hatte, mit allergrößter Wahrscheinlichkeit zu Fuß gegangen. Das hier war keine Gegend für eine einsame Frau. Ich stellte mir vor, wie es gewesen sein musste. Ein dunkelhäutiges Mädchen, sehr hübsch, aber sich dessen gar nicht bewusst, etwas nervös vielleicht, zieht sich scheu die Stola fester um die Schultern und hält den Blick zu Boden gesenkt. Selbst wenn sie schnell gegangen war, hätte man ihr die Verletzlichkeit sofort angesehen. Der schnelle Gang mochte sogar Aufmerksamkeit erregt haben. Vielleicht hatte ihr Verfolger bereits ein Auge auf Pia geworfen gehabt, aber es war ihm jemand zuvorgekommen. Als dann Asinia sittsam allein losgegangen war, um so vieles ansehnlicher als die Freundin, die sie so übereilt im Stich gelassen hatte, hatte er sein Glück gar nicht fassen können.

Ringsherum um die Arena widmeten sich die Nutten an diesem Abend mit Gusto ihrem Geschäft. Die Bordsteinschwalben warfen mir bösartige Blicke zu, aber nachdem sie kapiert hatten, dass ich nichts von ihnen wollte, ließen sie mich in Ruhe. Sie hatten zu viel zu tun. Diese langen heißen Nächte bedeuteten, dass man unter dem Schatten des Circus gute Denarii scheffeln konnte. Mich anzupöbeln wäre eine schlechte Reklame für sie – und, wichtiger noch, eine Verschwendung kostbarer Verdienstzeit.
Mir fiel bei den anderen jungen und auch bei den nicht mehr ganz so jungen Frauen auf, dass viele bedrohlicher wirkten als

die Horden junger Männer. Eine Reihe wankender, fluchender Maiden mit bleiweiß gefärbten Augenlidern, die ihre gelben Schirmchen schwenkten und auf Rabatz aus waren, beängstigte sogar mich. Bei ihrem Herannahen würde jeder sexuell Unzulängliche, der Frauen schwierig fand, hinter die nächste Säule springen und sich in die Hosen machen.
Ich sah niemanden, auf den diese Beschreibung zutraf. Aber hier unten in der Straße der Drei Altäre wurde mir ganz klar, dass sich so jemand von einer Gegend wie dieser angezogen fühlen musste. Ich konnte mir vorstellen, wie er verhöhnt und beleidigt wurde. Und ich konnte verstehen, dass sein brütender Geist wütende Rachepläne schmiedete.

XXXIII

Petronius und ich hatten geplant, jeden Abend der restlichen Ludi Romani vor dem Circus Maximus zu verbringen. Gut möglich, dass der Mörder die ganze Zeit in unserer Nähe war. Er hätte uns im Vorübergehen streifen können, und wir hätten nicht gewusst, dass er es war.
Wir mussten mehr herausfinden. Uns stand zu wenig Information zur Verfügung. Allmählich sah es so aus, dass wir nur durch den Mord an einer weiteren Frau neue Hinweise aufdecken konnten. Selbstverständlich wünschten wir das niemandem. Es blieb unausgesprochen, aber Petro und ich wollten, dass Asinia sein letztes Opfer blieb.

Am Tag nachdem wir unsere Überwachung begonnen hatten, lagen die jungen Camilli alle mit den Nachwirkungen eines zu kurz gebratenen Hähnchens darnieder. Da sie nicht in den Circus gehen konnten, schickten sie einen Sklaven, um Helena und mir die Karten anzubieten. Irgendwie gelang es ihr noch auf den letzten Drücker, den jungen Gaius zu überreden, ein paar Stunden auf das Baby aufzupassen. Es war eine willkommene Gelegenheit, allein etwas zu unternehmen. Nun ja, allein in einer Menge von einer viertel Million lärmender Mitbürger.
Helena Justina war nicht der Welt größter Fan von Wagenrennen. Ich war glücklich, weil sich die Blauen an dem Tag hervorragend schlugen. Während ich auf meinem Sitz herumrutschte, die Fahrer wegen ihrer Unfähigkeit anbrüllte oder

vor Begeisterung über ihren Erfolg schrie und dabei in spannenden Momenten zu viele Feigen in mich hineinstopfte, saß Helena geduldig daneben und ließ ihre Gedanken schweifen. Als ich jubelnd auf die Füße sprang, hielt sie das Kissen fest, damit es parat lag, wenn ich auf die Bank zurückplumpste. Nettes Mädchen. Man konnte sie überallhin mitnehmen. Sie wusste, wie sie einen spüren lassen konnte, dass nur ein Idiot sich für so was zu begeistern vermochte, aber sie beschwerte sich nicht offen.

Während ich mich entspannte, machte sie sich daran, den Fall für mich zu lösen. Helena begriff, dass wir nach jemandem suchten, über den wir nur vage Vermutungen hatten. Als es etwas ruhiger wurde, präsentierte sie mir ihre Schlussfolgerungen.

»Die Art der Verbrechen, insbesondere die Verstümmelungen, von denen Lollius dir erzählt hat, deuten darauf hin, dass ihr nach einem Mann sucht.

Der Mörder könnte jeder sein, Senator oder Sklave. Das Einzige, wovon ihr mit Sicherheit ausgehen könnt, ist, dass er nicht verdächtig aussieht. Wenn er das täte, wäre keine der ermordeten Frauen je mit ihm gegangen.

Ihr wisst etwas über sein Alter – diese Morde reichen Jahre zurück. Wenn er nicht schon in der Wiege damit angefangen hat, muss er in mittlerem Alter oder älter sein.

Petro und du, ihr denkt beide, dass er ein Einzelgänger ist. Wenn er mit jemandem zusammenarbeiten würde, hätte der eine oder der andere in all dieser Zeit entweder einen Fehler gemacht oder etwas ausgeplaudert. Das liegt in der menschlichen Natur. Je mehr Leute damit befasst sind, desto größer ist die Möglichkeit, dass sich einer betrinkt, von seiner Frau ausspioniert wird oder aus einem völlig anderen Grund die Aufmerksamkeit der Vigiles erregt. Gemeinsames Wissen lässt sich nicht so leicht unter Verschluss halten. Also geht ihr davon aus, dass es ein Einzelner ist.

Ihr glaubt, dass er Schwierigkeiten hat, soziale Kontakte herzu-

stellen. Die Art der Verbrechen lässt darauf schließen, dass das Motiv sexuelle Befriedigung und Erregung durch Rache ist.
Wenn Bolanus mit seiner Vermutung Recht hat, dass der Mörder außerhalb Roms lebt – was du nach wie vor in Betracht ziehst –, dann muss er über ein Transportmittel verfügen. Demnach werden Frauen wie Asinia in der Nähe des Circus entführt und woanders hingebracht. Ob sie dann noch leben oder bereits tot sind, wissen wir nicht.
Er kann mit einem Messer oder Dolch umgehen. Er muss gut in Form sein. Menschen zu überwältigen, sie zu zerstückeln und ihre Leichen zu schleppen erfordert körperliche Kraft.
Er muss irgendwo leben, wo er nicht beobachtet wird. Oder er hat zumindest Zugang zu einem geheimen Versteck. Dort kann er in Ruhe töten und was er sonst noch macht. Er kann die Leichen verwahren, während er sich ihrer Stück für Stück entledigt. Er kann sich und seine blutbefleckte Kleidung waschen, ohne dass er von jemandem bemerkt wird.
Das *klingt* alles recht detailliert«, sinnierte Helena, während sie das Bild für mich vollendete. »Aber es reicht nicht, Marcus. Am dringendsten müsst ihr wissen, wie er aussieht. Es muss doch Frauen geben, die ihn beschreiben können, auch wenn ihnen offensichtlich nicht klar ist, wer er ist. Er kann nicht jedes Mal Erfolg haben. Er muss Frauen angesprochen haben, die ihn nicht beachtet oder ihm eine Abfuhr erteilt haben. Vielleicht gibt es sogar ein Mädchen, das ihm entwischt ist, als er es entführen wollte.«
Ich schüttelte den Kopf. »Es hat sich niemand gemeldet. Nicht einmal auf Petros berühmten Anschlag am Forum hin.«
»Zu verängstigt?«
»Eher schon, weil ihnen gar nicht aufgegangen ist, dass das Ekel, dem sie entronnen sind, der Aquäduktmörder sein könnte.«
»Sie würden ihn melden«, entschied Helena. »Männer, die einen Straßenräuber abwehren, schnauben nur und sagen: ›Ha! Soll er doch andere in Angst und Schrecken versetzen!‹, aber

Frauen machen sich Sorgen darüber, ihre Geschlechtsgenossinnen einer solchen Gefahr auszusetzen.«
»Frauen haben eine Menge Einbildungskraft«, sagte ich düster.
Aus irgendeinem Grund lächelte sie.
Ich merkte, dass ich das Publikum in meiner Nähe beobachtete. Ich entdeckte keinen Mörder unter ihnen, aber meinen alten Zeltkameraden Petronius Longus. Er saß nur ein paar Reihen von uns entfernt und sprach ernsthaft mit seiner Begleiterin über das nächste Rennen. Wie ich ihn kannte, erklärte er ihr, dass die Grünen eine Katastrophe waren, die einen Streitwagen nicht geradeaus lenken konnten, selbst wenn sie das ganze Marsfeld dafür hätten, wohingegen die Blauen in ihrer stilvollen, stromlinienförmigen Aufmachung mit allen anderen den Boden aufwischen würden.
Ich stieß Helena an, und wir lächelten beide. Aber wir waren auch traurig. Was wir da beobachteten, würde vermutlich ein immer selteneres Ereignis werden: Petronius, der die Gesellschaft seiner siebenjährigen Tochter genoss.
Petronilla hörte ihm aufmerksam zu. Seit ich sie das letzte Mal gesehen hatte, war das Babyhafte an ihr verschwunden, und sie war zu einem richtigen kleinen Mädchen geworden. Sie wirkte ruhiger, als ich sie in Erinnerung hatte, was ich bedenklich fand. Sie hatte braunes Haar, das ordentlich zu einem Knoten aufgesteckt war, und ernste, fast traurige braune Augen.
Sie aßen beide Pfannkuchen. Petronilla hatte ihren, ohne zu kleckern, verzehrt, während ihr Vater ein klebriges Kinn und Honigsoße auf seiner Tunika hatte. Petronilla bemerkte es und putzte ihn mit ihrem Taschentuch ab.
Petro ließ es wie ein Held über sich ergehen. Als sich seine Tochter zurücklehnte, legte er den Arm um sie, und sie schmiegte sich an ihn. Er schaute mit starrem Blick in die Arena; ich war mir nicht mehr sicher, ob er das Rennen beobachtete.

XXXIV

Am nächsten Tag berief uns Frontinus zu einer Konferenz ein. Genau die Art von Förmlichkeit, die ich hasse. Petronius war in seinem Element.

»Es tut mir Leid, dass ich Sie unter Druck setzen muss, aber man bedrängt mich, Resultate vorzulegen.« Der Konsul war von höherer Stelle angeknufft worden, und er gab es an uns weiter. »Die Spiele laufen jetzt seit acht Tagen …«

»Wir haben bereits ein viel besseres Bild der Geschehnisse als an dem Tag, an dem Sie uns eingestellt haben«, versicherte ich ihm. Es schien unklug, ihn darauf hinzuweisen, dass seine Ermittlungen erst vor vier Tagen begonnen hatten. Man muss immer nach vorne schauen, sonst klingt man, als würde man Ausflüchte machen.

»Ich nehme an, dass Sie Ihre Klienten mit solchem Gerede normalerweise in Sicherheit wiegen.« Frontinus schien zu spaßen. Aber wir verließen uns lieber nicht darauf.

»Durch die Identifizierung von Asinia hatten wir einen guten Start«, verkündete Petro. Weiteres Einlullen. Frontinus blieb unbeeindruckt.

»Man hat mich angewiesen, den Fall bis zum Ende der Spiele zu lösen.«

Petronius und ich wechselten einen Blick. Wir waren beide an unmögliche Termine gewöhnt. Manchmal hielten wir sie ein. Aber wir würden nie zugeben, dass das möglich war.

»Wir haben klare Beweise, dass der Mörder seine Verbrechen während der Spiele verübt«, erwiderte Petronius ruhig. »Er hat sich Asinia am ersten Tag der Ludi Romani geschnappt. Doch ich wäre vorsichtig mit der Vermutung, dass er immer noch hier ist. Vielleicht hat er Rom nur für die Eröffnungsfeierlichkeiten besucht. Hat sich das Mädchen gegriffen, seinen Spaß gehabt und ist wieder verschwunden. Vielleicht ist seine Blutlust abgeflaut, nachdem er Asinia zerstückelt hat. Außerdem besteht die Möglichkeit, dass er die Leichen außerhalb Roms zerstückelt und sich ihrer entledigt.«

Das war stark. Schließlich war Petronius derjenige gewesen, der darauf bestand, dass wir diese Möglichkeit aus logistischen Gründen außer Acht lassen sollten. Als ich mit Helena darüber sprach, hatte auch sie der Theorie zugeneigt, dass wir nach einem Mann suchten, der hin und her reiste, und ich hatte das Gefühl, sie würde Recht behalten.

Angesichts dessen, was ich über solche Männer gehört hatte, dachte ich bei mir: Die Leiche ist erst eine Woche alt. Er hat eine Hand abgesäbelt, aber er könnte den Rest immer noch in irgendeinem Versteck verborgen halten ... Nein, der September war ein sehr heißer Monat.

Frontinus grummelte: »Ich kann meine Ermittlung nicht bis zum Beginn der nächsten Spiele in der Luft hängen lassen. Wenn wir das tun, verlieren wir den Schwung, und die ganze Sache stagniert. Das habe ich schon oft genug erlebt. Außerdem, welche Folgen würde das haben? Dass wir dem Mann die Möglichkeit geben, ein weiteres Mädchen während der Eröffnungsfeier der Augustalia zu töten?«

»Ein zu großes Risiko«, stimmte Petro zu. Möglicherweise blieb uns keine andere Wahl.

»Das wäre der schlimmste Fall«, meinte ich und riss mich zusammen. »Aber wir haben nicht vor, bis zum Oktober auf Daunenkissen zu sitzen, nur weil der Mörder Rom verlassen haben *könnte.*«

»Wenn er das getan hat, sollten Sie ihn verfolgen«, sagte Frontinus.

»Das würden wir selbstverständlich tun, aber wir wissen nicht, wo wir nach ihm suchen sollen. Zum jetzigen Zeitpunkt sollten wir allen Hinweisen nachgehen – und davon haben wir einige.«

»Können wir die im Einzelnen durchsprechen?« Der Konsul war energisch wie immer. Er sagte zwar nicht, dass er uns für unfähig hielt, aber seine Annahme, dass Profis begierig darauf wären, ihm genau das zu liefern, was er wollte, war schon eine Belastung. Bei ihm würden wir uns zusammenreißen müssen. Seine Ansprüche waren himmelhoch.

Als Erstes tischte ich ihm Helenas Zusammenfassung dessen auf, was wir über die Persönlichkeit des Mörders wussten. Er sah erfreut aus. Die Sache war gut durchdacht. Ihm gefiel die Klarheit und Logik. Petronius nahm an, ich würde improvisieren. Durch seinen starren Blick ließ er mich wissen, dass er es vorziehen würde, einen Partner ohne einfallsreiche Redegewandtheit zu haben. Doch auch er musste zugeben, dass alles Hand und Fuß hatte. Er war nur verärgert, dass es ihm nicht selbst eingefallen war.

Dann legte auch Petro los. »Wir wissen, dass Asinia zwischen dem runden Ende des Circus Maximus, wo sie zuletzt gesehen wurde, und ihrer Wohnung verschwunden ist. Sie war in nördliche Richtung gegangen. Sie könnte in dem Gedränge um den Circus entführt worden sein oder später, als sie ruhigere Straßen erreichte. Das hängt davon ab, ob dieser Mann seine Opfer mit einem Trick zu sich lockt oder sie einfach überfällt. Falco und ich werden unsere nächtliche Überwachung fortsetzen. Solide Routine könnte zu Ergebnissen führen.«

»Solide Routine«, wiederholte Frontinus.

»Genau«, sagte Petro mit fester Stimme. »Des Weiteren werde ich überprüfen, ob die Träger der Mietstühle und Sänften am Eröffnungsabend etwas gesehen haben.«

»Sie glauben, dass einer der kommerziellen Transporteure die Morde verübt?« Wir sahen, dass Frontinus sofort beschloss, sich den für diese Straßen verantwortlichen Ädilen vorzuknöpfen.

»Es ist die ideale Tarnung.« Das war eindeutig eine List von Petro. Typisch für die Vigiles – sie denken sich eine einzige Hypothese aus und müssen sie dann beweisen, wohingegen Privatermittler mit mehreren Ideen gleichzeitig jonglieren können. Wenn das Leben die Vigiles mit etwas überrascht, das von ihrem Szenario abweicht, sind sie verloren. Doch bei Petro klang die Theorie glaubwürdig. »Die Stuhlträger können Frauen ansprechen, ohne im Mindesten verdächtig zu wirken – und hinterher verfügen sie über die geeigneten Transportmittel, die Leichen fortzuschaffen.«

»Sie pflegen aber paarweise zusammenzuarbeiten«, meinte ich zurückhaltend.

Petro fuhr ungerührt fort: »Vielleicht finden wir am Ende heraus, dass zwei von ihnen nicht nur als Träger arbeiten. Julius Frontinus, ich führe meine eigenen Ermittlungen durch, aber es gibt sehr viele Träger. Es wäre hilfreich, den Präfekten der Vigiles zu bitten, eine offizielle Befragung anzuordnen.«

»Gewiss.« Frontinus machte sich eine rasche Notiz auf seiner Wachstafel.

»Er sollte die Fünfte und die Sechste Kohorte einsetzen, damit wir beide Seiten des Circus überwachen können. Der Mörder mag sich an eine Lieblingsroute halten, aber darauf können wir uns nicht verlassen. Die Vigiles sollten auch Befragungen unter den Nachtfaltern durchführen.«

»Den was?«

»Den Prostituierten.«

»Ah so.«

»Wenn dieser Mann regelmäßig Frauen anspricht, müsste ihm einer der Falter, die um den Circus flattern, begegnet sein.«

»Ja, natürlich.«

»Gut möglich, dass er die Käuflichen hasst und ehrbare Frauen vorzieht, weil sie sauberer sind oder nicht so schnell fliehen, wenn es Ärger gibt. Aber wenn er sich dort oft rumtreibt, dann könnten die Schönen der Nacht wissen, dass es ihn gibt.«

Jetzt war ich mit Vorschlägen dran. Wie Petro verhielt auch ich mich lammfromm. »Ich würde mich gern näher mit der Wasserversorgung beschäftigen. Bolanus, der Ingenieurassistent, der hier war, hat ein paar gute Ideen. Er ist bereit, auch die Aquädukte auf dem Land zu überprüfen, falls unser Mann kein Stadtkind ist. Das ist ein weiterer Grund, warum wir nicht selbst schnurstracks aufs Land eilen. Bolanus könnte etwas Wichtiges finden.«

»Verfolgen Sie die Sache mit ihm«, befahl Frontinus. »Ich werde den Kurator instruieren, dass Bolanus uns zur Verfügung zu stehen hat.«

»Und was ist mit dem großartigen Statius?«, fragte Petro boshaft.

Frontinus schaute über den Rand seiner Notiztafel. »Ich denke, ich werde anführen, dass wir Bolanus angefordert haben, um seinen Vorgesetzten nicht von seiner viel wichtigeren Verwaltungsarbeit abzuhalten. Was noch?«

»Setzen Sie sich mit dem Präfekten der Vigiles in Verbindung ...«

Er nickte, obwohl er zu merken schien, dass wir ihm all die langweiligen Aufgaben übertrugen, während wir uns aus dem Staub machten. Trotzdem waren wir davon überzeugt, dass er beides erledigen würde. Er würde es noch am selben Morgen tun und dann den Kurator und den Präfekten wegen der Ergebnisse bedrängen. Es hatte ihm auch nichts ausgemacht, dass wir ihm sagten, was er tun sollte. Er ließ sich genauso herumschubsen, wie er uns herumschubste. Für einen Mann seines Ranges war das sehr ungewöhnlich.

Wir hatten gehofft, dass die Ermittlungen nun vorankommen würden. Die neuen, mit Asinia in Zusammenhang stehenden Beweise schienen uns Auftrieb zu geben. Doch das war nur vorübergehend. Nach der Konferenz mit Frontinus waren wir uns bereits darüber im Klaren, dass wir blufften, und nach den nächsten paar Tagen machte sich Niedergeschlagenheit in uns breit.

Petronius lief sich die Hacken ab bei der Befragung der Träger, was langweilig genug war, und dem Versuch, die Bordsteinschwalben auszuhorchen, womit er sich definitiv in Gefahr brachte. Er erfuhr äußerst wenig, sowohl von den einen wie auch den anderen. Mir gelang es derweilen endlich, Kontakt zu Bolanus aufzunehmen, der jetzt ständig unterwegs zu sein schien. Als ich ihn erwischte, wirkte er seltsam ernüchtert. Er sagte, er habe sämtliche Castelli und andere Teile der Aquädukte draußen in der Campania durchsuchen lassen, bisher erfolglos. Ich befürchtete, er sei angewiesen worden, die Ermittlungen zu behindern. Bereit, das volle Gewicht des Konsuls gegenüber seinen Vorgesetzten einzubringen, fragte ich ihn geradeheraus danach, aber Bolanus stritt es ab. Ich musste es dabei belassen.

Wir waren an einem Tiefpunkt angelangt, einem, den sowohl Petro als auch ich erkannten. Nur mit etwas Glück würden wir noch weiterkommen. Die Ludi Romani gingen ihrem Ende zu. Die verdammten Grünen würden die Blauen im Gesamtergebnis der Wagenrennen schlagen. Mehrere preisgekrönte Gladiatoren waren unerwartet besiegt worden und in den Hades eingegangen, womit sie den Frauen die Herzen gebrochen und ihre Trainer Bankrott gemacht hatten. Die Theateraufführungen waren so grässlich wie immer, und wie immer wagte niemand außer mir, das zu äußern.

Und der Fall entglitt uns.

XXXV

Wir würden die Ermittlungen nicht bis zum Ende der Ludi Romani abschließen können.
Ich erwartete, dass Julius Frontinus uns auszahlen würde. Stattdessen sah er ein, dass wir ohne weitere Hinweise festsaßen. Er kürzte unseren Vorschuss. Er redete uns ins Gewissen. Ohne vor den Kaiser mit einer Lösung zu treten, konnte auch er keinen Ruhm ernten, also meinte er wohl, uns zu brauchen.
Unser einziger Fortschritt bestand darin, dass Petros Nachforschungen ein paar Namen von Frauen zu Tage förderten, die als vermisst galten. Dabei handelte es sich meist um Prostituierte. Andere aus diesem Gewerbe nannten sie uns, und als wir ihnen vorwarfen, es nicht den Vigiles gemeldet zu haben, behaupteten fast alle, sie hätten das getan. (Einige hatten Kinder zu versorgen; bei anderen hatten ihre Zuhälter gemerkt, dass ihnen ein Teil ihres Lebensunterhalts abhanden gekommen war.) Niemand hatte je eine Verbindung zwischen den Vorfällen hergestellt. Um ehrlich zu sein, hatte sich keiner sonderlich darum gekümmert. Es war schwierig, verlässliche Angaben dieser alten Fälle zusammenzustellen, aber Petro und ich waren beide der Ansicht, dass die Anzahl in letzter Zeit zugenommen hatte.
»Er wird dreister«, sagte Petro. »Das übliche Muster. Er trotzt jeder Entdeckung. Er weiß, dass er damit durchkommt. Er ist süchtig, braucht in zunehmendem Maße die Erregung.«
»Er hält sich für unverletzbar?«
»Ja. Aber da irrt er sich.«

»Ach? Und wenn wir den maßgeblichen Hinweis zu seiner Identität nicht finden?«

»Daran darfst du noch nicht mal denken, Falco.«

Es war unmöglich, die zwei zuerst gefundenen Hände mit einer der vermissten Frauen in Zusammenhang zu bringen. Um unsere Bereitschaft zur Zusammenarbeit unter Beweis zu stellen, machten wir regelmäßig Kopien unserer Listen der Opfer für Anacrites, falls er eine Verbindung mit den Berichten an den Kurator herstellen konnte. Er reagierte nie darauf. So wie ich ihn kannte, las er nichts von dem, was wir ihm schickten.

Wir hatten gehofft, dass wir durch die alten Fälle mehr Informationen bekämen. Es war hoffnungslos. Die Entführungen waren zu lange her. Die Daten waren vage. Die Ethik ihres Gewerbes hielt die Freundinnen der Frauen davon ab, uns zu helfen. Ein Mann, der sich an eine Hure heranmachte, rief bei anderen kaum Misstrauen hervor. Die Frauen waren offenbar alle ohne Zeugen von der Straße verschwunden.

Wenigstens konnten wir dem Konsul berichten, dass wir ein bisschen weitergekommen waren. Petronius schlug bei unserem nächsten Treffen Frontinus vor, am letzten Abend der Spiele die Vigiles als Wachen um Hilfe zu bitten. Er wollte die ganze Umgebung des Circus mit Zivilstreifen absichern, die speziell die Prostituierten im Auge behielten.

»Der Mörder beschränkt seine Aufmerksamkeit nicht auf Prostituierte«, wies Frontinus Petro hin. »Asinia war eine ehrbare Frau.«

»Ja, schon. Es ist möglich, dass Asinia ein Versehen war. Sie war allein, spät am Abend, also hat er vielleicht die falschen Schlüsse gezogen. Die andere Möglichkeit wäre, dass er sein Interesse ausgeweitet hat. Aber die Nachtfalter, die in den Kolonnaden arbeiten, sind immer noch die ungeschütztesten.«

»Wie viele registrierte Prostituierte gibt es in Rom?«, fragte der Konsul, wie immer ganz heiß auf Zahlen.

»Zweiunddreißigtausend bei der letzten Zählung.« Petronius sagte das in seiner üblichen ruhigen Art und überließ es Fronti-

nus, sich auszumalen, wie unmöglich es war, sie alle schützen zu wollen.
»Und was ist unternommen worden, um herauszufinden, ob auch andere ehrbare Frauen entführt worden sind?«
»Mein ehemaliger Stellvertreter Martinus ist inzwischen Untersuchungsbeamter bei der Sechsten Kohorte. Er hat sich die ungelösten Fälle von Vermissten vorgenommen und führt erneut Befragungen bei deren Familien durch. Er glaubt, dass ein oder zwei dem Aquäduktmörder zum Opfer gefallen sein könnten, hat aber bisher noch nichts Definitives in der Hand.«
»Hätte das nicht längst von den Vigiles entdeckt werden müssen?«
Petronius zuckte mit den Schultern. »Vielleicht. Aber Martinus können Sie das nicht zum Vorwurf machen, denn der war zu der Zeit bei mir auf dem Aventin. Verschiedene Beamte haben die Berichte aufgenommen, und das über einen längeren Zeitraum. Außerdem, wenn eine Frau während der Festtage verschwindet, nehmen wir zunächst einmal an, dass sie mit einem Liebhaber durchgebrannt ist. In ein oder zwei Fällen hat Martinus auch genau das herausgefunden; die Frauen leben jetzt definitiv mit ihrem Freund zusammen. Eine ist sogar zu ihrem Ehemann zurückgekehrt, weil sie sich mit ihrem Freund zerstritten hat.«
»Wenigstens kann Martinus die Fälle jetzt abschließen«, sagte ich.

Meine eigenen Ermittlungen befassten sich nach wie vor mit der Wasserversorgung.
Bolanus hatte meine ewige Nachbohrerei bald satt. Für ihn stand fest, dass es keinen leicht erreichbaren Zugang zu den Aquädukten in Rom selbst gab. Die Leitungen, die nicht unterirdisch verliefen, wurden über riesige, hundert Fuß hohe Bogenbrücken durch die Campania geführt. Auch nach Erreichen der Stadt blieben sie hoch, um die Straßen zu überqueren und die Wasserspeicher zu füllen.

Bolanus hatte Arbeiter gefragt, denen er traute, ob unser Mann vielleicht ein Angestellter der Wasserbehörde war und auf diese Weise Zugang erhalten hatte. Falls jemand Zweifel an einem seiner Mitsklaven hatte, wäre das Bolanus sicherlich zu Ohren gekommen. Bei der Wasserbehörde wurde Korruption in großem Stil betrieben, das war allgemein bekannt. Die Bereitschaft der Beamten, Bestechungen anzunehmen, war legendär, ebenso wie ihre Widersetzlichkeit, wenn die Bestechungsgelder nicht flossen. Aber perverse Morde waren ein besonderes Verbrechen. Jeder, der einen ernsthaften Verdacht gegen einen Kollegen hegen würde, hätte ihn gemeldet.

Julius Frontinus begann Interesse an Bolanus zu zeigen. Er war fasziniert von dem System und zeichnete einen eigenen Lageplan. Eines Tages nahm Bolanus uns beide mit zur Kreuzung der Aqua Claudia und Aqua Marcia, um seine Theorie zu demonstrieren, dass abgetrennte Gliedmaßen zunächst in den einen Kanal gelangten und erst später in einen anderen geschwemmt wurden, um uns über die ursprüngliche Quelle zu verwirren.

Bolanus brachte uns zu einer Abzweigung der Marcia. Der Kanal war übermannshoch, hatte eine flache Abdeckung und war mit glattem, wasserundurchlässigem Zement ausgekleidet.

»Kalk und Sand oder Kalk und Ziegelsplitter«, erklärte uns Bolanus, als wir durch einen Wartungsschacht hinunterkletterten. »Vorsicht, Konsul. Wird in Schichten aufgetragen. Braucht drei Monate, bis es sich gesetzt hat. Die letzte Schicht wird spiegelglatt poliert.«

»Ziemlich großer Aufwand«, bemerkte ich. »Warum gibt die Wasserbehörde sich solche Mühe?«

»Eine glatte Oberfläche verhindert die Bildung von Ablagerungen. Außerdem unterstützt es den Wasserfluss, wenn man Reibung vermeidet.«

»Würde ein Fremdkörper, der hier entlangwirbelt, stark beschädigt werden?«, fragte Frontinus.

»Darüber haben Falco und ich schon gesprochen. Es gibt bestimmt einigen Abrieb, aber angesichts dieser glatten Wände würde ich den schlechten Zustand der abgetrennten Hände mehr auf die Verwesung zurückführen. Ein tiefer Sturz könnte sie jedoch stark demolieren. Sollte ein Fremdkörper hier ankommen, wenn wir gerade das Wasser umleiten, würde wohl nicht viel davon übrig bleiben.«

Wir waren an der Stelle angelangt, die er uns zeigen wollte. Die Aqua Claudia kreuzte direkt über uns die Marcia – kein erfreulicher Gedanke für jemanden mit Platzangst. Bolanus sagte uns, es gäbe einen Schacht in der Seite des Claudia-Kanals über uns, der durch ein Schleusentor reguliert würde. Er zeigte uns den quadratischen Schacht. Frontinus und ich sahen gehorsam in die Düsternis hinauf. Wir hatten zwar Lampen dabei, vermochten aber in dem engen, dunklen Schornstein kaum etwas zu erkennen.

»Wie Sie sehen können, ist der Wasserfluss in der Marcia momentan sehr gering. Wir müssen ihn rasch auffüllen, da die Marcia das Kapitol versorgt. Im Idealfall sollte der Kanal mindestens zu einem Drittel gefüllt sein …«

Es war natürlich eine abgekartete Sache. Während wir höflich zuhörten, war jemand instruiert worden, das Schleusentor zu öffnen. Wir hörten über uns ein schwaches Quietschen. Dann wurden ohne Vorwarnung große Wassermengen aus der Aqua Claudia freigelassen und stürzten direkt durch den Schacht in der Decke der Marcia hinunter. Es floss auf uns zu, fiel über dreißig Fuß hinunter und klatschte unten mit gewaltigem Lärm auf. Das Wasser der Marcia schoss mit wilder Kraft voran, und der Wasserspiegel hob sich in alarmierender Schnelligkeit. Wellen rasten durch den Tunnel. Sprühwasser durchnässte uns, und über dem brüllenden Tosen konnte man sein eigenes Wort nicht mehr verstehen.

Wir waren nicht in Gefahr, standen außer Reichweite auf einem Vorsprung. Bolanus hielt Frontinus fest, falls ihn der Schreck zum Stolpern bringen sollte. Ich wankte nicht, da mir solche Spaßvögel schon früher begegnet waren, aber ich spürte

meine Knie zittern. Das tosende Wasser bot einen phantastischen Anblick.
Bolanus sagte etwas, das sich wie »Heute Morgen noch in den Caerulischen Quellen!«, anhörte, obwohl es zwecklos war, auch nur sprechen zu wollen.
Wie Bolanus erklärt hatte, würde jeder Fremdkörper aus der Aqua Claudia, der in dieser Kaskade herunterstürzte, vermutlich pulverisiert werden. Aber er konnte auch auf der Strömung der aufgefüllten Aqua Marcia dahinhüpfen und schließlich im Wasserspeicher gefunden werden, wie die zweite Hand, die der Staatssklave Cordus auf Petros Forumsanzeige hin zu uns gebracht hatte.
Frontinus war begeistert von unserem Ausflug. Ich hätte ihn, ehrlich gesagt, auch nicht missen wollen. Wir erfuhren nichts wirklich Wichtiges, also war es genau genommen ein verschwendeter Tag. Aber in Rom schien es auch wenig zu entdecken zu geben.
»Lassen Sie es mich wissen, wenn Sie draußen auf dem Land eine Führung durch Tibur wollen!«, bot Bolanus mit einem Grinsen an, als wir gingen.
Ich mag Männer, die an einer Theorie festhalten.

Es hatte keine weiteren scheußlichen Entdeckungen mehr gegeben. Viele Menschen badeten jetzt wieder, tranken Wasser und kochten damit, ohne sich Gedanken um die Konsequenzen zu machen.
Obwohl die Abwesenheit abgetrennter Gliedmaßen in den Aquädukten in vieler Hinsicht eine Erleichterung war, bedeutete es auch, dass ein Mann namens Caius Cicurrus sich nach wie vor mit der Ungewissheit herumquälen musste. Kurz vor Ende der Spiele besuchte ich ihn. Ich nahm Helena mit; vielleicht empfand er die Anwesenheit einer Frau als tröstlich. Außerdem wollte ich wissen, was sie von ihm hielt. Wenn eine Frau ermordet wird, ist der Ehemann automatisch der Hauptverdächtige. Auch wenn es zuvor schon viele gleichartige To-

desfälle gegeben hat, sollte man bedenken, dass sie jemand möglicherweise absichtlich kopiert.
Wir gingen gegen Mittag zu Cicurrus, falls er seine Kerzenmacherei wieder in Betrieb hatte. Wir fanden ihn zu Hause, und es sah so aus, als würde er die meiste Zeit dort verbringen und den Laden geschlossen lassen. Dieselbe Sklavin wie beim ersten Besuch ließ uns ein.
»Es tut mir Leid, Cicurrus, ich kann Ihnen nicht viel Neues sagen. Dieser Besuch dient nur dazu, Ihnen zu versichern, dass wir nichts unversucht lassen werden und weiterermitteln, bis wir etwas finden. Aber ich kann nicht behaupten, dass wir schon viel erreicht haben.«
Er hörte schweigend zu, wirkte immer noch abwesend. Als ich ihn fragte, ob er irgendwas wissen wolle oder ob Frontinus etwas für ihn tun könne, schüttelte er den Kopf. Plötzliche Todesfälle rufen für gewöhnlich Wut und Anschuldigungen hervor; das würde noch kommen. Zu irgendeinem unpassenden Zeitpunkt, wenn er zu viel zu tun hatte, würde der arme Caius sich endlos fragen: Warum sie? Warum hatte Asinia in jener Nacht ausgerechnet diesen Weg eingeschlagen? Warum hatte Pia sie allein gelassen? Warum Asinia und nicht Pia, die so offen mit der Gefahr flirtete? Warum war er, Cicurrus, in der Woche aufs Land gefahren? Warum war Asinia so schön gewesen? Warum hassten ihn die Götter?
Doch so weit war es noch nicht. Bisher war ihm kein formelles Ende des Alptraums gestattet worden. Er war zwischen dem Wissen und Nichtwissen der genauen, entsetzlichen Einzelheiten des Schicksals seiner jungen Frau gefangen.
»Wir beobachten den Circus Maximus nach wie vor jeden Abend«, sagte ich. »Am letzten Abend der Spiele wird es eine umfassende Überwachung geben ...«
»Sie war als Frau vollkommen«, unterbrach er mich leise. »Ich kann es nicht fassen, dass sie von mir gegangen ist.«
Er wollte nicht hören, was wir unternahmen. Alles, was der Mann brauchte, war die Leiche seiner Frau, damit er sie be-

statten und um sie trauern konnte. Ich vermochte ihm nicht zu helfen.

Nachdem wir sein Haus verlassen hatten, blieb Helena erst einmal stumm. Dann kam sie zu einer Entscheidung. »Er hat nichts damit zu tun. Wenn er sie getötet hätte, würde er mehr und dramatischer gegen den angeblichen Mörder wettern. Er würde Drohungen ausstoßen oder übertrieben hohe Belohnungen aussetzen. Wenn er Asinia als die perfekte Frau preist, würde sein Protest lauter sein und länger andauern. Aber er sitzt nur da und hofft, dass seine Besucher ihn möglichst bald allein lassen. Er steht immer noch unter Schock, Marcus.« Ich dachte, sie sei fertig, aber dann murmelte Helena: »Hast du die Bergkristallkette gesehen, die die Sklavin trug? Ich denke, die hat vorher seiner Frau gehört.«

Ich war schockiert. »Hat sie die Kette gestohlen?«

»Nein, sie trug sie ganz offen.«

Das schockierte mich noch mehr. »Willst du damit sagen, dass Cicurrus doch einen Grund hatte, Asinia um die Ecke zu bringen?«

»Nein.« Helena schüttelte den Kopf und lächelte mich sanftmütig an. »Es hat ihm eindeutig das Herz gebrochen. Ich will damit nur sagen, dass er ein typischer Mann ist.«

XXXVI

Während die Tage vergingen und die Hinweise schwanden, bereiteten wir uns auf eine letzte Überwachungsnacht vor dem Circus Maximus nach dem Ende der Spiele vor. Frontinus und der Präfekt der Vigiles hatten es zu einer offiziellen Übung erklärt. Jeder entbehrliche Mann sollte von den Wachkohorten dazu abgestellt werden.

Ich verbrachte einen Teil des Tages zu Hause. Helena brauchte Ruhe, und ich wollte bei ihr sein. Die seit einer Woche dauernden Nachtschichten hatten mich davor bewahrt, vom Geschrei des Babys geweckt zu werden, hatten aber der bereits erschöpften Helena sämtliche Pflichten aufgebürdet. Ich wusste, dass sie demoralisiert war. Julia hatte entdeckt, dass sie unsere Nerven mit ihrem lang andauernden Gebrüll fast bis zum Zerreißen bringen konnte, doch wenn ihre Großmütter zu Besuch kamen, hörte das entzückende Kind sofort damit auf. Helena hatte es satt, finster angeschaut zu werden, als würde sie sich entweder nicht genug Mühe geben oder wäre schlicht unfähig.

Helena hatte den ganzen Nachmittag geschlafen. Ich hielt Julia mit einer Methode ruhig, die mir Petro verraten hatte. Sie bestand darin, auf der Veranda zusammen mit dem Baby und einem Becher Honigwein zu dösen, dessen Inhalt nicht zur Gänze in Papas Magen gewandert war.

Die einzige Störung war ein Besuch der Latrineneidechse Anacrites.

»Was wollen Sie? Und reden Sie leise. Wenn Sie das Baby wecken, weckt es Helena, und falls das geschieht, drehe ich Ihnen Ihren dreckigen Hals um.«

Es gab keinen Grund, ihn der Unreinlichkeit zu bezichtigen. Anacrites hatte schon immer fast geschleckt ausgesehen. Seine Kleidung war leicht stutzerhaft, sein Haarschnitt verdächtig ordentlich. Er hielt sich für einen Schönling. Das einzig wirklich Dreckige an ihm war sein Charakter.

»Wie haben Sie es geschafft, sich an einen Konsul zu hängen, Falco?«

»Durch meinen guten Ruf und untadelige Verbindungen.«

»Muss Sie eine Menge gekostet haben. Darf ich mich setzen?«

»Immer noch schwächlich? Nehmen Sie die Stufen.«

Ich hatte mir einen Korbstuhl herausgestellt, in dem ich mit ausgestreckten Beinen saß, den Arm um das schlafende Baby. Nux, die zu meinen Füßen lag, füllte den Rest der winzigen Veranda vor meiner Wohnung aus. Anacrites konnte weder an mir vorbei nach drinnen gehen, um einen Hocker zu holen, noch konnte er den Schatten erreichen. Er musste sich in der glühenden Hitze auf einer staubigen Stufe niederlassen. Ich bin nicht vollkommen herzlos, versuchte nicht, einem Kranken weitere Kopfschmerzen zuzufügen, nur ihn in eine sonnengetrocknete Rosine zu verwandeln, damit er so schnell wie möglich verschwand.

Ich prostete ihm zu und trank den Becher leer. Da es nur den einen gab, blieb ihm nichts anderes übrig, als mir erwidernd zuzunicken. Selbst diese Andeutung schlug fehl.

»Ihr Damespiel mit Frontinus kommt mir in den Weg, Falco.«

»Oh, das tut mir aber Leid!«

»Sie brauchen sich nicht zu verstellen.«

»Ironie, lieber Freund.«

»Scheißdreck, Falco! Warum tun wir uns nicht zusammen?«

Ich wusste, was das bedeutete. Er hing genauso fest wie Petronius und ich. »Sie wollen sich uns anschließen, unsere sämtlichen Ideen klauen und den Ruhm dann allein einstreichen?«

»Seien Sie doch nicht so schroff.«

»Ich kenne Ihre Methoden.«
»Ich glaube nur, dass wir uns doppelte Arbeit machen.«
»Tja, dann haben wir vielleicht auch die doppelte Chance auf Erfolg.« Ich konnte ebenfalls so vernünftig klingen, dass mein Gesprächspartner sich winden musste.
Anacrites ging zu einem neuen Thema über. »Was soll denn dieser Massenauflauf, den Sie da heute Nacht veranstalten wollen?« Er hatte offenbar die Ohren gespitzt. Doch bei der Ausdünnung sämtlicher Vigiles-Kohorten zur Verstärkung unserer Truppen beim Circus konnte das selbst einem mittelmäßigen Spion nicht entgehen.
»Nur eine Antivandalismusmaßnahme, die sich Frontinus ausgedacht hat.«
»Wieso das? Er bekleidet kein Amt mehr, abgesehen von der Untersuchung über die Leichenteile in der Wasserversorgung.«
»Ach ja? Davon weiß ich nichts. Ich interessiere mich nicht für Politik – zu trübe für einen einfachen Jungen vom Aventin. Das ganze gewissenlose Zeug überlasse ich lieber Typen mit Palasterziehung.« Er wusste, dass ich unaufrichtig war und ihn dazu noch mit seinem unterlegenen gesellschaftlichen Status beleidigte. Ich hatte mir nie die Mühe gemacht, es herauszufinden, aber Anacrites war bestimmt ein ehemaliger kaiserlicher Sklave. Wie heutzutage alle Palastbeamten.
Da er so nicht weiterkam, schlug er eine andere Richtung ein. »Ihre Mutter hat sich beschwert, dass Sie nie zu Besuch kommen.«
»Sagen Sie ihr, sie soll sich einen neuen Untermieter suchen.«
»Sie möchte das Baby öfter sehen«, log er.
»Erzählen Sie mir nicht, was meine Mutter möchte.« Wenn Mama das Baby sehen wollte, tat sie genau das, was sie immer getan hatte. Sie kam zu meiner Wohnung gesegelt, betrat sie, als gehörte sie ihr, und ging uns allen auf die Nerven.
»Sie sollten sich mehr um sie kümmern«, beharrte Anacrites, der wusste, wie man Tiefschläge verteilt.

»Ach, verschwinden Sie, Anacrites.«
Er verschwand. Ich machte es dem Baby und mir wieder bequem. Nux sah mit einem Auge hoch und wedelte mit dem Schwanz.
Der Nachmittag war mir verdorben. Ich verbrachte die restlichen Stunden damit, mich zu fragen, worauf der Fiesling aus war. Ich sagte mir, er sei bloß neidisch, aber das machte es noch schlimmer. Von Anacrites beneidet zu werden bedeutete, dass ich ein Mann in Gefahr war.

Am frühen Abend kam Petro zu einer leichten Mahlzeit in unsere Wohnung herüber. Ich zwinkerte ihm zu und dankte ihm für den Kinderberuhigungstipp, dann stocherten wir in einer bei Cassius gekauften Fleischpastete herum. Sie war wie immer zu salzig, aber wir waren auch zu aufgedreht, um Hunger zu haben.
»Was ist los?«, wollte Petro wissen, als er Helenas ungewöhnliche Schweigsamkeit bemerkte. Ich hatte nicht zu fragen brauchen.
»Ich mach mir Sorgen, wenn Marcus einen Mörder verfolgt.«
»Und ich dachte, es läge daran, dass wir Prostituierte überwachen.«
»Marcus hat einen besseren Geschmack.«
Petronius sah aus, als wollte er unflätige Geschichten zum Besten geben, beschloss dann aber doch, unsere häusliche Harmonie nicht zu gefährden. »Es sind ja nicht nur die Prostituierten, die wir beobachten müssen«, bemerkte er düster. In seiner typischen Art hatte er über die Ereignisse der kommenden Nacht gebrütet. »Ich hab mir überlegt, wie viele Leute darin verwickelt sein könnten, wenn die Morde mit den Spielen in Zusammenhang stehen.«
»Jeder, der was mit Transport zu tun hat, meinst du?«, sagte Helena, die immer noch an der Theorie hing, dass der Mörder von außerhalb Roms kam.
»Ja, oder die Kartenverkäufer an den Toren …«

»Programmverkäufer.« Ich ging auf das Spiel ein. »Girlandenflechterinnen, Wettannehmer, Tippgeber, Imbiss- und Getränkehändler.«
»Schirm- und Souvenirverkäufer«, warf Petro ein.
»Ädilen und Platzanweiser.«
»Arenaauskehrer.«
»All die Wagenlenker und Gladiatoren, ihre Stallburschen und Trainer, die Schauspieler, die Komödianten, die Musiker«, fiel Helena ein. »Die Circusangestellten, die die Startgatter öffnen und die Schilder für die Runden umdrehen. Die Sklaven an der Wasserorgel.«
»Der eingebildete Kammerherr, der dem Kaiser die Loge öffnet, wenn der mal pinkeln gehen will.«
»Danke, Marcus! Das gesamte Publikum vom Kaiser abwärts, und nicht zu vergessen die Prätorianer ...«
»Halt, halt!«, rief Petronius. »Ich weiß, dass ihr Recht habt, aber ihr deprimiert mich.«
»Das ist das Problem mit den Vigiles«, sagte ich trübselig zu Helena. »Kein Durchhaltevermögen.«
»Es war deine Idee«, hielt sie ihm vor. »Da gibt es andere, die denken, die Morde geschehen nur während der Spiele, weil der Mörder von außerhalb kommt.«
Als es Zeit war, zu unserer nächtlichen Patrouille aufzubrechen, war Petro jedoch taktvoll genug, schon vorauszugehen, damit ich Helena für einen Moment fest in die Arme schließen konnte. Ich küsste sie zärtlich, und sie bat mich eindringlich, auf mich Acht zu geben.

Die Nacht war warm. Das Gelände um den Circus Maximus war voller Abfall und übler Gerüche. Nach zwei Wochen ununterbrochener Festlichkeiten hatten die Straßenkehrer aufgegeben. Auch das Publikum schien erschöpft, denn einige begannen schon abzuwandern, als wir eintrafen, und das lange bevor die Trompeten die Schlusszeremonie ankündigten.
Petronius übernahm heute die Straße der Drei Altäre. Wir fan-

den, dass Abwechslung uns frischer hielt. Ich klopfte ihm auf die Schulter und ging weiter zum Tempel von Sol und Luna. Am Ende der Straße schaute ich zurück; es dauerte einen Moment, bis ich ihn entdeckte. Trotz seiner Größe war Petro jemand, der unauffällig blieb. Seine braun gekleidete braunhaarige Gestalt mischte sich unter die Menge, während er gelassen auf einen Portikus zuschlenderte wie ein Mann, der jedes Recht hatte, hier zu sein, nichts Besonderes tat und auf niemanden achtete.

Ich wusste, dass er alle weiblichen Passanten registrierte, die gut ausschauenden unter die Rubrik »bemerkenswert« einordnete, aber auch die anderen nicht übersah. Die Gaffer und Herumlungerer entgingen ihm ebenfalls nicht. Er würde zusammenzucken, weil viel zu viele Kinder noch so spät unterwegs waren, würde den Halbstarken finstere Blicke zuwerfen und über die hirnlosen Mädchen stöhnen. Wenn eine unbeschützte Frau oder ein Perverser in Petros Nähe kam, würde er sie bemerken. Wenn jemand zu genau beobachtet, verfolgt, angequatscht oder gar offen angegriffen wurde, würde die schwere Hand von Petronius Longus aus dem Nichts den Kriminellen am Kragen packen.

Ich kam an Mitgliedern der Vigiles vorbei, sowohl offen als solche erkennbar als auch gut getarnt. Ihr Präfekt hatte wohlwollend auf Frontinus' Bitte reagiert, und die Gegend war voll mit seinen Männern. Aber genau wie wir hatten sie keine Ahnung, nach wem sie eigentlich Ausschau halten sollten.

Ich bog in die Straße der Öffentlichen Fischteiche ein. Mein Herz schlug laut. Dies war die Nacht der Nächte. Ich war mir plötzlich ganz sicher, dass er hier war.

Inzwischen kam ein langsamer, aber stetiger Zuschauerstrom aus dem Stadion. Die Leute trotteten dahin, waren müde von den fünfzehntägigen Spielen, der Aufregung und dem Geschrei, das sie heiser gemacht hatte, hatten das pappige Essen der Imbissverkäufer und den billigen, klebrigen Wein satt und waren bereit, ihr normales Leben wieder aufzunehmen. Es war Mitte September. Bald würde es kühler werden. Der lange heiße Sommer näherte sich seinem Ende. In zwei Wochen stand das traditionelle Ende der Kampfsaison bevor. Im Oktober fing auch die Schule wieder an. Nach dreieinhalb Monaten würde das für viele eine Erleichterung sein (einschließlich der Lehrer, die verzweifelt auf neue Einnahmen warteten). Gleichzeitig würden auch die nächsten Spiele beginnen, aber so weit waren wir noch nicht. Da war immer noch diese Nacht, die letzte Gelegenheit, diese Spiele denkwürdig zu machen, einige Stunden für simple Freuden oder hemmungslose Ausschweifungen.

Drinnen im Circus konnte ich die Cornu-Kapelle hören, die auf ihren riesigen, fast kreisförmigen Bronzehörnern mit den auf der Schulter abgestützten, quer verlaufenden Griffstangen nur durch Hineinblasen unterschiedliche Töne erzeugen sollte. Vielfach trafen die Musiker daneben, was kein Wunder war nach einem langen, ereignisreichen Tag.

Ich entschied, dass wir eine Gruppe als Verdächtige ausschließen konnten. Kein Cornu-Spieler würde die Kraft haben, eine Frau zu überwältigen, nachdem er sich das Herz aus dem Leib geblasen hatte.

Schwacher Applaus, der über die Länge des Tals hallte, beendete schließlich die Ludi Romani für ein weiteres Jahr.

Bis dahin waren diejenigen, die froh über das Ende der Spiele waren, längst verschwunden. Jetzt schlurften die restlichen Zuschauer aus dem Stadion, angetrieben von den Platzanweisern, die die Tore schließen wollten, aber noch nicht zur Heimkehr bereit. Draußen blieben sie in Grüppchen stehen. Junge Leute hofften auf weitere Aufregung. Besucher verabschiedeten sich von Freunden, die sie nur während der Festtage sahen. Burschen riefen kichernden Mädchen nach. Musiker standen herum, falls sie jemand auf einen Becher Wein einlud. Imbissverkäufer packten langsam zusammen. Glutäugige Hausierer aus Transtiberim gingen von Gruppe zu Gruppe, um noch in letzter Minute schäbigen Plunder loszuwerden. Ein Zwerg, an dem rund um die Taille billige Sitzkissen hingen, watschelte in Richtung des Merkurtempels davon.

Tief im Schatten des Stadions hingen die Nachtfalter herum. Die Röcke geschürzt, viel Bein zeigend, staksten sie allein oder zu zweit auf hochhackigen Korksandalen auf und ab und beäugten die Männer durch rußgeschwärzte Wimpern. Falsches Haar oder echtes, so lange malträtiert, bis es falsch aussah, türmte sich über ihren kalkweißen Gesichtern, jede maskenähnliche Visage durchschnitten von blutrot angemalten Lippen. Männer näherten sich ihnen in regelmäßigen Abständen. Ein paar Worte wurden gewechselt, dann verschwanden sie leise im tieferen Schatten, nur um kurz darauf für eine weitere geschäftsmäßige Vereinigung wieder aufzutauchen.

Hinter mir, in der Dunkelheit des Tempeleingangs, hörte ich Geräusche, die darauf hindeuteten, dass auch hier Geschäfte im Gange waren. Oder vielleicht war der Spaß auch ohne Bezahlung, und irgendein Bursche hatte einen Glücksgriff getan unter den schlimmen, lauten Mädchen, die sich mit ihren frechen Freundinnen herumtrieben, lange nachdem ihre Mütter sie zu Hause zurückerwarteten. Einst hätte ich ihnen Beifall gespendet. Jetzt war ich Vater.

Das ganze Szenario wirkte verkommen. Von den Betrunkenen, die gegen geschlossene Läden taumelten und den verängstigten Passanten grässliche Angebote machten, bis hin zu den zerquetschten Melonen im Rinnstein, deren Inneres so rot wie frisches Blut war. Von den Taschendieben, die mit einem zufriedenen Grinsen heimwärts schlenderten, bis zu dem Uringestank in den Gassen, in denen sich unsoziale Taugenichtse, die nicht warten konnten, erleichtert hatten. Es wurde immer schlimmer. Die wenigen Lampen, die noch vor geöffneten Läden hingen oder in weiter oben liegenden Wohnungsfenstern standen, machten die Abstände dazwischen nur noch dunkler und gefährlicher. Zwei Tragestühle schwankten mit hin und her pendelnden Hornlaternen an den Haken vorbei.

Jemand sang ein obszönes Lied, das ich aus meiner Armeezeit kannte.
Zwei Männer klammerten sich auf dem Rücken eines Esels aneinander, beide so betrunken, dass sie kaum wussten, wo sie sich befanden; ihr graufelliges Reittier trottete mit ihnen die Via Piscinae Publicae hinab und wählte seinen Weg selbst. Vielleicht kannte es eine nette Weinschenke an der Servianischen Mauer, unten an der Porta Rauduscualana. Am liebsten wäre ich ihm gefolgt.
So viele Leute sahen aus, als ob sie nichts Gutes im Schilde führten, dass die Entscheidung schwer fiel, wen von ihnen man beobachten sollte. Überall verhielten sich Frauen so unverschämt dämlich, während finstere Männer sie hoffnungsvoll beäugten. Es widerte mich an, hier zu stehen, als gehörte ich dazu. Meine Nerven waren so angespannt, dass ich fast das Gefühl hatte, jeder, der sich in diese grässliche Szenerie begab, verdiente, was er bekam.
Die Menge löste sich erst nach zwei Stunden auf. Am Ende war ich so betäubt, dass meine Gedanken zu wandern begannen. Plötzlich kam ich wieder zu mir und merkte, dass ich die letzten zehn Minuten vor mich hin gestarrt und meinen Plan ausgefeilt hatte, einen Saal für den öffentlichen Vortrag meiner Gedichte zu mieten. (Das war ein Traum, den ich schon seit einiger Zeit hegte; bisher war ich durch die guten Ratschläge enger Freunde davon abgehalten worden, besonders jener, die meine Oden und Eklogen gelesen hatten.) Mit einem schuldhaften Zusammenzucken kehrte ich in die Gegenwart zurück.
Vor einem nahe gelegenen Tor des Circus stand ein junges Mädchen ganz allein. Sie war weiß gekleidet, und der Saum ihrer Stola glitzerte golden. Ihre Haut war zart, ihr Haar hübsch frisiert. Geschmeide, das sich nur eine reiche Erbin leisten konnte, war unschuldig zur Schau gestellt. Sie schaute sich um, als wäre sie Teil einer unberührbaren Prozession der Vestalinnen in hellem Tageslicht. Man hatte sie in dem Glauben erzogen, dass ihr stets Respekt entgegengebracht werden würde – und doch

hatte irgendein Idiot sie hier stehen lassen. Selbst wenn man sie nicht kannte, sah sie vollkommen fehl am Platze aus. Und ich kannte sie. Es war Claudia Rufina, das scheue junge Wesen, das Helena und ich aus Spanien mitgebracht hatten. Während sie allein dort stand, konnten sich alle möglichen üblen Charaktere auf sie stürzen.

XXXVII

»Claudia Rufina!« Es gelang mir, vor allen Straßenräubern, Vergewaltigern und Entführern neben ihr aufzutauchen. Verschiedene zwielichtige Gestalten zogen sich etwas zurück, blieben aber in Hörweite, falls ich ein Windhund war, den Claudia zurückweisen würde, und ihnen die Beute überließ.

»Wie schön, dich zu sehen, Marcus Didius!«

Claudia war fügsam und wohlmeinend. Ich versuchte meiner Stimme die Schärfe zu nehmen. »Darf ich fragen, was du um diese späte Stunde in einer so verkommenen Gegend tust?«

»Ach, das macht mir nichts aus«, versicherte mir das dumme Gänschen liebenswürdig. »Ich warte darauf, dass Aelianus und Justinus mit der Sänfte zurückkommen. Ihre Mutter besteht darauf, dass ich damit abgeholt werde, aber bei diesem Gedränge ist sie schwer zu finden.«

»Das ist kein Ort zum Herumstehen, junge Dame.«

»Nein, er ist nicht schön, aber dieser Ausgang liegt der Porta Capena am nächsten. Wir könnten zu Fuß nach Hause gehen, doch davon will Julia Justa nichts hören.«

Zu dritt nach Hause zu marschieren wäre verdammt viel sicherer gewesen, als die Jungs auf der Suche nach der Familiensänfte loslaufen zu lassen, während Claudia hier wie ein lebender Köder zurückblieb.

Justinus tauchte auf, während ich noch schäumte. »Oh, Claudia, ich hab dir doch gesagt, du sollst nicht mit fremden Männern sprechen.«

Mir riss die Geduld. »Tu das nie wieder! Ist dir denn nicht

klar, dass hier in der Nähe das letzte Opfer des Aquäduktmörders verschwunden ist? Ich stehe hier und warte darauf, dass irgendeine dusslige Frau von einem Wahnsinnigen verfolgt wird – und es wäre mir wesentlich lieber, wenn es nicht ausgerechnet jemand wäre, den ich selbst nach Rom gebracht habe, jemand, der meine zukünftige Schwägerin ist!«

Er hatte nichts davon gewusst. Aber er hatte ein feines Gespür für Gefahr, sobald man ihn auf den Bösewicht der Gegend hingewiesen hatte. »Wir waren Dummköpfe. Ich entschuldige mich.«

»Lass es gut sein«, erwiderte ich barsch. »Solange ihr, du und dein Bruder, bereit seid, eure Dummheit Helena gegenüber zu rechtfertigen! Ganz zu schweigen von eurer edlen Mutter, eurem illustren Vater und Claudias liebenden Großeltern ...«

Claudia richtete ihren ernsten Blick auf Justinus. Er war als einer der wenigen Menschen groß genug, ihrem Blick direkt zu begegnen, trotz ihrer Angewohnheit, sich zurückzubeugen und die Welt an ihrer langen Nase entlang zu betrachten. »O Quintus«, murmelte sie. »Ich glaube, Marcus Didius ist ein bisschen verärgert über dich!«

»Himmel! Bin ich in Schwierigkeiten, Falco? Keine Bange! Wenn zu Hause was davon rauskommt, schieben wir es einfach auf Aelianus!« Das war offenbar ein gemeinsamer Witz; unter dem Klirren ihrer Armreifen verbarg Claudia ein Lächeln hinter der beringten Hand.

In dem Moment tauchte Aelianus aus einer anderen Richtung auf, zusammen mit der Sänfte für seine Verlobte. Zusätzlich zu den Trägern fungierten drei Burschen mit Knüppeln als Leibwache, aber sie sahen kümmerlich und mickrig aus. Ich wies die beiden Camilli an, so schnell wie möglich von hier zu verschwinden. »Bleibt zusammen, haltet die Augen offen, und seht zu, dass ihr rasch nach Hause kommt.«

Die Porta Capena lag wirklich sehr nahe, sonst hätte ich mich verpflichtet gefühlt, sie zu begleiten.

Aelianus sah aus, als wollte er aus Prinzip einen Streit vom

Zaun brechen, aber sein Bruder hatte kapiert. Als Claudia mich mit einem Kuss auf die Wange zu beruhigen versuchte, scheuchte Justinus sie in die Sänfte. Ich bemerkte, dass er sich vor die halb offene Tür platzierte, um das Mädchen von Neugierigen abzuschirmen und möglichen Ärger abwehren zu können. Leise sagte er etwas zu seinem Bruder, der sich daraufhin umschaute, als wären wir von Übeltätern umringt. Aelianus besaß dann den Anstand, sich seinem Bruder anzuschließen und eng neben der Sänfte herzumarschieren.

Justinus verabschiedete sich mit einem knappen militärischen Salut. Das war eine Erinnerung an unsere Zeit in Germanien und sollte mich wissen lassen, dass er jetzt wachsam sein würde. Auch Aelianus musste in der Armee gedient haben, allerdings hatte ich keine Ahnung, in welcher Provinz er stationiert gewesen war. So wie ich ihn kannte, bestimmt an einem Ort, wo die Jagd gut war und die Einheimischen vergessen hatten, wie man revoltiert. Wenn sein jüngerer Bruder erwachsener und in einer schwierigen Situation verantwortungsvoller wirkte, dann lag es daran, dass Justinus gelernt hatte, in einem von Barbaren beherrschten Gebiet zu überleben – und es von mir gelernt hatte. Ich hätte ihm auch Techniken im Umgang mit Frauen vermitteln können, aber zu dem Zeitpunkt schien er das nicht nötig zu haben. Ich war mir nicht sicher, ob er es jetzt brauchen würde.

Grimmig kehrte ich auf meinen Posten am Tempel von Sol und Luna zurück. Ich war erschüttert. Es gab genug junge Leute da draußen, die auf Ärger aus waren, auch ohne diejenigen, die ich kannte und um die ich mir Sorgen machen musste.

Die nächste Frau, die sich vor meinen Augen lächerlich machte, war schon wieder eine, die ich kannte – Pia, die Freundin der toten Asinia. Das Flittchen in Türkis, das Petro und mir versichert hatte, sie würde sich nach dem, was mit Asinia passiert war, nicht mehr in die Nähe des Circus wagen. Mich überraschte es nicht, dass dieses zitternde Blümchen heute aus dem Stadion

gekommen war und die Spiele wie immer besucht hatte. Und natürlich hatte sie einen Kerl im Schlepptau.
Ich ging auf sie zu. Sie war verärgert, mich zu sehen. Ich war auch verärgert, dass sie uns angelogen hatte und es so offen an Loyalität gegenüber ihrer ermordeten Freundin fehlen ließ. Aber es gab mir die vage Hoffnung, ihre Lügen aufzudecken.
Der Bursche mit dem miesen Geschmack, der an Pia herumfummelte, war ein schmieriger Typ mit Flicken auf der Kleidung und einem ins Gelbe schillernden blauen Auge. Er spielte die Rolle eines alten Freundes, also hatte ihm Pia vielleicht selbst das Veilchen verpasst. Sie jedoch tat so, als würde sie diesen Traumprinzen kaum kennen.
Ich machte nicht viel Federlesen. »Ist das der Schmierlappen, den du in der Nacht von Asinias Verschwinden gevögelt hast?«
Sie wollte es abstreiten, aber er merkte nicht, dass sie ihn zu verleugnen beabsichtigte, und gab es gleich zu. Pia hatte ihn offenbar wegen seiner Intelligenz gewählt. Frage mich bitte keiner, was er in ihr sah.
Sie schienen über diese Nacht bereits gesprochen zu haben. Er wusste von Asinias schrecklichem Schicksal, das war klar, und vielleicht wusste er sogar noch mehr als das.
»Wie heißt du, mein Freund?«
»Das würde ich lieber nicht sagen.«
»In Ordnung.« Manchmal zahlt es sich aus, ihnen ihre Heimlichtuerei zu lassen. Ich wollte wissen, was er gesehen hatte, ganz egal, wer er war. »Hast du gehört, was Asinia Schreckliches zugestoßen ist?«
»Entsetzlich!«
»Ich bin an deiner Seite der Geschichte interessiert. Pia sagte, ihr beide hättet sie etwa hier verlassen, sie dann aber noch mal in der Straße der Drei Altäre gesehen?«
»Wir müssen sie eingeholt haben. Sie hat uns nicht bemerkt.«
»War zu dem Zeitpunkt noch alles in Ordnung mit ihr?«
Er blickte zu Pia. »Hast du ihm nichts von dem Kerl erzählt?«
»Oh«, log Pia schamlos, »ich glaube, das hab ich vergessen.«

»Was war das für ein Kerl?« Ich wünschte, Petro wäre bei mir. Skrupelloser als ich, hätte er ihr auf Vigilesmanier den Arm verdreht, während er sie mit der anderen Hand um ihren Hals zum Sprechen ermutigt hätte.

»Ach«, hauchte Pia, als wäre es unwichtig und ihr sowieso gerade erst wieder eingefallen. »Ich glaube, wir haben einen Mann mit Asinia reden sehen.«

XXXVIII

Ich war so wütend, dass ich die beiden voller Wonne dem öffentlichen Folterer zum Fraß vorgeworfen und mit Haken traktiert gesehen hätte. Ich glaube, Pia merkte, dass die Atmosphäre stickiger wurde, als ihr lieb war. Selbst jetzt hatte sie nicht vor, es mir zu erzählen, aber als ihr lausiger Bettgenosse es ausspuckte, sah sie ihn nur finster an und ließ ihn reden. Was sie später mit ihm machen würde, ging nur sie beide was an.

»Wir haben diesen Kerl gesehen«, erzählte er mir mit hilfreicher Miene. Ich hätte ihn mehr dafür bewundert, wenn ich nicht den Verdacht gehabt hätte, dass Pia ihn zum Mundhalten verpflichtet hatte. Ich war zornig. Er hatte uns diese lebenswichtige Information über eine Woche lang verschwiegen, obwohl er wusste, dass es uns hätte helfen können, einen Perversen zu fassen und das Leben anderer Frauen zu retten.

»Du sagst, du hast den Kerl gesehen?«

»Er redete mit Asinia.«

»Hat er sie bedrängt?«

»Nein, schaute nicht danach aus. Wir bemerkten es nur, weil Asinia nie was mit Männern zu tun hatte. Aber er schien freundlich genug. Sonst wären wir natürlich eingeschritten.«

»Natürlich.« So wie er sich auch jetzt noch um Pia herumwand, war anzunehmen, dass er sich eine Fummelei nicht so schnell entgehen ließ. »Und was passierte dann?«

»Sie antwortete ihm, und er ging weg.«

»Ist das alles?«

»Ja, Legat.«

»Du bist sicher, dass Asinia allein weiterging?«
»O ja.«
»Was war das für ein Mann?«
»Nichts Besonderes. Wir haben ihn nur von hinten gesehen.«
»War er groß?«
»Nein, klein.«
»Körperbau?«
»Ganz gewöhnlich.«
»Alter?«
»Keine Ahnung.«
»Jung oder schon älter?«
»Älter, vermutlich.«
»Viel älter?«
»Wahrscheinlich nicht.«
»Irgendwelche nationalen Charakteristika?«
»Was?«
»Sah er römisch aus?«
»Wie meinen Sie das?«
»Vergiss es. Haare?«
»Weiß ich nicht.«
»Hut?«
»Ich glaub nicht.«
»Was trug er?«
»Tunika und Gürtel.«
»Welche Farbe hatte die Tunika?«
»Keine besondere.«
»Weiß?«
»Könnte sein.«
»Nichts, was dir aufgefallen ist?«
»Nein, Legat.«
»Stiefel oder Schuhe?«
»Könnte ich nicht sagen, Legat.«
»Ist dir auch egal, was?«
»Wir haben ihn nicht sonderlich beachtet. Er war ganz gewöhnlich.«

»So gewöhnlich, dass er ein bestialischer Mörder sein könnte. Warum ist keiner von euch beiden früher damit herausgerückt?«
»Ich hielt das nicht für wichtig«, versicherte mir der Mann ernsthaft. Pia versuchte nicht zu bluffen. Ich verstand ihr Problem; sie hatte Angst, dass Caius Cicurrus ihr vorwerfen würde, sie hätte seine Frau ihrem Schicksal überlassen, während sie damit beschäftigt war, diesen Wurm in ihr Bett zu zerren.
»Na gut. Ich möchte, dass ihr beide mit in die Straße der Drei Altäre kommt und mir genau zeigt, wo dieses Gespräch mit Asinia stattgefunden hat.«
»Wir haben noch was vor!«, protestierte der Kotzbrocken. Pia, die immer noch so tat, als würde sie ihn kaum kennen, schaute nur sauer.
»Das ist schon in Ordnung«, sagte ich liebenswürdig. »Ich habe auch was vor. Ich gedenke euch beide noch heute Nacht vor den Richter zu schleifen unter dem Vorwurf, eine konsuläre Ermittlung zu behindern, die Justiz zu beleidigen und freie Bürger der Gefahr der Entführung, Entstellung und dem Tod auszusetzen.«
»Na, wenn das so ist. Dann machen Sie es aber kurz«, murmelte Pias Freund. Sie sagte nichts, tappte jedoch mit uns mit, falls er etwas von sich gab, wofür sie ihn später verprügeln wollte.

Das unerfreuliche Paar blieb an der Kreuzung der Via Piscinae Publicae stehen, am unteren Ende, nachdem wir am Circus Maximus vorbeigegangen waren. Nach links führte eine Straße zum Forum Boarium und dem Fluss. Rechts lag die Via Latina. Vor uns, auf der anderen Seite der Kreuzung, änderte die Straße ihren Namen. Die linke Abzweigung ging zum Forum und kam gegenüber dem Colossus und der Baustelle für das neue flavische Amphitheater heraus. Die rechte Abzweigung war die Straße der Drei Altäre.
»Als ihr hier ankamt, gingt ihr scharf rechts die Via Latina hin-

unter, um am Ende der Straße der Ehre und Tugend vorbeizukommen und dann in die Zyklopenstraße einzubiegen?« Sie nickten. Da sie nicht wussten, dass die Freundin meines Bruders in der Straße der Ehre und Tugend wohnte, schienen sie überwältigt von dem Ausmaß meiner Ortskenntnis zu sein.
»Und vor euch war Asinia?«
Wieder nickte der Mann. »Sie muss gerade in die Straße der Drei Altäre eingebogen sein.«
»Wäre es für sie nicht schneller gewesen, den anderen Weg zu nehmen?«
»Sie ging nicht gern allein über das Forum«, warf Pia ein.
»Jupiter! Sie zog eine ruhigere Straße vor, damit niemand sie schreien hörte, falls sich ein Perverser über sie hermachte?«
»Asinia war scheu.«
»Du meinst, sie war starr vor Angst, weil sie allein war, und du wusstest das!« Die welterfahrene Pia hätte ebenfalls wissen müssen, dass eine nervöse Frau, die allein durch die Straßen geht, es geradezu herausfordert, von der Art Männern bemerkt zu werden, die aus den abartigsten Gründen Frauen gern verängstigt sehen. Von dem Moment an, als sie sich von ihrer Freundin trennte, war Asinia ein leichtes Opfer für jede Art von Belästigung. Vielleicht war ihr das schon bei früheren Gelegenheiten bewusst geworden. Vielleicht huschte sie deshalb lieber durch ruhige Straßen, weg von der Menge.
»Wie viele Menschen waren in der Nacht unterwegs?«
»Nicht viele. Ein bisschen mehr als jetzt.«
»Die Vorstellungen waren beendet? Die meisten waren bereits nach Hause gegangen?«
»Wenn sie nichts anderes zu tun hatten.« Pias Verehrer kicherte und betatschte sie in Vorfreude auf eine schweißtriefende Vereinigung. Ich achtete nicht weiter darauf.
Ich hatte Petro nicht bemerkt, aber er musste uns entdeckt haben, denn plötzlich tauchte er auf und hörte zu. Ich stellte ihm Pias feurigen Liebhaber vor, so gut ich konnte.
»Oh, den kenne ich«, schnaubte Petronius. »Er heißt Mundus.«

Er erwähnte nicht, was Mundus getan hatte, um die Aufmerksamkeit der Vigiles zu erringen. Doch sein Gesichtsausdruck gab mir einige Hinweise darauf.
Ich berichtete Petro, was ich in Erfahrung gebracht hatte. Er ließ sich von Mundus alles noch mal erzählen und versuchte dann das Gleiche mit Pia. Sie war immer noch verstockt, aber wir hatten den Eindruck, dass es jetzt aus Wut geschah und nicht aus Hinterlist.
»Ich verstehe nicht, wieso ihr euch beim Tempel von Sol und Luna von Asinia verabschiedet habt, aber ihr dann wieder gefolgt seid, als sie hier ankam?«
»Wir wollten erst zum Knutschen in den Tempel«, erklärte Mundus, als wäre das offensichtlich. »Wir dachten, wir könnten die Sache schon mal kurz im Tempel anheizen, dann was zu essen kaufen und mit zu Pia nehmen, bevor wir richtig in den Sack hauen. Aber als wir die Stufen hochkamen, war der Portikus voll mit alten Männern, die hübsche Jungs vögelten, also haben wir das Anheizen gelassen.«
Petronius schüttelte sich angewidert.
Offenbar konnten wir nichts Brauchbares mehr aus diesem sauberen Pärchen rausholen. Wir waren bereit, sie gehen zu lassen.
»Nur noch eins«, sagte ich streng, um Mundus' Aufmerksamkeit zu behalten, bevor er sich ganz in Pias schmuddligen Kleidern verlor. »Bist du absolut sicher, dass der Mann, der Asinia angesprochen hat, zu Fuß war?«
»Ja, Legat.«
»Keine Sänfte?«, hakte Petro nach. »Keine Kutsche? Kein Karren in Sicht?«
»Er hat's doch schon gesagt.« Pia hatte die Schnauze voll von uns. »Da war nichts.«
Wenn sie Recht hatte, konnte es dafür verschiedene Erklärungen geben. Die Begegnung, die sie gesehen hatten, hatte möglicherweise nichts mit Asinias späterer Entführung zu tun. Oder vielleicht hatte der Mörder das Mädchen belästigt, dann so getan, als würde er sie in Ruhe lassen, war ihr aber – unbemerkt

von Pia und Mundus – gefolgt, um sie sich zu schnappen, wenn sie allein war, und sie später zu seinem Transportmittel zu bringen. Oder er hatte den ersten Kontakt hergestellt – hatte sie sich angesehen und beschlossen, dass sie seinen Erwartungen entsprach –, dann sein Transportmittel, das sich in der Nähe befand, geholt und ihr in einer ruhigeren Straße aufgelauert. Wenn das erste Gespräch freundlich verlaufen war, konnte es das Mädchen bei einer zweiten Begegnung zu einer leichteren Beute gemacht haben.

»Er war es«, entschied ich.

»Höchstwahrscheinlich«, stimmte Petro zu.

Wir sagten den triefäugigen Liebenden, sie könnten gehen. Sie verschwanden die Via Latina hinunter; Mundus besabberte Pia von oben bis unten, doch die hatte nur barsche Flüche für ihn übrig.

»Sie will uns immer noch belügen – aus Prinzip.« Ich war dran, ein Urteil abzugeben. »Wenn sie damit durchkommen könnte, würde sie es tun. Aber der Holzkopf sagt die Wahrheit.«

»Ach, der ist ein echtes Schätzchen«, stimmte Petronius niedergeschlagen zu. »Durch und durch. Und sein Mangel an Mitgefühl für Asinia ist fast so herzerwärmend wie das von Pia. Was täten wir nur ohne die Hilfe solcher aufrechten Bürger?«

Die Menge hatte sich inzwischen größtenteils zerstreut. Nur Nachtschwärmer würden noch so lange herumwanken, bis sie in den Rinnstein kippten. Petro hatte vor, die Überwachung die ganze Nacht fortzusetzen. Ich hatte genug Durchhaltevermögen dafür, aber mir war die Lust daran vergangen. Ich sagte, ich würde den Weg abgehen, den Asinia wahrscheinlich genommen hatte, und dann noch hinunter zum Fluss schauen, bevor ich mich nach Hause begab. Da ich Frau und Kind hatte, die auf mich warteten, war Petro einverstanden. Er brauchte niemanden, der ihm Händchen hielt. Er war schon immer ein Einzelgänger gewesen, was seine Arbeit betraf. Genau wie ich. Vielleicht war das die beste Methode, unsere Partnerschaft fortzuführen.

Ich ging bis zu Caius Cicurrus' Haus. Unterwegs sah ich nichts Ungewöhnliches. Das Haus war verschlossen und dunkel. Zypressenbäumchen flankierten die Haustür als Zeichen der Trauer. Ich fragte mich, wie lange sie wohl dort stehen würden, bevor Cicurrus ein Begräbnis würde abhalten können.

Auf einem etwas anderen Weg schlenderte ich zum Forum zurück. Ich entdeckte immer noch nichts außer den üblichen Fassadenkletterern und Bordsteinschwalben, die Männer in Nebengassen stehen hatten, um ihre Kunden auszurauben. Ich erwog, sie zu fragen, ob sie beobachtet hatten, wie ein hübsches dunkelhäutiges Mädchen auf offener Straße entführt worden war. Aber sie anzusprechen setzte mich dem Risiko aus, mir den Schädel spalten zu lassen. Ich weiß, wann ich besser Fersengeld gebe.

Ich erreichte das Forum nördlich vom Tempel der Venus und Roma, bog auf die Via Sacra ein und hielt Augen und Ohren offen wie ein Raubtier, das jeden Schatten auf Bewegungen hin absucht. Ich blieb mitten auf der Straße und tappte so leise wie möglich über die unebenen alten Pflastersteine.

Beim Tempel der Vesta gab ein Mädchen geräuschvoll den Inhalt ihres Magens von sich. Eine zweite Frau stützte sie. Als ich mich vorsichtig näherte, kam ein Fahrzeug aus einer Seitengasse angeklappert – unbeladen, ohne Passagiere, ein nur von einem Pferd gezogener ländlicher Karren. Die eine Schlampe, die mehr oder weniger aufrecht stand, rief den Fahrer unverfroren an. Er duckte den Kopf, hatte offenbar Angst, belästigt zu werden, trieb das Pferd an und verschwand eilends wieder vom Forum in Richtung der Basilica Julia.

Ich seufzte leise. Dann, obwohl es normalerweise gegen mein Prinzip verstieß, zwei angetrunkenen Hexen auch nur nahe zu kommen, ging ich direkt auf sie zu. Diejenige, die den Fahrer angerufen hatte, war Marina, die Mutter meiner kleinen Nichte Marcia. Ich hatte ihre Stimme erkannt.

XXXIX

Vermutlich befanden sich mehr Menschen in unserer Nähe, als uns klar war, aber sie schlichen bei der Regia herum, huschten zwischen den Tempelsäulen hindurch oder verbargen sich im tiefen Schatten unter dem Augustusbogen. In unmittelbarer Hörweite konnte ich niemanden sehen. Auch gut. Das große Mädchen, das über Marinas linkem Arm hing, hatte gerade die prächtigen korinthischen Säulen des Tempels der Vesta vollgekotzt. Der Tempel sollte einer alten Hütte aus Holz und Stroh ähneln, doch der nachgemachte antike Bau sah ziemlich neu aus. Er war noch keine zehn Jahre alt, da sein Vorgänger in Neros großem Feuer abgebrannt und hastig wieder aufgebaut worden war, »um den Fortbestand Roms zu gewährleisten«. Marinas Freundin hatte sich kräftig bemüht, der neuen Kolonnade ein verwitterteres Aussehen zu geben.

Das Mädchen, das mit so viel Gusto gekotzt hatte, war sehr dünn, wie eine lange Stoffpuppe, die ihre Füllung verloren hatte und in der Taille abgeknickt über Marinas Arm baumelte. Marina wiederum reichte mir nur halbwegs bis zur Brust, wenn sie aufrecht stand – was sie jetzt mit einigem Schwanken versuchte. Ich näherte mich hier also einem ziemlich erbärmlichen Frauenpaar, und ich fühlte mich zehn Jahre zu alt dafür.

»Hallo, Marcus. Da haben die heiligen Hausfrauen wenigstens was aufzuwischen.«

Marina mochte es zwar an Körpergröße fehlen, aber was sie aufzuweisen hatte, war so wohlgeformt, dass sich stets alle Köpfe nach ihr umdrehten. Ihre Kleidung betonte ihre Reize, und sie war raffiniert geschminkt. Mit ihrer freien Hand machte sie eine obszöne Geste. »Sumpfkühe!«, schrie sie zum Haus der Vestalinnen hinauf, lauter, als es klug war, wenn man sich an die Hüterinnen der Heiligen Flamme wandte. »Steckt euch das in euer Palladion!«, knurrte Marina die hohle Hütte an.

»Nun hör mal zu«, sagte ich schwächlich. »Was ist mit ...«

»Marcia ist zu Hause, du Idiot. Sie liegt in ihrem eigenen kleinen Bett, und die Tochter meiner Nachbarin passt auf sie auf. Ein sauberes, vernünftiges Mädchen, dreizehn Jahre alt, kein Interesse an Jungs, den Göttern sei Dank. Wollen euer Hochnäsigkeit sonst noch was wissen?«

»Warst du bei den Spielen?«

»Natürlich nicht. Da geht doch nur der Abschaum hin. Kommst du da her, Falco?« Ein scheußliches Gackern verzerrte ihre prächtige Visage.

Eine Lampe stand auf dem Boden, dort abgestellt, während sich Marina um ihre Gefährtin kümmerte. Im flackernden Lichtschein konnte ich die exotische Freundin meines Bruders genauer betrachten – durchscheinende Haut, atemberaubend gleichmäßige Gesichtszüge und die abgehobene Schönheit einer Tempelstatue. Nur wenn sie sprach, schwand dieser Zauber; sie hatte die Stimme eines Fischweibs. Trotzdem brauchte sie nur ein paar Mal ihre großen Augen zu rollen, und ich empfand wieder das eifersüchtige Pochen, das mich ganz wild gemacht hatte, wenn Festus sie ins Bett zerrte. Dann starb Festus, und ich musste Marinas Rechnungen bezahlen. Das hatte mir geholfen, keusch zu bleiben.

»Wenn du nicht bei den Spielen warst, in welchem Zirkel habt ihr Hexen dann euren Zauber gewirkt?«

»Wir Damen«, formulierte Marina aufgeblasen, obwohl sie wesentlich nüchterner wirkte als die Lumpenpuppe, die den Tempel bekotzte, »waren bei der monatlichen Versammlung der pensionierten Bortenmacherinnen.«

Es hatte mal das Gerücht gegeben, dass Marina auf dem Gebiet der Tunikaverzierung tätig war, wenn sie sich auch große Mühe gab, das zu widerlegen. Das Einzige, was sie dieser Tage um ihre Finger wand, war ich. »Ist es nicht ein bisschen spät, von der Versammlung heimzukehren?«

»Nein, für die Bortenmacherinnen ist das noch früh.« Sie stieß ein anzügliches Kichern aus. Als Antwort kam ein schwaches Hicksen von der Bohnenstange.

»Ich nehme an, nachdem ihr euch genug mit den pensionierten Fransenknoterinnen amüsiert habt, war auf dem Heimweg noch ein Abstecher zu den Vier Fischen nötig?«

»Soweit ich mich erinnere, war es die Alte Graue Taube, Marcus Didius.«

»Und die Austernschale?«

»Danach wahrscheinlich die Venus von Kos. Die verdammte Venus hat der hier den Rest gegeben …«

Marina kümmerte sich jetzt zärtlicher um ihre Freundin – was darin bestand, dass sie sie mit einem Ruck hochzerrte und ihren Kopf mit einem gefährlichen Knacken des Halses nach hinten zwang. »Senk wenigstens die Stimme«, murmelte ich. »Sonst kommen die Vestalinnen noch im Nachthemd hier raus, um nachzusehen, was los ist.«

»Vergiss es! Die sind viel zu sehr damit beschäftigt, den Pontifex Maximus an ihrer heiligen Herdstelle zu vögeln.«

Wenn ich wegen Hochverrats vor Gericht gestellt werden sollte, dann wollte ich die Majestätsbeleidigung schon lieber selbst ausgestoßen haben. Es schien höchste Zeit, von hier zu verschwinden. »Kommst du allein nach Hause?«

»Klar doch.«

»Und was ist mit diesem zarten Pflänzchen?«

»Ich liefere sie unterwegs ab. Mach dir keine Sorgen um uns«, beruhigte mich Marina freundlich. »Wir sind daran gewöhnt.«

Das glaubte ich ihr gern.

Sich gegenseitig stützend, trotteten sie über die Via Sacra davon. Ich hatte Marina erneut gebeten, auf sich aufzupassen, weil der Aquäduktmörder sich möglicherweise in ihrer Nach-

barschaft herumtrieb. Sie hatte daraufhin ganz vernünftig gefragt, ob ich wirklich meinte, dass irgendein Perverser den Mut aufbringen würde, sich zwei Bortenmacherinnen nach ihrem monatlichen Zug durch die Gemeinde zu nähern. Eine völlig lächerliche Idee, so viel war klar.
Ich konnte sie immer noch lachen und singen hören, bis zum anderen Ende des Forums. Ich selbst bewegte mich unauffällig auf das Tabularium zu, ging links um das Kapitol herum und durchs Flusstor in der Nähe des Marcellustheaters, gegenüber der Tiberinsel. Dann schlug ich den Weg am Fluss entlang ein, vorbei am Pons Aemilius und Pons Sublicius. Auf dem Forum Boarium traf ich eine Streife der Vigiles, angeführt von Martinus, Petros altem Stellvertreter. Sie suchten nach demselben Mann, nach dem auch ich Ausschau hielt. Keiner von uns glaubte, dass er ihn finden würde. Wir tauschten ein paar leise Worte aus, dann ging ich weiter zum Aventin.
Erst als ich zum Tempel der Ceres hinaufstieg, fiel mir ein, dass ich Marina hatte fragen wollen, was sie sich dabei gedacht hatte, einen fremden Kutscher anzurufen. Es war eine seltsame Umkehrung der Szene, wie sie sich meiner Vorstellung nach bei Asinias Entführung abgespielt hatte: die unverfrorenen Rufe der Frau und die Nervosität des Mannes; dann ihre Spöttelei, als er sich so rasch aus dem Staub gemacht hatte. Ich tat es als unwichtig ab. Einen Zusammenhang zwischen dieser Begegnung und meiner Ermittlung wäre ein allzu großer Zufall gewesen.
Trotzdem war dort auf dem Forum etwas passiert. Etwas sehr Wichtiges.

XL

Es begann wie ein ganz gewöhnlicher strahlender römischer Morgen. Ich erwachte spät, war allein im Bett und fühlte mich ausgelaugt. Sonnenlicht lag in Streifen auf der Wand gegenüber den geschlossenen Fensterläden. Ich hörte Helena mit jemandem sprechen; es war eine mir unbekannte Männerstimme.

Bevor sie mich rief, hatte ich mir schon eine saubere Tunika übergeworfen und mir stöhnend die Zähne geputzt. Das ist der Grund, warum Ermittler meist Einzelgänger sind. Ich war nüchtern zu Bett gegangen und trotzdem heute völlig zerschlagen.

Nur schwach konnte ich mich erinnern, wie ich gestern im Dunkel der Nacht heimgekommen war. Ich hatte Julias empörtes Geschrei vernommen. Entweder war Helena zu erschöpft, um aufzuwachen, oder sie probierte unseren Plan aus, auf den wir uns halbherzig geeinigt hatten und der darin bestand, Julia sich manchmal in den Schlaf weinen zu lassen. Auf jeden Fall hatte Helena die Wiege aus unserem Schlafzimmer verbannt. Typisch für mich, warf ich natürlich den Plan über den Haufen. Bei Julias herzerweichendem Gebrüll vergaß ich, was wir vereinbart hatten, nahm sie hoch und trug sie leise herum, um Helena nicht zu stören, bis das Baby schließlich einschlief. Ich legte es wieder in die Wiege. Dann stürzte Helena herein, aufgewacht und verängstigt durch die Stille … Nun ja.

Danach war es natürlich unumgänglich, die Lampen zu füllen und anzuzünden, etwas zu trinken zu machen, die Geschichte meiner nächtlichen Überwachung zu erzählen, die Lampen

wieder auszublasen und unter Schmusen, Fußwärmen, Küssen und anderen Dingen, die niemanden etwas angehen, das Bett aufzusuchen, woraufhin ich bis weit nach der Frühstückszeit ausgeschaltet war.
Frühstück würde im Verlauf meines heutigen Tages nicht vorkommen.
Der Mann, dessen Stimme ich gehört hatte, wartete draußen vor dem Haus. Als ich über die Verandabrüstung schaute, sah ich dünnes schwarzes Lockenhaar um einen glänzenden braunen Schädel. Eine grobe rote Tunika und feste Schnürstiefel. Ein Mitglied der Vigiles.
»Von Martinus geschickt«, berichtete Helena. »Es gibt etwas am Flussufer, das du dir anschauen sollst.«
Wir sahen einander an. Das war kein Augenblick zur Spekulation.
Ich küsste sie, drückte sie fester an mich als gewöhnlich, erinnerte mich und sie daran, wie sie ihren spätnächtlich heimkehrenden Helden willkommen geheißen hatte. Das häusliche Leben und die Arbeit trafen zusammen, blieben aber auf unbestimmte Weise getrennt. Helenas schwaches Lächeln gehörte zu unserem Privatleben. Genau wie der plötzliche Blutandrang, den ich als Reaktion darauf spürte.
Sie fuhr mir mit den Fingern durchs Haar, zupfte an meinen Locken und bemühte sich, sie zu ordnen, damit ich mich sehen lassen konnte. Ich ließ sie gewähren, obwohl mir klar war, dass das Treffen, zu dem ich gebeten worden war, keine ordentliche Frisur erforderte.

Wir versammelten uns am Flussufer direkt unterhalb des Pons Aemilius. Martinus, der massige, breithüftige neue Ermittlungsbeamte der Sechsten Kohorte, hatte das Kommando. Er hatte eine gerade geschnittene Ponyfrisur und eine Warze auf der Wange, dazu große Augen, die stundenlang nachdenklich schauen konnten als Tarnung dafür, dass er überhaupt nicht dachte. Er sagte mir, er habe sich dagegen entschieden, Petro holen zu lassen, weil seine Situation mit den Vigiles so »heikel« sei. Ich schwieg. Wenn Petronius letzte Nacht so lange auf seinem Beobachtungsposten geblieben war, wie ich vermutete, brauchte er seinen Schlaf. Außerdem war das Gute an einer Partnerschaft, dass wir uns die unangenehmen Aufgaben teilen konnten. Hier waren wir nicht beide vonnöten. Wir mussten nur persönlich von der Entdeckung Notiz nehmen und unser Interesse bekunden.

Bei Martinus waren zwei seiner Männer und ein paar Bootsleute; mein Schwager Lollius befand sich nicht darunter, wie ich erleichtert feststellte. Tja, es war noch nicht Mittag. Lollius würde nach wie vor mit dem Kopf im Schoß einer kleinen Schankkellnerin schlafen.

Am Rande der Uferstraße lagen ein dunkler Haufen und ein Stück Stoff. Um sie herum war das Steinpflaster feucht. Wasser tropfte aus beidem. Die Gegenstände, wie Martinus sie nannte, waren an diesem Morgen aus dem Tiber gefischt worden, nachdem sie sich in der Vertäuung einer Barke verfangen hatten. Die Barke war erst gestern den Fluss heraufgekommen und hatte demnach nur eine Nacht hier gelegen.

»Hat jemand was gesehen?«

»Was glaubst du, Falco?«

»Wird wohl so sein.«

»Und du weißt, dass wir Schwierigkeiten haben werden, denjenigen zu finden.«

Der Stoff war vielleicht ein alter Vorhang, da er an einem Ende befranst war. Er musste blutdurchtränkt gewesen sein, bevor er mit dem Wasser in Berührung kam, das Blut genügend geronnen, um ein kurzes Eintauchen zu überstehen. Das Tuch war um einen schlanken jugendlichen Frauentorso gewickelt gewesen, der eine zarte dunkelfarbige Haut gehabt haben musste. Jetzt war ihr einst geschmeidiger Körper verfärbt durch Blutergüsse und Verwesung, das Gewebe in etwas Unmenschliches verwandelt. Zeit, die Sommerhitze und schließlich das Wasser hatten diese schreckliche Veränderung herbeigeführt. Aber das

Schlimmste war ihr bereits vorher von ihrem Mörder angetan worden.
Wir nahmen an, dass es der Torso von Asinia war. Niemand würde vorschlagen, sie von ihrem Mann identifizieren zu lassen. Ihr Kopf und ihre Gliedmaßen waren abgehackt worden. Andere Teile ebenfalls. Ich sah hin, weil es nötig schien. Dann fiel es mir schwer, mich nicht zu übergeben. Inzwischen war Asinia seit zwei Wochen tot. Sie hatte den größten Teil dieser Zeit irgendwo anders gelegen. Martinus und die Bootsleute waren alle der Ansicht, dass der verwesende Torso nur ein paar Stunden im Wasser verbracht hatte. Was war vorher mit ihm geschehen, mussten wir uns fragen, weil uns das auf die Spur des Mörders bringen konnte. Aber es fiel schwer, sich auf diese Aufgabe zu konzentrieren.
Ein Mitglied der Vigiles breitete den Vorhang über die Überreste. Erleichtert traten wir alle zurück und versuchten das Gesehene zu vergessen.
Wir diskutierten immer noch über die Möglichkeiten, als ein Bote für Martinus kam. Er wurde auf dem Forum gebraucht. Ein menschlicher Kopf war in der Cloaca Maxima entdeckt worden.

XLI

Als sie den Kanaldeckel öffneten, konnten wir unten in der Dunkelheit das Wasser rauschen hören. Es gab keine Leiter und auch nicht genug Watstiefel und Fackeln. Wir mussten warten, bis sie aus dem Depot geholt wurden, während sich eine neugierige Menge um uns versammelte. Die Leute merkten, dass hier etwas Ungewöhnliches vorging.

»Warum ist niemand von diesen Armleuchtern da, wenn der Mörder die Leichenteile reinschmeißt? Warum erwischen sie ihn nie dabei?«

Fluchend brachte Martinus seine Männer dazu, eine Absperrung zu organisieren. Das hielt die Schaulustigen nicht davon ab, das westliche Ende des Forums zu verstopfen.

Wir warteten immer noch auf die Stiefel, als das Ekel Anacrites auftauchte. Das Büro des Kurators lag in der Nähe. Irgendein Dummkopf hatte ihn informiert.

»Verschwinden Sie, Anacrites. Ihr Chef ist nur für die Aquädukte zuständig. Meiner hat weiter reichende Vollmachten.«

»Ich komme mit Ihnen, Falco.«

»Sie werden die Ratten in Angst und Schrecken versetzen.«

»*Ratten,* Falco?« Martinus war nur zu bereit, zurückzustehen und sich von Anacrites bei dieser unerfreulichen Angelegenheit vertreten zu lassen.

Ich sah zum Himmel hinauf, da ich wusste, dass bei Regen die Kloake zu einem reißenden Strom und überaus gefährlich werden würde. Wolkenloser blauer Himmel beruhigte mich, zumindest ein wenig.

»Warum wurden die Überreste nicht einfach raufgebracht?« Martinus wollte wirklich nicht da runter. Wo mir nur die Begeisterung fehlte, war er geradezu panisch.
»Julius Frontinus hat die Anweisung gegeben, dass alles, was innerhalb der Wasser- und Abwasserversorgung gefunden wird, für uns zur Inspektion an Ort und Stelle bleiben muss. Ich geh runter. Wenn es irgendwelche Hinweise gibt, bringe ich sie mit zurück. Du kannst dich auf mich verlassen. Ich bin ein guter Zeuge vor Gericht.«
»Ich glaube, ich lasse Petronius holen.«
»Hier sind schon zu viele von euch«, warf der Vormann der Kloakenarbeiter ein. »Ich bring nicht gern Fremde da runter.«
»Um mich brauchen Sie keine Bange zu haben«, murmelte ich. Wenn er schon nervös war, wie sah es dann für uns andere aus?
»Hören Sie, als Marcus Agrippa für die Wasserversorgung zuständig war, hat er da nicht die gesamten Abwasserkanäle per Boot durchfahren?«
»Völlig verrückt, der Kerl!«, schnaubte der Vorarbeiter. Tja, das munterte mich mächtig auf.
Lederne Watstiefel waren gebracht worden, dicke, unförmige Sohlen und flatternde, oberschenkelhohe Schäfte. Eine Holzleiter tauchte auf, aber als sie in den Schacht hinuntergesenkt wurde, sahen wir, dass sie nur bis zur halben Höhe reichte. Wie tief es an diesem Punkt war, schienen selbst die Kloakenarbeiter nicht zu wissen. Wir sollten nahe der Stelle einsteigen, wo der Kopf gefunden worden war. Sie selbst mussten ihn über eine Untergrundroute erreicht haben, die als zu schwierig für die verweichlichten Stilusschwinger wie uns angesehen wurde.
Eine weitere Leiter wurde herbeigeschafft und mit Stricken an die andere gebunden. Diese windige Konstruktion wurde in das dunkle Loch hinabgelassen. Sie erreichte den Boden gerade eben, ohne dass oben noch Platz blieb. Es sah fast senkrecht aus. Jeder, der mit Leitern zu tun hat, wird Ihnen sagen, wie fatal das

ist. Ein großer Mann wurde oben postiert, um die Leiter mit einem ausgefransten Strick zu sichern. Er schien sehr zufrieden; er wusste, dass er den besten Job ergattert hatte.
Man entschied, dass ich hinuntersteigen sollte, zusammen mit Anacrites und einem von Martinus' Burschen, der zu allem bereit schien. Es hatte keinen Zweck, Martinus zu zwingen, mitzukommen, wenn er nervös war. Wir sagten ihm, er sei unser Wachmann. Wenn wir zu lange unten blieben, sollte er Hilfe holen. Der Vorarbeiter nahm das zu bereitwillig hin, als würde er denken, dass durchaus etwas schief gehen könnte. Er sagte, wir sollten unsere Köpfe mit Kapuzen bedecken. Wir wickelten uns Tücher ums Gesicht; verminderte Hörfähigkeit und die schweren Stiefel an unseren Füßen machten alles noch schlimmer.
Wir kletterten einer nach dem anderen hinunter. Über dem Einstiegsloch mussten wir uns abstützen und mit den Füßen nach den Leitersprossen hangeln. Sobald sie erreicht waren, schwankte die ganze Konstruktion und sah vollkommen unsicher aus. Der Vorarbeiter stieg als Erster ab; während er hinunterkletterte, sahen wir den oberen Teil der Leiter abknicken, und er musste durch ein kraftvolles Ziehen am Befestigungsstrick zurückgeholt werden. Der Mann war etwas blass, als er aus dem dunklen Schacht heraufsah, aber der Bursche mit dem Strick rief ihm was Ermutigendes zu, und er kletterte weiter.
»Du musst aufpassen, dass du nicht reinfällst«, riet mir Martinus.
»Danke«, sagte ich.
Ich war als Nächster dran. Es gelang mir, mich nicht zu blamieren, obwohl die Sprossen schmal waren und viel zu weit auseinander lagen. Kaum war ich losgeklettert, begannen meine Wadenmuskeln zu protestieren. Mit jedem Schritt schwankte die ganze dürftig zusammengestoppelte Leiter.
Anacrites hüpfte nach mir rein und wirkte so, als hätte er sein halbes Leben auf wackligen Leitern verbracht. Ein Schlag auf den Kopf hatte ihn jeglicher Empfindsamkeit und Vernunft be-

raubt. Martinus' Bursche folgte, und wir standen vorsichtig in der Pechschwärze herum und warteten darauf, dass die Fackeln zu uns heruntergelassen wurden. Wahrscheinlich hätte ich Anacrites unbemerkt ins Wasser stoßen können. Ich war zu beschäftigt, um daran zu denken.

Die Luft war kühl. Wasser – oder Wasser und andere Substanzen – rauschte an unseren Füßen und Knöcheln vorbei und vermittelte uns, so kalt, wie es war, das falsche Gefühl, dass unsere Stiefel nicht dicht wären. Ein gerade noch erträglicher, aber deutlicher Abwassergeruch umgab uns. Wir fragten den Vorarbeiter, ob offene Pechfackeln hier unten wegen der eventuellen Gase nicht gefährlich seien. Er meinte fröhlich, es käme nur selten zu Unfällen. Dann erzählte er uns von dem in der vergangenen Woche.

Als die Fackeln angezündet wurden, konnten wir sehen, dass wir uns in einem langen gewölbten Tunnel befanden, der zweimal so hoch war wie wir. Er war mit Zement ausgekleidet, und an unserer Einstiegsstelle reichte uns das Wasser gut bis ans Schienbein. In der Mitte war es dank des Gefälles ein reißender Strom. Im Flachwasser an den Rändern sahen wir braune Wasserpflanzen, die durch die hier langsamer fließende Strömung alle in eine Richtung gezerrt wurden. Der Boden war wie eine Straße gepflastert, aber es gab viele Ablagerungen, manchmal Geröll und Steine, manchmal sandige Flecken. Das Licht der Fackeln war nicht stark genug, uns unsere Füße richtig sehen zu lassen. Der Vorarbeiter ermahnte uns, aufzupassen, wo wir hintraten. Direkt danach trat ich in ein Loch.

Wir wateten auf eine Biegung im Tunnel zu. Das Wasser wurde tiefer und beängstigender. Wir kamen am Eingang eines schmalen, momentan trockenen Zuflusses vorbei. Wir befanden uns tief unter dem Forum Romanum. Das ganze Gebiet war einst ein Sumpf gewesen und nach wie vor ein natürliches Feuchtgebiet. Die prächtigen Monumente über uns streckten ihre Giebel in die brennende Sonne, hatten aber feuchte Grundmauern. Mücken plagten den Senat; auswärtige Besucher, die nicht im-

mun dagegen waren, erlagen bösartigen Fiebern. Vor siebenhundert Jahren hatten etruskische Ingenieure unseren primitiven Vorfahren gezeigt, wie man den Sumpf zwischen dem Kapitol und dem Palatin trockenlegen konnte – und ihre Arbeit hatte immer noch Bestand. Die Cloaca Maxima und die Abwasserleitung unter dem Circus sorgten dafür, dass das Zentrum Roms bewohnbar blieb und seine Institutionen arbeitsfähig. Die Kloaken nahmen stehendes Wasser und Oberflächenwasser auf, das überfließende Wasser der Brunnen und Aquädukte, Abwasser und Regenwasser.
Und letzte Nacht hatte ein Dreckskerl einen Kanaldeckel aufgewuchtet und einen menschlichen Kopf reingeschmissen.

Höchstwahrscheinlich den von Asinia. Ihr Schädel war auf einer Sandbank gelandet, deren feiner brauner Treibsand in die flache Strömung hinausragte.
Der Kopf war in zu schlechter Verfassung, um ihn eindeutig identifizieren zu können, obwohl noch etwas Haar und Gesichtshaut übrig geblieben war. Ratten hatten sich in der Nacht darüber hergemacht. Ich war bereit, trotzdem eine Identifizierung vorzunehmen. Es gab noch andere dunkelhäutige Frauen in Rom, aber soweit ich wusste, war nur eine davon vor zwei Wochen verschwunden.
Wir konnten den Zeitpunkt ziemlich genau eingrenzen – dieser Schädel war letzte Nacht in die Kloake geworfen worden. Man sagte uns, die Staatssklaven hätten erst gestern diesen Abschnitt des Kanals gesäubert und dabei nichts entdeckt. Der Schädel musste reingeworfen worden sein, kurz bevor oder kurz nachdem sich der Mörder des Torsos entledigt hatte. Die Kloake führte nicht genug Wasser, um den Torso in den Tiber geschwemmt zu haben. Außerdem war er stromaufwärts von der Einmündung gefunden worden. Er musste direkt in den Fluss geworfen worden sein, entweder von der Uferstraße oder über das Geländer einer Brücke, vermutlich des Pons Aemilius.

Also waren Kopf und Körper getrennt entsorgt worden. Ein Muster schälte sich heraus: Der Mörder entledigte sich der Leichenteile an unterschiedlichen Orten, auch wenn das hieß, dass die Wahrscheinlichkeit einer Entdeckung dabei größer wurde. Er besaß ein Transportmittel. Letzte Nacht hatte er mindestens den Kopf und den Körper transportiert und vielleicht auch noch weitere Gliedmaßen, die wir bisher nicht gefunden hatten. Er konnte eines der Pakete abladen und dann schnell wieder verschwinden, zu einer anderen Stelle, wo er rasch das nächste Stück in einen Kanalschacht oder über ein Geländer kippte. Jahrelang hatte er das gemacht und gelernt, dabei so zwanglos auszusehen, dass selbst ein zufälliger Beobachter nichts Ungewöhnliches bemerkte.

Wasser rauschte an Asinias Kopf vorbei und trug den Sand mit sich fort, der sogleich durch neuen ersetzt wurde. Wenn der Schädel hier liegen blieb, würde er entweder unter dem Sand begraben werden oder sich vielleicht plötzlich losreißen und mit dem Wasserstrom zu der großen Einwölbung aus Tuff- und Travertinblöcken getragen werden, die den Zugang zum Fluss bildete.

»Haben Sie schon früher Köpfe gefunden?«

»Gelegentlich mal einen Schädel. Für gewöhnlich kann man nicht sagen, woher sie kommen oder wie alt sie sind. Dieser hier ist …« Der Vorarbeiter verstummte höflich.

»Frischer?« Nicht ganz das richtige Wort, Anacrites. Ich warf ihm einen missbilligenden Blick zu.

Der Vorarbeiter atmete unbehaglich, ohne zu antworten. Er meinte, es gäbe noch eine Sandbank ein Stück weiter stromabwärts. Er sagte, wir sollten warten, während er dort nachschaute. Wir konnten Martinus in der Ferne rufen hören, daher ging der Bursche aus seiner Mannschaft wieder zur Leiter, um ihm mitzuteilen, dass bei uns alles in Ordnung sei, und ließ Anacrites und mich allein im Tunnel zurück.

Es war ruhig, es stank, und uns standen die Haare zu Berge. Das kalte Wasser rauschte an unseren Stiefel vorbei, die immer tiefer in den feinen Schlick sanken. Um uns war Stille, nur unterbrochen von ständigem Tropfen. Asinias Schädel lag immer noch im Treibsand zu unseren Füßen. Weiter vorne, von hinten beleuchtet vom flackernden Fackellicht, ging der Vorarbeiter durch tiefer werdendes Wasser auf die Tunnelbiegung zu und wurde auf unheimliche Weise immer kleiner. Er war allein. Wenn er um die Kurve bog, mussten wir ihm folgen. Sich allein außer Sichtweite zu begeben war in der Kloake zu gefährlich.

Er blieb stehen, stützte sich mit der Hand an der Seitenwand ab und beugte sich vor, als wollte er etwas inspizieren. Plötzlich wusste ich Bescheid. »Zu viel für ihn. Er übergibt sich.« Wir sahen weg.

Auf uns wartete eine Aufgabe. Ich reichte Anacrites meine Fackel. Leider hatte ich am Morgen eine frische Übertunika angezogen, aber es half nichts, ich musste sie opfern. Vorsichtig setzte ich den Fuß neben den Schädel, um ihn zu stabilisieren, beugte mich dann vor und versuchte meine Übertunika darunter zu schieben. Ich bemühte mich, nichts zu berühren. Das war ein Fehler. Der Kopf rollte weg. Anacrites schob seinen Fuß vor und bildete zusammen mit meinem einen Keil. Der Kopf konnte uns nicht mehr entkommen, und ich fing ihn ein, als würden wir ein grausiges Ballspiel veranstalten. Nicht bereit, das Gewicht auch nur mit einer von unten stützenden Hand zu tragen, packte ich die vier Ecken meines Kleidungsstücks und ließ das Wasser hinausströmen, während ich mich aufrichtete. Ich hielt die Tunika und ihren Inhalt auf Armeslänge von mir weg.

»Gute Götter, wie bringt er das bloß fertig? Ich dachte, ich sei hart im Nehmen. Wie kann der Mörder sich überwinden, die Leichenteile nur ein einziges Mal anzufassen, ganz zu schweigen von wiederholten Malen?«

»Das ist eine schmutzige Sache.« Diesmal sprachen Anacrites und ich dieselbe Sprache. Wir redeten leise; er hielt die Fackeln und half mir mit seiner freien Hand, die Ecken meiner Tunika zu verknoten, um ein sicheres Bündel daraus zu machen.

Ich stimmte ihm zu. »Ich habe Alpträume, dass nur durch meine Beteiligung an Szenen wie dieser etwas davon auf mich abfärben könnte.«

»Überlassen Sie es den Vigiles.«

»Die Vigiles haben seit Jahren gekniffen. Es wird Zeit, dass jemand diesen Mann aufhält.« Ich warf Anacrites ein reumütiges Lächeln zu. »Ich hätte es Ihnen überlassen können!«

Er hielt die Fackeln hoch und erwiderte den schiefen Blick. »Das hätte Ihnen nicht ähnlich gesehen, Falco. Sie müssen sich immer einmischen.«

Es war eine leidenschaftslose Bemerkung. Das beängstigte mich. Wenn wir gemeinsam noch mehr so unerfreuliche Aufgaben erledigten und philosophische Zwiegespräche führten, könnte wir am Ende noch freundschaftliche Gefühle füreinander entwickeln.

Wir schlurften zurück zur Leiter, wo wir auf den Vorarbeiter warteten. Als Erster kletterte Martinus' Bursche mit den Fackeln hinauf. Ich kam als Nächster. Ich hatte meinen Gürtel durch die Knoten des Bündels gezogen und eine Schulterschlinge daraus gemacht, damit ich meine Hände frei hatte. Das Raufklettern auf der schwankenden Leiter mit den schmalen Sprossen in nassen Stiefeln war sogar noch schlimmer als der Abstieg.

Als ich wie ein Maulwurf ins Sonnenlicht hinauskletterte, half Martinus mir dabei. Ich berichtete ihm, was passiert war, während Anacrites hinter mir heraufkam. Ich trat zur Seite, um ihm Platz zu machen. In dem Moment erkannte ich, dass der Oberspion doch ein Profi war; als er herauskam, sah er sich rasch unter der neugierig starrenden Menge um. Ich wusste, warum, hatte es selbst auch getan. Er fragte sich, ob der Mörder hier war, ob sich der Mann der Leichenteile absichtlich an verschiedenen Orten entledigt hatte, um uns zu verhöhnen, und ob er hier herumstand und deren Auffindung miterleben wollte. Anacrites dabei zu beobachten war ein seltsames Gefühl.

Kurz danach entdeckte ich noch etwas anderes. Wenn man durch die Kloake gewatet ist, muss man seine Stiefel selbst ausziehen.

XLII

Martinus übernahm den Kopf. Er würde im Wachlokal mit dem Torso vereint werden. Dann würden die Formalitäten in Gang gesetzt, damit Cicurrus seine Frau bestatten konnte.

Zum ersten und wahrscheinlich einzigen Mal gingen Anacrites und ich gemeinsam in ein Badehaus. Wir waren beide ungemein gründlich mit dem Schabeisen. Trotzdem bot ich ihm nicht an, seinen Rücken abzuschaben.

Ich hatte ihn als Gast mit in das an Glaucus' Gymnasium angeschlossene Bad genommen, nur ein paar Schritte vom Forum entfernt. Das war ein Fehler. Bald schon schaute sich Anacrites um, als würde er denken, wie zivilisiert es hier sei und ob er sich nicht für eine Mitgliedschaft bewerben sollte. Ich ließ ihn allein zu dem zurückkehren, womit er im Büro des Kurators seine Zeit verplemperte, und blieb noch da, um Glaucus zu warnen, dass der Oberspion nicht der Typ war, den er in seinem angesehenen Etablissement als Stammkunden haben wollte.

»Das ist mir nicht entgangen«, schnaubte Glaucus. Als ich gestand, wen genau ich heute mitgebracht hatte, warf er mir einen angewiderten Blick zu. Glaucus hielt sich gern aus allen Schwierigkeiten raus. Aus diesem Grund schloss er alle Leute aus, die gewohnheitsmäßig welche verursachten. Er ließ mich bloß herkommen, weil er mich für einen harmlosen Amateur hielt. Profis werden für ihre Arbeit bezahlt; er wusste, dass das bei mir nur selten der Fall war.

Ich fragte, ob Glaucus Zeit habe, mit mir zu trainieren. Er

schnaubte. Ich verstand das als Nein, und ich wusste auch, warum.

Ich schlenderte die Stufen hinunter, zwischen dem Gebäckladen und der kleinen Bibliothek, die seine Kunden mit zusätzlichen Genüssen versorgten. Glaucus führte ein luxuriöses Etablissement. Man konnte nicht nur trainieren und baden, sondern sich auch ein paar Oden ausleihen, um eine erlahmende Liebesaffäre wieder anzuheizen, und dann seine Zähne mit glasierten Rosinenbrötchen verkleben, die ungemein lecker waren.

Heute hatte ich keine Zeit zum Lesen und war nicht in der Stimmung für Süßigkeiten. Ich war bis in die letzte Pore geölt und geschabt, aber immer noch nicht mit dem Ergebnis zufrieden. Auch früher war ich schon an widerwärtigen und schmutzigen Orten gewesen, doch in die Kloaken hinabzusteigen und dort menschliche Überreste zu finden ließ mich immer wieder schaudern. Es wäre schon genug gewesen, auch ohne die Erinnerung daran, dass ich selbst einst den verwesenden Leichnam eines Mannes in einen Kanalschacht geworfen hatte. Zwei Jahre und viele starke Regengüsse hatten dafür gesorgt, dass ich nicht über unwillkommene Geister stolperte. Aber dort unten in der Cloaca Maxima war ich fast froh über Anacrites' irritierenden Beistand gewesen, der mich von allzu viel Gedanken an diese düstere Vergangenheit abhielt.

Es war vorbei. Und es war nicht nötig, dass Helena es je erfuhr. Ich wusste immer noch nicht, wie sie reagieren würde, wenn sie hörte, dass ihr vermisster Onkel Publius tot in dem Lagerhaus liegen blieb, bis er regelrecht gärte, und dann in die Kloake geschubst worden war, und das von mir … Inzwischen dachte ich, ich sei sicher. Ich hatte mir eingeredet, sie nie mit der Wahrheit konfrontieren zu müssen.

Trotzdem hatte ich meine Gedanken wohl zu lange schweifen lassen. Hier, in Glaucus' Gymnasium, befand ich mich auf vertrautem Gelände. Als Ermittler lernt man, sich gerade in solchen Situationen nie zu entspannen. Orte, an denen man bekannt ist, sind solche, zu denen üble Charaktere kommen, um einen zu finden. Und als ich die Gruppe bemerkte, die dort draußen heute auf mich wartete, war ich bereits an ihr vorbeigegangen und hatte den Kerlen Zeit gegeben, aus dem Gebäckladen zu kommen, so dass sie über mir auf den Stufen standen.

Ich hörte das Klappern von Stiefelsohlen.
Ich blieb nicht stehen. Statt mich umzudrehen, damit ich sehen konnte, wer hinter mir war, machte ich drei schnelle Schritte und sprang mit einem gewaltigen Satz hinunter auf die Straße.
Dann drehte ich mich um.
Es waren ziemlich viele. Ich zählte sie nicht. Etwa vier oder fünf, die aus dem Gebäckladen kamen, gefolgt von weiteren, die aus der Bibliothek strömten. Ich hätte um Hilfe geschrien, bemerkte aber aus dem Augenwinkel, dass der Ladenbesitzer bereits ins Gymnasium huschte.
»Bleibt stehen, wo ihr seid!« Es war einen Versuch wert. Sie hielten kurz inne.
»Bist du Falco?«
»Gewiss nicht!«
»Er lügt.«
»Beleidigen Sie mich nicht. Ich bin Gambaronius Philodendronicus, ein bekannter Mullbindenfalter hier aus der Gegend.«
»Das ist Falco!« Sie hatten es erfasst.
Es handelte sich eindeutig nicht um einen fröhlichen Ausflug von Philosophiestudenten. Das hier waren raue Burschen. Widerborstig. Unbekannte Gesichter mit Kämpferaugen, von denen die Bedrohung herabrieselte wie Haarschuppen. Ich saß fest. Ich konnte wegrennen, aber sie würden mich einholen. Ich konnte ihnen die Stirn bieten, was noch viel dümmer war. Waffen waren nicht zu sehen, doch sie hatten sie wahrscheinlich unter ihrer dunklen Kleidung verborgen. Sie waren wie Männer gebaut, die auch ohne zusätzliche Ausrüstung eine Menge Schaden anrichten konnten.

»Was wollt ihr?«
»Dich, wenn du Falco bist.«
»Wer hat euch geschickt?«
»Florius.« Sie lächelten. Es war kein hübsches Lächeln und auch kein freundliches.
»Dann habt ihr den Falschen erwischt; ihr wollt Petronius Longus.« Seinen Namen zu nennen war meine einzige Chance. Er war größer als ich, und es gab die schwache Hoffnung, dass ich ihn irgendwie warnen konnte.
»Bei Petronius waren wir schon«, wieherten sie. Ich erstarrte. Nach seiner Wache letzte Nacht beim Circus hatte er wahrscheinlich allein im Büro geschlafen. Wenn Petronius todmüde war, schlief er wie ein Stein. In der Armee hatten wir darüber gewitzelt, dass ihn wilde Bären von den Füßen aufwärts verspeisen konnten und er es erst merken würde, wenn sie ihn hinter den Ohren kitzelten.
Ich wusste, was das hier für eine Strafkompanie war. Ich hatte schon mal einen Mann gesehen, der auf Befehl von Milvias Mutter zusammengeschlagen worden war. Er war tot, als man ihn fand, und er musste darum gebetet haben, lange bevor er ohnmächtig wurde. Diese Schläger arbeiteten für die Familie; ich hatte keinen Grund zu glauben, dass Milvias Mann mehr Skrupel hatte als ihre Mutter. Verzweifelt versuchte ich die Vorstellung zu verdrängen, wie Petro einen solchen Angriff überstanden haben mochte.
»Habt ihr ihn umgebracht?«
»Das heben wir uns fürs nächste Mal auf.« Die Terrortaktik. Das Opfer so zusammenzuschlagen, dass es wehtut, und ihm dann Tage oder Wochen Zeit zu lassen, an seinen kommenden Tod zu denken.
Sie waren aufeinander eingespielt. Die Meute hatte sich verteilt. Jetzt kamen sie von zwei Seiten angeschlichen, um mich einzukreisen. Ich zog mich langsam zurück. Die Freitreppe vor dem Gymnasium war steil; ich wollte sie von dort forthaben. Rasch warf ich einen Blick hinter mich und war zum Kampf bereit.

Als sie auf mich zustürmten, sah ich den einen an, sprang aber auf einen anderen zu. Ich stürzte mich in die Meute, hielt mich tief und packte den Kerl um die Knie. Das brachte ihn zu Fall. Ich rollte mich über ihn und warf mich ein paar Stufen hinauf. Es gelang mir, den Arm um den Hals eines weiteren Muskelprotzes zu schlingen, ihn mit zum Gymnasium zurückzuschleifen und dabei zwischen mich und ein paar der anderen zu halten. Ich hielt ihn umklammert und benutzte meine Füße zur Abwehr gegen die anderen. Hätten sie Messer gehabt, wäre es um mich geschehen gewesen, aber diese Kerle vertrauten auf ihre Körperkraft. Auch sie setzten ihre Füße ein. Ich wich ihnen aus, wo ich nur konnte.

Ein paar Augenblicke lang sah ich bereits den kurzen Weg zum Hades vor mir. Ich steckte ein paar schwere Schläge und Tritte ein, doch dann wurde es über uns laut. Hilfe war auf dem Weg.

Ich verlor meinen Mann, würgte ihn vorher aber noch so kräftig, dass ich ihn fast umbrachte. Als er keuchend zu meinen Füßen zusammensackte, beförderte ich ihn mit einem ausholenden Tritt die Treppe hinunter. Hinter mir feuerte mich jemand rau an. Glaucus war, gefolgt von einer Horde seiner Kunden, aus dem Gymnasium gekommen. Einige hatten Gewichte gehoben und waren nackt bis auf Lendentuch und Handgelenksbinden. Andere hatten Schwertkampf mit Glaucus selbst trainiert und waren mit hölzernen Übungsschwertern bewaffnet – stumpf, aber gut für bösartige Schläge. Zwei großzügige Seelen hatten sogar die Bäder verlassen. Nackt und vom Öl glänzend, eilten sie uns zu Hilfe, konnten zwar so ihre Gegner nicht packen, aber auch nicht von ihnen festgehalten werden. Das trug noch zu der ganzen Verwirrung bei, als wir uns wild brüllend in die Straßenschlacht stürzten.

»Ich verschwende meine Zeit, Falco!«, knurrte Glaucus, während wir uns über zwei hartköpfige Gangster hermachten.

»Genau! Du hast mir nie was Nützliches beigebracht …«

Die Kunden von Glaucus' Gymnasium pflegten ihre Körper gewöhnlich sehr diskret und sprachen kaum miteinander. Wir kamen her, um zu trainieren, zu baden und uns unter die kräftigen Hände des kilikischen Masseurs zu begeben, nicht zum Schwätzen. Jetzt sah ich einen Mann, den ich zufällig als brillanten Anwalt kannte, seine Finger bösartig in die Augen eines Gegners bohren, als wäre er in den Slums der Subura aufgewachsen. Ein Ingenieur versuchte einem anderen Schläger das Genick zu brechen und genoss es offensichtlich. Der hoch geschätzte Masseur schonte zwar seine Hände, was ihn aber nicht davon abhielt, seine Füße zu völlig inakzeptablen Zwecken zu benutzen.

»Wie konntest du ihnen direkt vor meiner Türschwelle in die Falle tappen?«, grunzte Glaucus und versetzte seinem Gegner einen Tritt.

»Sie hatten sich in deinem Gebäckladen versteckt.« Seiner war erledigt, also warf ich ihm meinen Mann zum Halten zu, während ich auf ihn eindrosch. »Scheinen sich beschwert zu haben. Ich hab dir immer wieder gesagt, dass die Zimtmäuse altbacken sind.«

»Hinter dir!« Ich wirbelte herum, gerade rechtzeitig, um dem Fiesling, der mich anspringen wollte, das Knie zwischen die Beine zu rammen. »Rede weniger, und pass besser auf«, riet mir Glaucus.

Ich schnappte mir einen Ringer, der ihn in einen tödlichen Klammergriff nehmen wollte. »Nimm dir deine Ratschläge lieber selbst zu Herzen«, meinte ich grinsend. Glaucus verdrehte die Nase des Ringers, bis sie brach. »Hübscher Trick. Erfordert ein ruhiges Temperament«, sagte ich zu dem blutüberströmten Opfer. »Und sehr kräftige Hände.«

Die ganze Straße beteiligte sich inzwischen. Es war eine freundliche Geschäftsstraße. Nachdem sie rasch ihre Waren aus der Gefahrenzone gebracht hatten, eilten die Ladenbesitzer Glaucus zu Hilfe, der ein beliebter Nachbar war. Passanten, die sich ausgeschlossen fühlten, verteilten Hiebe; wenn sie darin

nicht gut waren, warfen sie mit Äpfeln. Hunde bellten. Frauen hingen aus den Fenstern, brüllten uns eine Mischung aus Anfeuerungen und Flüchen zu und leerten dann aus reinem Vergnügen Eimer mit Undefinierbarem über den Köpfen der Kämpfenden aus. Wäsche blieb an den Übungsschwertern hängen, wurde herabgerissen und verhedderte sich um die sich wild balgenden Gestalten. Gewichtheber zeigten ihre Brustmuskeln und stemmten horizontale menschliche Gewichte. Ein erschrockener Esel rutschte auf der Straße aus, worauf die Weinschläuche von seinem Rücken purzelten, aufplatzten, den wütenden Kutscher mit Wein durchnässten und einen rutschigen Fleck auf dem Straßenpflaster hinterließen, auf dem mehrere Opfer ausglitten, zu Boden fielen und schmerzhafte Tritte erlitten.
Dann holte irgendein Idiot die Vigiles.

Ein Pfiff warnte uns.
Als die roten Tuniken in die Straße stürmten, hatte sich in Sekundenschnelle Ordnung wiederhergestellt. Alles, was sie sahen, war nur eine ganz normale Straßenszene. Die Floriusbande hatte sich dank jahrelanger Übung im Nu verkrümelt. Zwei Füße schauten hinter einem Fass mit gesalzenem Fisch hervor – offenbar schlief da jemand seinen Rausch aus. Etwas, das wie rote Tunikafarbe aussah, wurde von einem Mädchen, das laut ein anstößiges Lied sang, mit einem Eimer Wasser in den Rinnstein gespült. Männer standen in Gruppen vor Obstständen und stellten dämliche Vergleiche an. Frauen lehnten aus den Fenstern und richteten die Flaschenzugrollen an den über die Straße gespannten Wäscheleinen. Hunde lagen grinsend auf dem Rücken und zuckten wie wild hin und her, während ihnen Passanten die Bäuche kraulten. Ich erklärte Glaucus, dass der Giebel seines Badehauses ein wirklich ausgezeichnetes Acroterium von wahrhaft klassischem Design aufwies, während er mir für mein großzügiges Lob über sein gorgonengesichtiges Antefix dankte.

Der Himmel war blau. Die Sonne schien heiß. Zwei Burschen, die die Stufen zum Gymnasium hochstiegen und sich angeregt über den Senat unterhielten, waren aus irgendeinem Grund unbekleidet, aber sonst gab es niemanden, den die Gesetzeshüter hätten verhaften können.

XLIII

Als ich die Brunnenpromenade erreichte, der ich mich aus Sicherheitsgründen auf Umwegen genähert hatte, wurde Petronius gerade mit den Füßen voran herausgetragen. Lenia und einige ihrer Angestellten mussten ihn gefunden haben. Sie hatten Florius' Schläger in verdächtiger Eile weglaufen sehen. Nicht zum ersten Mal wünschte ich mir, Lenia würde genauso gut darin werden, Ärger schon bei der Ankunft zu erkennen und nicht erst hinterher.

Ich war durch kleine Gassen gerannt, vorbei an den Lampenrußöfen, dem Abfallhaufen und dem Geflügelhof. Ich sprang über die gespannten Seile der Seilerei und über das Kressebeet und stürmte durch den Hintereingang in die Wäscherei. Auf dem Hof schlug mir nasse Wäsche ins Gesicht, und der Holzrauch drohte mich zu ersticken, dann rutschte ich drinnen aus und wäre fast mit dem Allerwertesten auf dem nassen Boden gelandet. Als ich noch wild mit den Armen ruderte, richtete ein Mädchen mit einem Wäschestampfer mich wieder auf. Ich schlitterte am Büro vorbei und bremste in den Kolonnaden scharf ab.

Petro lag auf einer rasch zusammengestoppelten Trage aus Wäschepfählen und der Toga eines Kunden.

»Macht Platz, hier kommt sein untröstlicher Freund!«

»Lass deine bissigen Bemerkungen, Lenia! Ist er tot?«

»Dann würde ich keine Witze machen.« Nein, sie hatte gewisse Prinzipien. Er lebte. Aber er war in sehr schlechter Verfassung. Falls er bei Bewusstsein war, litt er solche Schmerzen, dass er selbst bei meinem Auftauchen keine Reaktion zeigte. Verbände bedeckten den größten Teil seines Kopfes und seines Gesichts, den linken Arm und die rechte Hand. Seine Beine waren schlimm zerschnitten und aufgeschürft. »Petro!« Es kam keine Antwort.

Sie trugen ihn zu einer Sänfte. »Er wird zu seinem Tantchen gebracht.«

»Welches Tantchen?«

»Sedina, die mit dem Blumenstand. Sie wurde hergeholt, aber du weißt ja, wie dick sie ist. Sie wäre gestorben, wenn sie sich die ganzen Treppen hätte hochquälen müssen. Außerdem wollte ich das arme Wesen ihn nicht sehen lassen, bevor ich ihn ein bisschen gesäubert hatte. Sie ist nach Hause gewatschelt, um das Bett für ihn fertig zu machen. Sie wird sich um ihn kümmern.« Lenia schien ihn verbunden und alle Vorkehrungen getroffen zu haben.

»Gut gemacht. Dort ist er sicherer als hier.«

»Der wird schon wieder, der alte Petro.«

»Danke, Lenia.«

»Das war eine Bande von Straßenabschaum«, teilte sie mir mit.

»Ich bin auch mit ihnen aneinander geraten.«

»Du hast aber mehr Glück gehabt.«

»Ich hatte Hilfe.«

»Warum ist er bei Sedina sicherer, Falco?«

»Die Kerle haben versprochen, ihn sich noch mal vorzuknöpfen.«

»Olympus! Und das alles wegen dieses kleinen heißen Höschens?«

»Botschaft von ihrem Ehemann, wurde mir gesagt. Sehr deutlich, aber wird er darauf hören?«

»Der liegt erst mal ein paar Tage lang flach. Was wird dann aus dir, Falco?«

»Ich komm schon zurecht.«

Als die Sänfte davonzuckelte, schickte ich einen Boten zu den Vigiles und bat Scythax, ihren Arzt, Petronius im Haus seiner

Tante aufzusuchen. Ich fragte Lenia, ob jemand Silvia benachrichtigt habe. Bevor er zusammengebrochen sei, habe Petro das strikt abgelehnt, berichtete sie. Tja, man konnte sehen, warum.
»Und was gedenkt er wegen der lieben kleinen Milvia zu unternehmen?«, wollte ich wissen.
»Ich muss irgendwie vergessen haben, ihn das zu fragen!«, meinte Lenia grinsend.

Helena Justina war zu Besuch bei ihren Eltern gewesen und hatte den ganzen Aufruhr verpasst. Als sie kurz nach mir heimkam, erzählte ich ihr, was passiert war, und bemühte mich, das Ganze etwas zu beschönigen. Helena wusste, wann ich eine Krise herunterspielte. Sie sagte nichts. Ich sah sie mit ihren Gefühlen kämpfen, dann ließ sie das Baby in meine Arme plumpsen und legte die ihren kurz um uns beide. Als der größere war ich derjenige, der den Kuss abbekam.
Danach wurde sie geschäftig, um mit dem Problem zu Rande zu kommen. Plötzlich hörten wir draußen auf der Brunnenpromenade Lärm. Ich war aufgesprungen, bevor mir einfiel, nicht zu heftig zu reagieren, damit Helena meine Nervosität nicht bemerkte, aber sie war sogar schon vor mir auf der Veranda. Auf der anderen Straßenseite bedachte Lenia, beobachtet von einer Gruppe ihrer laut höhnenden Angestellten, niemand anderen als die fesche Balbina Milvia mit einer obszönen Schimpftirade.
Als das Mädchen uns sah, kam es gleich zu uns herübergelaufen. Ich gab Lenia mit einem Winken zu verstehen, dass ich mich der Sache annehmen würde, und forderte Milvia mit einem kurzen Nicken auf, hereinzukommen. Wir schoben sie in das, was als unser Empfangssalon herhalten musste, und drückten sie auf einen Hocker, blieben selbst aber stehen.
»Oh, was für ein süßes Baby!«, flötete sie, immun gegen jegliche Feindseligkeit.
»Bring das Baby ins andere Zimmer, Helena Justina. Ich will nicht, dass meine Tochter durch Straßenabschaum vergiftet wird.«

»Wie können Sie so etwas Gemeines sagen, Falco«, quiekte Milvia. Helena trug mit starrem Gesicht Julias Wiege hinaus. Ich wartete, bis sie zurückkam. Milvia schaute mich mit unschuldig aufgerissenen Augen an.

Als Helena wieder das Zimmer betrat, sah sie noch wütender aus als ich. »Wenn Sie hergekommen sind, um Petronius Longus zu besuchen, dann verschwenden Sie Ihre Zeit, Milvia.« Ich hatte Helena selten so verachtungsvoll gesehen. »Er wurde heute Morgen schlimm zusammengeschlagen und an einen sicheren Ort gebracht, fern von Ihrer Familie.«

»Nein! Ist Petronius verletzt? Wer hat ihm das angetan?«

»Ein Pöbelhaufen, geschickt von Ihrem Mann«, erwiderte Helena kalt.

Milvia schien nicht zu begreifen, daher fügte ich hinzu: »Von Florius, der in gereizter Stimmung zu sein scheint. Das ist alles Ihre Schuld, Milvia.«

»Florius würde nie …«

»Florius hat gerade. Woher weiß er von der Sache? Haben Sie es ihm gesagt?«

Diesmal schien Milvia ins Schwanken zu geraten. Sie errötete sogar. »Mutter muss es ihm gegenüber wohl erwähnt haben.«

Ich verbiss mir einen Fluch. Das war der Grund, warum Rubella gezwungen war, Petro vom Dienst zu suspendieren; Flaccida war zu gefährlich und hatte es sich zur Lebensaufgabe gemacht, die Vigiles in Schwierigkeiten zu bringen. »Da hat sie ja was Schönes angerichtet.«

»Ich bin *froh*, dass Florius es weiß!«, rief Milvia trotzig. »Ich möchte …«

»Was Sie bestimmt nicht möchten«, unterbrach Helena sie, »ist die Vernichtung von Petronius Longus. Er ist bereits schwer verletzt. Wachen Sie endlich auf, Milvia. Was heute passiert ist, wird Petronius nur dazu bringen zu überlegen, was *er* möchte. Ich kann Ihnen die Antwort darauf verraten: Petronius möchte seine Stellung zurück, und als liebender Vater möchte er seine

Kinder wieder sehen.« Mir fiel auf, dass Helena seine Frau nicht erwähnt hatte.
Milvia schaute uns an. Sie hatte gehofft herauszufinden, wo er war, und merkte, dass wir es ihr nicht verraten würden. Da sie nur daran gewöhnt war, Befehle zu geben, wusste sie nicht weiter.
»Richten Sie Florius Folgendes aus«, wies ich sie an. »Er hat heute einen Fehler gemacht. Er hat zwei freie Bürger zusammenschlagen lassen, in meinem Fall ohne dauerhafte Schäden, aber es geschah vor Zeugen. Ich haben einen Ädilen, einen Richter und zwei altgediente Zenturionen, die mich unterstützen werden, wenn ich Florius vor Gericht bringe.« Helena sah erschrocken aus. Ich konnte mir keinen Prozess leisten; außerdem würde ich mein Geld nicht dafür verschwenden. Aber das brauchte Florius ja nicht zu wissen. Und als Ermittler war ich oft für das Gericht tätig. In der Basilica gab es einige Anwälte, die mir noch einen Gefallen schuldeten. Es war mir ernst, als ich Milvia anblaffte: »Ihr Mann wird schwer in Verruf kommen, wenn ich eine Schadensersatzklage gegen ihn anstrenge. Sagen Sie ihm, wenn er Petronius oder mich noch einmal belästigt, werde ich nicht zögern, das zu tun.«
Milvia war unter Gangstern aufgewachsen. Obwohl sie vorgab, nichts davon zu wissen, musste ihr aufgefallen sein, dass ihre Verwandten in einer Welt lebten, die auf Geheimhaltung basierte. Die Aufmerksamkeit, die ein Gerichtsverfahren erregen würde, war etwas, das ihr Vater stets vermieden hatte (bis auf das Verfahren, in dem Petronius ihn zur Verurteilung gebracht hatte). Ihr Mann war ein Novize in Verbrecherkreisen, aber auch er führte ein Leben im Verborgenen. Er war ein Spieler, benutzte Tipps und Tricks und hatte jetzt auch mit Mietwucher zu tun; dabei wurde mit schweren Drohungen gearbeitet, nicht mit gerichtlichen Vorladungen.
»Florius wird nicht auf mich hören.«
»Dann bringen Sie ihn eben dazu«, schnauzte Helena sie an. »Sonst wird nicht nur sein Name überall im *Tagesanzeiger* zu le-

sen sein. Sie werden ebenfalls in den Skandal verwickelt und können auch das letzte bisschen Ansehen vergessen, das Ihre Familie genießt. Ganz Rom wird Bescheid wissen.«

»Aber ich habe doch nichts getan!«

»Genau darum geht es ja im *Tagesanzeiger*«, meinte Helena mit boshaftem Lächeln. Keiner schafft es besser als eine Senatorentochter, einen Emporkömmling zu zerschmettern. Es gibt nichts Unbarmherzigeres als eine geborene Patrizierin, die die Frau eines Neureichen zur Schnecke macht. »Vergessen Sie die Termine für die Getreideausgabe, Senatsbeschlüsse, Artikel über die kaiserliche Familie, Spiele und Circusveranstaltungen, Omen und Wunder. Die Römer sind ganz heiß darauf, über Leute zu lesen, die behaupten, nie etwas Unrechtes getan zu haben, und deren Liebesaffären nun breitgetreten werden!«

Milvia war nur knapp über zwanzig – noch nicht abgehärtet genug, so etwas trotzig durchzustehen. Das würde kommen. Mit etwas Glück war Petronius ihr begegnet, bevor sie das lernte. Hilflos, aber so flatterhaft, wie sie nun mal war, wechselte sie gereizt das Thema. »Außerdem bin ich wegen was ganz anderem gekommen.«

»Machen Sie mich nicht wütend«, sagte ich.

»Ich wollte Petronius um Hilfe bitten.«

»Tja, das hat Ihr Mann ja nun zu verhindern gewusst.«

»Aber es ist wichtig.«

»Zu dumm. Petro ist besinnungslos – und er hat sowieso die Schnauze voll von Ihnen.«

»Worum geht's denn?« Helena hatte die echte Hysterie in Milvias Stimme erkannt. Ich auch, aber mir war das egal.

Milvia war kurz davor, in Tränen auszubrechen. Ein ergreifendes Bild. Petronius wäre sicher darauf reingefallen, hätte er nicht flach gelegen. Mich beeindruckte es nicht. »O Falco, ich weiß nicht, was ich tun soll. Ich mach mir solche Sorgen.«

»Dann sagen Sie uns schon, was los ist.« Helena hatte ein Glitzern in den Augen, das darauf hindeutete, dass sie jeden Moment die Geduld verlieren und Milvia einen Teller mit mari-

nierten Sellerieherzen an den Kopf werfen würde. Ich hätte das zu gerne gesehen, allerdings machten sie mir schon die ganze Zeit den Mund wässrig. Wenn Mama sie für uns gebracht hatte und sie aus der Handelsgärtnerei unserer Familie in der Campania stammten, würden sie äußerst schmackhaft sein.
»Ich wollte Petronius bitten, aber da er nicht hier ist, müssen Sie mir helfen, Falco.«
»Falco ist sehr beschäftigt«, erwiderte Helena knapp in der Rolle meiner fähigen Assistentin.
Milvia fuhr unbeeindruckt fort: »Ja, aber es könnte im Zusammenhang mit dem stehen, wobei er Petronius hilft ...« Die Sellerieherzen waren erneut in Gefahr, doch ich hatte Glück. Ihre nächsten Worte ließen Helena innehalten. Sie brachten sogar uns beide zum Schweigen. »Meine Mutter ist verschwunden. Sie ist seit zwei Tagen nicht mehr heimgekommen, und ich kann sie nirgends finden. Sie war bei den Spielen und kam nicht mehr nach Hause. Ich glaube, sie ist von dem Mann entführt worden, der Frauen zerstückelt und sie in die Aquädukte wirft.«
Bevor Helena mich aufhalten konnte, hörte ich mich selbst hartherzig erwidern, dass der Mann, wenn das stimme, aber einen grauenhaften Geschmack habe.

XLIV

Ich war bereit, Milvia mit noch barscheren Worten wegzuschicken, doch wir wurden von Julius Frontinus unterbrochen, der uns einen seiner regelmäßigen Überprüfungsbesuche abstattete. Er machte mir geduldig ein Zeichen, dass ich fortfahren solle. Ich erklärte ihm kurz, dass das Mädchen denke, seine vermisste Mutter sei von unserem Mörder aufgegriffen worden, und dass sie um unsere Hilfe bitte. Er folgerte wahrscheinlich, dass ich ihr die Mitleid erregende Geschichte nicht abkaufte, noch bevor ich murmelte: »Ein Problem mit Situationen wie diesen ist, dass die Leute auf Ideen kommen. Jede Frau, die auch nur eine Stunde länger als sonst auf dem Markt bleibt, wird sofort als das nächste Opfer betrachtet.«

»Wodurch wir Gefahr laufen, die wirklichen Opfer zu übersehen?« Es war lange her, seit ich von einem intelligenten Klienten angestellt worden war.

Helena knöpfte sich das Mädchen noch mal vor. »Wenn Familienmitglieder verschwinden, Milvia, hat das meist häusliche Gründe. Nach meiner Erfahrung kann es etwas heikel werden, wenn eine willensstarke Witwe bei ihren verheirateten Kindern einzieht. Haben Sie in letzter Zeit einen Familienkrach gehabt?«

»Keinesfalls.«

»Das scheint mir eher ungewöhnlich«, bemerkte Frontinus unaufgefordert. Ich hatte vergessen, dass er, um Konsul zu werden, zuerst einen hohen juristischen Posten innegehabt haben musste; er war es gewöhnt, Aussagen mit schneidenden Bemerkungen zu unterbrechen.

»Balbina Milvia«, sagte ich, »das hier ist Julius Frontinus, der illustre Exkonsul. Ich rate Ihnen ernsthaft, ihn nicht zu belügen.«

Sie blinzelte. Ich hatte keinen Zweifel daran, dass ihr Vater ziemlich einflussreiche Mitglieder der Gesellschaft dazu verleitet hatte, mit ihm zu dinieren – zu trinken, schmausen, Geschenke und die Aufmerksamkeit von Tanzmädchen oder Jungen entgegenzunehmen. Was hochkarätige Strippenzieher als Gastfreundschaft bezeichnen, aber von der neidischen Öffentlichkeit als Bestechung betrachtet wird. Ein Konsul war wahrscheinlich etwas Neues für sie.

»Hat es Meinungsverschiedenheiten bei Ihnen zu Hause gegeben?«, wiederholte Frontinus kühl.

»Na ja, vielleicht.«

»Über was?«

Über Petronius Longus, hätte ich gewettet. Flaccida hatte Milvia bestimmt ins Gebet genommen, weil sie mit einem Mitglied der Ermittlungsmannschaft der Vigiles herumgeschmust hatte. Dann hatte Flaccida ihren Spaß daran gehabt, es Florius brühwarm unter die Nase zu reiben. Florius wiederum hatte möglicherweise Flaccida die Schuld an der Untreue ihrer Tochter gegeben, entweder weil er dachte, sie billige es, oder weil er ihr vorwarf, das Mädchen schlecht erzogen zu haben. Es musste hoch hergegangen sein.

Helena lächelte Frontinus an. »Falls Sie das Gefühl haben, Ihnen sei etwas entgangen, sollte ich wohl erklären, dass wir es hier mit einer Hochburg des organisierten Verbrechens zu tun haben.«

»Noch etwas, das von einer Untersuchungskommission profitieren würde«, stichelte ich.

»Eins nach dem anderen, Falco«, sagte der Konsul unbewegt.

Ich sah zu Milvia. »Wenn Sie wirklich glauben, Ihre Mutter sei tot, wirken Sie aber nicht sehr traurig.«

»Ich verberge meinen Gram tapfer.«

»Wie stoisch!« Möglicherweise dachte sie, sie würde noch reicher werden, falls Mama das Zeitliche gesegnet hatte. Mög-

licherweise war das der Grund, warum sie so begierig darauf war, es genau zu erfahren.
Frontinus klopfte mit dem Finger auf den Tisch, um die Aufmerksamkeit des Mädchens auf sich zu lenken. »Wenn Ihre Mutter von dem Verbrecher entführt wurde, den wir jagen, werden wir die Angelegenheit mit Nachdruck verfolgen. Aber wenn sie nur zu einer Freundin gezogen ist, weil es Streit gegeben hat, sollten Sie meine Ermittlung nicht mit einer trivialen Beschwerde behindern. Jetzt antworten Sie mir: Hat es einen solchen Streit gegeben?«
»Kann schon sein.« Milvia rutschte unruhig hin und her und sah zu Boden. Ich hatte unartige Schulmädchen sich schon wirkungsvoller winden sehen. Aber Milvia war nie zur Schule gegangen. Verbrecherkinder passen sich nicht gut an, und ihre liebenden Eltern wollen nicht, dass sie schlechte Gewohnheiten annehmen, ganz zu schweigen von moralischen Wertvorstellungen. Milvia hatte ihre Bildung durch eine Reihe von Tutoren erhalten, wahrscheinlich verängstigten Gesellen. Allerdings war nicht viel davon hängen geblieben. Sie hatten zweifellos das Geld genommen, ein paar Bände Livius angeschafft, die dann im Schulzimmer herumlagen, und sich für den Rest pornografische Schriftrollen gekauft.
»Hatten Sie Streit mit Ihrer Mutter? Oder war Ihr Mann auch daran beteiligt?« Falls Petronius sich als Partner nicht bewährte, hätte ich nichts dagegen gehabt, den Exkonsul seinen Platz einnehmen zu lassen. Er verbiss sich schnell in ein Verhör und schien auch noch Spaß daran zu haben. Wie schade, dass er als Statthalter nach Britannien ging. Eine echte Talentvergeudung.
Milvia zerknautschte den teuren Stoff ihres Rocks zwischen den dick beringten Patschhändchen. »Mutter und Florius hatten neulich eine kleine Auseinandersetzung.«
Frontinus sah an seiner Nase entlang. »Eine Auseinandersetzung?«
»Na ja, eigentlich einen schrecklichen Streit.«

»Worum ging es?«
»Oh ... nur um einen Mann, mit dem ich mich angefreundet hatte.«
»So, so!« Frontinus richtete sich auf wie ein Advokat, der zum Mittagessen nach Hause gehen will. »Junge Frau, ich muss Sie warnen, dass Ihre häusliche Situation ernst ist. Wenn ein Mann entdeckt, dass seine Frau ihn betrogen hat, ist er gesetzlich dazu verpflichtet, sich scheiden zu lassen.«
Eines musste Milvia eingebläut worden sein: Um das Geld ihres Vaters behalten zu können, durften sie und Florius sich niemals trennen. Sie war keine großäugige Idealistin, die bereit war, ihre Moneten für die wahre Liebe zu Petro aufs Spiel zu setzen. Milvia hing zu sehr an ihren Kästen mit Juwelen und ihrem hübschen Tafelsilber. Blinzelnd wie ein Kaninchen wiederholte sie mit zitternder Stimme: »Scheidung?«
Frontinus bemerkte ihr Zögern. »Sonst kann der Ehemann wegen Kuppelei vor Gericht gestellt werden. Zuzulassen, dass eine römische Matrone entehrt wird, ist etwas, dass wir nicht dulden können. Ich nehme an, Ihnen ist klar, dass Ihr Mann, wenn er Sie tatsächlich mit einem anderen Mann im Bett erwischt, das Recht hat, sein Schwert zu ziehen und Sie beide zu töten?«
Das stimmte alles. Es würde Florius ruinieren. Er würde wohl kaum seine Frau und Petro in einem gerechten Anfall unbändigen Zorns den Garaus machen, und dem uralten Gesetz der Kuppelei unterworfen zu sein würde ihn der Lächerlichkeit preisgeben. »Mir gefällt des Konsuls Sinn für Humor«, sagte ich offen zu Helena.
Sie täuschte Missbilligung vor. »Seinen Sinn für Gerechtigkeit, meinst du wohl, Marcus Didius.«
»Ich ziehe es vor, nicht der Vermittler ehelicher Disharmonie zu sein«, erklärte Julius Frontinus Milvia freundlich. Er war ein gewiefter alter Fuchs, hatte schon früher mit dümmlichen Mädchen zu tun gehabt. Er sah hinter ihre glänzende Schale und die großen bemalten Augen und erkannte, wie gefährlich sie wa-

ren. »Ich werde vergessen, was ich heute gehört habe. Ich sehe, dass Sie Ihre Ehe nicht gefährden wollen, also werden Sie diese Affäre schleunigst beenden. Und wir wünschen Ihnen alle viel Glück dabei!«

Milvia war verblüfft. Ihre erpresserische Familie besaß ganze Horden zahmer Anwälte, die berühmt dafür waren, veraltete Statuten hervorzukramen, mit denen sie Unschuldige festnageln konnten. Es war neu für sie, das Opfer uralter Gesetzgebung zu sein, ganz zu schweigen von der fein eingefädelten Erpressung eines hochrangigen Senators.

Frontinus wirkte so mitfühlend, dass sie wohl am liebsten laut aufgeschrien hätte. »Was Ihre vermisste Mutter angeht, so scheint Sie das sichtlich zu bekümmern. Sie müssen alle Anstrengungen unternehmen, um herauszufinden, ob sie bei einer Freundin oder bei Verwandten untergekrochen ist. Falco wird für Sie Nachforschungen anstellen, wenn es seine Zeit erlaubt, aber solange Sie keine Beweise dafür erbringen, dass Ihre Mutter entführt wurde, bleibt das eine Privatangelegenheit. Es könnte viele andere Erklärungen geben. Doch wenn Sie meinen, es steckt ein Verbrechen dahinter, sollten Sie sich wohl eher an die Vigiles wenden.«

»Oh, zu denen kann ich nicht gehen.«

Frontinus sah mich an. »Die Vigiles werden ihr kaum Sympathie entgegenbringen«, erklärte ich. »Sie haben viel Zeit damit verbracht, Betrügereien nachzuspüren, in die die vermisste Frau in hohem Maße verwickelt war. Flaccida ist nicht gerade ihre Liebingsjungfer in Not.«

»Ich brauche Hilfe«, jammerte Milvia.

»Dann beauftragen Sie einen Privatermittler«, entgegnete Helena.

Milvia öffnete ihr Rosenknospenmündchen, um zu jammern, dass dies der Grund sei, warum sie gekommen sei, dann drang das Wort »beauftragen« zu ihr durch. Petronius hätte natürlich kein Honorar dafür verlangt. »Muss ich Sie bezahlen, Falco?«

»Das gilt als höflich«, antwortete Helena. Sie führte meine Bücher.
»Na ja, wenn es denn sein muss«, schmollte Milvia.
»Im Voraus«, sagte Helena.
Frontinus schaute amüsiert. Für unsere Arbeit bei der offiziellen Ermittlung wurden wir im Nachhinein bezahlt.

XLV

Seine Hochwohlgeboren war nicht erfreut, als ich ihm später mitteilte, dass seine halbe Mannschaft wegen Krankheit ausfiel. So wie ich es ihm erzählte, war Petronius Longus, diese selbstlose Geißel des organisierten Verbrechens, von einer Bande angegriffen worden, die die Verhaftung des Verbrechers Balbinus Pius rächen wollte. Falls Frontinus schon vor unserer Einstellung von Petros Suspension gehört hatte, würde er bald die Verbindung zu Milvia kapieren. Ich würde es ihm nicht sagen, außer er fragte mich danach.

»Lassen Sie uns hoffen, dass er sich rasch erholt. Und wie fühlen Sie sich dabei, allein weiterzumachen, Falco?«

»Ich bin es gewohnt, allein zu arbeiten. Petronius sollte schnell wieder auf den Beinen sein.«

»Nicht schnell genug«, meinte der Konsul. »Ich habe gerade eine Botschaft erhalten, die mir ein sehr aufgeregter Staatssklave gebracht hat.«

Dann rückte er mit dem wahren Grund für seinen Besuch heraus. Bolanus hatte endlich von sich hören lassen. Weit davon entfernt, sich nicht länger um die Sache zu kümmern, wie ich gemutmaßt hatte, war der Ingenieurassistent sehr fleißig gewesen. Er hatte sich an seine persönliche Theorie gehalten, dass die Aquädukte, die von Tibur nach Rom führten, diejenigen waren, die überprüft werden sollten. Er hatte eine systematische Inspektion aller Castelli und Absetzbecken quer durch die Campania organisiert. Schließlich hatten seine Männer weitere Leichenteile zu Tage gefördert, ein großer Fund, wurde uns mitgeteilt – diverse Arme und Beine in unterschiedlichem Verwesungszustand, gefunden an den Wasserfassungen oberhalb von Tibur.

Julius Frontinus sah Helena Verzeihung heischend an. »Ich fürchte, ich muss Sie für ein paar Tage Ihres Mannes berauben. Er und ich müssen den Fundort besichtigen.«

Helena Justina erwiderte lächelnd: »Das dürfte kein Problem sein. Ein Ausflug aufs Land ist genau das Richtige für das Baby und mich.«

Frontinus versuchte nervös wie ein Mann zu wirken, der den Elan moderner Frauen bewundert. Ich grinste nur.

XLVI

Flaccidas Verschwinden von zu Hause gab mir die Gelegenheit, ein bisschen anzugeben.

Mir blieb noch ein Tag Zeit, bevor wir Rom verließen, und ich benutzte ihn, um für Milvia Nachforschungen anzustellen. Es versteht sich von selbst, dass es nicht so viel Spaß machte, wie man sonst bei der Verfolgung von Witwen haben kann. All die Witwen, für die ich früher gearbeitet hatte, waren nicht nur mit einer prächtigen Erbschaft ausgestattet, sondern auch sehr attraktiv und empfänglich für ein flottes Grinsen. Doch seit ich Helena kennen gelernt hatte, arbeitete ich nicht mehr für diese Art von Klienten. Das Leben ist schon risikoreich genug.

Die Verzögerung entstand, weil ich warten musste, bis mein Reisegefährte seine persönlichen Angelegenheiten geordnet hatte, die natürlich vielfältiger waren als die meinen. Er hatte ein paar Millionen Sesterzen in Land investiert, das seine Aufmerksamkeit verlangte, musste sich um seinen Ruf im Senat kümmern, ganz abgesehen davon, dass er in Kürze sein Amt in Britannien antreten sollte. Die Vorbereitungen für einen dreijährigen Aufenthalt am Rande des Imperiums konnten nicht seinen Untergebenen überlassen werden; seine Togafalter und Sekretäre hatten noch keine Ahnung, wie schrecklich diese Provinz war.

Frontinus hatte darauf bestanden, die Ermittlungen in Tibur zu überwachen. Solange er mich nicht überwachte, sollte mir das egal sein. Als Römer hatte ich wenig Kenntnis von der Gegend und nicht viel zu melden, außer als Mitglied seiner Aquäduktermittlungsmannschaft. Seine Anwesenheit würde mir mehr Gewicht verleihen. Angesichts des Status der Landbesitzer, die den Bezirk patronisierten, war mit Widerstand gegen die Ermittlung zu rechnen. Die Stinkreichen haben eben mehr zu verbergen als die Armen.

Ich ergriff also meine Chance, während Seine Ehren sich um seine Angelegenheiten kümmerte, begab mich zur Florius-Villa und spionierte draußen ein bisschen herum. Ein Sklave trottete zum Einkaufen heraus. Ich schnappte ihn mir, gab ihm eine kleine Münze, fügte auf seinen Vorschlag noch einige hinzu und fragte ihn, was man sich denn so über die vermisste Dame erzählte. Er hasste Flaccida eindeutig und gab bereitwillig zu, dass niemand im Haushalt irgendwas über ihren Aufenthaltsort wusste. Ich machte mir nicht die Mühe, anzuklopfen und mit Milvia zu sprechen.

Es waren definitiv keine Vigiles in der Straße, sonst hätte ich sie entdeckt. Ich schlenderte zum Aventin zurück, platzte bei Marcus Rubella im Hauptquartier der Vierten Kohorte, die für den Zwölften Bezirk zuständig war, herein und fragte ihn geradeheraus, was mit seiner Überwachungsmannschaft passiert sei.

»Der Balbinus-Fall ist abgeschlossen, Falco. Er ist tot, und wir wollen uns doch keine Belästigung vorwerfen lassen. Welche Überwachungsmannschaft?«

Rubella war ein ehemaliger Zenturio mit zwanzig Jahren Legionserfahrung auf dem Buckel und jetzt Kommandant von tausend verbissenen Exsklaven, die seine Feuerwehrkohorte bildeten. Sein Kopf war kahl geschoren, sein Kinn voller Stoppeln, und seine ruhigen dunklen Augen hatten ein unzumutbares Maß an Gewalt gesehen. Er hielt sich gern für eine gefährliche Spinne, die an den Fäden eines weit reichenden und vollendet gewebten Netzes zog. Ich fand, er hielt zu viel von sich, aber ich achtete darauf, den Mann nie zu unterschätzen oder mich mit ihm anzulegen. Er war kein Dummkopf. Und er hatte sehr viel Macht in dem Distrikt, in dem ich wohnte und arbeitete.

In seinem Büro setzte ich mich unaufgefordert hin, lehnte mich entspannt zurück und legte meine Stiefel auf seinen ansehnlichen Schreibtisch, die Hacken an seinem silbernen Tintenfass, als wollte ich es absichtlich hinunterwerfen.
»Welche Mannschaft? Diejenige, die jeder intelligente Tribun wie Sie selbst, Marcus Rubella, aufgestellt hätte, um Balbinus' Witwe Cornella Flaccida zu überwachen.«
Rubellas braune Augen hingen an seinen Schreibutensilien. Seine lange Militärzeit hatte ihm einen Respekt für Ausrüstungsgegenstände vermittelt, der auch jetzt noch anhielt, wo er einen Posten innehatte, bei dem es offiziell keine gab. Er sorgte stets dafür, dass sein Tintenfass und seine Streusandbüchse gefüllt waren. Ein Zucken meines unverschämten Fußes würde eine hübsche Schweinerei in seinem Büro veranstalten. Ich lächelte ihn an wie ein Mann, der nicht die Absicht hat, das zu tun. Er blickte unbehaglich drein.
»Zu einer laufenden Ermittlung kann ich keinen Kommentar abgeben, Falco.«
»Das ist in Ordnung. Schenken Sie sich Ihren Kommentar; ich bin kein Schreiber, der den *Tagesanzeiger* nach Sensationsnachrichten absucht. Ich will nur wissen, wo sich Flaccida einquartiert hat. Das ist langfristig auch in Ihrem Interesse.« Auf dieses Argument konnte ich mich verlassen. Rubella war der geborene Offizier. Er würde nichts unternehmen, was nicht in seinem eigenen Interesse war, aber zuschnappen, sobald er das erkannte.
»Was ist los?«
Ich erzählte ihm alles. Er war ein Profi, und ich respektierte das zu sehr, um ihm einen Bären aufzubinden. Außerdem beunruhigte ihn ein solcher Vertrauensbeweis, was schon erfreulich genug war. »Flaccida hat einen Mordsstreit mit ihrem Schwiegersohn, dem verschlafenen Florius, gehabt. Sie ist von zu Hause abgehauen. Die dusslige kleine Milvia glaubt, der Aquäduktmörder habe sich ihre Mama geschnappt – was natürlich blanker Unsinn ist. Der Aquäduktmörder mag seine Opfer knackiger. Das ist bisher das Einzige, was wir von ihm wissen.«

»Wie weit sind Sie mit den Ermittlungen gekommen?«, fragte Rubella. »Ist es wahr, dass gestern ein abgetrennter Kopf in der Kloake angeschwemmt wurde?«
»Nicht ganz das, was die exzellenten etruskischen Ingenieure damals im Sinn hatten – ja, es stimmt. Und am selben Morgen wurde im Tiber ein Torso gefunden. Um die Wahrheit zu sagen, wir scheinen nicht weiterzukommen, und das trotz der vollen Kooperation aller Vigiles-Kohorten und bei zwei getrennten Ermittlungen. Die vom Kurator der Aquädukte hat sich offenbar völlig festgefahren, was mich nicht allzu traurig macht, da sie vom Oberspion geleitet wird.«
Rubella schnaubte leise. »Sie können ihn nicht leiden.«
»Ich mag einfach seine Methoden nicht, seine Einstellung oder die Tatsache, dass ihm erlaubt wird, die Erde mit seiner Anwesenheit zu vergiften ... Die Mannschaft, zu der ich gehöre ...«, taktvoll vermied ich es, die Zusammenarbeit mit Petronius zu erwähnen, den Rubella vom Dienst suspendiert hatte. »Meine Mannschaft verfolgt einige Anhaltspunkte. Ich bin auf dem Weg nach Tibur mit dem leitenden Exkonsul Frontinus. Kennen Sie ihn?« Nein. Eins rauf für mich. »Man hat dort offenbar einige Leichenteile gefunden. Vielleicht können Sie mir das sagen, Rubella – wie steht es dort mit den Gesetzeshütern?«
»In Latium?« Der Tribun sprach von der ländlichen Gegend mit dem Abscheu eines Stadtbewohners. Auch die örtliche Administration kam nicht gut dabei weg. »Ich nehme an, dass die besseren Dörfer so was wie einen Duovir haben, der einen Trupp zusammenstellt, wenn sie von besonders hartnäckigen Hühnerdieben heimgesucht werden.«
»In ausländischen Provinzen übernimmt das die Armee.«
»Aber doch nicht im heiligen Italien, Falco. Wir sind eine Nation freier Männer; es geht doch nicht, dass Soldaten Befehle erteilen – die Leute würden sie ignorieren, und wie würden sich die armen Burschen dann fühlen? Draußen in Ostia ist eine Kohorte der Städtischen postiert, aber das ist eine Ausnahme wegen des Hafens.«

»Zum Schutz des eintreffenden Getreidenachschubs«, fügte ich hinzu. »Aus dem gleichen Grund sind Städtische auch in Puteoli stationiert.«

Rubella gefiel es nicht, dass ich so viel wusste. »Woanders werden Sie nicht viele Ordnungskräfte finden.«

»Das stinkt.«

»Die behaupten, auf dem Land gäbe es keine Verbrechen.«

»Und all ihre Ziegen haben Menschenköpfe, und ihre Pferde können unter Wasser schwimmen!«

»Die Campania ist eine wilde Gegend – und das Schlimmste daran sind die Menschen, die dort leben. Das ist der Grund, warum Sie und ich die große Stadt vorziehen, Falco, wo nette Burschen in roten Tuniken dafür sorgen, dass man nachts ruhig schlafen kann.«

Das war eine romantische Betrachtungsweise der Vigiles und ihrer Effektivität, aber das wusste er.

Mit Latium kam ich zurecht. Rubella hatte keine Ahnung, dass ich meine halbe Kindheit dort verbracht hatte. Ich wusste, wie man Knoblauch richtig anpflanzt. Ich wusste, dass Pilze am besten in Kuhfladen gedeihen, was man aber beim Servieren lieber nicht erwähnt. Und er hatte Recht, ich zog Rom vor.

Ich kam auf meine ursprüngliche Ermittlung zurück. »Ich bezweifle, dass Flaccida von einem Mörder entführt worden ist. Er müsste schon sehr mutig sein – und auch gewitzt. Petronius Longus würde vermutlich sagen, wir sollten Florius des Mordes verdächtigen. Er mischt jetzt bei den Banden mit, also könnte er versuchen, das zu organisieren. Und er hat ein gewaltiges Motiv. Meine eigene zynische Theorie besagt, dass Milvia selbst ihre nörglerische Mutter gern aus dem Weg hätte …«

»Was ist mit Petro?«, witzelte Rubella. »Ich habe ihn immer für groß und ruhig gehalten – und für ein tiefes Wasser!«

»Er würde die alte Vettel auch gern von hinten sehen, sie aber lieber bei einem Verbrechen erwischen und dem Richter vorführen. Milvia behauptet, sie wollte Petronius bitten, ihr liebes Mütterlein zu finden. Wenn ich ihr sagen kann, dass die alte

Hexe in Sicherheit ist, würde das helfen, das junge Mädchen von Petro fern zu halten.«
»Ist es wahr, dass jemand ihn zusammengeschlagen hat?« Rubella wusste für gewöhnlich sogar über den Stand jedes Würfelspiels in seinem Revier Bescheid.
»Florius hat von der Affäre gehört. Flaccida hat es ihm erzählt; das ist der Grund ihres Zerwürfnisses. Er beschloss, endlich den starken Mann zu markieren.«
»Rom kann bestens ohne Florius' Großtuerei auskommen.« Der Gedanke, dass Florius seine Muskeln spielen ließ, reichte aus, um Rubella zu beunruhigen. »Wird das Petros Einstellung gegenüber der Frau beeinflussen?«
»Das können wir nur hoffen.«
»Sie klingen nicht gerade optimistisch.«
Ich kannte Petro schon sehr lange. »Na ja, ich glaube, er möchte seinen Posten zurückhaben.«
»Merkwürdige Art, das zu zeigen. Ich habe ihm ein Ultimatum gestellt, das er ignoriert zu haben scheint.«
»Und das wissen Sie«, wies ich ihn freundlich hin, »weil Petronius beim Betreten von Milvias Haus gesehen worden ist – von Ihren Männern. Seit dem Balbinus-Prozess haben Ihre Spitzel Flaccida nicht aus den Augen gelassen. Aber als sie dann ausflog, hat sich Ihr Mann da nicht die Stiefel geschnürt und ist ihr zu ihrem neuen Nest gefolgt?«
»Ich musste meine Männer abziehen«, klagte Rubella. »Sie ist zu gewitzt, um uns irgendwelche Hinweise zu geben. Ihre Beobachtung ist zu teuer – und ohne Petronius Longus fehlt es mir einfach an Arbeitskräften.«
»Sie haben demnach die Überwachung abgeblasen, bevor Flaccida verschwand? Oder sind mir die Parzen endlich mal gnädig?«
Er hatte seine Freude daran, mich auf die Folter zu spannen. Dann grinste er. »Sie ziehen heute nach Ende ihrer Schicht ab.«
Ich nahm meine Füße von seinem Schreibtisch und wich dabei vorsichtig seinem Tintenfass und der Streubüchse aus. Um dem

noch Nachdruck zu verleihen, beugte ich mich vor und rückte sie ein wenig zurecht, damit sie hübsch in Reih und Glied standen. Ich weiß nicht, ob der alte Sack mir für meine Zurückhaltung dankbar war. Aber er gab mir die Adresse von Cornella Flaccida.

Sie hatte sich eine Wohnung im Vicus Statae gemietet, unterhalb des Esquilin, nahe der Servianischen Mauer. Um dorthin zu kommen, musste ich am runden Ende des Circus vorbei und an Orten, die bei unserer Jagd nach dem Aquäduktmörder eine so große Rolle gespielt hatten – vorbei am Tempel von Sonne und Mond, durch die Straße der Drei Altäre und um den Tempel des Vergöttlichten Claudius herum. Ich machte einen Umweg durch die Straße von Ehre und Tugend und klopfte bei Marina an. Sie war nicht da. Was mich nicht wunderte, da ich sie ja kannte.

Flaccidas neues Domizil lag im zweiten Stock eines recht sauberen Mietshauses. Als ihr Mann verurteilt worden und sein Vermögen an das Schatzamt gefallen war, hatte man ihr erlaubt, nur das Geld zu behalten, das nachweislich ihr gehörte – ihre Mitgift zum Beispiel oder rein persönliche Erbschaften. Obwohl sie behauptete, völlig mittellos zu sein, hatte sie sich bereits mit Sklaven umgeben, grün und blau geschlagen wie üblich, und mit dem nötigsten Mobiliar ausgestattet. Die ganze Angelegenheit war mit aufeinander abgestimmten Fresken verziert und mit der Art griechischer Vasen, die in Süditalien als Massenware für Leute produziert wurden, denen an ästhetischen Raumfüllern gelegen ist, ohne dass sie dafür die Flohmärkte absuchen müssen. Es sah aus, als hätte sich Flaccida ihre Fluchtburg schon vor einiger Zeit eingerichtet. Ich hätte gewettet, dass weder Milvia noch Florius was davon wussten.

Sie war zu Hause. Das erkannte ich an ihrem Bewacher von den Vigiles, der in einer Imbissbude auf der anderen Straßenseite herumlungerte. Ich tat so, als hätte ich keine Ahnung, dass seine Anwesenheit ein Geheimnis war, winkte und rief ihm ei-

nen Gruß zu. Flaccida wusste wahrscheinlich auch von ihm. Wenn die Überwachung abgeblasen wurde, konnte ich durch seine Enttarnung keinen Schaden anrichten.
Ich wurde eingelassen, wenn auch nur, damit ich die Nachbarn nicht aufstörte. Es war kein Heim, in dem einem Kuchen und Pfefferminztee angeboten wird. Sollte mir recht sein. Ich hätte nur ungern etwas angenommen, in das man Gift mischen konnte.
Um ihre Befreiung von der jüngeren Generation zu feiern, hatte sich der Teigkloß offenbar das Haar färben lassen, nicht ganz in dem gleichen Blond wie beim letzten Mal. Sie lag ausgestreckt auf einer Elfenbeinliege und war in etwas Extravagantes aus sich beißendem Violett und Karmesinrot gekleidet, dessen Kauf eine Menge Tuchwalker und Färber äußerst glücklich gemacht haben musste. Wenn sie dieses Gewand in die Wäscherei schickte, würde es einen Aufschrei der anderen Kunden geben, weil die scheußlichen Farben ausgelaufen waren und die Wäsche jetzt streifig war.
Sie machte keine Anstalten, sich zu erheben und mich zu begrüßen – was daran liegen mochte, dass ihre Absätze mehrere Zoll hoch und kaum zum Stehen oder Gehen geeignet waren. Oder vielleicht dachte sie, ich sei es nicht wert. Nun ja, das Gefühl beruhte auf Gegenseitigkeit.
»Was für eine Überraschung! Ich bin entzückt, Cornella Flaccida, Sie lebend und wohlauf zu sehen. Man erzählt sich, Sie seien zur Zerstückelung entführt worden.«
»Von wem?« Flaccida nahm offensichtlich an, dass es sich um einen Feind aus der Unterwelt handelte. Sie musste viele davon haben.
»Könnte jeder sein, meinen Sie nicht auch? So viele hegen den geheimen Wunsch zu hören, dass Sie gefoltert und massakriert worden sind …«
»Ach, Weltverbesserer gibt es überall!« Ihr krächzendes Lachen tat mir regelrecht weh.
»Ich würde auf Florius und Milvia setzen – wenn es auch seltsa-

merweise Ihre Tochter war, die die Bluthunde losgelassen hat. Milvias Zuneigung zu Ihnen ist so groß, dass sie doch tatsächlich mich damit beauftragt hat. Ich werde ihr berichten, dass Sie bei bester Gesundheit sind – wobei ich ja vielleicht nicht sagen muss, wo Sie sich aufhalten.«
»Wie viel?«, fragte sie gelangweilt in der Annahme, dass ich Bestechungsgeld haben wollte, um den Mund zu halten.
»Oh, ich würde niemals Geld annehmen.«
»Ich dachte, Sie sind Privatschnüffler?«
»Lassen Sie uns sagen, es würde mich vollkommen zufrieden stellen, wenn Sie sich dem allgemeinen Trend Ihrer Familie anschlössen, meinen guten Freund Petronius Longus in Ruhe zu lassen. Ich bin einfach nur glücklich, dass ich Sie nicht zu den Frauen hinzufügen muss, die in Stücke gehackt und in die Aquädukte geworfen wurden.«
»Nein«, stimmte Flaccida unbewegt zu. »Sie würden mich nicht gern in einem Brunnenbecken zu Ihnen hochgrinsen sehen. Und ich würde nicht gern im Schwitzraum eines Männerbades aus dem Wasserrohr plumpsen und den Drecksäcken die Gelegenheit geben, schmutzige Witze zu reißen.«
»Oh, keine Bange«, beruhigte ich sie. »Dieser Mörder mag seine Häppchen jung und knackig.«

XLVII

Vorkehrungen zu treffen und Abschied für höchstens zwei Wochen zu nehmen dauerte länger, als wenn wir Rom für sechs Monate verlassen hätten. Wäre es nach mir gegangen, hätten wir es niemandem gesagt, aber das barg Gefahren in sich. Abgesehen von der Stimmung unterdrückter Hysterie in Rom, die die Leute veranlassen könnte, das Verschwinden einer ganzen Familie dem Aquäduktmörder anzulasten, war es immer noch heiß, und wir wollten nicht, dass meine Mutter vorbeikam und eine halbe Seebrasse in unserem besten Zimmer für uns daließ, vorzugsweise ohne Deckel über dem Teller.

Was nicht heißt, dass ich Mama benachrichtigte. Stattdessen bat ich meine Schwester Maia, es ihr nach unserer Abreise zu sagen. Mama hätte uns jede Menge Päckchen für Großtante Phoebe auf dem Familienbauernhof mitgegeben. Die Campania erstreckt sich südlich und östlich von Rom in einem riesigen Bogen von Ostia bis Tibur, aber für Mama zählte nur der Flecken an der Via Latina, wo ihre verrückten Brüder wohnten. Ihr zu sagen, dass wir gar nicht in die Nähe von Fabius und Junius kamen, wäre dem Aufknallen meines Kopfes auf einen Hackklotz gleichgekommen. Für Mama gab es nur einen Grund, aufs Land zu fahren – kostenlos erstklassiges Gemüse von verblüfften Verwandten abzustauben, die man seit Jahren nicht gesehen hatte.

Der Hauptgrund für mich war der Wein. In die Campania zu fahren, nur um einem verrückten Mörder nachzujagen, der Frauen tötete, war Verschwendung. Latium war die Gegend, in

die sich ein römischer Junge begab, wenn der Wein in seinem Keller zur Neige ging.
»Bring welchen für mich mit!«, krächzte Famia, Maias Mann, der ein Säufer war. Wie gewöhnlich machte er keine Anstalten, mir Geld dafür mitzugeben. Ich zwinkerte meiner Schwester zu, um sie wissen zu lassen, dass ich nicht im Traum daran dachte, würde ihr aber einige Kohlköpfe mitbringen, mit denen sie seinen Kater kurieren konnte.
»Artischocken bitte«, sagte Maia. »Und ein paar Eierkürbisse, wenn es noch welche gibt.«
»Entschuldige mal, ich soll da einen perversen Mörder fangen.«
»Wenn man Lollius glaubt, hat der den Fall bereits für dich gelöst.«
»Sag mir nicht, dass irgendjemand angefangen hat, Lollius ernst zu nehmen.«
»Nur Lollius selbst.« Maia hatte eine trockene Art, die Ehemänner ihrer Schwestern zu beleidigen. Ihr einziger blinder Fleck war ihr eigener Mann, und das war verständlich. Sobald sie sich gestattete, Famias Mängel zu bemerken, wären wir anderen unseres Lebens nicht mehr froh geworden. »Wie geht es Petronius?«, fragte sie. »Begleitet er dich?«
»Er ist von der Unterweltvereinigung zur Bewahrung der Ehe flach gelegt worden – eine Gruppe smarter Jungs mit einem strikten Moralkodex, die sich als Jupiters Donnerkeil verstehen. Sie haben ihn so schlimm zusammengeschlagen, dass ich hoffe, er wird direkt zu Arria Silvia zurückmarschieren, wenn seine Veilchen wieder abgeschwollen sind.«
»Darauf würde ich nicht wetten«, höhnte Maia. »Er kann zwar an ihre Tür klopfen – aber wird sie ihm öffnen? Soviel ich gehört habe, macht Silvia das Beste aus ihrem Verlust.«
»Was soll das heißen, Schwesterherz?«
»Ach, Marcus! Es heißt, dass ihr Mann sie betrogen hat, also hat sie ihn rausgeschmissen, und jetzt sieht man sie mit einem neuen Begleiter herumlaufen.«
»Silvia?«

Maia umarmte mich. Aus irgendeinem Grund betrachtete sie mich stets als reizendes Unschuldslamm. »Warum nicht? Bei unserer letzten Begegnung sah sie aus, als hätte sie seit Jahren nicht mehr so viel Spaß gehabt.«

Mir sank das Herz.

»Wie geht es deiner Dichtkunst?« Falls Maia versuchte, mich mit dieser fröhlichen Nachfrage nach meinem Hobby aufzumuntern (über das sie sich lustig machte, wie ich wusste), hatte sie keinen Erfolg damit.

»Ich denke daran, in naher Zukunft eine öffentliche Lesung abzuhalten.«

»Juno und Minerva! Je eher du aufs Land fährst, desto besser, lieber Bruder!«

»Danke für deinen Beistand, Maia.«

»Ich bin stets gerne bereit, dich vor dir selbst zu beschützen.«

Eine Kleinigkeit hatte ich noch zu erledigen. Da ich es nicht ertragen konnte, mir eine Stunde lang Milvias Gezwitscher anzuhören, weigerte ich mich, sie zu Hause aufzusuchen. Ich schrieb einen knappen Bericht, dem Helena eine Rechnung für meine Dienste beifügte, zahlbar bei Empfang. Ich versicherte dem Mädchen, dass ich ihre Mutter gesehen und persönlich mit ihr gesprochen hatte. Ich schrieb, Flaccida sei wohlauf und habe sich zu einer Reihe spekulativer Vorträge über die Naturwissenschaften eingeschrieben, wobei sie nicht gestört werden wolle.

Das getan, galt mein nächster Besuch Petronius im Hause seiner Tante, den ich in der Gesellschaft unseres ernsthaften Vorgesetzten, des Exkonsuls, machen musste. Seine Vorstellung von Personalverwaltung bestand darin, persönlich die Angestellten zu überprüfen, die möglicherweise blau machten. Wieder hatte ich schlichte Kleidung für Frontinus vorgeschlagen, damit die schnaufende Tante Sedina keinen Herzschlag bekam vor Aufregung darüber, dass ein so bedeutender Mann am Rand eines Bettes in ihrem Hause saß und ihren fehlgeleiteten

Neffen überprüfte. Woraufhin Sedina uns herzlich begrüßte und meinen Begleiter dann so behandelte, als hielte sie ihn für meinen Schuhputzsklaven. Ich wurde mit einer Schüssel Mandeln für lieben Besuch geehrt, aber ich gab dem Konsul eine oder zwei ab.

Als wir hereinkamen, entdeckte ich, dass mein alter Freund sogar noch schlimmer aussah, nachdem die Blutergüsse und Schwellungen jetzt ins Vielfarbige übergegangen waren. Er war mit so viel Regenbogenfarbigem bedeckt, dass er die Iris auf der Bühne hätte spielen können. Er war auch bei Bewusstsein und so weit er selbst, dass er mich mit einem Strom von Obszönitäten begrüßte. Ich ließ ihn das erst mal loswerden und trat dann zur Seite, damit er den hinter mir lauernden Frontinus sehen konnte, der eine Flasche mit einem Stärkungsmittel in der Hand hielt. Für einen Konsul war er gut erzogen. Ich hatte Trauben mitgebracht. Das gab Petro etwas zu kauen, als er in der Gegenwart der Großen trübsinnig in Schweigen verfiel.

Leichtes Geplauder ist schwierig mit einem Kranken, der sich nur selbst die Schuld daran geben kann. Wir würden ihn kaum damit aufmuntern, wenn wir über seine Symptome sprachen. Sich danach zu erkundigen, wie er sich diese Krankheit nur hatte zuziehen können, kam auch nicht in Frage. Dämlichkeit ist ein Leiden, über das niemand offen spricht.

Frontinus und ich begingen den Fehler, ihm zu gestehen, dass wir gekommen waren, um uns vor unserer Dienstreise nach Tibur von ihm zu verabschieden. Das brachte Petro sofort auf die Idee, eine Sänfte zu mieten und uns zu begleiten. Er konnte sich nach wie vor kaum rühren und würde uns nur im Weg sein. Trotzdem mochte es eine gute Idee sein, ihn der Gefahr neuer Angriffe von Florius zu entziehen, und ich war ebenso froh, ihn aus Milvias Reichweite zu bringen. Seine Tante hörte bald auf, sich zu grämen, dass ihre Gastfreundschaft nicht gut genug war, und erwärmte sich für den Gedanken, frische Landluft sei genau das Richtige für ihren großen dummen Schatz. Also hatten wir ihn auf dem Hals.

»Das ist ja schön und gut, aber es hilft Lucius Petronius nicht, sich wieder mit seiner Frau zu versöhnen«, meinte Helena, als ich es ihr später erzählte.
Ich sagte nichts. Ich war schon früher mit dem Tunichtgut in der Campania gewesen. Die Weinlese mit Petronius auf den Höfen verschiedener Verwandter hatte mich gelehrt, wie er sich seine Rekonvaleszenz dachte: Petros Vorstellung eines netten Landurlaubs bestand darin, mit einem Steinkrug voller Latiumwein unter einem Feigenbaum zu liegen und die Arme um ein dralles Bauernmädchen zu schlingen.

Als Letztes mussten wir hinüber zur Porta Capena, um uns von Helenas Familie zu verabschieden. Ihr Vater war ausgegangen und hatte seinen ältesten Sohn zum Stimmenfang bei ein paar anderen Senatoren mitgenommen. Ihre Mutter zeigte dem Baby gegenüber ein ungewöhnliches Maß an Zärtlichkeit, was darauf hindeutete, dass sie mit anderen Mitgliedern ihrer Familie nicht zufrieden war. Claudia Rufina wirkte sehr ruhig. Und Justinus tauchte nur kurz mit ernstem Gesicht auf und verschwand dann wieder. Julia Justa teilte Helena mit, dass er sich nicht mit der Idee anfreunden wollte, dem Senat beizutreten, obwohl sein Vater sich schwer verschuldet hatte, um die Wahlgelder zur Verfügung zu stellen. Der Sohn war jetzt dazu verdonnert worden, eine Bildungsreise ins Ausland zu machen.
»Wohin denn, Mama?«
»Ganz egal«, erwiderte die noble Julia mit fast zu viel Nachdruck. Wir hatten das Gefühl, dass uns nur die halbe Geschichte erzählt wurde, aber alle wurden an so kurzem Zügel gehalten, dass es keine Gelegenheit für einen Privatschwatz gab.
»Na ja, er wird wohl nicht vor Aulus' und Claudias Hochzeit abreisen«, tröstete sich Helena. Justinus war ihr Liebling, und sie würde ihn vermissen, wenn er aus Rom exiliert wurde.
»Claudias Großeltern sollen in zwei Wochen hier eintreffen«, meinte ihre Mutter. »Man tut sein Bestes.« Julia Justa klang

niedergeschlagener und erschöpfter als gewöhnlich. Ich hatte sie immer für eine gescheite Frau gehalten. Sie war eine Seltenheit unter den Patriziern, eine gute Ehefrau und Mutter. Sie und ich hatten unsere Differenzen, aber nur, weil sie nach hohen moralischen Maßstäben lebte. Falls sie mit einem ihrer Söhne Schwierigkeiten hatte, besaß sie mein Mitgefühl. Sie würde nicht wollen, dass ich ihr meine Hilfe anbot.
In der Hoffnung, herauszufinden, was los war, versuchte ich den Senator in Glaucus' Gymnasium aufzuspüren, aber Camillus Verus war nicht da.

Einen Tag später hatten wir uns alle in Tibur einquartiert. Frontinus war bei Patrizierfreunden in einer luxuriös ausgestatteten Villa mit herrlicher Aussicht untergekommen. Helena und ich hatten einen kleinen Bauernhof draußen auf der Ebene gemietet, nur ein paar Außengebäude, angeschlossen an ein rustikales Wohnhaus. Wir brachten Petro in der Junggesellenbude über der Scheune unter, wo die Traubenpresse aufgestellt worden wäre, wenn es eine gegeben hätte, während seine Tante ein Zimmer auf demselben Flur hatte wie wir. Sedina hatte darauf bestanden, mitzukommen, um ihren Liebling Petronius weiter zu pflegen. Petronius war stinkwütend, aber es gab nichts, was er dagegen tun konnte. Das war's dann wohl mit seinen romantischen Vorhaben. Er wurde verwöhnt, betuttelt – und überwacht.
»Das ist die reinste Bruchbude hier, Falco.«
»Du wolltest ja mitkommen. Aber du hast Recht. Wir könnten das Ding vermutlich für wenig mehr als die Miete kaufen, die wir bezahlen.«
Gefährliche Worte.
»Das ist eine gute Idee«, sagte Helena, die unerwartet um die Ecke kam. »Damit können wir den Erwerb italienischen Landbesitzes beginnen, um bereit zu sein, wenn du dich entschließt, dich für einen höheren Rang zu qualifizieren. Dann können wir mit ›unserer Sommerresidenz in Tibur‹ angeben.«

Ich war alarmiert. »Ist es das, was du willst?«
»Oh, ich will nur das, was du willst, Marcus Didius.« Helena lächelte verschmitzt. Sie hatte meine Frage nicht beantwortet, wie sie durchaus wusste.
Sie sah bereits ausgeglichener und weniger erschöpft aus als in Rom, und so antwortete ich ihr nicht ganz so mürrisch, wie ich vorgehabt hatte. »Selbst um meine Schwester Junia mit ihren hochgestochenen Ambitionen zu ärgern, würde ich mein gutes Geld nicht in irgendwas so Mitleiderregendes wie das hier investieren.«
»Es ist gutes Land, mein Junge«, meinte Petros Tante, die mit einem Bündel schlaffen Grünzeugs in ihrer Stola angewatschelt kam. »Da hinten wachsen wunderbare Nesseln, aus denen ich einen köstlichen Topf Suppe für uns kochen werde.« Wie alle Stadtbewohnerinnen kam Tante Sedina liebend gern in die Campania, um ihre häuslichen Talente zu beweisen und zweifelhafte Gerichte aus fragwürdigen Zutaten zuzubereiten, vor denen die auf dem Land Geborenen schreiend weglaufen würden.
Ein Stückchen Land mit sechs Fuß hohen Nesseln zu kaufen in der schwachen Hoffnung, ein Ritter zu werden, schien dem Grad meiner Ambitionen genau zu entsprechen. Niemand lebte hier auf der Ebene. Es war ungesund und wenig anziehend. Leute mit Geschmack und Geld kauften sich einen kleinen Palast auf einem von in Form geschnittenen Büschen bestandenen Grundstück am Steilabbruch, über den der Anio in dramatischen Kaskaden hinabstürzte.
Der Anio war der hübsche Fluss, in den laut Bolanus irgendein örtlicher Verrückter gewohnheitsmäßig abgehackte menschliche Körperteile warf.

XLVIII

Ich war nicht hergekommen, um die Landschaft zu bewundern. Die erste Aufgabe bestand darin, sich mit der Gegend vertraut zu machen. Wir befanden uns am Südrand der Sabinerberge. Wir waren auf der alten Via Tiburtina hergekommen, die den Anio zweimal überquerte, zuerst außerhalb Roms auf dem Pons Mammaeus und später auf dem fünfbögigen Pons Lucanus, der von dem eindrucksvollen Grabmal der Plautii überragt wurde. Wir befanden uns bereits auf reicher Leute Boden, zu merken an den Thermalquellen in Aquae Albulae, in die Sedina Petronius natürlich tauchen musste. Da die heißen Quellen Rachen- und Blaseninfektionen heilen sollten, war mir nicht ganz klar, welche Wirkung sie auf einen Mann haben konnten, der brutal zusammengeschlagen worden war, und der unerfreuliche Anblick seiner Wunden verursachte zweifellos eine Massenflucht der sonstigen Invaliden. Die Zuflussseen waren sehr hübsch – ein erstaunlich intensives Blau. Der Schwefelgestank, der über ihnen hing, war dagegen eher abschreckend.

Damit wir die Gegend nicht zu idyllisch fanden, hatte der Kaiser sein Bestes getan, das daran anschließende Gebiet zu verunstalten. Es wurde als Steinbruch für den Travertin benutzt, mit dem das riesige neue Flavische Amphitheater in Rom gebaut wurde, was die Landschaft verschandelte und die Straße mit Karren verstopfte. Es musste enervierend sein für diejenigen, die sich hier ihre Ferienhäuser gebaut hatten, aber sie konnten kaum gegen Vespasians Lieblingsprojekt protestieren.

Den ganzen Weg durch die Campania waren wir von den hohen, eleganten Bögen der großen Aquädukte begleitet worden. Selbst wenn sie von der Straße abwichen, konnten wir nach wie vor die gewaltigen lohfarbenen Arkaden sehen, die die Ebene auf ihrem Weg von den Bergen nach Rom beherrschten. Sie mäanderten in weiten Bögen über viele Meilen, um eine möglichst sanfte Neigung zu gewährleisten und die Stadt noch hoch genug zu erreichen, damit sie die Castelli, den Palatin und das Kapitol versorgen konnten.

An der Stelle, wo die Ebene aufhörte und die Berge begannen, umgeben von herrlichen Olivenhainen und ausgestattet mit einer wundervollen Aussicht, war Tibur erbaut worden. Dort wurde der Anio gezwungen, um drei Biegungen durch eine schmale Schlucht zu fließen, und bildete so die phantastischen Wasserfälle. Das höher gelegene Gelände endete abrupt an einem Steilabbruch, und der Fluss stürzte einfach über sechshundert Fuß nach unten.

Der Sibylle Albunea geweiht, wies dieser atemberaubende Ort nicht nur den geschmackvollen Felsentempel des Orakels auf, sondern auch Tempel des Herkules Viktor und der Vesta, die Malern aus ganz Italien als beliebte Objekte für Landschaften in Rondellen zur Ausschmückung vornehmer Speiseräume dienten. Hier bauten sich Staatsmänner weitläufige Landhäuser, Poeten belagerten den Ort wie intellektuelle Vagabunden. Maecenas, der Finanzier Cäsars und mächtigste Mann unter Augustus, hatte hier ein prächtiges Ruheplätzchen errichtet. Augustus selbst kam zu Besuch. Varus, der legendäre militärische Versager, der drei Legionen in Germanien verlor, hatte hier Land besessen, und eine Straße war nach ihm benannt. Überall stank es vor Reichtum und entsprechender Überheblichkeit. Das Zentrum der Stadt war gepflegt, sauber und mit gut platziertem Frauenhaarfarn verschönert. Die Bevölkerung wirkte freundlich. Das tut sie meist in Städten, deren Hauptbeschäftigung darin besteht, Fremde auszunehmen.

Wir wussten, dass Bolanus oben in den Bergen war, und schickten ihm einen Boten zur Benachrichtigung. Derweilen teilten Julius Frontinus und ich uns die Aufgabe, die Immobilien zu überprüfen. Er übernahm die abgeschirmten Villen mit privaten Rennbahnen und bewaffneten Wächtern, diejenigen, die für Fremde unzugänglich sein sollten. Die meisten öffneten ihre Tore für einen Konsularbeamten mit sechs Liktoren. (Natürlich hatte er die Liktoren mitgebracht. Sie verdienten einen Urlaub. Er war ein sehr rücksichtsvoller Mann.) Ich übernahm den Rest, was weniger war, als ich befürchtet hatte. Tibur war ein Tummelplatz von Millionären. So exklusiv, dass es noch schlimmer war als in der Bucht von Neapolis im Hochsommer.

Helena Justina hatte beschlossen, unsere Bemühungen zu koordinieren. Sedina passte auf Julia auf, wenn sich Petronius zu einem Nickerchen niedergelegt hatte. Das gab Helena die Freiheit, Frontinus' und meine Arbeit zu organisieren, eine Aufgabe, der sie sich mit Hingabe widmete.

Sie zeichnete eine Karte des gesamten Bezirks, vermerkte, wer wo wohnte und ob wir ihn in unsere Liste der Verdächtigen aufnehmen sollten. Aus verschiedenen Gründen wurde die Liste kürzer als gedacht.

»Da der Aquäduktmörder seine schrecklichen Taten schon seit langer Zeit begeht, können wir alle mit vor kurzem erworbenen Grundstücken ausschließen«, erklärte uns Helena. »Und da er so regelmäßig mordet, können wir vermutlich auch die großen Villen vergessen, die nur sehr unregelmäßig bewohnt werden. Ihre Besitzer kommen nicht oft genug her. Wir suchen nach etwas ganz Bestimmtem – eine Familie, die Tibur nicht nur als Urlaubsort benutzt, wo sie sich zu bestimmten Zeiten des Jahres aufhält – oder auch nicht aufhält, und von wo sie vielleicht für größere Festlichkeiten nach Rom zurückkehrt oder auch nicht. Eure Suche muss sich auf Leute konzentrieren, die routinemäßig *alle* Spiele besuchen und die das beharrlich seit Jahrzehnten tun. Wenn sie ein Haus mit Zugang zum Fluss besitzen, umso besser.«

Diese Informationen zu bekommen war nicht allzu schwierig. Fand Frontinus die Anwohner zu Hause vor, fragte er sie direkt nach ihren Gewohnheiten und Unternehmungen. Man reagierte zuvorkommend. Bei einer offiziellen Untersuchung mitzuhelfen ist Bürgerpflicht – sich zu weigern war strafbar. Ich ging die Sache subtiler an, was aber genauso gut funktionierte – ich ermutigte die Leute, über ihre Nachbarn zu tratschen. Dabei erfuhr ich so einiges.

»Ihr habt beide eine Menge herausgefunden«, sagte Helena, als wir uns nach einem Tag harter Arbeit zu einer Besprechung zusammensetzten. Frontinus war mit zum Bauernhof gekommen; es machte ihm nichts aus, ein paar windschiefe Hütten auf einem mit Nesseln bewachsenen Stückchen Land zu besuchen. Helena war mit ihm ebenso streng wie mit mir. »Das Problem ist nur, dass ihr bei eurer Arbeit nicht gerade auf viele Verdächtige gestoßen seid.«

»Machen wir was falsch?«, fragte Frontinus unterwürfig.

»Lassen Sie sich von ihr nicht einschüchtern«, meinte ich grinsend.

Sie sah bestürzt aus. »Bin ich zu herrisch, Marcus?«

»Du bist nur du selbst, liebes Herz.«

»Ich möchte nicht anmaßend sein.«

»Blödsinn, Helena! Du siehst doch, dass der Konsul und ich dir zuhören wie die Lämmchen. Sag uns, was du denkst.«

»Na ja, das hier ist ein typisches Beispiel. Julius Frontinus hat eine Familie namens Luculli befragt. Sie haben ein großes Haus in der Nähe des Wasserfalls mit Aussicht auf den Tempel der Sibylle ...«

»Sie halten sich momentan hier auf und haben bereitwillig zugegeben, dass sie für die letzten Spiele gemeinsam mehrere Tage nach Rom gefahren sind«, berichtete Frontinus, immer noch leicht nervös wegen Helenas Enthusiasmus.

»Ja, aber, Herr ...« Das »Herr« sollte seiner Eitelkeit schmeicheln; er ließ es sich gern gefallen. »Die Luculli sind eine Familie, die seit drei oder vier Generationen im Geld schwimmen.

Was zur Folge hat, dass sie sich Villen in allen schicken Urlaubsorten gekauft haben. Sie besitzen *zwei* an der Bucht von Neapolis – eine in Cumae und eine in Surrentum – plus dem Haus und der Yacht am Albanersee, ihrem nördlichen Besitz in Clusium, dem südlichen in Velia, und in dieser Gegend hier haben sie nicht nur das Haus in Tibur, wo wir sie gefunden haben, sondern auch eins in Tusculum und sogar noch ein drittes in Praeneste – was, wie sich herausgestellt hat, ihr Lieblingsaufenthaltsort ist, wenn sie der Sommerhitze in Rom entfliehen wollen.«

Frontinus schien am Boden zerstört.

Fröhlich setzte ich noch eins drauf. »Die Chance, dass die Luculli einer gewissen Regelmäßigkeit folgen, ist also gleich null.«

»Genau«, bestätigte Helena. »Sie sind dauernd in Bewegung. Selbst wenn sie Rom regelmäßig zu den Spielen besuchen, sind sie die Hälfte der Zeit nicht hier. Der Mann, nach dem wir suchen, entführt seine Opfer, entledigt sich ihrer offenbar immer auf die gleiche Weise und vermutlich am selben Ort.«

»Demnach haben wir niemand Passenden gefunden?«, fragte ich.

»Nein«, antwortete Helena verzagt. »Kaum einer passt in die Kategorie. Ich dachte, wir hätten einen – einen Römer, der seit zwanzig Jahren hier lebt und zu allen großen Festlichkeiten nach Rom fährt, aber es ist eine Frau, Aurelia Maesia. Sie besitzt eine Villa in der Nähe vom Heiligtum des Herkules Viktor.«

»Ich erinnere mich an sie.« Frontinus hatte die Befragung durchgeführt. »Eine Witwe. Gute Herkunft. Hat nie wieder geheiratet. Zog sich nach dem Tod ihres Mannes auf den Familienbesitz zurück, fährt aber zu allen großen Ereignissen nach Rom und wohnt dann bei ihrer Schwester. Sie ist gut über fünfzig ....« Sein Ton ließ darauf schließen, dass das geschmeichelt war. »Sie hat misstrauisch auf unsere Ermittlung reagiert, ist aber bestimmt keines Mordes fähig. Außerdem

bleibt sie während der ganzen Spiele in Rom. Unser Mörder hat sich Asinia nach der Eröffnungszeremonie geschnappt und dann kurz danach mindestens eine ihrer Hände in die Wasserzufuhr geworfen. Das bedeutet, wenn Bolanus wirklich herausgefunden hat, wo er das tut, und wenn das hier oben ist, dann muss der Mann spätestens am nächsten Tag nach Tibur zurückgekehrt sein.«
»Das ist ein weiterer Knoten im Muster«, meinte ich warnend. »Der Mörder fährt nach Rom für die Festlichkeiten, kommt aber offensichtlich nach der Eröffnungszeremonie hierher zurück. Aber er bleibt nicht hier. Er muss sich ein zweites Mal nach Rom begeben, denn die Torsos und Köpfe werden in den Fluss und die Cloaca Maxima geworfen. Das ist ein ziemlich auffälliges Verhalten.« Mir fiel eine Erklärung dafür ein. »Aurelia Maesia muss doch Sänftenträger oder einen Kutscher haben. Bringt ihre Sänfte sie nach Rom zu ihrer Schwester, kehrt dann hierher zurück und holt sie am Ende der Spiele wieder ab?«
»Sie benutzt einen Kutscher.« Frontinus war rührend bemüht, seine Ermittlerfähigkeiten unter Beweis zu stellen. »Ich habe daran gedacht, sie das zu fragen. Sie reist per Kutsche, aber der Kutscher bleibt damit in einem Stall direkt außerhalb Roms. Sie will ihn zur Hand haben, falls ihre Schwester und sie Lust auf eine Landpartie bekommen.«
Aurelia Maesia kam also nicht in Frage, aber wir hatten zumindest eine Person gefunden, die dem von uns erarbeiteten Profil entsprach. Das bekräftigte uns in dem Glauben, dass es auch noch andere geben konnte.
»Seien Sie nicht entmutigt«, sagte ich zu Frontinus. »Je mehr Leute wir ausschließen, desto leichter wird es sein, denjenigen zu finden, auf den wir aus sind.«
Er stimmte zu, warf jedoch ein anderes Problem auf. »Wenn Bolanus Recht hat, dass die abgehackten Körperteile an der Quelle in die Aquädukte gelangen, dann ist Tibur nicht der richtige Ort.«
»Tibur wird von der Aqua Marcia versorgt«, sagte Helena,

»aber das ist eine Abzweigung, die hier endet. Die Hauptleitung, die nach Rom führt, beginnt meilenweit von hier entfernt.«

»Fast in Sublaqueum«, fügte ich hinzu, um zu beweisen, dass ich mit der Faktenlage durchaus vertraut war. »Nur ein weiteres Gebiet von dreißig Meilen, in dem wir jedes Haus und jeden Hof ausfindig machen und dann die Besitzer in netter Art fragen müssen, ob sie zufällig Mörder sind!«

IL

Wie verabredet, kam Bolanus am nächsten Tag, um Frontinus Bericht zu erstatten. Ich traf sie beide in der Villa, in der Frontinus untergebracht war. Bolanus trug dieselbe alte Tunika und den Gürtel wie bei unserer ersten Begegnung und hatte noch einen breitkrempigen Hut zum Schutz gegen die Witterung und einen Knappsack als Reisegepäck hinzugefügt. Er hatte vor, Frontinus und mich mit nach Sublaqueum zu schleppen, was, wie ich vermutete, mehr mit seinem Wunsch zu tun hatte, den Damm wieder zu sehen, an dessen Erbauung er einst mitgearbeitet hatte, als mit unserer Suche. Aber als Staatsdiener wusste er sehr gut, wie er einen hübschen Ausflug als Notwendigkeit verkaufen konnte.

Frontinus hatte eine Botschaft an Petro mit der Frage geschickt, ob er zur Villa gefahren werden wollte, um uns zu helfen, eine Bestandsaufnahme zu machen, aber mein Partner hatte ziemlich schamlos abgelehnt. »Nein, vielen Dank. Sag Seiner Ehren, dass ich mich lieber hier entspanne und die Gänse zähle.«

»Mit der Küchenmagd vom Nachbarn flirtest, meinst du wohl«, knurrte ich.

»Aber gewiss nicht!«, rief er mit einem Grinsen. Ich hatte ins Schwarze getroffen. Er hatte entdeckt, dass sie an den richtigen Stellen gut gepolstert war, achtzehn Jahre alt und mit der Angewohnheit, über unseren Zaun zu gucken in der sehnlichen Hoffnung, dass irgendein männliches Wesen zu einer kleinen Plauderei herbeischlenderte. Ich selbst hatte das Mädchen nur zur Kenntnis genommen, weil ich ein sehr vernünftiges Gespräch mit Helena Justina darüber führte, wie wenig das kleine Madämchen offenbar mit Kräuterpflücken und Ziegenmelken zu tun hatte. Helena war der Ansicht, dass es Ärger mit ihr geben könnte, während ich nur schwach einwendete, dass unziemliche Angewohnheiten nicht unbedingt in einer Tragödie enden müssen.

Petronius Longus erwies sich allmählich als ein viel typischerer Privatermittler, als ich es je gewesen war. Er nahm die Arbeit einfach nicht ernst. Wenn es ein Fläschchen zu trinken oder eine attraktive Frau anzuhimmeln gab, war er sofort dabei. Er schien zu denken, dass die Arbeit als Freiberufler darin bestand, im Bett zu liegen, bis er seinen Ruf ruiniert hatte, und den Rest des Tages damit zu verbringen, sich zu vergnügen. Wenn das dazu führte, dass ich alle Arbeit tat, lachte er nur über meine Dämlichkeit.

Es war die totale Umkehr seiner hingebungsvollen Einstellung gegenüber der Arbeit bei den Vigiles. Selbst als junger Bursche in der Armee war er gewissenhafter gewesen. Vielleicht brauchte er einen Vorgesetzten, der ihm wieder in den Arsch trat. Wenn dem so war, würde er von mir als Freund niemals Befehle annehmen. Das kam also nicht in Frage. Und er schaffte es immer, dem Konsul erfolgreich aus dem Weg zu gehen.

»Petronius Longus ist nicht mit Ihnen gekommen?«, war das Erste, was Frontinus mich fragte.

»Tut mir Leid. Er fühlt sich wieder ein bisschen schlecht. Er wollte mitkommen, aber sein Tantchen hat es ihm nicht erlaubt.«

»Ach ja?«, meinte Frontinus wie ein Hahn, der weiß, dass man ihn aus Jux in den Schwanz gekniffen hat.

»Wirklich, Herr.«

Bolanus grinste, begriff, was los war, und entspannte die Atmosphäre auf seine ruhige Art, indem er über unseren Ausflug in die Berge sprach.

Frontinus wurde in einer schnellen, bequemen Kutsche gefahren, während Bolanus und ich auf Mauleseln reiten mussten. Unser Weg führte uns zuerst entlang der Via Valeria, der großen Straße durch die Apenninen. Sie stieg durch sanfte, bewaldete Hügel aufwärts, begleitet von den beeindruckenden Bögen der Aqua Claudia. An dieser Stelle folgten wir dem Anio, machten aber unterhalb von Tibur einen weiten Bogen nach Südosten, um den Steilabbruch und den plötzlichen Höhenabfall zu vermeiden.

Die Sabinerberge führen in etwa von Norden nach Süden. Wir bewegten uns am ersten Tag hauptsächlich in nordöstlicher Richtung. Das Tal des Anio weitete sich aus und wurde landwirtschaftlicher, mit Rebenanbau und Olivenhainen. Wir kauften uns etwas zu essen und ritten dann weiter den Fluss entlang, bis er nach Süden abbog und wir die Hauptstraße verlassen mussten. Das war in der Nähe der Abzweigung, die zu dem sabinischen Landgut von Horaz führte, wie ich gehört hatte. Als Freizeitdichter wäre ich gern abgebogen und hätte der Bandusischen Quelle meine Ehre erwiesen, aber wir waren auf der Suche nach einem Mörder und nicht auf einer Kulturreise. Für Privatermittler eine traurige Routine.

Wir blieben über Nacht in einer kleinen Siedlung, bevor wir von der Heerstraße auf die wenig befahrene Landstraße durch das Aniotal abbogen, die zu Neros Villa in Sublaqueum führte. Als wir am nächsten Tag dort eintrafen, bereiteten wir uns darauf vor, beeindruckt zu sein. Es gab ein neues Dorf, aus den Werkstätten und Hütten entstanden, die man den am Bau von Neros Villa beteiligten Arbeitern und Handwerkern zur Verfügung gestellt hatte. Der kleine Ort lag abgelegen, sah sauber aus und war jetzt viel leerer, als er damals gewesen sein musste, aber es gab immer noch einige Bewohner.

Das Anwesen lag herrlich. Am Eingang zu einem malerischen bewaldeten Tal, wo der Anio seine Zuflüsse aufnahm und zum ersten Mal an Bedeutung gewann, hatte es einst drei kleine Teiche gegeben. Nero hatte Dämme bauen lassen und das Wasser für die berühmten Seen um sein ganz in herrlichem Marmor errichtetes Sommerhaus aufgestaut. Eine typisch römische Extravaganz: Dieser wunderschönen Landschaft an einem entlegenen und ruhigen Ort hatte er Architektur von so erstaunlichem Ausmaß hinzugefügt, dass jetzt niemand mehr herkam und die Aussicht genoss, sondern nur noch staunend vor diesem letzten, von einem vulgären, stinkreichen Mann erbauten Villenkomplex stand. Ein beschauliches Tal war zerstört worden, um Neros Ferienspielplatz zu errichten, wo er sich mit jeder Art von Luxus vergnügen konnte, während er vorgab, ein Einsiedler zu sein. Er kam nur selten hierher, starb, kurz nachdem die Villa gebaut worden war. Niemand wollte sie haben. Sublaqueum würde nie wieder so sein wie vorher.

Bolanus erklärte uns stolz, dass der Mitteldamm, an dem er mitgearbeitet hatte, der größte der Welt sei. Der Damm war fünfzig Fuß hoch und breit genug, mit zehn nebeneinander angespannten Pferden hinüberzufahren, wenn man ein derart prahlerischer Wahnsinniger war. Er war mit speziellen Ziegeln gepflastert, die in der Mitte Kerben als Überlaufrinnen hatten, damit das Wasser seinem natürlichen Lauf stromabwärts folgen konnte.

Der Damm war wirklich gewaltig, eine riesige Staumauer mit einem Bruchsteinkern, bedeckt mit behauenen Steinblöcken und versiegelt mit Wassermörtel und Schotter, der einen undurchdringlichen, wasserfesten Verputz schuf. Sehr hübsch. Wer wollte es einem Kaiser vorwerfen, der die fähigsten Ingenieure der Welt zur Verfügung hatte, wenn er sie dazu benutzte, seinen Garten auf diese Art zu gestalten? Das war viel besser als ein abgesenkter Teich mit Neunaugen und ein bisschen Schilf.

Eine Brücke, die sich hoch über den Staudamm spannte, ermöglichte den Zugang zur Villa und ihren vielen Annehmlichkeiten. Bolanus erzählte uns viel über die prächtige Ausstattung, aber wir waren nicht in der Stimmung für eine Besichtigungstour.

Frontinus führte uns hinaus auf die Brücke. Als wir die Mitte erreichten, wollte ich nur noch zurück auf festen Boden. Doch wenn die Höhe den Konsul schwindlig machte, ließ er sich nichts anmerken. »Wir sind mit Ihnen gekommen, Bolanus, weil wir Ihrer Sachkenntnis vertrauen. Jetzt überzeugen Sie uns davon, dass der Besuch des Dammes sinnvoll war.«

Bolanus zögerte. Er sah ins Tal hinab, eine kräftige Gestalt, unbewegt durch die Wichtigkeit eines Exkonsuls, der ihn in die Mangel nahm. Er machte eine ausholende Bewegung mit dem Arm. »Ist das nicht phantastisch?« Frontinus verkniff den Mund und nickte schweigend. »Na gut. Ich wollte es mir noch mal ansehen«, sagte Bolanus. »Das Aquädukt der Anio Novus muss komplett überholt werden. Es war nie gut, dass die Wassererfassung direkt aus dem Fluss erfolgte. Wir wussten bereits durch die ältere Anio Vetus, dass die Leitung viel zu viel Schlamm mitführen würde. Ich schätze, das könnte immens verbessert werden, wenn man den Kaiser überzeugen könnte, die Anio Novus bis hier hoch zu führen und das Wasser unterhalb des Damms zu entnehmen.«

Frontinus hatte seine Notiztafel herausgezogen und schrieb sich das auf. Ich sah voraus, dass er Vespasian ermutigen würde, das Aquädukt in Stand zu setzen. Das mittellose Schatzamt mochte allerdings länger brauchen, um die enorme Summe für einen Ausbau aufzubringen. Aber Julius Frontinus war erst Mitte vierzig. Er war der Typ, der über einen solchen Vorschlag jahrelang nachgrübeln würde. In ein paar Jahrzehnten könnte es gut sein, dass ich lächelnd im *Tagesanzeiger* den begeisterten Bericht über den Ausbau der Anio Novus lesen und mich erinnern würde, wie wir hier hoch über Neros stillem See gestanden hatten, während ein Ingenieurassistent ernsthaft seine Theorien vortrug …

Das alles hatte nichts mit den Morden zu tun, wie ich leise bemerkte.

Ich spürte, dass der hartnäckige Bolanus eine weitere seiner langen pädagogischen Reden parat hatte. Unruhig trat ich von einem Fuß auf den anderen und schaute zum Himmel hinauf. Er war blau, mit der leichten Frostigkeit des nahenden Herbstes. In der Ferne kreisten Bussarde oder Turmfalken. Bolanus, der schwache Augen hatte, litt unter dem gleißenden Licht und dem Wind. Trotzdem hatte er seinen Hut abgenommen, damit ihn der Wind nicht entführte und hinab ins Tal wehte.

»Ich habe viel über die Anio Novus nachgedacht.« Bolanus ließ gern eine wichtige Bemerkung fallen und spannte seine Zuhörer dann auf die Folter.

»Ach?«, sagte ich im Ton eines Mannes, der weiß, dass man insgeheim mit ihm spielt.

»Sie haben mich gebeten zu überlegen, wie menschliche Hände und Ähnliches in die Wasserversorgung gelangen konnten. Aufgrund ihrer Fundorte in Rom schloss ich, dass sie durch die vier Hauptleitungen gekommen sein mussten, die oberhalb von Tibur beginnen. Das sind die Aquädukte Claudia, Marcia, Anio Vetus und Anio Novus. Die Anio Vetus, die älteste von allen, und die Marcia verlaufen größtenteils unterirdisch. Und noch ein Punkt: Die Marcia und Claudia werden beide aus mehreren Quellen gespeist, die durch Tunnel mit den Aquädukten verbunden sind. Aber die Anio Vetus und die Anio Novus erhalten ihr Wasser direkt aus dem Fluss, dessen Namen sie tragen.«

Wir schauten hinunter auf den verdammten Fluss, der weit unter uns strömte.

»Ist das von Bedeutung?«, fragte Frontinus.

»Ich denke schon.«

»Sie haben immer geglaubt, dass die Leichenteile zunächst in den Fluss geworfen wurden«, sagte ich. »Das erwähnten Sie schon bei unserem ersten Gespräch.«

»Gutes Gedächtnis!« Er strahlte.

Und mir kam ein entsetzlicher Gedanke. »Sie glauben, dass Sie *hier* reingeworfen werden?«

Wir sahen einander an und schauten dann erneut über den Damm hinunter. Ich erkannte die Probleme sofort. Jeder, der von hier oben auf der Brücke etwas hinunterwarf, war meilen-

weit zu sehen. Der Damm fiel senkrecht zum Stausee ab, hatte aber auf der Flussseite eine lange, abgeschrägte Mauer. Gliedmaßen so weit zu schleudern, dass sie im Anio landeten, war unmöglich und barg für den Mörder das Risiko, selbst mit hinabzustürzen. Bei stärkerem Wind wäre es besonders gefährlich. Sogar heute, wo das Tal voller Vogelgezwitscher und Wildblumen war, warm, feucht und still, drohten hier oben ständige Böen, uns aus dem Schritt zu bringen.
Ich erläuterte meine Zweifel. »Hübsche Idee – aber denken Sie noch mal nach.«
Bolanus zuckte mit den Schultern. »Dann müssen Sie den Fluss zwischen hier und der Via Valeria absuchen.«
Ich wollte nichts anderes, als mich vorsichtig zurück auf den festen Boden am Ende des Dammes bewegen.

L

Meine Gefährten wiesen mir eifrig die Aufgabe zu, die in Frage kommenden Besitzungen zu überprüfen. Wir übernachteten in Sublaqueum, und ich verbrachte den Rest des Nachmittags damit, sicherzustellen, dass der größte Teil des bebauten Landes am Eingang des Tals und auf den tieferen Hängen des Berges Livata jetzt zu dem ausgedehnten kaiserlichen Besitz gehörte. Jeder Kaiser, der einen Vergnügungspark plant, sollte klugerweise darauf achten, nur von den Schmeichlern beobachtet zu werden, die er als Gefährten für seine Einsamkeit mitbringt; Klatschmäuler haben nie Feierabend.

Jetzt war die Villa auf Vespasian übergegangen. Sie lag fast verlassen da, und das würde wohl auch so bleiben. Unser neuer Herrscher und seine beiden Söhne hatten nichts übrig für das pompöse Machtgepränge, an dem Nero sich ergötzte. Wenn sie die Sabinerberge besuchen wollten – was sie sogar regelmäßig taten –, fuhren sie nach Norden, nach Reate, Vespasians Geburtsort, wo die Familie mehrere Häuser besaß und ihre Sommer in altmodischem, ruhigem Frieden verbrachte wie wohlerzogene Jungen vom Land.

Keiner der kaiserlichen Sklaven, die sich jetzt um Neros bescheidene Hütte kümmerten, oder die einfachen Leute in dem dazugehörigen Dorf würden sich gewohnheitsmäßige Besuche Roms zur Unterhaltung leisten können. Wir mussten uns weiter nach Privatvillen umsehen, die Leuten mit viel Zeit, Geld und der gesellschaftlichen Neigung gehörten, Jahr für Jahr die großen Feste zu besuchen.

Am nächsten Tag kehrten wir bis zur Via Valeria zurück und hielten Ausschau nach solchen Besitzungen. Frontinus und Bolanus fuhren weiter, um für unsere Übernachtungsmöglichkeit zu sorgen, während ich zurückblieb und Nachforschungen in einer der Privatvillen anstellte, die entsprechend vermögend aussah.

»Sie sind dran. Ich habe meinen Teil in Tibur geleistet«, erklärte Frontinus fröhlich.

»Zu Befehl. Was ist mit Ihnen, Bolanus? Wollen Sie mir bei der Befragung helfen?«

»Nein, Falco. Ich steuere nur das technische Wissen bei.«

»Danke, Freunde.«

Diese Villa war im Besitz der Fulvius-Brüder, ein lustiges Trio von Junggesellen. Sie waren alle in den Vierzigern und gaben freimütig zu, dass sie gern zu den Spielen nach Rom fuhren. Ich fragte sie, ob ihr Kutscher hierher zurückkehrte, wenn er sie abgeliefert hatte. Aber nein, das war nicht nötig, da die Fulvii abwechselnd selbst fuhren. Sie waren dick, neugierig, voll von spaßigen Geschichten und ziemlich hemmungslos. Ich erhielt rasch das Bild einer ausgelassenen Bande, weinselig und sich fröhlich miteinander kabbelnd, die in Rom eintrudelte und zurückfuhr, wann immer es sie überkam. Sie sagten, sie führen oft, seien aber keine sklavischen Circusgänger und verpassten manchmal sogar die Spiele. Obwohl keiner von ihnen je geheiratet hatte, schienen sie zu vergnügt (und zu eng aufeinander zu hocken), dass einer von ihnen insgeheim ein abartiger Mörder der Art war, wie ich ihn suchte.

»Übrigens, waren Sie während der letzten Ludi Romani in der Stadt?«

»Nein, die haben wir verpasst.« Na gut, damit waren sie für den Mord an Asinia aus dem Schneider.

Als ich nachhakte, stellte sich heraus, dass sie wohl seit den Apollinares-Spielen, die im Juli stattfinden, nicht mehr in Rom gewesen waren – und sie gestanden etwas beschämt, dass sie den Juli vergangenen Jahres meinten. Tja, so viel zu diesen Männern von Welt. Die fröhlichen Junggesellen liebten das häusliche Leben.

Am Ende erzählte ich den Fulvii, warum ich diese Nachforschungen durchführte, und fragte sie, ob einer ihrer Nachbarn vielleicht gewohnheitsmäßig zu den Festlichkeiten nach Rom fuhr. Trafen sie zum Beispiel auf ihren lärmenden Fahrten ein anderes Fahrzeug hier aus der Gegend mit demselben Ziel? Sie sagten Nein. Danach schauten sie sich an und sahen aus, als würden sie an einen Witz denken, den nur sie kannten, aber ich nahm ihr Wort für bare Münze.

Das konnte ein Fehler sein. Der Anio floss direkt durch ihr Grundstück. Ich durfte mich umsehen. Das Gelände stand voller Hütten, Ställe, Tiergehege, Scheunen und sogar einem Pavillon in Form eines nachgemachten Tempels am sonnigen Flussufer, und in jedem davon konnten entführte Frauen eingesperrt, getötet und in Stücke gehackt worden sein. Mir war durchaus bewusst, dass die Fulvii wie glückliche, offenherzige Naturen wirken konnten und möglicherweise doch düstere Eifersucht hegten und lang angestauten Hass durch grausame Taten auslebten.

Ich war Römer. Ich besaß ein tief sitzendes Misstrauen gegenüber jedem, der sich freiwillig auf dem Land niedergelassen hat.

Etwas tiefer unten im Tal kam ich an einen anderen Privateingang, nicht weit entfernt von der Stelle, wo der Fluss in die Rohrleitung zur Anio Novus abgezweigt wurde. Dieser Besitz wirkte ganz anders als die blühenden Haine der Fulvii. Es gab Olivenbäume, aber wie so oft sahen sie aus, als gehörten sie niemandem, was allerdings nur selten heißt, dass sie aufgegeben worden sind. Zur Erntezeit würde der Besitzer schon auftauchen. Trotzdem machten die Bäume einen ungestutzten, wenig gepflegten Eindruck, was meine Oliven anbauenden Freunde in Baetica zu einem scheelen Blick veranlasst hätte.

Um die Stämme wuchs zu viel Gras und Unkraut. Zahme Kaninchen saßen da und sahen zu mir auf, statt um ihr Leben zu rennen.
Beinahe wäre ich weitergeritten, aber aus Pflichtgefühl bog ich ab, um mir die Sache genauer anzusehen. Ich folgte einem zugewachsenen Pfad, auf dem sich Buschwerk breit zu machen begann. Ich war noch nicht weit gekommen, da traf ich auf einen Mann. Er stand neben einem Holzstapel, ohne etwas Bestimmtes zu tun. Hätte er eine Axt oder ein anderes scharfes Werkzeug bei sich gehabt, wäre ich vielleicht nervös geworden, aber er sah nur so aus, als ob er hoffte, niemand würde vorbeikommen und ihn zur Arbeit auffordern. Da es sich hier um Privatbesitz handelte, musste ich anhalten.
»Hallo.«
Seine Antwort war das bodenlose Starren eines Landmannes. Er war vermutlich ein Sklave, tief gebräunt und kräftig von der Arbeit im Freien. Ungepflegtes Haar, mehrere Zahnlücken, raue Haut. Von unbestimmbarem Alter, vielleicht um die fünfzig. Weder übermäßig groß noch zwergenhaft. Eher schlecht als hässlich gekleidet. Grobe braune Tunika, Gürtel und Stiefel. Nicht gerade ein Gott, aber auch nicht schlimmer als tausende anderer von niedriger Geburt, die das Imperium bevölkern und uns andere daran erinnern, wie glücklich wir uns schätzen können, über Bildung, Charakter und die Energie zu verfügen, für uns selbst zu sorgen.
»Ich wollte gerade zum Haus reiten. Können Sie mir sagen, wer hier lebt?«
»Der alte Mann.« Eine zögernde Stimme kam aus dem breitwangigen, nicht übermäßig feindseligen Gesicht. Doch er antwortete zumindest. Da ich mich nicht vorgestellt hatte, war das mehr, als ich in Rom erwartet hätte. Er hatte wahrscheinlich die Anweisung, Fremde abzuwimmeln, die sich als Viehdiebe herausstellen könnten. Ich schob meine Vorurteile beiseite.
»Arbeiten Sie für ihn?«

»Das ist meine Lebensaufgabe.« Solchen Typen war ich schon früher begegnet. Er gab der ganzen Welt die Schuld an seinem Missgeschick. Ein Sklave in seinem Alter konnte erwarten, seine Freiheit auf die eine oder andere Weise zurückzugewinnen. Vielleicht hatte er nicht die Gelegenheit, sich das durch Manipulation zu verdienen oder die richtige Art von Treue zu zeigen. Ihm mangelte es auf jeden Fall an der Gewitztheit und dem Charme weltgewandter Sklaven in Rom.

»Ich würde gern wissen, ob jemand von hier regelmäßig nach Rom zu den Spielen im Circus Maximus fährt.«

»Der alte Mann nicht. Er ist sechsundachtzig!«

Wir lachten ein bisschen. Das erklärte den leichten Hauch der Vernachlässigung, der über dem Besitz hing. »Behandelt er Sie gut?«

»Kann nicht klagen.« Durch das Lachen war der Sklave zugänglicher geworden.

»Wie heißt er?«

»Rosius Gratus.«

»Lebt er allein hier?«

»Ja.«

»Keine Verwandten?«

»Nur in Rom.«

»Kann ich ihn besuchen?« Der Sklave zuckte zustimmend mit den Schultern. Ich glaubte zwar nicht, dass mir der Besuch viel bringen würde, aber ich hatte mich in meinem Urteil schon früher getäuscht; zumindest hatte er sich meiner Bitte nicht widersetzt. »Danke – und wie heißen *Sie*?«

Er betrachtete mich mit der leichten Arroganz, die manchen Leuten eigen ist, als ob sie erwarteten, dass jeder weiß, wer sie sind. »Thurius.«

Ich nickte und ritt weiter.

Rosius Gratus saß auf einem Liegestuhl unter einem Portikus und träumte von Ereignissen, die sechzig Jahre zurücklagen. Man konnte erkennen, dass er all seine Tage so verbrachte. Er war in eine Decke gehüllt, aber darunter sah ich eine zusam-

mengesunkene Gestalt mit dürren Schultern, weißem Haar und wässrigen Augen. Man schien sich gut um ihn zu kümmern, und er wirkte für sein Alter ziemlich fit. Aber er war nicht gerade in der Lage, sieben Runden in einem Stadion zu laufen. Und er war gewiss kein Mörder.
Eine Haushälterin hatte mir aufgemacht und mich mit ihm allein gelassen. Ich stellte ihm ein paar einfache Fragen, die er mit großer Höflichkeit beantwortete.
Er wirkte auf mich, als gäbe er sich trotteliger, als er war, aber das tun viele alte Männer zu ihrem privaten Amüsement. Ich freute mich selbst schon darauf, wenn es eines Tages bei mir so weit war.
Im Gespräch erwähnte ich, dass ich aus Tibur gekommen war.
»Haben Sie meine Tochter gesehen?«
»Ich dachte, Ihre Familie wohnt in Rom?«
»Oh ...« Der arme alte Kerl sah verwirrt aus. »Ja, das mag schon sein. Ja, ja, ich habe eine Tochter in Rom ...«
»Wann haben Sie Ihre Tochter das letzte Mal gesehen?« Man hatte ihn hier offenbar seit so langer Zeit allein gelassen, dass er vergessen hatte, wo sich seine Familie befand.
»Oh ... vor nicht allzu langer Zeit«, versicherte er mir, doch irgendwie hörte es sich an, als läge das weit zurück. Er klang allerdings so vage, dass es auch vor zwei Tagen hätte sein können.
Es gelang dem alten Knaben, sich auf boshafte Weise als unzuverlässiger Zeuge darzustellen. Der Blick seiner tief liegenden Augen ließ darauf schließen, dass er das nur allzu gut wusste und es ihm egal war, wenn er mich in die Irre führte.
»Sie fahren nicht mehr oft nach Rom?«
»Wissen Sie, ich bin sechsundachtzig!«
»Das ist wunderbar!«, meinte ich. Er hatte es mir bereits zwei Mal gesagt.
Er schien begierig auf Gesellschaft, obwohl er nicht viel zu einem Gespräch beizusteuern hatte.
Ich schaffte es, mich nicht allzu abrupt zu verkrümeln. Irgend-

was an Rosius Gratus deutete darauf hin, dass er durchaus zu krummen Dingen fähig war, aber sobald für mich feststand, dass er nicht der Mörder sein konnte, war für mich hier nichts mehr zu holen.

Ich ritt im Trab zurück zur Straße. Diesmal begegnete mir niemand.

LI

Der Ort, an dem wir übernachten sollten, lag in der Nähe der Quellen, die die Aqua Marcia speisten. Bolanus hatte erklärt, dass diese unterirdischen Quellen den Zugang für den Mörder sowohl schwierig als auch unwahrscheinlich machen würden. Auf diese Weise gelangten die abgehackten Hände nicht in die Wasserversorgung.

Aber Bolanus meinte, er könne uns die richtige Antwort liefern. Er und Frontinus warteten wie verabredet am zweiundvierzigsten Meilenstein auf mich, neben einem großen schlammigen Reservoir, an dem die Anio Novus begann. Das Tal war voller Vogelgezwitscher. Es war ein strahlender Tag, der in starkem Kontrast zu der düsteren Unterhaltung stand, die wir vor uns hatten.

Ein Damm mit einer Schleuse im Flussbett lenkte einen Teil des Stroms in dieses Bassin. Es bildete ein großes Absetzbecken, das die Schwebstoffe und Sedimente vor dem Beginn des Aquädukts ausfilterte. Jetzt war es zum ersten Mal seit Jahren trockengelegt und gesäubert worden. Rundherum trockneten die ausgehobenen Schlammwälle. Staatssklaven luden in ihrer langsamen Art ihr Frühstück von einem Esel, ließen ihr Werkzeug aber auf seinem Rücken – eine typische Szene. Der Esel drehte plötzlich den Kopf und schnappte sich etwas zu essen; er wusste, wie er der Wasserbehörde eins auswischen konnte.

»Bei Aquädukten«, erklärte uns Bolanus, »ist es schwierig und unnötig, auf der ganzen Strecke Filtersysteme einzubauen. Wir neigen dazu, uns am Anfang große Mühe zu geben und dann zusätzliche Absetzbecken am Ende einzubauen, bevor die eigentliche Wasserverteilung beginnt. Das bedeutet aber, dass alles, was an dem ersten Filter vorbeikommt, bis nach Rom gelangen kann.«

»Innerhalb eines Tages«, erinnerte ich ihn an das, was er mir in einem früheren Gespräch erzählt hatte.

»Mein Musterschüler! Wie dem auch sei, sobald ich hier eintraf, erkannte ich, dass wir ein Problem hatten. Das Absetzbecken ist nicht gesäubert worden, seit Caligula den Kanal eingeweiht hat. Sie können sich vorstellen, was wir alles im Schlamm gefunden haben.«

»Und dabei haben Sie die zusätzlichen Leichenteile entdeckt?«, gab ihm Frontinus das Stichwort.

Bolanus wurde bleich. »Ich habe ein Bein gefunden.«

»War das alles?« Frontinus und ich wechselten einen Blick. Die Botschaft, die uns in Rom erreichte, hatte darauf hingedeutet, dass es sich um Gliedmaßen in jeder Form und Menge handelte.

»Mir hat es gereicht! Das Bein war schauerlich verwest; wir mussten es begraben.« Bolanus, der so zuversichtlich gewirkt hatte, war jetzt entsetzt, nachdem er die grausigen Überreste tatsächlich erblickt hatte. »Es ist mir unmöglich, die Säuberungsarbeiten zu beschreiben. Da waren auch ein paar einzelne Knochen, die wir nicht identifizieren konnten.«

Ein Vorarbeiter holte sie für uns. Arbeiter heben gern interessante Funde auf. Wenn darunter ein paar alte Skelette sind, umso besser.

»Ich werde jemanden fragen, der auf die Jagd geht«, schlug Frontinus vor, praktisch wie immer, während er furchtlos die Knöchel und Beinknochen betastete. »Doch selbst wenn sich herausstellt, dass es menschliche Knochen sind, bringt uns das nicht weiter.«

»Nein, aber das hier vielleicht schon.« Bolanus packte seinen Knappsack aus.

Er hielt ein zusammengefaltetes Stoffstück in der Hand, das wie eine Serviette aus seinem ausgezeichneten Picknickkorb aussah. Als er es vorsichtig entfaltete, kam ein goldener Ohrring zum Vorschein. Eine gute Arbeit, halbmondförmig mit hübschen Granulatverzierungen und fünf herabhängenden kleinen Ketten, die alle in einem Goldkügelchen endeten. Bolanus hielt den Ohrring schweigend hoch, als stellte er sich vor, wie er anmutig an einem weiblichen Ohr hing.

Zusätzlich zu dem Ohrring gab es noch ein Kettenstück, vermutlich ein Teil einer längeren Halskette, da die Schließe fehlte. Leuchtend blaue Perlen – wahrscheinlich Lapis oder etwas sehr Ähnliches –, in Metall eingefasst und zu kleinen Quadraten auf zartem Blattgold vereint.

»Sehr ungewöhnlich, so was hier zu finden«, sagte Bolanus. »In den Kloaken ja. Es könnte auf der Straße verloren gegangen sein oder so. Münzen und jede Menge Schmuck tauchen dort unten auf – ein Arbeitstrupp hat sogar mal Teile eines Silbergeschirrs da unten gefunden.«

»Sieht aus, als hätte jemand das ins Wasser geworfen, um es loszuwerden«, sagte ich. »Welches Mädchen trippelt schon in seiner feinsten Aufmachung an einem abgelegenen Flussufer entlang?« Meine Gefährten schwiegen, überließen mir die Bemerkungen über Mädchen.

Niedergeschlagen über das Gespräch, ging Frontinus zum Flussufer zurück. »Soll ich das Flussbett des Anio mit Schleppnetzen absuchen lassen?«, fragte er düster, als ich ihm folgte, in der gleichen trüben Stimmung wie er. »Ich könnte mein Kontingent an Staatssklaven schicken, die können ruhig auch mal was tun.«

»Später vielleicht. Aber momentan sollten wir vermeiden, allzu sehr aufzufallen. Alles sollte ganz normal aussehen. Wir wollen doch den Mörder nicht aufschrecken. Wir müssen ihn herauslocken – und ihn uns dann schnappen.«

»Bevor er wieder mordet«, seufzte Frontinus. »Mir gefällt das nicht, Falco. Wir müssen ihm sehr nahe sein – aber es könnte furchtbar schief gehen.«

Bolanus hatte sich uns angeschlossen. Einen Moment lang betrachteten wir das Wasser, das in das Zuflussrohr für das Aquädukt schoss. Ich drehte mich um und ließ meinen Blick über den Wald schweifen, als hätte ich den Verdacht, der Mörder würde dort lauern und uns beobachten.

»Ich will Ihnen sagen, wie es meiner Ansicht nach abläuft«, meinte Bolanus. Dann hielt er inne.

Er war bestürzt. Dieser abgelegene Ort setzte ihm zu. In seiner Vorstellung erlebte er die letzten Augenblicke der Frauen, die so weit von zu Hause ein grausiges Schicksal erlitten hatten und wahrscheinlich hier ganz in der Nähe getötet, verstümmelt und zerstückelt worden waren.

Ich sprach an seiner Stelle. »Der Mörder lebt irgendwo hier in der Gegend. Er entführt seine Opfer in Rom, vermutlich, weil er dort nicht bekannt ist, und hofft, dass man seine Spur nicht verfolgt. Dann bringt er sie vierzig Meilen weit hierher.«

Bolanus hatte seine Stimme wieder gefunden. »Und wenn er mit dem fertig ist, was immer er den Mädchen antut, fährt er zurück nach Rom, wirft ihre Köpfe und Torsos in den Fluss und die Kloake – um die Chance zu minimieren, hier mit seinen Taten aufzufliegen. Aber zuerst hackt er die Gliedmaßen ab und wirft sie in den Fluss.«

»Warum schmeißt er nicht alle Teile in den Fluss oder bringt alles nach Rom?«, fragte Frontinus.

»Ich denke«, sagte ich langsam, »dass er die großen Stücke so weit wie möglich wegbringen will, weil sie länger wie identifizierbare menschliche Überreste aussehen. Daher bringt er sie nach Rom – doch während er sie in der Kloake oder im Fluss ablädt, ist er in Gefahr. Er will sich nur zwei großer Pakete entledigen, die rasch außer Sicht sinken, falls er beobachtet wird. Aber er denkt, dass es sicher ist, die kleineren Gliedmaßen hier loszuwerden, weil sie sich schneller zersetzen und nicht mehr identifizierbar sind. Wenn er sie in den Fluss wirft, könnten sie von Aasfressern oder Tieren gefressen werden, entweder hier in den Bergen oder unten in der Campania. Und alles, was über den Wasserfall bei Tibur hinabrauscht, dürfte ziemlich zerfetzt sein.«

»Genau, Falco«, stimmte mir Bolanus zu. »Ich glaube nicht, dass er beabsichtigt, die Teile in der Wasserversorgung von Rom auftauchen zu lassen. Aber manchmal geraten kleinere und leichtere Dinge – Hände zum Beispiel – in das Novus-Becken und von dort in den Kanal. Der Mörder ist sich dessen vermutlich gar nicht bewusst. Wenn sie durch das Filtersystem kommen, werden sie bis nach Rom geschwemmt. Dort treffen sich zwei Aquädukte. Die Novus führt über die Aqua Claudia hinweg, hat aber Umleitschächte. Und die Claudia kann ebenfalls mit der Marcia verbunden werden, wie ich es Ihnen beiden gezeigt habe.«

Frontinus und ich nickten und erinnerten uns an das herabstürzende Wasser von einem Aquädukt zum anderen.

»Daran sehen wir, wie diese kleineren Teile in die verschiedenen Leitungen gelangen können, sobald sie Rom erreicht haben. Das einzige Rätsel«, sagte Bolanus langsam, »ist die erste Hand, die Falco gefunden hat, oben auf dem Aventin, in der Nähe des Castellums der Aqua Appia.«

Es schien lange her, dass Petro und ich die Amphore in der Schneidergasse geleert hatten. »Existieren keine Verbindungen zwischen der Aqua Appia und den Leitungen aus Tibur?«, fragte ich.

»Es gibt gewisse Möglichkeiten. Die Quelle der Appia liegt nicht unterirdisch; sie wird aus einem Reservoir in einem alten Steinbruch an der Via Collatina gespeist.«

»Jeder hätte also vorbeifahren und ein Päckchen hineinwerfen können?«

Das gefiel Bolanus nicht. »Wahrscheinlicher ist, dass Ihr öffentlicher Brunnen zwei Zuläufe hat, angeschlossen an verschiedene Aquädukte. Das ermöglicht uns, die Wasserzufuhr aufrechtzuerhalten, wenn wir umleiten müssen. Es stimmt, dass die Appia den Aventin versorgt; der Grenzstein steht beim Lun-

atempel. Aber es könnte eine zweite Zuleitung von der Aqua Claudia geben …«
»Also passt alles zusammen«, unterbrach Frontinus. »Und alles beginnt hier.«
»Aber wer ist dieser Schweinehund?«, fragte Bolanus gereizt; die Jagd nahm für ihn persönliche Züge an.
»An der Straße hierher«, berichtete ich, »habe ich nur ein Trio lustiger Brüder gefunden, die – angeblich – seit Ewigkeiten nicht in Rom waren, ein paar Sklaven und einen alten Mann, der zu schwach aussieht, irgendwo hinzugehen.«
»Was schlagen Sie nun vor?«, fragte der Konsul. »Wir wissen, was der Widerling tut, und wir wissen, dass einiges davon hier stattfindet. Und er wird es bei den nächsten Spielen wieder tun, außer, wir schnappen ihn vorher.«
»Wenn wir sehr kaltblütig wären«, antwortete ich ihm gedehnt, »würden wir ab dem Beginn der Augustusspiele« – bis dahin war es nur noch eine Woche – »Ihre Staatssklaven von hier das Tal hinauf bis Sublaqueum hinter den Bäumen postieren und ihnen sagen, sie sollten sich als Zweige tarnen, bis sie jemanden etwas Verdächtiges in den Anio werfen sehen.«
»Aber um das zu tun und ihn auf frischer Tat zu ertappen …«
»… müsste erst eine weitere Frau sterben.«
Frontinus atmete tief ein. »Wir werden es so machen, wenn uns nichts anderes übrig bleibt.« Pragmatisch bis zum Letzten, wie es schien.
Ich lächelte. »Doch ich würde ihn, wenn möglich, lieber früher schnappen.«
»Gut, Falco!«
»Wir haben ein paar Anhaltspunkte. Bevor die Augustalia beginnen, möchte ich in Rom alles vorbereiten, damit er uns dort in die Falle geht. Wir haben nicht viel Zeit. Ich werde noch einen Tag in Tibur bleiben und unsere Verdächtigenliste ein letztes Mal überprüfen. Ich will ganz sichergehen, dass wir nichts übersehen haben. Wir wissen, dass der Mörder die Mittel hat, weite Entfernungen zu bewältigen. Vielleicht lebt er ja doch in

Tibur und kommt nur in die Berge hinauf, wenn er die Leichen zerstückelt.«

Das hieß, zurück nach Tibur. Als wir vom sonnigen Flussufer weggingen, schoss ein Eisvogel erschrocken in einem leuchtenden Farbblitz davon. Hinter uns schwebte eine Libelle mit schwirrenden Flügeln über dem glitzernden und anscheinend klaren Wasser des verunreinigten Anio.

LII

Um unseren Festbesucher zu finden, schien Tibur immer noch der beste Ausgangspunkt. An der Via Valeria sahen wir nur wenig von Interesse. Es gab ein paar große Landgüter, deren Portiken die Namen berühmter Männer trugen, wenn auch die meisten verlassen dalagen und einige der Namen so bedeutend waren, dass selbst der hochrangige Frontinus vor dem Gedanken zurückschreckte, höflich anzudeuten, dass die jetzige Generation in eine lange und besonders grausige Mordserie verwickelt sein könnte. Die Besitzer der dazwischenliegenden Gehöfte fuhren höchstens zum Markt nach Rom und nicht zu den Festen. Die abwesenden Großgrundbesitzer, von denen es viele gab, schlossen sich durch ebendiese Abwesenheit von selbst aus, wie von ihren meisten Verantwortlichkeiten.

Mein Empfang in Tibur war gemischt. Julia Junilla weinte, als ich auf dem von Nesseln überwucherten Grundstück eintraf. »Na, na – komm zu Papa!« Als ich sie hochnahm, verwandelten sich bloße Tränen in lautes Gebrüll, bis sie rot im Gesicht anlief.

»Sie weiß nicht, wer dieser Fremde ist«, meinte Helena milde über den Lärm hinweg.

Das war deutlich. »Und was denkst du, Liebste?«

»Oh, ich erinnere mich nur allzu gut.«

Das Baby schien sich auch zu erinnern, denn es hieß mich plötzlich mit einem besonders lauten Rülpser willkommen.

Petronius Longus, mein zusammengeschlagener Partner, sah besser aus. Seine Blutergüsse verblassten. Bei Lampenlicht

konnte man meinen, er hätte sich das Gesicht eine Woche lang nicht gewaschen. Er war jetzt in der Lage, sich freier zu bewegen, wenn ihm danach zu Mute war. »Na, wie war die Suche nach Verdächtigen in Sublaqueum?«
»Oh, genau wie ich es mag – eine idyllische Landschaft, die einen auf poetische Gedanken bringt.«
»Habt ihr was gefunden?«
»Zauberhafte Menschen, die nie irgendwo hinfahren. Saubere Landbewohner, die ein untadeliges Leben führen und mir sagten, sie hegten nicht den Verdacht, dass ihre freundlichen Nachbarn vielleicht Frauen in finsteren kleinen Hütten im Wald zerhacken.«
Er streckte seinen großen Körper. Es war deutlich spürbar, dass unser genesender Junge sich zu langweilen begann. »Und was jetzt?«
»Zurück nach Rom, und das sehr bald. Aber ich will noch rasch ein paar der Villen überprüfen, in denen Julius Frontinus bereits vorgesprochen hat.«
»Ich dachte, du hast ihn zu denen geschickt, die dich nicht reinlassen würden?«
»Ich werde mich als reisender Klempner tarnen – von der Art, die überall mit offenen Armen willkommen geheißen wird.«
Er hob skeptisch die Augenbraue. »Gibt es die denn?«
»Jedes vornehme Haus im Reich hat mindestens einen Brunnen, der nicht funktioniert. Ich werde anbieten, ihn zu reparieren.« Ich grinste ihn an. »Und du kannst mitkommen als mein dussliger Lehrling, wenn du magst.« Petronius nahm den Vorschlag bereitwillig an, versuchte aber mich davon zu überzeugen, dass seine natürliche Stellung die des Klempnermeisters war. Ich sagte, da er wie ein Rüpel nach einer Kneipenschlägerei aussähe, bliebe ihm nur die Rolle des Werkzeugträgers. »Lief wohl nicht so recht mit der Küchenmagd von nebenan, was?«
»Zu jung«, antwortete er grinsend. »Zu gefährlich. Außerdem«, gab er zu, »stinkt sie nach Knoblauch und ist dümmer als ein Einfaltspinsel.«

Jede Ermittlung sollte ein Zwischenspiel haben, in dem der vertrauenswürdige Ermittler eine dreckige einarmige Tunika anzieht, sich das Haar mit Salatöl anklatscht und losgeht, um an Türen zu klopfen. Ich hatte das schon früher getan. Petronius, der daran gewöhnt war, seine Informationen unter Androhung von Keulenschlägen und Inhaftierung zu bekommen, musste noch ein paar Tricks lernen – vor allem, wie man die Schnauze hielt. Seine Tante Sedina versicherte ihm jedoch, er sähe dämlich genug aus (die erste Voraussetzung für jeden Klinkenputzer). Helena veranstaltete eine Probe mit uns, bei der sie uns kluge Ratschläge gab wie »Bohr dir mit mehr Überzeugung in der Nase!«, und »Vergiss nicht, die Luft zwischen den Zähnen einzusaugen und zu murmeln: ›Oh! Das sieht aber nicht gut aus. Ich glaube, Sie haben hier ein Problem …‹«

Und das Ganze funktionierte so: Angetan mit schmuddligen Klamotten und bewaffnet mit einem großen Beutel voll verschiedener Gegenstände, die wir in den Außengebäuden des Bauernhofs gefunden hatten, schlenderten Petro und ich durch die vornehmen Tore der prächtigen Villen, die wir uns vorknöpfen wollten. Dabei kauten wir stets an Melonenscheiben. Wenn die grimmigen Wächter herauskamen und uns finster anfunkelten, begrüßten wir sie fröhlich und boten ihnen ein Stück Melone an. Nachdem wir ein bisschen herumgealbert hatten, waren unsere neuen Freunde, denen der Melonensaft noch über das Kinn lief, gewöhnlich bereit, uns einzulassen. Wir schleppten unseren Beutel die Einfahrt hinauf und informierten den misstrauischen Verwalter sehr respektvoll, dass dies seine große Chance sei, den Besitzer mit einer Reparatur des Brunnens zu überraschen, der seit Jahren nicht mehr lief. Die meisten ließen es uns versuchen, da sie nichts zu verlieren hatten. Während wir unsere Genialität unter Beweis stellten, blieben sie natürlich dabei, falls wir Diebe waren, die es auf die Trinkbecher abgesehen hatten. Das gab uns die Möglichkeit, sie in ein Gespräch zu verwickeln, und sobald der Brunnen wieder floss (was uns meist gelang, wie ich zu mei-

nem Stolz sagen muss), waren sie so dankbar, dass sie uns alles erzählten.
Na ja, einige jagten uns auch gleich weg.
Es gab ein Haus, das Petro und ich mit besonderem Misstrauen betrachteten. Während meiner Abwesenheit hatte sich Petro Helenas Liste vorgenommen und Theorien entwickelt (die Küchenmagd musste bei näherer Betrachtung wirklich eine Katastrophe gewesen sein). Er teilte meine Ansicht, dass wir die Villa von Aurelia Maesia unbedingt noch mal überprüfen sollten. Obwohl sie eine Frau war, entsprachen ihre regelmäßigen Fahrten nach Rom am meisten dem, wonach wir suchten.
Sie lebte direkt in Tibur. Ihr Haus lag nahe dem Tempelkomplex des Herkules Viktor. Dieses bemerkenswerte Heiligtum war das wichtigste in Tibur und befand sich auf einer steilen Anhöhe oberhalb der Windungen des Anio. Massives Mauerwerk stützte die alten Arkaden mit der großen Piazza, die von hohen, auf einer Seite offenen Kolonnaden umgeben war. Der Blick ins Tal war atemberaubend. Im Zentrum des Temenos erreichte man den Tempel des Halbgottes über eine breite Freitreppe; direkt darunter lag ein kleines Theater. In den Kolonnaden waren Marktstände aufgebaut, und es summte vor Geschäftigkeit. Es gab auch ein Orakel.
»Warum befragen wir nicht das Orakel?«, knurrte Petro. »Wozu der Aufwand, sich als Handwerker zu verkleiden und bis zu den Achseln nass zu werden, wenn wir bloß die Gebühr zu bezahlen brauchen und die Antwort erhalten können?«
»Orakel vermögen nur mit einfachen Fragen umzugehen. ›Was ist der Sinn des Lebens?‹ und ›Wie kann ich meine Schwiegermutter übers Ohr hauen?‹ Du kannst sie nicht mit technischen Komplexitäten strapazieren wie ›Bitte nenne uns das Schwein, das zum Vergnügen Frauen entführt und ermordet‹. Das erfordert die anspruchsvolle Fähigkeit, Schlussfolgerungen ziehen zu können.«
»Und Idioten wie dich und mich, die nicht wissen, wann sie besser Nein zu einem miesen Job sagen.«

»Genau. Orakel sind launenhaft. Sie führen dich an der Nase herum und in die Irre. Du und ich verbeißen uns in eine Sache wie Schafszecken und erbringen unwiderlegbare Beweise.«
»Na gut«, witzelte Petro, »dann wollen wir uns mal in diese Dame verbeißen.«
Wie bei den meisten Häusern von Frauen, die für zweifelhafte Männer unzugänglich sein sollten, war es ein Leichtes, in das gepflegte Anwesen von Aurelia Maesia einzudringen. Es mag irgendwo einen Pförtner und einen Verwalter gegeben haben, aber wir wurden von einer Köchin eingelassen, die uns direkt zur Dame des Hauses führte.
Sie musste an die sechzig sein. Sie war würdevoll gekleidet, trug goldene Ohrringe mit Bernstein und baumelnden Perlen. Ihr Gesicht war fleischig, wurde aber allmählich schlaff; die Haut war von feinen Fältchen durchzogen. Ich schätzte sie als freundlich, jedoch ein bisschen dämlich ein und wusste sofort, dass sie nicht unser Mörder war, was jedoch ihren Kutscher und jeden, den sie auf ihren regelmäßigen Kutschfahrten nach Rom mitnahm, nicht ausschloss.
Sie war gerade dabei, einen Brief zu schreiben, unter Schwierigkeiten, da sie keinen Schreiber benutzte und eindeutig kurzsichtig war. Als wir hereinschlurften, sah sie mit ziemlich nervösem Blick auf. Wir erzählten ihr unsere übliche Geschichte, die sie uns offenbar abnahm, denn wir wurden zu einem ausgetrockneten Brunnen in einem von Flechten überzogenen Hof geführt. Der Brunnen war alt, aber hübsch gebaut. Spatzen hüpften hoffnungsvoll durch die beiden Becken und betrachteten uns mit tschilpender Neugier. Man hatte uns einen Jungen als Aufpasser mitgegeben.
»Ich heiße Gaius.« Vorsichtig setzte ich meinen Sack ab, damit er nicht merkte, dass der größte Teil der angeblichen Werkzeuge nur irgendwelcher Abfall vom Bauernhof war. Ich nahm einen stumpfen Stock heraus und begann die Flechten abzukratzen. Petro hielt sich im Hintergrund und starrte verträumt zum Himmel hinauf.

»Und er?«, fragte der Junge, immer noch misstrauisch.
»Er heißt auch Gaius.«
»Oh! Wie soll ich euch zwei denn auseinander halten?«
»Ich bin der Gewitztere.«
Wenn Petro mit der Vorstellung dran war, gab er unsere Namen immer mit »Titus« an und fügte hinzu: »Wie der Sohn des Kaisers.« Es bereitete ihm ein kindliches Vergnügen, sich mit Kaiserlichem zu schmücken, wenn wir die Rüpel spielten.
»Und du bist?«
»Titus«, antwortete der Junge.
Petronius grinste ihn träge an. »Wie der Sohn des Kaisers!«
Das hatte der junge Titus offenbar schon öfter gehört.
»Scheint eine nette Dame zu sein, diese Aurelia Sowieso«, sagte ich, nachdem ich eine Weile an dem verwitterten Steinbecken herumgekratzt hatte. »Sie lebt hier, oder? Ich frag bloß, weil viele unserer Kunden hier aus der Gegend nur in den Ferien herkommen.«
»Lebt schon seit Jahren hier«, erwiderte Titus.
»Aber sie wird doch manchmal nach Rom fahren?«
»Ziemlich oft sogar.«
Petronius bohrte in der Nase. Titus war drauf und dran, ihn nachzuahmen, ließ es dann aber bleiben. Ich sah auf und wandte mich an Petronius: »Schau dich mal um, Gaius, ob du einen kleinen Stein für mich finden kannst oder ein Stück von einem Dachziegel …«
»Warum muss ich das immer machen?«
»Weil du der Zureicher bist, darum.«
Petro, dem es gelang, so auszusehen, als hätte er keine Ahnung, was ich von ihm wollte, schlenderte ziellos davon, während ich Titus in eine weitschweifige Unterhaltung verwickelte.
»Ein ganz schönes Unternehmen für deine Herrin, so eine Fahrt nach Rom, was? Ich will ja nicht unhöflich sein, doch in bester Form scheint sie nicht mehr zu sein.« Für den Jungen musste sie uralt wirken. »Aber offenbar hat sie das Geld dazu, es sich bequem zu machen. Tja, du und ich, wir könnten uns höchstens

die Fahrt in einem klapprigen alten Karren leisten, aber eine Dame wie sie …«

»Sie fährt in ihrer eigenen Kutsche.«

»Hat sie einen Kutscher dazu?«

»Damon.«

»Das ist ein hübscher griechischer Name.«

»Er fährt sie hin und bringt sie wieder zurück. Sie wohnt bei ihrer Schwester. Die machen ein Familienfest daraus. Regelmäßig, während der Spiele.«

»Wie nett.«

»Wundervoll!«, höhnte er. Offensichtlich war für ihn Unterhaltung etwas Aufregenderes, als es sich zwei sechzigjährige Frauen ausdenken konnten. Er war etwa vierzehn und ganz wild darauf, furchtbar über die Stränge zu schlagen. »Sie gehen zu den Spielen, schwätzen die ganze Zeit und haben keine Ahnung, wer die Kämpfe oder die Rennen gewonnen hat. Sie wollen bloß sehen, wer sonst noch im Publikum ist.«

»Na ja …« Ich stocherte mit einem Draht in den Auslaufrohren herum. »Damen gehen gern einkaufen. Dazu haben sie in Rom die beste Gelegenheit.«

»Klar, sie bringt eine Menge Zeug mit zurück. Die Kutsche ist immer ganz voll gestopft.«

»Dieser Damon, der Kutscher, hat einen netten Job. Ich wette, du würdest den gern übernehmen.«

»Keine Chance, Kumpel! Damon würde nie jemand anderen ranlassen.«

»Ist er so scharf darauf?«

»Er lebt mit der Köchin zusammen, ergreift jede Gelegenheit, von ihr wegzukommen.«

Petronius kam zurückgeschlendert und hatte offenbar vergessen, wonach ich ihn ausgeschickt hatte.

Während ich so tat, als ob ich den Dreck und den Bewuchs vom Brunnenbecken abkratzen würde, hatte ich entdeckt, wonach ich suchte. Aurelia Maesias Villa besaß eine private Wasserleitung vom Tibur-Aquädukt, und ihr Brunnen wurde durch ein

Abzweigrohr versorgt, das aber mit einem Absperrhahn geschlossen werden konnte. (Das war eine Seltenheit, da die meisten Leute das überfließende Wasser zum Spülen der Latrine benutzten.) Ich nahm an, dass jemand den Hahn zugedreht und es dann vergessen hatte. Der Absperrhahn war wie üblich aus Bronze gegossen, ziemlich groß und mit einem quadratischen Endstück versehen, das mit einem speziellen entfernbaren Schlüssel bewegt werden konnte.

»Tu mir einen Gefallen, Titus: Lauf los und bitte denjenigen, der den Schlüssel hat, ihn uns mal kurz zu leihen. Dann zeig ich dir was.«

Der Junge sauste los. Als er außer Hörweite war, sagte Petro leise: »Weiter hinten gibt es einen Stall mit einer Kutsche. Eine Raeda. Ein großes vierrädriges Ding mit Bronzeverzierung. Der Kerl, der sie vermutlich kutschiert, lag schlafend auf einem Heuballen – rotblondes Haar, wirrer Bart, verdrehtes Bein und nur halb so groß wie ich.«

»Leicht zu entdecken.«

»Allerdings.«

»Sein Name ist Damon«, sagte ich.

»Klingt wie so ein verdammter griechischer Schafhirte.«

»Ein echter Arkadier. Ich frag mich, ob er wohl eins von diesen großen Schafschermessern besitzt?«

Titus kam zu uns zurückgelaufen und sagte, niemand habe den Schlüssel für den Absperrhahn. Ich zuckte mit den Schultern. In unserem Sack befand sich ein Stück Eisenrohr, das ich benutzen konnte; ich durfte es nur nicht verbiegen. Ich hasse es, Eisenrohre zurückzulassen. Außer der Tatsache, dass man sie zum Schädeleinschlagen benutzen kann, was sollte man denn tun, wenn einen der nächste unfähige Hausbesitzer bat, seinen Absperrhahn zu öffnen?

Der Hahn saß fest und war schwer zu drehen, wie ich schon geahnt hatte. Ich spürte, wie der Wasserhammer in Bewegung kam. Sein Hämmern war bis ins Haus hinauf zu hören, was wahrscheinlich der Grund war, warum man den Hahn zugedreht hatte. Schade, denn kaum war er aufgedreht, sprudelte glucksend Wasser in den Brunnen. Es sah hübsch aus und klang recht melodisch, floss aber nicht sehr gleichmäßig.

»Mann!«, sagte Titus. »Das war's also?«

»Wenn wir uns erst mal dranmachen, Junge ...«

»Perfektionisten«, erklärte Petro dem Jungen und nickte weise. »Siehst du, das schwappt alles zu einer Seite. Gib mir den Stein, den du gefunden hast, Gaius.« Ich verkeilte ihn im oberen Auslaufrohr, damit das Wasser gleichmäßiger floss. »Tja, Titus, so sind wir eben, Gaius und ich. Wir benutzen einen Stein, um es zu richten. Andere nehmen einen Stock, und das mit voller Absicht. Er verrottet allmählich, und man muss sie wieder rufen. Aber Gaius und ich, wenn wir einen Brunnen reparieren, dann sieht man uns nie wieder.«

Titus nickte, leicht zu beeindrucken durch die Geheimnisse unseres Handwerks. Er war ein kluger Junge. Ich sah förmlich, dass er überlegte, wie er von diesem Wissen Gebrauch machen konnte.

Ich packte unser Werkzeug zusammen. »Und warum fährt dieser Damon so gern nach Rom?«

Der Junge schaute sich in alle Richtungen um und versicherte sich, dass wir nicht belauscht wurden.

»Der ist scharf auf Frauen, was sonst«, antwortete Titus und bewies damit, dass auch er über spezielles Wissen verfügte.

LIII

Aber wir wussten, dass wir vermutlich nicht nach einem Frauenverehrer suchten. Vor allem nicht nach einem verheirateten, sei es ein freier Bürger oder ein auf dem Land lebender Sklave. Petronius Longus war mit mir einer Meinung: Damon wollte der Köchin entfliehen, weil sie ihn, da er nicht treu sein konnte, ständig ankeifte. Ich warf Petro einen Blick zu. Diese Situation kannte er ja nun aus erster Hand. Er quittierte meinen Blick mit einem schmutzigen Grinsen, und wir gaben das Brunnenreparieren für diesen Tag auf.

Ja, wir gaben Tibur ganz und gar auf, da die Zeit gegen uns war. Am nächsten Morgen packten wir und kehrten nach Rom zurück. Es schien, als hätten wir keine Fortschritte gemacht, obwohl wir meiner Meinung nach so viel an Hintergrundinformationen dazugewonnen hatten, dass der Mörder sich nur mit Glück beim nächsten Mal nicht verraten würde. Und wenn Damon auch nicht der ideale Verdächtige war, könnte er immer noch unser Mann sein. Außerdem hatte ich einen Bauernhof erworben. Er würde der Fluch meines Lebens sein, aber jetzt konnte ich mich als Mann mit Besitz bezeichnen.

Der Erste, den wir sahen, als wir uns den Aventin hinaufquälten, war mein Neffe, der echte Gaius. Er kochte vor Wut. »Du hast mich ganz schön aufsitzen lassen!«, schäumte er. Gaius konnte schäumen wie ein todgeweihtes Pferd. Ich hatte keine Ahnung, um was es ging. »Du bist mir ein feiner Freund, Onkel Marcus …«

Helena war nach drinnen gegangen, während ich das Gepäck von unserem Mietesel lud. »Hör auf, so rumzubrüllen. Halt das mal.«

»Deine Drecksarbeit kannst du alleine machen!«

»Wie du willst.«

Er beruhigte sich, da ich unbewegt blieb. Er besaß die Familienangewohnheit, sich nie umsonst anzustrengen, und verfiel in das typische düstere Schmollen der Didii. Gaius ähnelte meinem Vater; ich verhärtete mein Herz. »Ich hab eine Menge zu tun, Gaius. Wenn du die Klappe hältst und mir hilfst, hör ich mir hinterher an, warum du so sauer bist. Wenn nicht, dann verschwinde und geh jemand anderem auf die Nerven.«

Widerstrebend stand Gaius still, während ich ihn mit Gepäck belud, bis er kaum mehr die Stufen zu unserer Wohnung hinaufwanken konnte. Unter der Großspurigkeit und dem Aufbrausen verbarg sich ein tüchtiger kleiner Arbeiter. Nicht zum ersten Mal merkte ich, dass ich seinetwegen etwas unternehmen musste, und das bald. Der Gedanke an mein mit Nesseln bewachsenes Stück Land brachte mich auf eine mögliche Lösung. Gaius musste, so rasch es ging, von diesem Leben auf der Straße weg. Vielleicht konnte ich ihn auf den Familienbauernhof schicken. Großtante Phoebe hatte viel Erfahrung darin, ungebärdige junge Burschen zurechtzustutzen, und ich konnte Gaius vertrauen, dass er sich von den Kapriolen meiner absonderlichen Onkel Fabius und Junius nicht kirre machen ließ. Doch ich behielt diese Idee vorläufig für mich. Seine Mutter, meine lächerliche Schwester Galla, würde erst mal ihre Ablehnung jedes vernünftigen Plans, den ich ihr vorlegte, überwinden müssen. Und dann gab es da natürlich noch Lollius; tja, ich freute mich schon darauf, Lollius ordentlich einzuheizen …

Als ich Gaius ins Haus folgte, seufzte ich. Ich war erst seit fünf Minuten daheim, und schon fühlte ich mich durch die häuslichen Bürden in die Ecke gedrängt.

»Gibst du mir Geld, damit ich den Esel zurück in den Mietstall bringe, Onkel Marcus?«
»Nein.«
»Doch, das wird er«, sagte Helena. »Was bedrückt dich denn so, Gaius?«
»Mir wurde hier Arbeit versprochen«, polterte mein Neffe verärgert los. »Ich wollte mir Geld damit verdienen, auf das Baby aufzupassen. Demnächst muss ich zurück in die Schule.«
»Keine Bange«, sagte ich verdrossen. »Die Schulferien dauern noch zwei Wochen.« Gaius hatte überhaupt kein Zeitgefühl.
»Ich geh sowieso nicht mehr hin, wenn ich vierzehn bin.«
»Gut. Sag deiner Großmutter, dass sie ihr Geld nicht mehr für die Schulgebühr verschwenden soll.«
»An meinem Geburtstag hau ich ab.«
»Wie du meinst, Gaius.«
»Warum widersprichst du mir nicht?«
»Weil ich müde bin. Jetzt hör zu, die Augustalia fangen demnächst an, und ich habe ein paar aufreibende nächtliche Überwachungen vor mir. Helena wird froh sein, wenn du ihr mit dem Baby hilfst. Ich glaube, dass sie deine Gesellschaft auch während des Tages willkommen heißen wird, aber du musst leise sein, wenn ich zu Hause bin und schlafe.«
»Und wie willst du dem Baby erklären, dass es nicht schreien darf?« Als zukünftiges Kindermädchen besaß Gaius einen netten sarkastischen Zug. »Worum geht es bei der Überwachung?«
»Den Wahnsinnigen zu fangen, der abgehackte Frauengliedmaßen in die Wasserleitung schmeißt.«
»Wie willst du das machen?«
Wie alle meine Verwandten betrachtete Gaius meine Arbeit mit Ungläubigkeit, erstaunt, dass irgendjemand verrückt genug war, mich zu beauftragen, oder dass die Aufgaben, die ich übernahm, tatsächlich echte Resultate erzielen konnten.
»Ich werde vor dem Circus Maximus stehen, bis er kommt

und sich eine schnappt.« So ausgedrückt, schien der Spott meiner Familie berechtigt. Wie konnte ich je erwarten, dass das funktionieren würde?
»Und dann?«
»Dann schnapp ich ihn mir.«
»Das würde ich gern sehen! Kann ich dir helfen?«
»Nein, das ist viel zu gefährlich«, erklärte Helena bestimmt.
»Ach, Onkel Marcus!«
»Wenn du dir Taschengeld verdienen willst, dann tu das, was Helena dir aufträgt. Sie hat hier das Sagen, und sie führt die Bücher.«
»Sie ist eine Frau.«
»Sie kann zählen.« Ich grinste sie an.
»In mehr als einer Weise«, bemerkte sie. »Kommt und esst, ihr zwei Gauner.«
Widerwillig setzte sich Gaius an den Tisch und griff zu. Besänftigt durch das ungewöhnliche Erlebnis einer Familienmahlzeit – etwas, das Galla und Lollius ihren Kinder nie boten –, fiel ihm schließlich wieder ein, dass er Helena etwas auszurichten hatte. »Dein Bruder war gestern da und wollte dich besuchen.«
»Quintus? Der große, freundliche? Camillus Justinus?«
»Wahrscheinlich. Er sagte, ich soll dir ausrichten, dass er wegen seiner Gesundheit fortgeschickt worden ist.«
Helena sah alarmiert aus. »Was soll das bedeuten? Ist er krank?«
Gaius zuckte die dünnen Schultern unter seiner schmutzigen Tunika. »Ich glaube, das war eine Art Witz. Ich hab auf eurer Veranda gepennt und darauf gewartet, dass ihr nach Hause kommt.«
Bei dem Gedanken, dass der ungeliebte Schlingel jämmerlich auf unserer Veranda herumhing, schauderte es Helena. »Hast du mit meinem Bruder gesprochen?«
»Er hat sich zu mir auf die Stufen gesetzt, und wir haben einen netten Schwatz gehalten. Er ist ganz in Ordnung. Aber er war sehr niedergeschlagen.«

Müde nach der Reise, rieb sich Helena die Augen und betrachtete meinen Neffen dann mit dem aufgestützten Kinn in den Händen. »Warum war er so niedergeschlagen, Gaius?«

»Er hat's mir im Vertrauen gesagt …« Als er Helenas Blick auffing, rutschte mein Neffe unbehaglich hin und her. Aber schließlich gab er verlegen zu: »Na ja, wegen der Liebe und all dem Kram.«

Ich lachte. »Tja, daraus kannst du was lernen. Das passiert, wenn junge Männer so dumm sind, sich mit Schauspielerinnen einzulassen.«

Helena Justina gab meinem Neffen einen Nachschlag und sah nachdenklich aus. Dann, da sie wusste, wie man eine Kabbelei verhindert, füllte sie auch meine Schale wieder auf.

Die Spiele zu Ehren des verstorbenen Kaisers Augustus beginnen am dritten Tag des Monats Oktober. Zwei Tage später ist das mythologische Datum für die Öffnung des Hades; ich hoffte, dass wir bis dahin unseren Verbrecher geschnappt hatten und bereit waren, ihn auf diesen Weg zu schicken. Direkt vor den Spielen war ein schwarzer Tag im Kalender, der traditionelle Unglückstag, der den Kalenden folgt, dem Ersten des Monats. Wir hatten Grund zu der Annahme, dass Aberglaube die Leute vom Reisen abhalten würde und sie daher für die Festlichkeiten bereits an den Kalenden nach Rom kommen würden. Um völlig sicher zu sein, dass wir rechtzeitig vor Ort waren, begannen wir unsere Wache bereits am Tag davor.

Wir überwachten die Stadttore. In der Hoffnung, dass unsere Theorie stimmte, konzentrierten wir uns auf die Ostseite. Petro und ich wechselten uns an der Porta Tiburtina und der Porta Praenestina ab, wo wir uns jeden Abend einfanden, nachdem die Sperrstunde für Fahrzeuge aufgehoben worden war und die Karren nach Rom hineinrollten. Wir blieben, bis der Verkehr im Morgengrauen nachließ. Dank Julius Frontinus hatte der Präfekt der Vigiles uns die Hilfe seiner Leute zu-

gesichert; zusätzlich deckten sie auch noch die beiden Tore nördlich des Prätorianerlagers und zwei weitere im Süden ab.
»Ich hoffe, du bist bereit«, meinte Petro, »den Vigiles zu sagen, dass sie nach einem rothaarigen Zwerg mit Bart und Hinkebein Ausschau halten sollen.«
»Sie werden das für einen Witz halten.«
»Falco, ich bin zu dem Schluss gekommen, dass alles, woran du beteiligt bist, ein Witz ist«, gab er zurück, ziemlich bitter, wie ich fand.
Wir erwarteten, dass unser Mörder die Porta Tiburtina nehmen würde, sei es nun unser rothaariger Verdächtiger Damon oder jemand anderes. Sowohl die Via Tiburtina als auch die Via Collatina führen durch dieses Tor nach Rom. Dort und auch an der Porta Praenestina, wo die Straße aus derselben allgemeinen Richtung aus der Campania endete, hielten die Vigiles jedes Fahrzeug an und trugen es in eine Liste ein.
Das verursachte einige Aufregung, um es milde auszudrücken. Wir nannten es eine Verkehrszählung, angeordnet vom Kaiser. Jeder Fahrer wurde gefragt, woher er kam und, »um die weitere Verkehrsplanung zu erleichtern«, wohin er in Rom wollte. Viele rückten nur ungern mit der Sprache heraus, und manche belogen uns bestimmt aus Prinzip. Wurden sie nach dem Grund für ihre Reise gefragt und danach, wie oft sie zu den Festlichkeiten herkamen, brausten einige Mittel- und Oberschichtsinsassen der Kutschen auf und sagten, sie würden sofort Beschwerde bei Vespasian einlegen, sobald sie wieder zu Hause seien. Natürlich kamen wir dann mit der Ausrede »Tut uns Leid, Herr, Befehl von ganz oben« und »Ich kann nichts dafür, Tribun, ich tu nur meine Arbeit« – und natürlich verärgerte sie das am meisten. Fuhren sie dann mit Funken schlagenden Rädern davon, waren sie zumindest so mit ihrer Wut beschäftigt, dass sie nicht überlegten, was unser wahres Motiv sein könnte.
Die dickbäuchige vierrädrige bronzegeschmückte Raeda schwankte an den Kalenden durch die Porta Tiburtina. Ich

hatte gerade Dienst, war auf meinem Posten eingetroffen, als die ersten Fahrzeuge eingelassen wurden. Die große Kutsche wurde von vier Pferden gezogen, fuhr aber im Tempo eines Leichenwagens. Dadurch hatte sich bereits ein Verkehrsstau von einer Meile Länge gebildet. Die Kutsche war nicht zu übersehen. Nicht nur wegen der gereizten Rufe der frustrierten Fahrer hinter ihr, sondern auch wegen des rothaarigen kleinen Kutschers, nach dem wir alle Ausschau hielten.

Ich trat zurück und ließ einen der Vigiles den Amtsstab zum Anhalten der Kutsche heben. Ich konnte sehen, dass die kurzsichtige Aurelia Maesia aus dem Wagenfenster lugte. Sie war der einzige Passagier. Damon, der Kutscher, war Ende vierzig, sommersprossig, hellhäutig und rothaarig bis hin zu den Augenbrauen und Wimpern. Als Frauenverehrer sah er nach gar nichts aus. Was aus einem seltsamen Grund oft der Fall ist.

Während die Vigiles mit ihrer Frageliste an die Kutsche traten, beobachtete ich das Ganze aus dem Schatten des inneren Tores, nahe genug, um zuhören zu können. Einzelheiten wurden notiert über Aurelia Maesias Pläne für ihren Aufenthalt in Rom bei ihrer Schwester, deren Name Aurelia Grata war, wohnhaft in der Via Lata. Sie sagte aus, dass sie bis zum Ende der Augustalia bleibe, und gab als Grund ein Familientreffen an. Damon nannte den Namen eines Stalls außerhalb der Porta Metrovia, wo er mit den Pferden und der Kutsche bleibe, und schloss sich dann dem normalen nächtlichen Verkehrsstau in Rom an. Einer von den Vigiles, der im Voraus dafür abgestellt worden war, folgte der Kutsche zu Fuß. Er sollte Damon bis zu dem genannten Stall beschatten und sich dann dort für die Dauer der Spiele auf einen Besen stützen und den Mann nicht aus den Augen lassen, falls er irgendwo hinging.

Damon entsprach nicht unseren Kriterien für den Mörder. Wenn er wirklich während der gesamten Spiele in diesem Stall blieb, passte er nicht in das Muster eines Mannes, der nach Tibur fuhr, die Morde verübte und dann später zurückkehrte, um sich des Torsos und Kopfes des Opfers zu entledigen. Sollte sich trotzdem herausstellen, dass es eine Verbindung zu Damon gab, würde ich eine stille Befriedigung verspüren – die Porta Metrovia lag am Ende der Zyklopenstraße, nur Minuten von der Gegend entfernt, aus der zumindest Asinia verschwunden war. Es war das dem Circus Maximus am nächsten gelegene Stadttor.

LIV

Es gab zwei Feste in Rom, die nach Augustus benannt waren. Acht Tage vor Beginn des Monats Oktober war sein Geburtstag, an dem formelle Spiele im Circus veranstaltet wurden; die hatten wir durch unseren Ausflug nach Tibur verpasst. Jetzt wurden die zehntägigen Spiele eröffnet, ein prächtiges Spektakel zur Erinnerung an die Rückkehr des alten Kaisers aus dem Orient, wo er ausländische Provinzen befriedet hatte. Da nach wie vor Städte im gesamten Imperium an diesen Spielen Bankrott gingen, war das die Art von Quark, die ich zu vermeiden suchte. Ich hatte schon nichts übrig für lebende Kaiser, also gedachte ich nicht, an ihrer Vergöttlichung teilzunehmen, sobald Rom sie los war.

Am Tage der Eröffnungsfeier waren Petro und ich so angespannt wie Brutus und Cassius nach ihren schlechten Träumen in der Nacht vor der Schlacht von Philippi. Wenn er sich an seinen bisherigen *modus operandi* hielt, würde unser Mörder an diesem Abend sein nächstes Opfer auswählen. Julius Frontinus hatte lange mit den Tribunen der Fünften und Sechsten Kohorte der Vigiles konferiert, die für den Circus-Bezirk zuständig waren; die Kohorten würden verstärkt patrouillieren und hatten den Befehl, ganz besonders auf die Sicherheit unbegleiteter Frauen zu achten. Jedes Mal, wenn ich an das riesige Gebiet dachte, das abgedeckt werden musste, und an die vielen Menschen, die dort unterwegs sein würden, wurde mir ganz kalt. Es war eine enorme Aufgabe.

Wir hatten mit der Idee gespielt, die Leute mit Plakaten zu warnen. Frontinus verbot das. Es belastete unser Gewissen, doch er hatte die endgültige Verantwortung übernommen. Wir mussten hart bleiben. Alles musste ganz normal erscheinen. Wir wollten, dass der Mörder zuschlug – aber dann zuschlug, wenn wir ihn beobachten und einschreiten konnten.

Meine Schwester Maia kam an jenem ersten Nachmittag bei uns vorbei. Sie war ein aufgewecktes lockenköpfiges Wesen, hübsch zurechtgemacht, bereit für alles und völlig unkontrollierbar. »Wir sollten wirklich hingehen, Helena!«, rief sie. »Wir beide sind Frauen, die die Augen aufhalten können. Ich wette, wenn er da ist, dann entdecken wir ihn auch.«

»Bitte geht nicht in die Nähe des Circus.« Ich war entsetzt. Ich war Maias älterer Bruder und Helenas erwählter Partner. Nach den uralten Bräuchen in Rom sollte mein Wort für sie Gesetz sein, aber Pustekuchen. Sie waren beide Frauen mit Charakter, und ich war nur der arme Trottel, der versuchte das Beste für sie zu tun. Ich hatte keine Rechtsgewalt über sie.

Die beiden waren gute Freundinnen und gleichermaßen streitsüchtig. »Maia hat Recht.« Helena wusste, wie nervös ich war, wandte sich aber in dieser Sache gegen mich. »Maia und ich könnten in der Nähe des Circus herumspazieren und als Lockvögel dienen.«

»Gute Götter!«

»Wir wären Spitzenklasse! Du musst irgendwas tun«, wollte mich Maia überreden. Aus dem, was sie über die Ermittlungen wusste, konnte ich entnehmen, dass die beiden bereits heimlich Pläne geschmiedet hatten, während ich unterwegs war. »Er ist dir bei den Ludi Romani durch die Lappen gegangen, und diesmal wird er wieder entwischen.«

»Ach, hör doch auf mit deinen Ermutigungen. Das könnte mein Selbstvertrauen steigern.«

»Du weißt noch nicht mal, wie dieses Schwein wirklich vorgeht.«

Das stimmte. Wir hatten keinen Beweis dafür, abgesehen von dem, was Pia und ihr widerlicher Freund Mundus beobachtet haben wollten – dass Asinia von einem Fußgänger angesprochen worden war. Der Mann, den sie gesehen hatten, stand vielleicht in keinerlei Verbindung mit den Morden. Asinia konnte genauso gut später aufgesammelt worden sein, von einem Karren, einem Streitwagen, einer Kutsche, einem Mann mit einem Esel – von mir aus auch von Perseus auf seinem geflügelten Pferd. »Unser einziger Verdächtiger ist ein Kutscher.«

Maia warf den Kopf zurück. »Das bildet ihr euch doch nur ein, Lucius Petronius und du!«

»Vertrau uns.«

»Entschuldige, Marcus, wie kann ich das? Ich *kenne* Petro und dich.«

»Dann weißt du auch, dass wir unsere Erfolge hatten.« Ich bemühte mich, nicht außer Kontrolle zu geraten. Wenn man es mit Mädchen voll wilder Theorien zu tun hat, sollte man immer offen für Vorschläge erscheinen.

»Ich weiß nur, dass ihr zwei Verrückte seid.«

Ich wandte mich an Helena Justina. Sie hatte mit der niedergeschlagenen Art einer Frau zugehört, der klar ist, dass sie Vernunft zeigen muss, egal, was ihr Herz sagt. »Unsere Idee ist gut, Marcus, aber ich verstehe, warum du nervös bist …«

»Es ist viel zu gefährlich.«

»Du bist ja da, um uns zu beschützen.«

»Ich weiß euer Angebot zu schätzen. Ihr beide bedeutet mir zu viel, und ich will nicht, dass ihr das tut. Ich kann euch nicht einsperren …«

»Wag es ja nicht!«, unterbrach Maia mich.

Ich konnte sie nur bitten, mir zu versichern, dass sie auf meine Warnung hören und nichts Dummes tun würden, nachdem ich gegangen war. Sie standen mit mitleidigem Gesichtsausdruck da, versprachen dann so feierlich, sich gut zu benehmen, dass klar war, sie würden tun, was immer ihnen einfiel.

Es war Zeit, meinen Dolch zu schärfen und mich auf Gefahr einzustellen. Ich hatte keine Zeit, mich mit diesen beiden

Frauen abzugeben, die nur darauf aus waren, mich zu verärgern.

Manche Männer würden die Frauen, die sie lieben, in einem verzweifelten Fall Risiken eingehen lassen. Helena und Maia waren mutig und gewitzt; falls wir je Lockvögel einsetzen sollten, wären sie am geeignetsten dafür. Aber der Einsatz von Lockvögeln war zu gefährlich. Es konnte zu viel Unerwartetes passieren. Ein Fehler oder ein Trick, und sie wären enttarnt. Es dauert nur Sekunden, eine Frau zu schnappen, ihr die Kehle durchzuschneiden und sie für immer zum Schweigen zu bringen.

»Bitte, bleibt zu Hause«, flehte ich, als ich zu meiner nächtlichen Wache aufbrach. Vielleicht hatten sie weiter diskutiert, während ich mich auf das Kommende vorbereitete, denn sie küssten mich beide ruhig wie wohlerzogene Schätzchen. Sie machten mir das Herz schwer.

Die beiden wirkten viel zu gefügig. Hatten sie vor, ihren verrückten Plan auszuführen, ohne mir etwas davon zu sagen? Gute Götter, ich hatte auch schon so genug Probleme.

LV

Wir hielten die ganze Nacht vor dem Circus Wache. Wieder patrouillierte ich in der Straße der Drei Altäre; Petro hatte beim Tempel von Sonne und Mond Posten bezogen. Es war eine milde, klare und feuchte Nacht. Nicht zu heiß, aber warm genug, um eine erregte Atmosphäre zu erzeugen. Mädchen flanierten in dünnen Kleidchen durch die Straßen, die Schulterbroschen gelockert und die Seitenschlitze halb geöffnet. Fröhlich verzehrten sie ihre Nüsse und Süßigkeiten und achteten kaum darauf, wer sie anglotzte oder ihnen vielleicht folgte. Nackte Arme, nackte Hälse, nackte Köpfe: offene Einladungen zur Wollust. Nie hatte ich so viele sorglose und selbstbewusste römische Frauen gesehen, die offenbar keine Ahnung hatten von ihrer körperlichen Angreifbarkeit.

Mich verließ der Mut. Es waren viel zu viele Menschen, viel zu wenige Wachtposten, viel zu viele Ausgänge vom Circus, viel zu viele Straßen, in denen unbesorgte Frauen auf dem Heimweg in der Dunkelheit entführt werden konnten.

Wir blieben, bis wir vor Müdigkeit nicht mehr auf den Beinen zu stehen vermochten. Unsere Konzentration wurde übermäßig beansprucht, nicht zuletzt deswegen, weil wir keine Ahnung hatten, auf wen wir in der Menge achten sollten. Die Vorstellungen waren zu Ende, die Sänften und Tragestühle waren gekommen und wieder verschwunden, die Prostituierten und Betrunkenen hatten den Bezirk übernommen, und dann waren selbst sie nach Hause gegangen.

Beim ersten Morgenlicht begab ich mich hinüber zum Tempel.

Petro und ich blieben noch ein paar Minuten dort stehen und sahen uns um.
Die Straßen und Tempelstufen waren mit Abfall bedeckt. Streunende Hunde und vermummte Bettler wühlten darin herum. Ein paar Lampen flackerten noch schwach. Stille hatte sich herniedergesenkt, nur unterbrochen von gelegentlichen beunruhigenden Geräuschen aus dunklen Seitengassen.
»Wenn er hier war, dann haben wir ihn verpasst«, sagte Petronius mit leiser Stimme. »Er könnte sich jemanden geschnappt haben.«
»Was glaubst du?«
»Ich hoffe nicht.«
»Aber was glaubst du wirklich, Partner?«
»Frag nicht, Falco.«
Erschöpft gingen wir zurück zur Brunnenpromenade.

LVI

Helena weckte mich um die Mittagszeit. Sie brachte mir etwas zu trinken, legte mir das Baby in die Arme und schmiegte sich dann an mich, während ich langsam zu mir kam.

Ich befreite eine ihrer Haarsträhnen, die sich unter meinem Ellbogen festgeklemmt hatte. »Danke, dass du hier warst, als ich nach Hause kam.« Ich tat so, als würde ich über die Drohungen witzeln, die Maia und sie gemacht hatten. »Hab ich dich geweckt?«

»Ich hab nicht richtig geschlafen. Nur gedöst, weil ich voller Sorge um dich da draußen war.«

»Es ist nichts passiert.«

»Nein«, sagte Helena leise. »Aber wenn du ihn gesehen hättest, wärst du ihm gefolgt. Und das hat mir Sorgen gemacht.«

»Ich kann auf mich aufpassen.«

Sie schmiegte sich enger an mich und sagte nichts. Auch ich lag schweigend da, beunruhigt darüber, dass ich sie jede Nacht allein ließ und sie nicht schlief, wenn sie dachte, ich täte etwas Gefährliches, sondern stundenlang wach blieb, ihre Augen bei jedem Geräusch aufriss und manchmal sogar aufsprang und nach draußen lief, um nach mir Ausschau zu halten.

Da ich jetzt zu Hause in ihren Armen lag, döste Helena wieder ein. Das Baby war wach, frisch gewickelt, strampelte zufrieden mit den Beinen und hatte sich nur wenig besabbert. Ich merkte, wie die Kleine zu mir aufsah, als wollte sie ihr Publikum einschätzen. Sie hatte Helenas Augen. Wenn wir sie sicher durch die gefährlichen Kinderjahre bringen konnten, in denen so viele ihr Leben verloren, würde sie eines Tages auch Helenas sprühenden Geist und ihr Temperament haben. Sie würde da draußen sein, frei geboren in ihrer eigenen Stadt, und uns wenig davon erzählen, wo sie hinging.

Frauen sollten auf sich Acht geben. Die vernünftigen wussten das. Aber Rom musste ihnen zugestehen, dass sie das ab und zu vergaßen. Wirklich frei sein bedeutete, das Leben zu genießen ohne das Risiko, zu Schaden zu kommen.

Manchmal hasste ich meinen Beruf. Heute nicht.

Julius Frontinus kam am Nachmittag zu einer Besprechung. Ich mochte seine offene Einstellung, aber die ständige Furcht, dass Seine Ehren hier reinspazierte, machte mich nervös. Wenigstens besaß er die Höflichkeit, seine Nachtpatrouille erst mal ausschlafen zu lassen.

Ich trat auf die Veranda und pfiff nach Petronius. Eine Antwort erfolgte nicht, aber gleich darauf trottete er die Straße entlang. Ich winkte ihm, und er gesellte sich zu uns. Wir setzten uns alle zusammen. Leise ertönte im Hintergrund das Knarren von Julia Junillas Wiege, die Helena sanft mit dem Fuß bewegte.

Wir sprachen in gedämpftem Ton. Petro und ich berichteten von den negativen Ergebnissen der vergangenen Nacht.

»Ich war heute Morgen beim Präfekten der Vigiles.« Man konnte sich darauf verlassen, dass Frontinus die Leute herumjagte. »Er hatte bereits sämtliche Berichte seiner Offiziere vorliegen. Sie haben diverse Kleinkriminelle verhaftet, die davongekommen wären, wenn wir nicht den Circus und die Stadttore bewacht hätten, aber keiner von ihnen scheint etwas mit unserem Fall zu tun zu haben.«

»Sind heute Morgen irgendwelche Frauen als vermisst gemeldet worden?«, fragte ich mit heiserer Stimme. Ich wollte die Antwort nicht hören.

»Bisher nicht.« Auch Frontinus wirkte gedämpft. »Darüber sollten wir froh sein.« Das waren wir natürlich, wenn es uns auch nicht weiterbrachte.

»Wenigstens haben wir keine Entführung übersehen.«
»Ihr braucht euch keine Vorwürfe zu machen«, sagte Helena. Sie saß etwas abseits in ihrem Korbstuhl mit der runden Rückenlehne, aber alle akzeptierten, dass sie zuhörte. In meinem Haushalt waren Debatten eine Angelegenheit für die ganze Familie.
Helena wusste, woran ich dachte. Ich hatte mich einst bitter verflucht, weil ein junges Mädchen ermordet worden war und ich, wie ich glaubte, es hätte verhindern können. Das war lange her, aber ich quälte mich gelegentlich immer noch damit. Ich hasste den Mörder nach wie vor dafür, dass er mir sein Verbrechen auf das Gewissen geladen hatte.
Ich hatte in letzter Zeit zu viel über Helenas toten Onkel gegrübelt, der Mann, dessen Leiche ich auf Befehl Vespasians in der Cloaca Maxima hatte verschwinden lassen. Das ermordete Mädchen war seine Tochter und Helenas junge Cousine gewesen. Sosia. Sie war sechzehn, klug, hübsch, wissbegierig, unschuldig und furchtlos – und ich war in sie verliebt gewesen. Seitdem hatte ich meiner Fähigkeit, Frauen zu beschützen, nie mehr ganz getraut.
»Ich habe eine Nachricht von dem Mann bekommen, den wir zu dem Stall an der Porta Metrovia geschickt hatten«, sagte Petro und unterbrach meine Gedanken. »Offenbar ist Damon, der Kutscher, den wir verdächtigen, die ganze Zeit dort geblieben. Genau das, was er tun soll. Er geht nebenan in die Wirtschaft, bestellt sich was zu trinken und sitzt dann stundenlang mit dem einen Becher da. Er hat versucht die Kellnerin anzuquatschen, ist aber abgeblitzt.«
»Und er war gestern die ganze Nacht da?«, fragte Frontinus, begierig darauf, etwas zu erfahren, das den Kutscher belastete.
»Die ganze Nacht«, bestätigte Petro niedergeschlagen.
»Das schließt Damon also aus?«
»Nur für letzte Nacht.«
»Damon kann nicht euer Mörder sein«, erinnerte uns Helena ruhig. »Von Damon ist bekannt, dass er an der Porta Metrovia

bleibt, falls seine Herrin die Kutsche braucht. Asinias Mörder hat sie in Rom entführt, ihre Hand jedoch innerhalb weniger Tage in den Anio geworfen – und dann ist er hierher zurückgefahren, um sich am Ende der Spiele ihres Kopfes und ihres Torsos zu entledigen. Wenn er es bei diesen Spielen wieder so macht, erwischen ihn die Vigiles vielleicht unter den Fahrzeugen, die Rom durch die Porta Tiburtina verlassen – allerdings leider auf Kosten irgendeiner armen Frau.«

»Letzte Nacht haben nur Lastenfahrzeuge Rom verlassen«, versicherte ihr Frontinus. Er schien dem Präfekten der Vigiles wirklich alle Einzelheiten entlockt zu haben.

»Könnte der Mörder denn nicht auch Fahrer eines Lastenfahrzeugs sein und zufällig aus Tibur stammen?«

»Nein, nein, er ist privat angestellt. Er muss jemanden für die Feierlichkeiten nach Rom bringen und hinterher wieder abholen«, sagte ich mit voller Überzeugung. »Deswegen muss er zweimal fahren.«

»Aber offenbar ist sein Passagier nicht Aurelia Maesia«, brummte Petro.

»Nein. Helena hat Recht. Wir lassen uns durch Aurelia und Damon ablenken. Wir sind zu verzweifelt. Wenn wir nicht aufpassen, übersehen wir etwas.«

»Heute morgen, als ich darauf gewartet habe, dass du aufwachst«, sagte Helena, »kam mir ein Gedanke. Nachdem du dich so leise reingeschlichen hast, wusste ich, dass letzte Nacht nichts passiert ist. Doch es war der Eröffnungstag der Spiele, und du warst dir so sicher gewesen, dass er zuschlagen würde.«

»Und weiter, Liebes?«

»Ich fragte mich, was anders war. Ich habe an den Unglückstag gedacht. Manche sind wahrscheinlich, wie du sagst, zu den Spielen früher nach Rom gefahren, um den Unglückstag zu vermeiden. Die Ludi Romani im letzten Monat haben drei Tage nach den Kalenden begonnen, nicht wie diesmal zwei, also stellte sich die Frage nach dem Unglückstag nicht. Damals hat der Mörder am Eröffnungstag zugeschlagen, und ihr glaubt, dass das von Bedeutung ist. Aber mal angenommen, sein Fahrgast macht sich nicht viel aus der großen Eröffnungsparade? Wenn sie nicht an einem Unglückstag fahren wollten, kommen sie vielleicht erst einen Tag *später*.«

»Du meinst, er ist noch gar nicht hier?«

»Nun, es ist zumindest eine Möglichkeit. Während ihr alle gestern Nacht vor dem Circus auf einen Überfall gewartet habt, ist er vielleicht gerade erst in Rom angekommen.«

Ich sah zu Petro, der bedrückt nickte. »Dann geht es heute Nacht wieder los, Petro.«

»Ich hatte nicht vor nachzulassen.«

Ich hatte noch sagen wollen, dass wir uns die Liste der Fahrzeuge, die gestern Nacht aus Tibur gekommen sind, ansehen sollten, aber die Unterhaltung nahm eine andere Richtung an.

»Wir brauchen eine Strategie, falls der Mörder zuschlägt«, warf Julius Frontinus ein. »Natürlich hoffen wir alle, dass er kurz vor oder während der Entführung entdeckt wird. Aber wir sollten realistisch bleiben; das wird nur mit einer großen Portion Glück passieren. Sollten wir es verpassen und er fährt mit seinem Opfer los, könnte es zu einer Verfolgung kommen.«

»Wenn er die Stadtgrenze überquert, sind die Vigiles nicht mehr zuständig.«

Frontinus sah mich an. »Dann liegt es an euch beiden. An Unterstützung wird es euch nicht mangeln, dafür habe ich gesorgt. Die Verbrechen werden in Rom begangen, daher können für eine Verfolgung Männer von den Stadtkohorten eingesetzt werden.« Petronius, der die Städtischen hasste, unterdrückte ein Stöhnen. »Im Prätorianerlager steht eine ganze Kohorte mit gesattelten Pferden bereit. Der Magistrat, der den Fall verhandeln wird, wenn er vor Gericht kommt, muss für den Stadtpräfekten eine richterliche Verfügung ausstellen. Es ist bereits alles vorbereitet, aber wir brauchen einen Namen für den Haftbefehl.«

»Welcher Magistrat?«, fragte Petro.

»Einer namens Marponius. Sind Sie ihm schon mal begegnet?«

»Wir kennen Marponius.« Den konnte Petro auch nicht ausstehen. Er warf mir einen Blick zu. Sollten wir die Chance haben, den Mörder festzunehmen, würden wir es selbst tun, in Rom oder außerhalb der Stadt – und danach höflich um den Haftbefehl bitten.

»Ich möchte, dass das alles korrekt durchgeführt wird«, warnte Frontinus, der unseren Widerstand spürte.

»Selbstverständlich«, versicherten wir ihm.

Helena Justina beugte sich über die Wiege, damit der Exkonsul ihr Lächeln nicht sah.

Nachdem Frontinus gegangen war, erzählte mir Petronius, wo er vor unserer Besprechung gewesen war. »An der Via Lata, nicht weit entfernt vom Friedensaltar. Sehr vornehm. Sehr erlesen. Große Häuser, in denen das große Geld lebt, den ganzen Weg entlang der Via Flaminia.«

»Was hast du da gemacht?«

»Überprüft, ob Aurelia Maesia wirklich bei ihrer Schwester ist.«

»Ich dachte, wir hätten Damon als Verdächtigen ausgeschlossen.«

»Das hatte mir da ja noch niemand gesagt! Gute Götter, bei den Vigiles zu arbeiten ist problematisch genug, aber nichts im Vergleich mit der Frustration, ohne sie auszukommen. Hör zu!« Er schlug mit der Handkante auf den Tisch. »Sich bedeckt zu halten bringt nichts.«

»Also wolltest du Druck ausüben.«

»Druck ist das, woran ich glaube, Falco.«

Das wusste ich. Aber ich glaubte daran, sich bedeckt zu halten.

»Und, war die alte Aurelia dort?«

»Beide Schwestern waren zu Hause. Grata ist sogar noch kurzsichtiger und klappriger als Maesia, was die zwei aber offenbar nicht davon abhält, jeden Tag zu ihren Plätzen im Circus zu wackeln. Abends haben sie Freunde zum Essen da. Sie können nicht ausgehen; es gibt einen Vater, der zu den Familientreffen kommt, aber zu klapprig ist, um ihn irgendwo hin mitzunehmen. Nur Jupiter mag wissen, wie alt *der* ist!«

»Hast du ihn gesehen?«

»Nein, der alte Knacker pennte noch.«

»So ein Glückskerl!« Ich fühlte mich völlig zerschlagen. Und es lagen noch neun Tage der Augustalia vor uns.

Ich badete und absolvierte ein leichtes Training, ließ mich dann rasieren, um noch eine Stunde rumzubringen und zum Aufwärmen die Ungeschicklichkeit des Barbiers zu verfluchen. Am frühen Abend stieg ich in meine besten Arbeitsstiefel. Ich legte lederne Armriemen an, was ich selten tat, und zwei dicke Tuniken. Dazu kam noch mein Umhang, das Messer in meinem Stiefel und eine Geldbörse für Bestechungen.

Petronius würde seine Zeit bei langatmigen Besprechungen mit seinen Kollegen von den Vigiles verschwenden. Ich hatte ihn vorausgehen lassen, damit er das hinter sich brachte. Da ich nichts Besseres zu tun hatte, ging ich über die Via Appia zur Porta Metrovia. Ich wollte Damon kennen lernen. Alles deutete darauf hin, dass er *nicht* unser Mörder war, aber er mochte etwas Nützliches über andere Kutscher aus der Gegend von Tibur wissen. Ich hatte beschlossen, dass es an der Zeit war, Damon direkt zu befragen.

Der Stall, in dem Aurelia Maesia ihre Kutsche unterstellte, während sie ihre Schwester besuchte, war so heruntergekommen wie üblich. Dicke, fette Ratten saßen grinsend in den Futterkrippen, und dünne Katzen rannten furchtsam davon. Esel, Maultiere und Pferde riskierten Huffäule, während schlampige Stallburschen im dreckigen Stroh Sodomie begingen. Es gab Transportmittel zu überhöhten Preisen zu mieten, und die kaiserliche Post konnte hier auf Kosten der Öffentlichkeit Pferde von besserer Qualität wechseln. Graffiti warben für einen Hufschmied, aber sein Amboss sah unbenutzt aus, und sein Arbeitsplatz war leer. Nebenan lag eine wenig anziehende Taverne, in der man Zimmer mieten konnte, mit Kellnerinnen, die wahrscheinlich für einen Aufpreis ebenfalls zu haben waren, und einer Getränkekarte, die bewies, dass Preisregulierung ein uralter Mythos war.

Ich konnte weder Damon, den rothaarigen Kutscher, noch das Mitglied der Vigiles finden, das ihn beschatten sollte. Eine Kellnerin, deren finstere Miene mir verriet, dass sie Grund hatte, sich an die beiden zu erinnern, sagte mir, sie seien ausgegangen.

LVII

Wäre alles normal gelaufen, hatte ich ursprünglich vorgehabt, Marina zu besuchen; da war immer noch eine Frage, die ich ihr stellen wollte. Jetzt blieb mir keine Zeit, in der Straße von Ehre und Tugend vorbeizugehen, nicht einmal, um den guten Onkel für meine Nichte zu spielen. Stattdessen ging ich mit schnellen Schritten zum Tempel von Sonne und Mond, wo ich, wie verabredet, Petro traf und ihm von den neuesten Entwicklungen erzählte. Frontinus hatte uns die Staatssklaven zur Verfügung gestellt, die ihm für die Ermittlung zugeteilt worden waren. Im Nu hatten wir sie in alle Richtungen geschickt, damit die Vigiles erfuhren, dass sie nach einem rothaarigen Mann mit Hinkebein Ausschau halten sollten. Es klang wie ein Witz, doch wir wussten, dass es todernst sein konnte.

»Hat er die Kutsche mitgenommen?«

»Nein, aber das Ding ist auch viel zu auffällig. Sie ist so groß und protzig, dass er nicht riskieren würde, darin in der Nähe des Ortes gesehen zu werden, wo eine Frau verschwunden ist. Vielleicht geht er zu Fuß los, schnappt sich die Mädchen und nimmt sie dann mit zum Stall zurück.«

»Falls er es ist«, erinnerte mich Petro pflichtschuldig. Aber sobald jemand unter Beobachtung steht und etwas tut, das er nicht tun soll, ist es leicht, ihm die Rolle des Verbrechers, nach dem man sucht, zuzuweisen. Petro zwang sich, gelassen zu bleiben. »Wir sollten uns nicht davon irreführen lassen.«

»Nein. Wenigstens sieht es so aus, als ob sein Schatten noch an ihm klebt.«

»Der kriegt einen Bonus!« Gerade Petro sollte wissen, wie unwahrscheinlich das im öffentlichen Dienst war. Aber der Mann machte seine Aufgabe gut. »Damon passt einfach nicht!«, brummte Petro, hatte jedoch diesen düsteren Ausdruck, als fragte er sich, ob wir nicht etwas Wichtiges übersehen hätten und Damon am Ende doch der Mann war, nach dem wir suchten.

Wir konnten nichts anderes tun, als zu warten und wie bisher weiterzumachen. Wir wechselten unsere Beobachtungsposten nach wie vor, um wachsam zu bleiben. Heute war Petro mit der Straße der Drei Altäre dran und ich mit dem Tempel von Sonne und Mond. Er schlug sich mit der Faust gegen die Schulter, der alte Legionärssalut, ging los und ließ mich allein.

Bald darauf setzte die Dunkelheit ein. Über dem Circus konnte ich den schwachen Schein tausender Lampen und Fackeln sehen, die das abendliche Spektakel erleuchteten. Um diese Jahreszeit hatten die Vorführungen einen ganz anderen Zauber als im Sommer.

Es war ruhiger, nicht so ausgelassen wie an den langen Septemberabenden während der Ludi Romani. Die Augustalia, die eng in Verbindung mit dem Kaiserhof standen, liefen in Zeiten, in denen sich der Hof wie unter Vespasian konventioneller gab, gedämpfter ab. Der Applaus im Stadion war höflich. Die Musiker spielten in einem gemessenen, fast langweiligen Tempo, was ihnen Zeit gab, den richtigen Ton zu treffen. Mir war es fast lieber, sie spielten falsch.

»Onkel Marcus!«

Der leise Ruf erschreckte mich. Ein langer, eng um seine Gestalt gewickelter Umhang tat sein Bestes, meinen verrufensten Neffen zu verbergen, obwohl unter dem Saum der düsteren Verkleidung seine dreckigen Füße in den übergroßen Stiefeln ihn allen verrieten, die ihn kannten.

»Jupiter! Gaius …« Er schlich sich entlang des dunklen Tempelportikus, drückte sich tief gebückt an die Säulen, so dass nur seine Augen zu sehen waren.

»Hältst du hier nach dem Mann Ausschau?«

»Komm da weg, Gaius. Glaub ja nicht, du seist unsichtbar. Du lenkst nur Aufmerksamkeit auf dich.«

»Ich will dir helfen.«

Da es nicht schaden konnte, beschrieb ich ihm Damon und sagte, falls er ihn sehe, solle er sofort einem der Vigiles Bescheid geben. Dem Jungen würde nichts passieren. Soweit wir wussten, hatte der Aquäduktmörder nichts für Jungs übrig. Außerdem, sobald er unseren ungewaschenen Gaius roch, würde er es sich zweimal überlegen.

Ich bat meinen Neffen, zu uns nach Hause zu gehen, sobald er der Überwachung überdrüssig wurde, und an meiner Stelle nach Helena zu sehen. Sie würde ihn von allem Ärger fern halten. Nach ein bisschen Gejammer über die Ungerechtigkeit schlich er davon, immer noch hinter den Schatten her. Ich sah ihn große Schritte machen. Im Grunde noch ein Kind, spielte er jetzt das alte Spiel, auf die Ritzen im Pflaster zu treten, damit ihn der Bär nicht fraß. Ich hätte ihm sagen können, dass es darauf ankam, die Ritzen zu meiden.

Offenbar standen in dieser Nacht noch mehr Irritationen auf dem Programm. Kaum hatte ich mich von Gaius befreit, als ein neuer Plagegeist aus den Schatten auf mich zukam. »Was machen Sie denn hier, Falco?«

»Anacrites! Bei allen Göttern, verschwinden Sie, ja?«

»Auf Beobachtungsposten?«

»Halten Sie die Schnauze!«

Er hockte sich auf die Tempelstufen wie ein Müßiggänger, der die Menge beobachtet. Er war zu alt und zu schick angezogen, um als Tempeldiener an seinem freien Tag durchzugehen. Aber er hatte den Nerv zu sagen: »Sie fallen wirklich auf hier oben, so ganz alleine.«

»Wenn Idioten wie Sie mich in Ruhe lassen würden, könnte ich mit einer Hand voll Rissole an einer Säule lehnen und wie ein Bursche aussehen, der auf einen Freund wartet.«

»Nicht in Ihrer Aufmachung«, entgegnete er. »Schon von weitem sind Sie als Spitzel zu erkennen. Sie sehen aus, als könnten Sie es gar nicht erwarten, zuzuschlagen. Also, was läuft heute Nacht?«

»Wenn Sie hier beim Tempel bleiben, laufe *ich* weg.«

Er stand langsam auf. »Ich könnte Ihnen helfen, wissen Sie.«

Wenn uns der Mörder durch die Lappen ging, weil ich Anacrites' Angebot abgelehnt hatte, würde niemand aus der Bürokratie sich mit meiner Behauptung zufrieden geben, dass ich ihn für einen Idioten hielt. Anacrites war der Oberspion. Er war auf Genesungsurlaub, nur zu leichtem Dienst bei der Wasserbehörde eingeteilt, aber letztlich arbeitete er für die Regierung, genau wie ich.

Trotzdem, wenn Anacrites den Mörder fing, weil ich ihm Hinweise gegeben hatte, würde Petronius Longus mich erwürgen. Damit konnte ich umgehen, aber nicht mit dem, was Petro mir vorher antun würde.

»Wir führen immer noch eine allgemeine Überwachung durch, nach jedem Mann, der Frauen in verdächtiger Weise beäugt. Besonders, wenn er über ein Fahrzeug verfügt.«

»Ich werde die Augen offen halten.«

»Danke, Anacrites.« Es gelang mir, das zu sagen, ohne dass mir die Galle hochstieg.

Zu meiner Erleichterung ging er davon, wenn auch in einer Richtung, die ihn zur Straße der Drei Altäre und zu Petro führen würde. Nun, Petro würde mit Anacrites schon fertig werden.

Zumindest dachte ich das. Doch mein treu ergebener Partner war, was ich nicht wusste, inzwischen nicht mehr dort.

Die Nacht zog sich in die Länge. Es war noch öder als sonst. In regelmäßigen Abständen tönte Applaus aus dem Circus himmelwärts. Ohrenbetäubendes Geblase der Cornu-Kapelle störte meine müden Träumereien. Schon früh kamen die ersten Zuschauer heraus.

Die Menge zerstreute sich schneller als nach den Ludi Romani, als spürten die Leute die herannahende Kühle der Herbstabende, obwohl der warme und sonnige Tag in Wirklichkeit in eine schöne Spätsommernacht übergegangen war. Ich verbrachte meine Wache unter Schwärmen von Fledermäusen und dann unter den Sternen.

Die Menge schien den Abend auch zu genießen und wurde wieder langsamer. Männer entdeckten plötzlich, dass sie dringend noch etwas in einer Weinschenke trinken mussten. Frauen standen plaudernd herum, warfen sich dann aber doch ihre leuchtend bunten Stolen um – mehr der Wirkung wegen in dieser lauen Nacht –, schüttelten die Falten ihrer eng anliegenden Röcke aus und schlenderten inmitten vieler Begleiterinnen davon. Die Augustalia waren sehr maßvolle Spiele. Zu ehrbar für echte Krawallbrüder. Zu gesetzt für die Liebhaber des Rennsports. Ihnen fehlte das Heidnische der älteren Spiele, deren Geschichte vergossenen Blutes Jahrhunderte zurückreichte. Der Huldigung eines von Menschen gemachten, selbst ernannten Gottes fehlte die animalische Anziehungskraft der Spiele, die unter älteren, mysteriöseren Gottheiten eingeführt worden waren.

Doch es fanden seltsame Riten statt, zum Beispiel ein Betriebsausflug zu den heutigen Veranstaltungen von fünf Pistazien kauenden, Mulsum kippenden, Schirmchen schwenkenden, unermüdlich Männer aufreizenden pensionierten Bortenmacherinnen. Ihre Anführerin war das lauteste, unflätigste, schlagfertigste, unverfrorenste Weibsbild, das mir an diesem Abend untergekommen war. Natürlich war es Marina, die großmäulige, unzuverlässige Mutter meiner Lieblingsnichte.

»O Juno – das ist ja Falco!« Wie konnte jemand so Wunderschönes so abstoßend werden, wenn sie den Mund öffnete? Ganz einfach, zumindest in Marinas Fall. Was vielleicht kein Schaden war. Ausgestattet mit besserer Herkunft und mehr Raffinesse, wäre sie ungeheuer gefährlich gewesen. »Lasst ihn uns um den Tempel jagen und sehen, wer ihm seine Tunika runterreißen kann!«

»Hallo, Marina.« Bereits diese Worte klangen aufgeblasen.
»Hallo, du Lumpenhund. Kannst du mir ein bisschen Geld leihen?«
»Heute nicht.« Leihgaben an Marina mussten als bürgerliche Wohltätigkeit betrachtet werden, wenn auch niemand einem dafür eine Statue errichten würde. »Wo willst du hin?« Zumindest schien sie nüchtern zu sein. Ich fragte mich, wie ich sie loswerden konnte.
»Nach Hause, Süßer. Wohin sonst? Marcia hat es gern, wenn ich ihr ein Schlaflied vorsinge.«
»Nein, hat sie nicht.«
»Das stimmt, sie kann es nicht leiden. Ich muss der kleinen Madam nur ab und zu zeigen, wer hier das Sagen hat.«
Ich verbiss mir die Bemerkung, dass bei der späten Heimkehr ihrer Mutter für die kleine Marcia bald der neue Tag beginnen würde.
Die anderen pensionierten Bortenmacherinnen hüpften um die Freundin meines Bruders herum wie ein Schwarm lebenssprühender, leicht unkoordinierter Vögel. Sie kicherten und flüsterten sich Obszönitäten zu. Sie waren schlimmer als herumziehende Schulmädchen, die gern in ganzen Horden auftauchten und nach Jungs suchten, um sie aufzumischen.
Diese Frauen hatten gelernt, wie sie ihre Macht einsetzen konnten, und nach dieser langen Zeit hatten sie für die Männer nur noch Verachtung übrig. Nicht das kleinste bisschen an Romantik durfte ihre Unverfrorenheit besudeln. Sie wollten mir Angst einjagen. Nur die Götter mochten wissen, was sie tun würden, wenn sie das erreichten.
»Ich hab nach dir gesucht«, sagte ich.
»*Oooh!*« Marinas Gefährtinnen schnatterten, als wären sie schockiert.
Ich stöhnte.
»Du dreckiger Hund!«
»Beruhige dich, es geht um was Geschäftliches.«
»*Oho!*« Und schon fing es wieder an.

»Die edelsten Frauen von Rom«, bemerkte ich. »So lobenswert wie Cornelia, die Mutter der Gracchen!«
»Ach, hör doch auf.« Marina besaß nur eine kurze Aufmerksamkeitsspanne, selbst dafür, einem Mann das Leben schwer zu machen. »Was willst du, Falco?«
»Ich habe eine Frage. In der Nacht, in der wir uns auf dem Forum getroffen haben ...«
»Als dieses seltsame Mädchen den Tempel der Vestalinnen voll gekotzt hat?«
»Ich dachte, sie sei eine Freundin von dir?«
»Hab sie nie zuvor gesehen und danach auch nie wieder. Keine Ahnung, wer sie war. Sie war ein bisschen niedergeschlagen, daher hab ich sie nach Hause gebracht.«
Tja, wenn das so war. Die Bortenmacherinnen waren offenbar eine liebevolle Schwesternschaft.
»Egal, es geht mir nicht um das Mädchen. Wer war der Mann in der Kutsche, der da vorbeifuhr, der Mann, dem du was zugerufen hast?«
»Was für eine Kutsche?«, fragte Marina und schien sich nicht erinnern zu können. Ihre momentanen Freundinnen hatten mit dem Geplänkel aufgehört und scharrten ungeduldig mit den Füßen. Ich langweilte sie, und sie sahen sich bereits nach einem neuen Opfer um. »Ich rufe Männern auf dem Forum nie was zu. Beleidige mich nicht, Marcus Didius.«
Ich beschrieb, wie das Fahrzeug aus der Dunkelheit aufgetaucht war und wie ich etwas gehört hatte, das wie ein zotiger Wortwechsel mit jemandem klang, den Marina zu kennen glaubte.
Marina dachte nach.
Ich blieb ruhig stehen, während sie ihre wirren Gedanken um das kleine Stückchen menschlichen Gewebes kreisen ließ, das ihr als Gehirn diente. Aus Erfahrung wusste ich, dass dieser Denkprozess Zeit erfordern würde. Und ich wusste ebenfalls, dass es sich wahrscheinlich nicht lohnte, aber ich war die Art von dämlichem Profi, der es trotzdem versuchen musste.

»Was meinst du mit Kutsche?«, fragte sie nach.
»So Dinger auf Rädern, mit einem Pferd davor, in dem ein oder mehrere Menschen über lange Entfernungen in großer Unbequemlichkeit zu horrenden Preisen reisen können.«
»Liebe Götter, was du immer für Sprüche drauf hast, Marcus! Ich muss wohl gedacht haben, dass es die sei, die ich manchmal bei uns in der Nähe sehe.«
»Erinnerst du dich nicht? Rätst du das jetzt?«
»Oh, ich werde mich bestimmt erinnern, wenn ich lange genug darüber nachdenke. Um die Wahrheit zu sagen, ich war in der Nacht nicht so ganz in der Lage, viel zu bemerken.«
»Na, das ist wenigstens ehrlich.«
Marina grübelte immer noch. Ein hübsches Stirnrunzeln legte ihre Alabasterstirn in Falten; manche Männer hätten die Falten wohl gern weggestreichelt, aber ich war drauf und dran, sie ihr mit meiner Faust für immer aufzudrücken.
»Er kann es nicht gewesen sein, sonst hätte er bestimmt gehalten. Denn wir plaudern sonst immer ein bisschen, wenn wir uns begegnen.«
»Von wem redest du?«
»Ein Kerl, der seinen Wagen in unserer Straße abstellt. Die Sache ist ein großer Lacherfolg. Es wird dir gefallen. Er bringt seinen Herrn zu einem Besuch nach Rom – ehrbare Leute, erstklassige Familie, aber was sie nicht wissen, ist Folgendes: In der Nacht bevor er ganz lammfromm in ihrem Haus auftaucht, macht der feine Mann noch einen Besuch bei einem alten Mädchen. Sie war mal eine Professionelle, und er ist ihr letzter treuer Kunde. Er sieht aus wie hundert; nur die Götter mögen wissen, wie er ihn noch hochkriegt. Sie sehen wir nie auf der Straße; sie kann kaum ans Fenster kriechen, um ihm am nächsten Tag nachzuwinken.«
»Wie heißt er?«
»Der Herr oder der Kutscher? Frag mich nicht. Ich überprüfe nicht die Geburtsurkunden von Leuten, um mir die Zeit zu vertreiben.«

»Wo kommen sie her? Von außerhalb Roms? Vielleicht aus Tibur?«
»Das glaube ich nicht«, murmelte Marina. »Du sagst, es war eine Kutsche, aber so würde ich das nicht nennen. Ich rede von so einem Ding, auf dem du furchtbar durchgerüttelt wirst, wie ein Kasten auf zwei großen Rädern.«
»Kein Verdeck, und die beiden auf dem Kutschbock? Hör doch auf. Das kann der alte Kerl doch gar nicht mehr aushalten.«
»Ach, der hält sich ganz wacker.«
»Sind sie diese Woche auch in eurer Straße aufgetaucht?«
»Ist mir nicht aufgefallen.« Marina bekam einen unsteten Blick, wollte mir wohl nicht sagen, dass sie viel aus gewesen war und Marcia irgendwo anders abgeladen hatte. Es hatte keinen Zweck, sie unter Druck zu setzen.
»Der Kutscher ist nicht zufällig ein kleiner Rothaariger mit einem Hinkebein?«
»Oh, ihr Götter, wie kommst du nur immer auf so was? Nein, er ist ein Mann, und daher hässlich – aber ganz gewöhnlich.« Erneut musste ich mir widerstrebend eingestehen, dass es sich nicht um unseren Verdächtigen Damon handelte.
»Flirtet er?«
»Woher soll ich das wissen?«, fuhr Marina mich an und richtete sich beleidigt auf. »Was soll das alles?«
Ich sagte freundlich: »Ach, ich frag mich bloß, ob das Fahrzeug, das wir auf dem Forum gesehen haben, nicht dem Mann gehört, der in jener Nacht den Kopf einer ermordeten Frau in die Cloaca Maxima geworfen hat.«
Sie erbleichte. Ihre flattrigen Freundinnen wurden still. »Du versuchst mir Angst einzujagen.«
»Ja, genau das. Ihr solltet heute Nacht alle aufpassen. Marina, wenn du diesen Folterkarren siehst, versuch mich oder Petronius zu finden.«
»Ist er das? Der Schweinehund, nach dem du suchst?«
»Es klingt nicht ganz danach, aber ich muss es überprü-

fen. Wenn er es nicht ist, dann ist es ein anderer Schweinehund.«

Ich sagte, ich würde sie morgen besuchen und sie bitten, mir das Haus der alten Prostituierten zu zeigen, die befragt werden musste.

Von wegen Straße der Ehre und Tugend! Wie gewöhnlich machte sie ihrem guten Namen alle Ehre.

Ich blieb bis fast zum Morgengrauen beim Tempel. Auffälliges sah ich nicht.

Was Marina erzählt hatte, ging mir im Kopf herum. Während ich länger als sonst auf Petro wartete, merkte ich, wie dringend ich mit ihm darüber zu sprechen wünschte. Er schien bis zur letzten Minute ausharren zu wollen, um nicht zugeben zu müssen, dass wir eine weitere Nacht verschwendet hatten.

Ich stieg die Tempelstufen hinunter und gab Acht, nicht auf die Ritzen zu treten, damit ich die Pflastersteinbären nicht weckte.

Ich begann den Circus auf der Suche nach Petro zu umrunden, fand ihn aber nicht.

Stattdessen sah ich bei dem jetzt geschlossenen Haupteingang im Zentrum des Halbrunds etwas, das meine Aufmerksamkeit weckte. Fackeln. Sie leuchteten hell, waren offenbar gerade erst angezündet worden, wohingegen die paar übrigen Lampen in den Straßen nur noch schwach flackerten.

Ich war auf eine Gruppe von Sklaven gestoßen, geführt von einem jungen Mann in Patrizier-Weiß, den ich sofort erkannte. An seinem angstvollen Verhalten merkte ich, noch bevor ich seinen Namen rief, dass er in Schwierigkeiten steckte.

»Aelianus!«

Helenas am wenigsten geliebter Bruder war nervös vor dem Circustor auf und ab gelaufen. Als er mich sah, ließ sein Stolz ihn innehalten und sich aufrichten.

»Falco!« Das kam mit zu großer Dringlichkeit heraus. Er wusste, dass ich wusste, wie verzweifelt er war. »Marcus Didius – vielleicht kannst du mir helfen.«

»Was ist denn los?« Mich überkam eine böse Ahnung.
»Nichts, hoffe ich«, sagte er, »aber ich scheine Claudia verloren zu haben.«
Die Ahnung bestätigte sich demnach – ein Alptraum hatte begonnen.

LVIII

»Seit wann wird sie vermisst?«
»O ihr Götter! Seit Stunden!«
»*Stunden?*«
»Seit heute Abend …«
Ich schaute bedeutungsvoll zum Himmel. »Gestern Abend.«
»Das brauchst du mir nicht zu sagen! Es ist entsetzlich – und wir erwarten ihre Großeltern jetzt täglich …« Er riss sich zusammen und schüttelte über sich selbst den Kopf, weil er mit solchen Trivialitäten kam. Ich hatte mir gewünscht, Aelianus leiden zu sehen, aber nicht so. Er war arrogant, grob und hatte Helena mit seiner Kritik an uns sehr verletzt. Jetzt stand er da auf der Straße, eine erhitzte, besorgte, untersetzte Gestalt, und versuchte sich herauszureden. Ich wusste, und ihm musste es auch klar sein, dass sich hier eine Tragödie abgespielt hatte.
»Beruhige dich.« Die Erleichterung, seinen Kummer mit jemandem teilen zu können, machte ihn so gut wie nutzlos. Ich packte ihn an der Schulter, um ihn davon abzuhalten, endgültig durchzudrehen. Der schicke weiße Stoff seiner hübsch genoppten Tunika war schweißdurchtränkt.
»Claudia wollte zu den Spielen gehen und ich nicht. Ich hab sie abgesetzt …«
»Und sie allein gelassen? Sie ist ein junges Mädchen und außerdem fremd in Rom!«
»Justinus ist sonst immer mitgegangen, aber er …« Justinus war ins Ausland abgereist. Dies war nicht der Moment, seinen Bruder nach dem Grund dafür zu fragen.

»Du hast sie also allein gelassen. Wissen deine Eltern davon?«
»Jetzt ja! Als ich herkam, um sie wie vereinbart abzuholen, tauchte Claudia nicht auf. Dann hab ich eine Menge Fehler gemacht.«
»Was für Fehler?«
»Ich habe überall nach ihr gesucht. Zuerst war ich wütend auf sie – ich bin sogar vor Wut fast einen trinken gegangen ...« Ich schwieg. »Ich dachte, sie hätte das Warten satt gehabt. Claudia hat keine sehr hohe Meinung von meinem Organisationstalent.« Offenbar war da mehr vorgefallen als nur eine Meinungsverschiedenheit zwischen Liebenden. »Ich dachte, sie hätte vielleicht aufgegeben und sei allein nach Hause gegangen.«
Ich verbiss mir die verärgerte Bemerkung: *Allein?*
Es war nicht weit. Bis zum Anfang der Straße der Drei Altäre und dann nach rechts in die Via Appia. Die Porta Capena war von der ersten Kreuzung aus zu sehen, hinter der Aqua Appia und der Aqua Claudia. Aelianus konnte das Haus der Camilli in wenigen Minuten erreichen, und selbst Claudia würde nicht viel länger brauchen. Sie kannte den Weg, hatte sich sicher gefühlt.
»Also bist du nach Hause gelaufen?«
»Da war sie nicht.«
»Hast du es deinem Vater gesagt?«
»Ein weiterer Fehler. Ich hab mich zu sehr geschämt. Ich wollte es selbst in Ordnung bringen – hab mir leise sämtliche Sklaven geschnappt, die ich finden konnte, und bin mit ihnen hier noch mal auf die Suche gegangen. Hat natürlich nichts gebracht. Ich begab mich in den Circus, aber alle, die in ihrer Nähe gesessen hatten, waren schon weg. Und die wachhabenden Ädilen haben mich nur ausgelacht. Ich bin wieder nach Hause gegangen und hab es Papa gestanden. Er wollte die Vigiles informieren, während ich weitersuchen sollte.«
»Du kommst zu spät.« Es brachte nichts, ihm die Wahrheit vorzuenthalten. Claudia Rufina war ein vernünftiges, besonnenes

Mädchen, viel zu rücksichtsvoll, um ihr Verschwinden nur vorzutäuschen.

»Aulus«, ich benutzte nur selten seinen Vornamen, »die Sache ist sehr ernst.«

»Ich verstehe.« Keine Entschuldigung. Auch keine wilden Selbstbezichtigungen, obwohl deutlich zu erkennen war, dass er sich die Schuld gab. Nun ja, ich wusste, wie einem dabei zu Mute ist. »Wirst du mir helfen, Falco?«

Ich zuckte mit den Schultern. Das war mein Beruf. Außerdem waren die Camilli Teil meiner Familie.

»Das Schlimmste weißt du noch gar nicht.« Aelianus biss die Zähne zusammen. »Vorhin hab ich mit einem Nussverkäufer gesprochen. Der Mann sagte, er habe ein Mädchen gesehen, das meiner Beschreibung von der allein am Tor wartenden Claudia entsprach. Ein bisschen später hat sie dann mit dem Kutscher eines Fahrzeugs geredet – ein Karren, aber da war er sich nicht ganz sicher. Er meint, sie sei eingestiegen und dann mit großer Geschwindigkeit weggefahren worden.«

»In welche Richtung?«

Er hatte natürlich keine Ahnung. Eine Beschreibung des Kutschers hatte er sich auch nicht geben lassen. Und der Nussverkäufer war längst verschwunden.

Wir schickten die Sklaven nach Hause.

In raschem Tempo begab ich mich mit Aelianus zur Straße der Drei Altäre. An der Stelle, wo Petro normalerweise Posten bezog, fand ich ein Mitglied der Vigiles. Der Mann sagte mir, dass Petronius weggegangen sei.

»Wo zum Hades ist er hin?«

»Er verfolgt einen Verdächtigen.«

»Welchen Verdächtigen?«

»Einen Rothaarigen mit Hinkebein.«

»Hier? Damon? Der wurde doch von einem deiner Kollegen beschattet!« Außerdem waren wir uns alle einig gewesen, dass Damon nicht unser Verdächtiger war.

»Petro wollte ihn dabei unterstützen. Er meinte, hier tue sich doch nichts. Er würde seiner Nase folgen.«
»Wann war das?«
»Schon vor einer ganzen Weile. Er hat mir befohlen, hier zu warten, aber inzwischen sind alle nach Hause gegangen. Ich wollte gerade los, um dir zu sagen, dass du nicht mehr mit ihm rechnen sollst.«
Ich fluchte leise. »War Damon allein?«
»Er hatte eine Frau bei sich.«
»Hübsches Mädchen in einem weißen Kleid mit einer ziemlich großen Nase?«
»Nein. Eine Schlampe in einem roten Rock. Zeigte viel Bein.« Er konnte sie später ausgetauscht haben. Mädchen, die ihre Beine zeigen, spüren oft, dass es Ärger geben könnte. Der Rotrock hatte ihn möglicherweise abblitzen lassen. Claudia war ihm vielleicht als viel einfacheres Opfer erschienen – aber Damon konnte genauso gut noch mit dem Rotrock zusammen sein, während jemand anderes Claudia hatte.
Falls dem so war, hatten wir keine Ahnung, wer das sein könnte.
»Finde raus, wo sie hingegangen sind. Finde Petro. Sag ihm – nein, erst bringst du deinem Kommandanten eine Nachricht: Ein ehrbares Mädchen ist heute Abend entführt worden, während wir alle rumstanden wie die Ölgötzen. Der Entführer verfügt über ein Fahrzeug. Falls er die Stadt noch nicht verlassen hat, müssen wir jedes Fahrzeug durchsuchen, das heute Nacht auf den Straßen ist, und wir müssen sofort damit anfangen. Konzentriert euch auf die östlichen Bezirke. Er ist in Richtung Tibur unterwegs.«
Der Ersatzwachmann sah besorgt aus. »Da wird sich nicht mehr viel tun. Die meisten Fahrzeuge sind schon weg.«
»Das weiß ich, Mann!«
Ich packte Aelianus bei der Schulter. Er war kreidebleich, die Haare standen ihm zu Berge, und das Herz schien ihm bersten zu wollen.

»Ich tu alles, was in meinen Kräften steht, Aulus. Wenn sie noch am Leben ist, bringe ich sie zu dir zurück. Aber ich kann nichts versprechen, also mach dich auf das Schlimmste gefasst.«
Er nahm es recht gut auf. »Was soll ich tun?«
Ich musterte ihn. Er hatte seine Panik unter Kontrolle. Aelianus stammte aus einer gescheiten Familie. Ich mochte ihn nicht, konnte mich aber auf seine Hartnäckigkeit verlassen. »Ich brauche einen Haftbefehl, aber wir wissen den Namen noch nicht. Versuch dein Bestes. Der Mann, der das alles organisiert hat, ist der Exkonsul Frontinus; er kennt deinen Vater. Der Magistrat, der den Haftbefehl ausstellen muss, heißt Marponius.« Rasch gab ich ihm beide Adressen. »Sie sind keine Nachtschwärmer, also solltest du sie zu Hause antreffen. Bring Marponius dazu, statt des Namens ›den Entführer von Claudia Rufina‹ einzutragen. Das sollte genügen. Begib dich damit auf schnellstem Wege zum Prätorianerlager. Die Stadtkohorten können dann hinter dem Verbrecher herreiten, falls er Rom verlassen hat.«
»Was ist mit dir, Falco?«
»Ich gehe direkt ins Lager und versuche sie zu überreden, jetzt schon loszureiten. Wenn ich sie nicht ohne den Haftbefehl dazu rumkriegen kann, reite ich allein.«
»Ich komme mit dir …«
»Nein! Ich brauche jemanden, der Verstärkung für mich organisiert, Aulus!« Ich konnte ihn nicht mitnehmen, da ich wusste, was ich eventuell vorfinden würde. Für einen Jungen von dreiundzwanzig Jahren würde es schon entsetzlich genug sein, seine zukünftige Frau auf diese Weise zu verlieren. Wir mussten ihm um jeden Preis ersparen, das zu sehen, was man ihr angetan hatte. »Der Haftbefehl ist von größter Wichtigkeit. Und dann kannst du noch etwas für mich tun. Helena erwartet meine Rückkehr. Sie wird außer sich sein vor Angst, wenn ich nicht komme. Bitte geh zu ihr und sag ihr, was passiert ist.« Helena würde kapieren, dass er mir auf keinen Fall folgen durfte.

Er war ihr Bruder, also konnte er ihr noch eine andere Botschaft überbringen: »Sag ihr, ich liebe sie – und wenn du wirklich ein Held sein willst, zwing dich dazu, mein Kind für mich zu küssen.«

Gut, das dürfte den widerstrebenden jungen Onkel Aulus beschäftigt halten.

LIX

Noch immer schien sich alles gegen mich verschworen zu haben.

Als ich mich auf den Weg machte, waren die Straßen mit all den klapprigen Weinkarren und Marmorfuhrwerken verstopft, die Rom noch vor Anbruch der Morgendämmerung verlassen wollten. Nach Ende der Spiele hatten die Mietfahrzeuge ihre Passagiere heimgebracht und sich dann zerstreut. Ich musste zu Fuß gehen. Vom Circus Maximus bis zum Prätorianerlager ist es ein verdammt weiter Weg.

Bei den Gärten des Maecenas schubste ich einen Betrunkenen von seinem Esel und requirierte das Tier im Namen des Kaisers. Dem Betrunkenen war das egal. Er war vollkommen hinüber. Der Esel widersetzte sich, aber ich zeigte ihm schnell, wer hier das Sagen hatte. Ich trat ihm in die Flanken und trieb ihn den restlichen Weg zur Porta Tiburtina mit einem Stock an, den ich unterwegs aufgelesen hatte. Ich traf dort ein, als die Vigiles gerade abrücken wollten.

»Wartet! Es ist dringend – haben irgendwelche Privatfahrzeuge heute Nacht die Stadt verlassen?«

»Verdammt, Falco. Heute Nacht war viel Verkehr; es könnten hunderte sein.«

»Habt ihr die Liste?«

»Wir dachten, wir wären fertig hier. Wir haben sie bereits an den Präfekten geschickt.«

»Helft mir, Jungs – eine große, von vier Pferden gezogene Kutsche oder eins von diesen zweirädrigen Folterinstrumenten?«

»Kann schon sein, aber frag uns nicht!«
»Jupiter – ihr seid eine Schande für die Öffentliche Hand! Bezahl ich dafür meine Zensussteuer?«
»Hör doch auf, wer zahlt denn schon Steuern?«
»Anscheinend nicht genug Leute, um genügend Geld für eine ordentliche Wache zu haben. Still jetzt. Hört auf zu streiten. Der Widerling hat sich ein junges Mädchen geschnappt, das einen Senator heiraten sollte. Wir müssen sie finden. Durchsucht alles, was hier durchkommt, und seht zu, dass die anderen Stadttore informiert werden.«
Ich schwang mich wieder auf meinen requirierten Esel und ritt unter den Bögen der Anio Vetus hindurch und folgte dann den drei riesigen, übereinander liegenden Bogenreihen der Aqua Marcia, die sowohl die Tepula als auch die Julia trugen. Ursprünglich ungeplant, waren die neueren Kanäle nicht einmal zentriert. Die Bögen hatten verstärkt werden müssen, aber trotzdem wiesen die Abdeckplatten der Marcia wegen der ungleichen Gewichtsverteilung Sprünge auf. Dank Bolanus wusste ich genau darüber Bescheid. Und ich wusste ebenfalls, was demnächst hier durchgeschwemmt werden mochte.
Ich trieb den Esel bis zum Prätorianerlager. Wie immer war es ein schlimmes Erlebnis. Das Lager selbst dehnt sich im Schatten der Servianischen Mauer unendlich weit aus, dazu kommt ein noch gigantischerer Exerzierplatz, der sich zwischen der Porta Viminalis und der Porta Collina erstreckt. Die dort stationierten Truppen sind allesamt Dreckskerle.
Es war erstaunlich ruhig. So ruhig, dass ich die seltene Gelegenheit hatte, die wilden Tiere der kaiserlichen Menagerie außerhalb der Stadt brüllen zu hören. Von einer Kantine in der Nähe drang der unverwechselbare Lärm der Wachleute an mein Ohr, die ihre üblichen fünfzehn Flaschen Wein pro Abend leerten. Die bulligen Wachen am Tor waren wohl auch schon nahe dran, aber sie hielten sich noch erstaunlich gut. Der Wein verlangsamte ihre Reaktion auf diesen Notfall, verlieh ihnen aber eine Art Wildheit, sobald sie kapiert hatten, um was es ging. Eine

freundliche Seele tätschelte meinen Esel, der ihn daraufhin biss. Der stämmige Wachmann war so abgehärtet – oder so betrunken –, dass er es gar nicht spürte.
Der Zenturio der Stadtkohorten, der den Befehl hatte, in Alarmbereitschaft zu bleiben, um uns zu helfen, stellte sich als netter, sanfter Mann heraus, der sich früh zu Bett gelegt hatte. Hübscher Gedanke, dass die hartgesottenen und berüchtigten Wächter der Stadt noch in Ruhe ein wenig in ihren ordentlichen Feldbetten lasen und dann die Lampe ausbliesen, während die Stadt tobte. Nach einer qualvollen Wartezeit tauchte er in einem langen griechischen Nachthemd auf, nur um mir zu sagen, dass er ohne einen richterlichen Haftbefehl wieder ins Bett gehen würde. Ich riet ihm, sich zu vergewissern, wie viel Pensionsgeld er in der Regimentssparkasse angesammelt hatte, denn für ein Exil im hintersten Armenien mochte es vielleicht nicht reichen. Er schniefte und ließ mich stehen.
In meiner Verzweiflung schüttete ich der Dienst habenden Prätorianerwache mein Herz aus. Diese großen Jungs in ihren schimmernden Brustharnischen hatten was übrig für eine herzzerreißende Geschichte. Immer bereit, den Städtischen eins überzubraten, die sie für minderwertige Kasernengenossen hielten, führten sie mich zu den bereitgestellten Pferden und schlugen mir hämisch vor, mit einem davon abzuhauen, während sie nicht hinsahen. Ich dankte ihnen, wies sie darauf hin, dass die Pferde in Wirklichkeit Maultiere waren, und suchte mir dann das beste aus.
Das erste Morgenlicht tauchte hinter den Sieben Hügeln auf, als es mir nach einer halben Stunde gelang, mein dickköpfiges Reittier in Schwung zu bringen. Dann galoppierte ich auf der Via Tiburtina aus Rom hinaus und jagte einem Mörder nach, der vielleicht einen ganz anderen Weg eingeschlagen hatte.

LX

Von Rom bis nach Tibur waren es zwanzig Meilen, vielleicht sogar mehr. Als ich in den kalten grauen Morgen hinausritt, blieb mir genug Zeit zum Nachdenken. Die meisten meiner Gedanken waren düster. Am leichtesten war noch der Gedanke zu ertragen, dass ich die Ereignisse völlig falsch eingeschätzt hatte und einen zwecklosen Ritt unternahm. Claudia würde wieder auftauchen, war vielleicht schon unversehrt nach Hause zurückgekehrt. Wenn sie tatsächlich entführt worden war, hatte Petronius Longus oder jemand anderes es möglicherweise mitbekommen und den Mann verhaftet. Während ich in den Straßen nach Petro gesucht hatte, konnte er sich in ein Wachlokal zurückgezogen und den Mörder mit grausigen Folterinstrumenten traktiert haben. Oder das Mädchen war unverletzt bei der Durchsuchung der Fahrzeuge gefunden worden, die ich angeordnet hatte. Ihr Entführer war vielleicht an den Stadttoren verhaftet worden. Meine letzte Hoffnung bestand darin, dass es mir, sollte sie wirklich auf dem Weg nach Tibur sein, hilflos und voller Angst – und vorausgesetzt, sie war noch am Leben –, gelingen würde, ihren Entführer zu überwältigen.

Ich würde sie finden. Nichts konnte mich aufhalten. Aber sie war vermutlich schon tot. Angesichts dessen, was sie vorher womöglich hatte erdulden müssen, betete ich fast darum, dass sie inzwischen gestorben war.

Während der ersten Stunden begegnete mir niemand. Ich ritt durch die leere Campania, der einzige Reisende auf der Straße. Selbst für die Bauern war es noch viel zu früh zum Aufwachen.

Nachdem das Maultier jetzt seinen Rhythmus gefunden hatte, besänftigte die Musik seiner galoppierenden Hufe meine Panik. Ich versuchte, nicht direkt an Claudia zu denken. Stattdessen wanderten meine Gedanken zu Sosia.

Auch ihren Tod hätte ich verhindern können und sollen. Sie war in Helenas Familie aufgewachsen, ein weiteres junges Mädchen, das die Camilli liebten und für dessen Tod sie immer mir die Schuld geben würden. Wir sprachen nie darüber, aber keiner von uns würde es je vergessen. Sosia und Helena hatten sich sehr nahe gestanden. Zuerst hatte mir Helena bittere Vorwürfe wegen des Todes ihrer jungen Cousine gemacht, hatte mir dann aber später verziehen. Wie konnte ich erwarten, dass sie ein zweites Mal über mein Versagen hinwegsehen würde? Aelianus musste ihr inzwischen erzählt haben, dass Claudia vermisst wurde. Jeder Moment, der auf meinem einsamen Ritt verging, war ein Moment, in dem sich Helena über das grausige Schicksal ihrer jungen Freundin Sorgen machte, den Glauben an mich verlor und sich gleichzeitig um mich ängstigte. Ich hatte selbst den Glauben an mich verloren, als ich durch die Porta Tiburtina ritt.

Es wurde hell. Ich ritt auf die Sonne zu. Sie stand tief über den Sabinerbergen und beschien irgendwo vielleicht einen Schuppen, in dem zahllose Frauen gefoltert, ermordet und zerstückelt worden waren. Das blendende Licht machte mich noch müder, als ich bereits war. Ständig musste ich die Augen zusammenkneifen, was meiner Konzentration schadete. Es machte mich reizbar und todunglücklich. Ich hatte zu viele Stunden damit verbracht, in schmutzigen Geschäften gegen die Zeit anzureiten, um die Welt von Verbrechern zu befreien. Ihnen folgten nur noch schlimmere Verbrecher und nahmen ihren Platz ein, verderbter in ihren Angewohnheiten, rachsüchtiger in ihrem Verhalten.

Auf den Bauernhöfen regte es sich. Ländliche Karren begegneten mir. Die meisten fuhren in die falsche Richtung, auf Rom zu. Kam ich an welchen vorbei, die in östlicher Richtung unterwegs waren, wurde ich von der Durchsuchung frustrierend lange aufgehalten. Wütend wegen dieser Verzögerungen, die ich nicht auszulassen wagte, wurde ich der Netze mit Kohlköpfen und Rüben, Damaszenerpflaumen und leckender Weinschläuche bald überdrüssig. Zahnlose alte Männer, die nach Knoblauch stanken, hielten mich durch ihre langsamen Bewegungen beim Zurückschlagen der Wagenplanen auf. Aufgeregte Jugendliche mit unstetem Blick starrten mich glupschäugig an. Ich fragte sie alle, ob sie von einem anderen Fahrzeug überholt worden waren; jene, die das bestritten, klangen, als würden sie lügen, und die anderen, die meinten, es könne sein, sagten nur das, was ich offensichtlich hören wollte.

Ich hasste die Campania. Ich hasste die Träumer und Tagediebe, die hier lebten. Ich hasste mich selbst. Warum machte ich das hier? Ich wollte Dichter sein, ein Poet, der in einer friedvollen Bibliothek arbeitete, fern von dem Abschaum der Menschheit, aufgesogen von meiner eigenen, irrealen Welt des Geistes. (Finanziell unterstützt von einem millionenschweren Patron, der die Künste liebte. Falco? Keine Chance!)

Bis Mittag war ich schon recht weit gekommen, hatte bereits Aquae Albulae erreicht. Dort endete mein wilder Ritt. Das Maultier ermüdete zusehends. Auch ich war steif und halb tot. Ich war die ganze Nacht auf gewesen, musste mich dringend ausruhen und hoffte nur, dass der Mörder unterwegs ebenfalls Pause machte. Er konnte nicht wissen, dass ich ihm folgte.

Ich brachte das Muli in einem Stall unter und suchte eins der warmen Schwefelbäder auf. Im Becken schlief ich ein. Jemand zog mich heraus, bevor ich ertrank. Zwei Stunden lag ich dann wie tot auf der Bank eines Masseurs auf dem Bauch unter einem Handtuch, während sich die Mücken an meinen bloßen Körperstellen gütlich taten. Zerbissen und total kaputt kam ich zu mir, kaufte mir etwas zu essen und zu trinken und versuchte mein Maultier in einer kleinen Mansio auszutauschen, die frische Pferde für die amtlichen Kuriere bereithielt.

»Meine Reise ist sehr wichtig – für den Staat –, aber ich musste so schnell aufbrechen, dass ich mir keinen Pass geben lassen konnte. Allerdings hab ich das hier in meiner Geldbörse gefunden …« Der Zuständige nahm die Marke, die ich ihm hinhielt, ohne jede Neugier entgegen. In Aquae Albulae schien man sich um so was nicht groß zu kümmern. »Leider ist sie schon abgelaufen.«

Er zuckte mit den Schultern und warf die Marke in eine Schale. »Ja nun, dann muss ich zu den Buchprüfern eben sagen: ›Welcher von den bösen Buben hat mir die denn untergejubelt?‹, und ein dämliches Gesicht machen.«

»Außerdem ist sie auf den Statthalter von Baetica ausgestellt«, gab ich zu.

»Ist bestimmt ein netter Kerl. Der Graue da ist ein gutes Pferd.«

»Danke! Ich hoffe, meine Verstärkung wird bald hier eintreffen. Sagen Sie ihnen, Falco bittet sie, sich zu beeilen, ja?«

Ich aß im Sattel.

Sieben römische Meilen später erreichte ich Tibur auf dem Grauen.

Jetzt befand ich mich in einem Dilemma, das auch nur mir passieren konnte: Ich war gekommen, um einen Mann zu fangen, den ich nicht kannte, der an einem mir unbekannten Ort wohnte und in diesem Moment Claudia die übelsten Dinge antun konnte. In Ermangelung irgendwelcher genialer Ideen folgte ich dem einzigen Hinweis, den ich hatte. Obwohl alles dagegen sprach, bog ich hinter dem Heiligtum des Herkules Viktor ab und begab mich zur Villa von Aurelia Maesia.

Die Zeit lief mir davon. Der Nachmittag war bereits fortgeschritten. Weder ein Reiter noch ein Fahrzeug konnten in der Dunkelheit weit vorankommen. Wenn ich anhalten musste, dann er auch. Und er hatte ein Opfer zur Gesellschaft. Lebendig oder tot. Vielleicht *jetzt* noch am Leben – aber nicht viel länger, wenn er sein Ziel erst mal erreicht hatte.

Würde er ihr zu essen geben? Würde sie in der Lage sein, ihre sonstigen Bedürfnisse zu befriedigen? Wie denn, ohne dass er es bemerkte? Er musste sie gefesselt und zum Schweigen gebracht haben und sie versteckt transportieren. Sie war jetzt eine Nacht und fast einen ganzen Tag in seiner Gewalt. Selbst wenn es mir gelang, sie zu retten, würde sie nie mehr dieselbe sein. Als ich mich Aurelia Maesias Villa näherte, konnte ich nur hoffen, dass sie da war. Aber inzwischen hatte ich mich schon damit abgefunden, dass ich vermutlich zum falschen Ort gekommen war.

LXI

Man konnte deutlich erkennen, dass Aurelia Maesia noch tagelang nicht zurückerwartet wurde. Die Sklaven waren alle auf der Terrasse und sonnten sich. Gartengeräte standen ordentlich an eine Statue gelehnt. Gearbeitet wurde nicht. Sie hatten sich die besten Liegestühle ausgeborgt und lagen so lethargisch darin, dass sie sich noch nicht mal überwinden konnten, auf die Füße zu kommen, als ich mich näherte. Außerdem hätten sie ihre Trinkbecher umgestoßen, wenn sie sich zu schnell bewegt hätten.

»Wo ist Damon?«

»Genießt das Leben in Rom.«

»Der Mistkerl!«, knurrte die Köchin (seine offizielle Freundin).

»Wenn er nach Rom fährt, kommt er dann zwischendurch allein mit der Kutsche zurück?«

»Warum sollte er?«, gackerte die Köchin und fügte gewohnheitsmäßig hinzu: »Der Mistkerl!«

Von mir aus konnten sie über Damon herziehen, wie sie wollten, aber ich brauchte schnelle Antworten. Ich entdeckte den jungen Titus, gab ihm einen Wink, dass ich ihn gern allein sprechen wollte, und ging mit ihm ein Stück von den anderen weg.

»Sind Sie nicht Gaius, der Brunnenreiniger?«

Ich zwinkerte ihm zu. »Ich habe verdeckt ermittelt, wie du vielleicht schon erraten hast.« Er schwieg. Wenn er sich durch die Täuschung betrogen fühlte, würde er mir seine Mitarbeit verweigern. Ich ließ ihm keine Zeit, sich zu ärgern. »Jetzt ist deine Gelegenheit gekommen, mir in einer verzweifelten Lage zu hel-

fen. Hör zu, Titus, schlimme Dinge sind passiert, und ich versuche einen Verbrecher zu schnappen.«
Seine Augen weiteten sich. »Sprechen Sie von Damon?«
»Ich dachte erst, er könnte es sein. Aber inzwischen ist mir ein anderer Verdacht gekommen. Aurelia Maesia besucht ihre Schwester. Deren Name ist Aurelia Grata, stimmt's?« Titus nickte. Aurelia *Grata* … Irgendwo im Schlamm von Falcos Bewusstsein regte sich eine Erinnerung. »Und ihr alter Vater kommt auch in das Haus der Schwester?«
»Ja.«
Jetzt klingelte eine Glocke ganz laut in meinem müden Hirn. Das Klingeln hallte aus verschiedenen Richtungen wider. »Der Name des Vaters ist nicht zufällig Rosius Gratus?«
»Doch.«
»Wohnt an der Straße nach Sublaqueum?«
»Genau.«
Ich atmete flach. Jetzt nur nicht über das Ziel hinausschießen. »Und er reist auch nach Rom, wenn seine Tochter aus Tibur zu den Spielen hinfährt? Nimmt deine Herrin ihn mit?«
»Nein. Sie kann es nicht leiden, mit ihm in der Kutsche eingesperrt zu sein. Sie kommen einigermaßen miteinander aus, aber es ist besser, wenn sie sich nicht allzu häufig sehen. Darum lebt er ja auch weiterhin in seiner eigenen Villa. Außerdem genießt er die Fahrten nach Rom. Wär wohl am liebsten selbst Wagenlenker bei den Rennen.«
»Was hat er für ein Fahrzeug?«
»Ein Cisium.«
»Was, ein alter Mann auf einem zweirädrigen Wagen ohne Verdeck, und das bei jedem Wetter?« Ich hörte Marina sagen: *»Ach, der hält sich ganz wacker.«*
»Geht er mit den Frauen in den Circus?«
»Nein, er schläft den ganzen Tag und wacht nur zum Essen auf.«
»Aber ansonsten ist Rosius Gratus immer noch ein Mann von Welt, oder?«

Titus errötete. »Sieht ganz so aus.«
Ich hob die Augenbrauen und grinste. »Er besucht eine Frau?«
»Hat er schon immer getan. Angeblich ist es sein großes Geheimnis, aber wir lachen alle darüber. Woher wissen Sie das?«
»Jemand, der in derselben Straße wohnt, hat es erwähnt. Tja, das ist wohl ein weiterer Grund, warum er nicht mit seiner Tochter fährt. Aber der alte Rosius kutschiert das Cisium doch nicht selbst?«
»Jemand fährt ihn.«
»Und dieser Jemand bringt das Cisium heim, während der Tattergreis bei seinen Töchtern ist, und fährt am Ende der Spiele wieder hin, um ihn abzuholen?«
»Wahrscheinlich. Der alte Knacker braucht das Cisium nicht: Wie ich schon sagte, der döst den ganzen Tag auf seiner Liege vor sich hin. Hab ich Ihnen damit geholfen?«, fragte der Junge eifrig.
»Sehr, Titus. Du hast mir etwas erzählt, was ich schon vor Tagen selbst hätte herausfinden sollen. Das Problem war nur, dass ich auf den falschen Mann gehört habe.«
»Was meinen Sie damit?«
»Jemand hat mir gesagt, Rosius Gratus fahre nie nach Rom.«
»Das ist lächerlich.«
»Die Leute belügen einen, Titus.« Bevor ich mich umdrehte, um nach meinem Pferd zu sehen, bedachte ich ihn mit einem freundlichen Blick. »Du wirst schon noch lernen, das zu erkennen. Hör auf meinen Rat. Sei besonders vorsichtig bei Männern, die neben einem Pfad im Wald herumstehen und nichts tun.« Ich schwang mich in den Sattel, was mich ziemliche Mühe kostete. »Der Kutscher des Cisiums – heißt der zufällig Thurius?«
»Ja, genau.«
»Ich hätte es wissen müssen.«
Titus wollte mir den Weg beschreiben, aber das war nicht nötig. Ich musste die Via Valeria bis zu der Stelle hinaufreiten, wo die Aquädukte vom Anio gespeist wurden, und dann auf die

Straße nach Sublaqueum abbiegen. Und das nicht innerhalb eines ganzen Tages, den diese Strecke normalerweise dauern würde, sondern in den paar Stunden vor der Dunkelheit.

Ich ließ eine Nachricht bei dem jungen Titus zurück, falls meine Verstärkung mir doch noch folgen sollte. Jetzt brauchte ich mir keine Hoffnung mehr auf Unterstützung zu machen. Die Zeit reichte nicht, um mich einzuholen. Ich war auf mich selbst gestellt.

Die kaiserlichen Postkuriere können fünfzig Meilen am Tag reiten, wenn sie die Pferde wechseln, und das konnte ich auch. Da ich bereits im Besitz eines Pferdes des Cursus Publicus war, kam ich mit meinem Bluff durch. Es gelang mir, den Grauen in einer Pferdewechselstation kurz vor dem Abzweig zu Horaz' Landgut gegen einen stämmigen Rotfuchs mit einer Blesse einzutauschen. Eine weitere verpasste Gelegenheit, die Bandusische Quelle zu besuchen. Es war mir egal. Wasser konnte mir gestohlen bleiben.

Es wurde allmählich dämmrig. Ich kam an den Wassererfassungen der Aquädukte am fünfunddreißigsten und achtunddreißigsten Meilenstein vorbei. Dann galoppierte ich die Straße nach Sublaqueum entlang, bis ich das große Absetzbecken erreichte. Ich hielt an, um zu sehen, ob Bolanus da war. Einer seiner Staatssklaven gab mir Auskunft.

»Bolanus hat vorhin einen Karren vorbeifahren sehen. Er ist ihm auf einem Esel nachgeritten.«

»Allein?«

»Wir sind fertig mit dem Säubern des Beckens. Nur noch er und ich und das Schleppnetz waren hier. Er sagte mir, ich soll hier auf ihn warten und Sie warnen, wenn Sie kommen.«

»Ich weiß, wo er hingeritten ist. Bleib hier, falls mir Hilfe folgen sollte. Beschreib ihnen den Weg zum Anwesen von Rosius Gratus, ja?«

Stromaufwärts bei der Schleuse, die das Wasser in das Becken leitete, sah ich das Schleppnetz, das sie über den Fluss gespannt hatten. Ein Frösteln überlief mich, und ich betete darum, dass sie heute nichts gefunden hatten. Ich ritt weiter, angespornt von meiner Verzweiflung. Jetzt hatte sich Bolanus auch noch in Gefahr begeben. Mit seinem steifen Rücken und dem getrübten Auge war er kein gleichwertiger Gegner für einen gewalttätigen Mörder.

Am Eingang zu dem Anwesen von Rosius Gratus ging ich vom Galopp in leichten Trab über. Auf dem Weg zum Haus begegnete mir niemand. Die Villa lag ruhig da, hier amüsierten sich keine Sklaven in Abwesenheit ihres Herrn. Mein vorheriger Besuch hatte mir den Eindruck verschafft, dass es sowieso nur sehr wenige Sklaven gab. Die Haushälterin war jedenfalls da. Sie hatte das Pferd gehört und war zum Nachsehen an die Tür gekommen.

»Mein Name ist Falco. Ich war neulich schon hier. Ich müsste mal kurz mit Thurius reden. Ist er aus Rom zurück?« Sie nickte.

»Was macht er?«

»Keine Ahnung. Ich kümmer mich nicht um den.« Sie klang missbilligend. Es passte alles.

»Wo kann ich ihn finden?«

»Er sollte im Stall sein, aber wenn er da nicht ist, werden Sie ihn nur schwer aufspüren. Er verschwindet meist irgendwo im Wald.« Sie wirkte neugierig, war aber zu sehr mit ihrer Arbeit beschäftigt und ließ mich allein gehen.

»Danke. Wenn Sie ihn zuerst sehen, sagen Sie nichts von mir. Ich will ihn überraschen.«

»In Ordnung.« Offenbar überließen sie Thurius sich selbst. Was wahrscheinlich daran lag, dass sie den Umgang mit ihm schwierig fanden. Genau, was ich erwartet hatte – ein Einzelgänger, seltsame Angewohnheiten, unbeliebt. »Sie sehen erschöpft aus, Falco.«

»Es war ein langer Tag.« Und ich wusste, dass er noch nicht zu Ende war.

Ich versuchte es zuerst im Stall.

Dort fand ich weder den Kutscher noch Bolanus, dafür aber das

Cisium. Die beiden Pferde, die noch immer dampften, hatten Wasser bekommen und waren gefüttert worden. Ich stellte meines daneben.
Langsam umkreiste ich das schon etwas ältliche Gefährt. Wie alle gesagt hatten, war es ein hochrädriger einfacher Kastenwagen. Zwei eisenbeschlagene Räder und ein Kutschbock mit Platz für zwei Leute. Unter dem Sitz war ein Kasten eingebaut, versehen mit einem kräftigen Vorhängeschloss, damit das Gepäck nicht gestohlen werden konnte, wenn das Cisium abgestellt wurde. Er war verschlossen.
Leise klopfte ich an den Kasten. Nichts. Mit Erleichterung bemerkte ich, dass so etwas wie grobe Luftlöcher durch das Holz gebohrt worden waren. Ich suchte nach dem Schlüssel, den ich natürlich nicht fand. Ich hatte auch nicht erwartet, dass es einfach sein würde.
Das hier war ein Stall, also musste es Werkzeug geben. Ich verschwendete ein paar Sekunden darauf, etwas völlig Sinnloses zu tun, nämlich zu versuchen, das Schloss mit einem Nagel zu öffnen. Lächerlich. Ich war zu müde, um noch richtig denken zu können. Ein Schloss, das man auf diese Weise knacken konnte, war nutzlos. Ich brauchte etwas Kräftigeres. Während ich weiter nach Thurius Ausschau hielt, durchsuchte ich die Außengebäude, bis ich auf eine Werkstatt stieß. Wie in den meisten abgelegenen Villen war sie gut bestückt. Mit einer Brechstange ließ sich der Bügel des Schlosses aufbiegen und dann mit einem kräftigen Hammerschlag ganz entfernen. Mir lief der Schweiß herunter, nicht vor Anstrengung, sondern vor Furcht.
Ich blieb ganz still stehen und lauschte. Nichts bewegte sich, weder hier noch im Haus. Ich wappnete mich und öffnete den Deckel des Kastens.
Es roch abscheulich, und der Gestank war menschlichen Ursprungs. Doch abgesehen von ein paar Säcken, der Quelle des Gestanks, war der Kasten leer.

LXII

Ich würde den Wald durchsuchen müssen.

Ich würde ihren Namen rufen: *Claudia!* Falls sie meine Stimme hörte, würde ihr das vielleicht Kraft zum Durchhalten geben.

Draußen war es dunkel geworden. Ich ging zum Haus zurück und bat um eine Laterne. Ich wusste, dass ich Hilfe brauchte, und forderte die Haushälterin auf, die anderen Sklaven zusammenzurufen. Es waren nicht genug, und doch versammelte sich recht schnell – als hätten sie darauf gewartet, dass etwas passieren würde – ein bunt zusammengewürfelter Trupp aus kurzbeinigen, watschelnden, verschlagen aussehenden Gestalten um mich und starrte mich an.

»Hört zu, ihr kennt mich nicht, aber mein Name ist Falco, und ich arbeite für die Regierung. Ich muss Thurius finden. Ich glaube, er hat ein junges Mädchen entführt und will es töten ...«

Ich bemerkte die Blicke, die sie austauschten. Niemand hatte je einen Verdacht geäußert, wie es aussah, aber keiner schien erstaunt zu sein. Ich unterdrückte meinen Zorn. Sie hätten wer weiß wie viele Frauen und Mädchen retten können. Na ja, zumindest konnten sie mir jetzt bei dem Versuch helfen, Claudia zu retten.

»Wenn ihr meint, ihn zu sehen, nähert euch ihm nicht. Ruft nur einfach laut nach den anderen.«

Das brauchte ich ihnen nicht zweimal zu sagen.

Wir durchkämmten den Wald von der Abenddämmerung an, bis es zu dunkel wurde, um selbst noch mit Fackeln weiterzumachen. Wir riefen. Wir durchsuchten die Kuhställe und die Holzstapel. Wir hieben auf Büsche ein und scheuchten Tiere auf, die jahrelang ungestört im Gestrüpp gelebt hatten. Wir stellten Lampen an den Wegen und Lichtungen auf. Ein Esel, der sich losgerissen hatte, kam aus dem Gebüsch gestakst; es musste der von Bolanus sein, den wir allerdings nirgends finden konnten. Thurius ließ sich nicht sehen und auch nicht aufscheuchen, aber er musste dort draußen sein und gemerkt haben, dass wir hinter ihm her waren.

Wir machten absichtlich so viel Lärm. Es war meine letzte Hoffnung, ihn davon abzuhalten, das Mädchen anzurühren.

Die ganze Nacht waren sie auf Trab. Wo auch immer er sich versteckte, ich musste ihn dort festhalten, solange es dunkel war. Wir lärmten herum, bewegten uns von einem Ort zum anderen, bis die erste Helligkeit sich über das ruhig fließende Wasser des Anio ergoss. Dann ließ ich weitersagen, dass sich alle hinsetzen, nicht mehr rufen und sich absolut still verhalten sollten, während wir darauf lauerten, dass Thurius aus seinem Versteck kam.

Ich hatte den größten Teil der Nacht in der Nähe des Flusses verbracht. Irgendwas zog mich dorthin und ließ mich nicht los. Für kurze Zeit hatte ich mich ausruhen können, mich zwischen zwei Baumwurzeln auf die Fersen gehockt, während meine Gedanken rasten und ich lauschte. Jetzt war ich wach, so wach wie ein Mann sein kann, der zwei Nächte lang kein Bett gesehen hat.

Als das erste Licht über die Berge kroch, ging ich leise zum Flussufer und wusch mir das Gesicht. Das Wasser war kalt. Genau wie die Luft, die in diesen Bergen viel frischer war als in Rom. Es war noch so früh, dass jedes Geräusch weithin hörbar war. Ich ließ das Wasser aus meinen Händen so leise wie möglich zurücktröpfeln und machte nicht mehr Lärm als eine springende Bergforelle.

An einem Stein im Wasser glitzerte etwas im frühen Morgenlicht. Ich bückte mich und sah genauer hin. Ein Ohrring. Er passte nicht zu dem, den Bolanus mir gezeigt hatte; das wäre ein zu großer Zufall gewesen. Dieser hier war ein schlichter Reif, wahrscheinlich noch nicht mal echt Gold. Er hatte eine Fassung für einen Stein, aber der fehlte. Ich streckte die Hand in das kalte Wasser, drehte mich dann um, schüttelte das Wasser ab und schob das Schmuckstück in meine Börse. Plötzlich fühlte ich mich hier am Anio wie auf dem Präsentierteller. Der Mörder musste ganz in der Nähe sein. Wenn er wusste, dass ich hier war, beobachtete er mich vielleicht sogar.

Ich kletterte die Uferböschung hoch und machte dabei mehr Krach, als ich gewollt hatte. Dann fiel mir etwas ins Auge. Unter den tief hängenden Zweigen einiger Bäume stand ein kleiner Schuppen. In der Dunkelheit der Nacht hatte ich ihn übersehen. An dem Ding war nicht viel dran, nur durchhängende Wände und ein schiefes Dach. Üppig wachsende Grünpflanzen rankten sich an den mit Flechten überzogenen Brettern hinauf, und in dem Dornengestrüpp glänzten schwarze Brombeeren unter riesigen zerrissenen Spinnweben.

Alles um mich herum war still, bis auf das sanfte Schwappen des Flusses in meinem Rücken. Ich fühlte mich wie ein mythischer Held, der endlich das Orakel gefunden hatte, doch was mich dort erwartete, würde weder ein von einer Hexe geborener Eremit noch eine goldene Sphinx sein. Entlang des Flusses verlief ein ausgetretener Fußpfad, aber ich näherte mich durch das Unterholz direkt von dort, wo ich stand. Ein Spinnennetz versperrte mir den Weg. Ich schob es mit einem Stock zur Seite und erlaubte der dicken Spinne großzügig, sich rasch im Unkraut zu verkriechen. Die ganze Zeit blieb mein Blick auf die geschlossene Tür des Schuppens gerichtet.

Als ich die Tür erreichte, schien sie zu klemmen. Sie wurde nach innen geöffnet. Es existierte kein Schloss, doch obwohl sie oben ein paar Zoll nachgab, als ich dagegen drückte, klemmte sie unten nach wie vor. Ich bemühte mich, leise zu sein, brachte die Tür aber schließlich mit einem gewaltigen Schubs einen Spaltbreit auf. Etwas musste direkt vor der Tür liegen. Es war immer noch zu dunkel, um was erkennen zu können, doch als ich mich vorbeugte, drang von innen ein widerlicher, abgestandener Geruch an meine Nase. Es musste eine Fischerhütte sein. Und es roch, als hätte man hier Schweine gehalten, die es allerdings auf dem Rosius Gratus-Anwesen nicht gab. Das war auch nur gut so, denn dann wäre es ein Leichtes gewesen, sich der Leichen zu entledigen, und es gäbe keine lange Beweiskette, die mich von Rom hierher geführt hatte.

Was auch immer mein Eindringen in den Schuppen behinderte, würde entfernt werden müssen, bevor ich hineinkonnte. Es fühlte sich wie ein gefüllter Kornsack an – oder ein menschlicher Körper. Aber es war schwerer als der Körper eines jungen Mädchens. Ich schaute mich um, wollte sehen, ob es eine andere Möglichkeit gab, um in die Hütte zu gelangen. Da hörte ich einen Zweig knacken.

Ich wirbelte herum. Ein Mann stand nur fünfzig Schritte entfernt von mir.

Ich sah ihn bloß ganz kurz, bevor er wieder in das Dickicht hineinstürzte, aus dem er Sekunden davor gekommen sein musste, ohne zu wissen, dass ich dort war. Falls es jemand anders als Thurius war, hatte er keinen Grund zu fliehen. Ich brüllte und zwang meine müden Glieder, hinter ihm herzujagen.

Er musste besser ausgeruht sein als ich, aber er war vielleicht nicht so fit. Ich hoffte, dass die Hausklaven mir helfen würden, seine Flucht zu vereiteln, wurde aber enttäuscht. Sie schienen alle zum Frühstück nach Hause geschlichen zu sein, meinen Befehl ignorierend, an Ort und Stelle zu bleiben. Keiner antwortete auf meine Rufe, und als wir durch den Wald rannten, stellte sich uns niemand in den Weg.

Alles war still. Ich hatte ihn irgendwo verloren.

»Thurius! Das Spiel ist aus. Zeig dich, und mach der Sache ein Ende!«

Keine Antwort. Es war ihm nicht zu verdenken. Ich war ein Fremder, und er kannte jeden Fußbreit des Geländes. Er musste das sichere Gefühl haben, mir entwischen zu können.

Er war vor mir losgerannt in Richtung des Pfades, der aus dem Grundstück hinausführte. Ich dachte, ich würde Hufgetrappel hören. Vor mir tauchte ein Bild von Thurius auf, der auf einem Pferd nach Sublaqueum floh …

Im Haus konnte er sich nicht verkriechen. Ihm musste klar sein, dass seine Mitsklaven nur darauf aus waren, ihre Unschuld unter Beweis zu stellen und es ihm heimzuzahlen, dass er sie so getäuscht hatte. Diejenigen, die sein seltsames Verhalten seit Jahren ignoriert hatten, würden ihn jetzt nur allzu rasch denunzieren – und wenn sie zu Gewalttätigkeit neigten, wäre es nicht das erste Mal, dass ein frisch überführter Mörder von den Menschen zu Tode geprügelt wurde, mit denen er jahrelang zusammengelebt hatte.

Ich kroch durch die Büsche in Richtung des Pfades. Meine Aufmerksamkeit war auf einen Holzstapel gerichtet, hinter dem sich ein lauernder Mann gut verstecken konnte. Als ich mich vorsichtig näherte, stürzte er fast direkt vor meiner Nase aus dem Unterholz.

Ich sprang auf und versetzte ihm einen gewaltigen Schreck. Er hatte gemeint, entkommen zu sein, und nicht gemerkt, dass ich ihm bereits so nahe war. Bevor ich mich auf ihn werfen konnte, sah ich, dass das viel zu gefährlich war. Er war jetzt mit einer langstieligen Axt bewaffnet.

Einen Moment lang schaute er genau so verdutzt wie ich, dann überwog seine Wut. Er kam näher, knurrte und schwang seine Waffe.

»Gib auf, Thurius!«

Die Klinge schnitt tief durch die Luft, zielte auf meine Knie . Ich wich rasch hinter einen Baum aus und hoffte, die Axtschneide würde sich in den Stamm bohren. Er schnaubte und holte wieder aus, diesmal in Kopfhöhe. Der kleine Dolch in meinem Stiefel hätte mir gegen diese Waffe nichts genützt. Ich griff gar nicht erst danach.

Er sah genauso aus, wie ich ihn in Erinnerung hatte – völlig unauffällig. Ungepflegt, schlecht gekleidet, den Mund voller

Zahnlücken. Der typische Sklave vom Land. Nicht verrückter als die meisten Passanten in den Straßen von Rom. Man würde vermeiden, ihn anzurempeln, aber ihn dann prompt wieder vergessen. Wäre ich spätabends unterwegs und er hätte mir beiläufig angeboten, mich in seinem Karren mitzunehmen, hätte ich vielleicht sogar eingewilligt.

»Ich bin nicht allein. Die Stadtkohorten müssen jeden Moment hier sein. Gib endlich auf.«

Seine einzige Antwort war ein weiterer wütender Axthieb, der die Zweige über meinem Kopf traf, sofort gefolgt von einem tiefer angesetzten Hieb aus der anderen Richtung. In der Armee hatte man uns beigebracht, uns gegen die auf gleiche Weise mit ihren Breitschwertern kämpfenden Kelten zu wehren – aber als Soldat hatte ich eine Rüstung gehabt und eigene Waffen, ganz zu schweigen von den Reihen wütend knurrender Kameraden, die rechts und links von mir undurchdringliche Blöcke bildeten.

Ich trat auf ihn zu. Licht blitzte auf; wieder schwang er die Axt. Ich sprang hoch wie ein kretischer Tänzer, die Hacken am Hintern, und rettete meine Beine. Im Sprung griff ich nach einem Ast, landete sicher und huschte hinter den Baum. Es gelang mir, den Ast halb abzubrechen, aber lange Streifen grüner Rinde hielten ihn fest. Nutzlos.

Gute Götter, das hier war der Alptraum jedes Jungen aus der Stadt! Ich wollte mich auf anständigem Straßenpflaster bewegen, wo die Verbrecher sich an festgelegte Regeln schlechten Benehmens hielten und ich in einer Weinschenke verschwinden konnte, wenn die Sache zu heiß wurde. Hier war ich nun, konfrontiert mit einem verzweifelten Axtschwinger in einem nebligen Wald, hungrig, erschöpft, von meinen einzigen Helfern im Stich gelassen und dem Risiko ausgesetzt, meine unteren Gliedmaßen zu verlieren. Abartig, sich so seinen Lebensunterhalt zu verdienen!

Ich zerrte an dem Ast, und diesmal brach er ab. Er war dick genug, um einen Axthieb abzufangen. Und noch besser war, dass er sich am vorderen Ende in viele kleine Ästchen verzweigte, die voller Blätter waren. Als Thurius das nächste Mal ausholte, wich ich der schimmernden Schneide aus. Dann sprang ich auf ihn zu und stieß ihm das Astgewirr direkt ins Gesicht. Er stolperte rückwärts, taumelte, verlor an Boden. Ich drängte weiter, versuchte mit dem Ast seine Augen zu treffen. Er drehte sich um und rannte weg. Ich folgte ihm, aber der Ast verhakte sich im Unterholz, und ich verlor den Halt. Ich ließ ihn los und lief weiter.

Thurius preschte immer noch auf den Pfad zu. Ich brach seitlich aus, um ihm den Weg abzuschneiden. Krachend kämpften wir uns durch das Gebüsch. Ein Fuchs sprang plötzlich aus seinem Versteck und hastete davon. Ein Eichelhäher flatterte mit schweren Flügelschlägen und einem rauen Schrei auf. Wieder dachte ich, Hufgetrappel zu hören, diesmal näher. Das Atmen tat weh. Schweiß lief mir aus allen Poren. Meine schmerzenden Beine trugen mich kaum noch vorwärts. Trotzdem hatte ich bereits aufgeholt, als Thurius den Pfad erreichte. Dann rutschte mein Fuß auf einem Pilzbüschel aus und versank in einem Loch, was mich einen Schrei ausstoßen ließ. Ich fiel zwar nicht, aber mein Stiefel knickte unter mir weg. Es gelang mir, den Fuß freizubekommen und hinter Thurius herzuhumpeln, nachdem ich noch mal in dem zertretenen, schleimigen Pilzbrei ausgerutscht war. Thurius war kurz stehen geblieben und hatte sich nach mir umgeschaut, rannte aber dann auf dem Pfad weiter.

Ohne auf den Schmerz in meinem Knöchel zu achten, hoppelte ich mit letzter Anstrengung hinter ihm her. Ein verknackter Knöchel heilt von selbst, aber er braucht Zeit dazu. Und ich hatte keine Zeit. Meine Kraft würde jeden Augenblick nachlassen. Doch zuerst musste ich ihn erwischen, wenn ich konnte.

Ich hörte ein Pferd wiehern. Mir wurde ganz schlecht bei der Vorstellung, dass er irgendwo ein Reittier angebunden hatte. Dann warf Thurius die Arme hoch. Pferd und Reiter brachen

auf der gegenüberliegenden Seite aus dem Wald und galoppierten direkt auf ihn zu.
Er konnte nicht anhalten. Er stolperte und verlor seine Axt. Das Pferd bäumte sich über ihm auf, wurde aber zurückgerissen. Thurius wankte, war immer noch auf den Füßen und nach wie vor zur Flucht entschlossen. Er ruderte mit den Armen, wich den Pferdehufen aus und stürzte weiter den Pfad entlang. Ich rannte, so schnell ich konnte, vorbei an dem Pferd, dessen Reiter, den ich erkannt hatte, es zur Seite zerrte, um mir Platz zu machen. Dann holte ich Thurius ein und warf mich auf ihn.
Mit dem Gesicht voran drückte ich ihn in die modrigen Blätter. So wütend, wie ich war, hatte er keine Chance gegen mich. Ich ließ mich auf seinen Rücken fallen und machte mich dabei so schwer wie möglich. Ich riss ihm die Arme nach hinten und befahl ihm aufzugeben. Er wehrte sich immer noch, ruckte zur Seite, trat mit den Füßen. Ich zerrte ihn hoch und stieß ihn mit dem Gesicht voran wieder zu Boden. Inzwischen war der Reiter abgestiegen und kam angerannt. Im nächsten Moment trat mein wütender Helfer ihm so hart in die Rippen, als wollte er ihn umbringen.
»Aufhören!«, brüllte ich und wich den tretenden Stiefeln aus. Das brachte sie beide zur Besinnung. Thurius lag endlich still, das Gesicht in die Fahrrillen des Pfades gedrückt.
Ich blieb auf dem Rücken meines Gefangenen sitzen und bemühte mich, wieder zu Atem zu kommen. »Gut reagiert«, keuchte ich und sah zu dem anderen hoch.
»Grundtraining«, erwiderte er.
»Ja, das verlernt man nie.« Mir gelang ein Grinsen, obwohl es mich einige Mühe kostete. »Sie könnten wohl nicht in Erwägung ziehen, die Statthalterschaft von Britannien in den Wind zu schlagen und mit mir eine formelle Partnerschaft einzugehen?«
Julius Frontinus – Soldat, Magistrat, Administrator, Autor und zukünftiger Experte der Wasserversorgung – lächelte bescheiden. Ein Ausdruck aufrichtigen Bedauerns huschte über sein

Gesicht. »Das dürfte eine der großen geschichtlichen Fragen des ›Was wäre, wenn?‹ werden, Falco.«

Dann ließ ich mir von ihm aufhelfen, während der Exkonsul unseren Gefangenen mit seinem Fuß in dessen Nacken zu Boden hielt.

Das war alles gut und schön. Wir fühlten uns wie Helden. Aber jetzt mussten wir versuchen, Claudia zu finden.

LXIII

Thurius weigerte sich zu sprechen. Ich hatte das Gefühl, dass er auch in Zukunft nichts sagen würde. Manche wollen mit ihren Taten prahlen, andere streiten bis zum bitteren Ende alles ab. Thurius war offensichtlich der schweigsame Typ.

Nicht bereit, ihn aus den Augen zu lassen, fesselte ich ihm mit meinem Gürtel die Hände auf dem Rücken, bevor wir ihn bäuchlings auf das Pferd des Konsuls luden. Ich erzählte Frontinus von der Hütte, die ich am Fluss entdeckt hatte. Wir nahmen Thurius mit und kämpften uns durch den Wald zurück.

Als wir uns dem Schuppen näherten, sah ich zu meiner Überraschung, dass die Tür offen stand. Davor hockte Bolanus auf dem Boden, grün und blau geschlagen, und schüttelte den Kopf. Als er uns bemerkte, kam er wankend auf die Füße. Ich lief zu ihm, um ihn zu stützen.

»Da drinnen …« Er taumelte und schien wie benebelt. »Ich bin ihm gefolgt, sah, wie er sie da reinschleppte – ich habe gebrüllt. Er kam raus und hat sich auf mich gestürzt. Gleich darauf haben wir euch im Wald gehört. Ich hab ihn vertrieben, aber ich wurde immer schwächer. Ich konnte euch noch im Wald hören. Dann bin ich in die Hütte gekrochen und an der Tür zusammengeklappt. Ich wusste, dass ich ihn am Reinkommen hindern musste …«

»Sie waren die ganze Nacht da drinnen? Gute Götter, setzen Sie sich …«

Bolanus deutete nur verzweifelt auf die Hütte. Frontinus und ich sahen uns an und richteten dann den Blick auf den Schuppen.

Zu dritt näherten wir uns dem windschiefen Eingang. Die frische Luft hatte den üblen Geruch nicht vertrieben. Jetzt, bei Tageslicht, sahen wir die entsetzliche Wahrheit – der dunkle Fußboden, deutlich beschmiert mit altem, geronnenem Blut; das Hackmesser, das an einem Nagel hing, scharf, sauber und mit einem von jahrelangem Gebrauch dunkel gewordenen Griff; die Reihe der Schlachtermesser; der verfärbte Eimer; die ordentlich aufgeschichteten Säcke, bereit für das nächste grausige Abenteuer; die zusammengerollten Stricke. Und das neueste Opfer.

Als ich die niedrige Bank sah, auf der er sie abgeladen hatte, entrang sich meiner Kehle ein erstickter, verzweifelter Schrei. Hingeworfen wie eine Lumpenpuppe, lag dort ein Bündel, menschlich in Größe und Form, mit einer Plane bedeckt und bewegungslos. Wir hatten sie endlich gefunden. Ich musste mich abwenden.

Frontinus drängte sich an mir vorbei und betrat die Hütte.

»Ich kenne sie.« Ich war wie versteinert. Bolanus warf mir einen entsetzten Blick zu, berührte meinen Arm und folgte dem Konsul.

Sie brachten das Bündel heraus, legten die Frau sanft auf den Boden und drehten sie zur Seite, um an ihre Arme zu kommen, die auf dem Rücken gefesselt waren. Frontinus bat um meinen Dolch, und ich gab ihn ihm. Vorsichtig und sorgsam führte er die Spitze unter die Stricke und schnitt sie durch. Er befreite ihre Arme, Beine und den Körper. Ich überwand mich und half ihm, sie vorsichtig auf den Rücken zu drehen, um ihr das dreckige Tuch vom Gesicht und den Knebel aus ihrem Mund zu nehmen.

Wir hoben das Tuch an. Nachdem wir sie nun der frischen Morgenluft der Sabinerberge ausgesetzt hatten, zwang ich mich, sie anzuschauen.

Mein Magen hob sich. Strohiges blondes Haar, verschmierte Schminke auf der schlaffen Gesichtshaut, eine kitschige teure Halskette aus dicken Goldsträngen und monströsen Brocken

geschliffener Blutsteine – mein Hirn konnte es kaum aufnehmen. Ich erkannte, dass es nicht Claudia war.
»Sie lebt!«, rief Frontinus, den Puls an dem faltigen Hals ertastend.
Dann öffnete sie die Augen und stöhnte. Als sie mit schmerzverzerrtem Gesicht in das helle Tageslicht blinzelte, akzeptierte ich die erstaunliche Tatsache: Wir hatten Cornella Flaccida gerettet.

Es dauerte lange, sie ganz wieder zu sich zu bringen, aber sobald sie uns erkennen konnte, sah sie aus, als wollte sie uns übel beschimpfen und sich auf der Stelle auf Thurius stürzen. Er konnte sich glücklich schätzen, dass sie nach der zweitägigen Tortur, eingesperrt in die Kiste des Cisiums, nur hilflos dazuliegen vermochte und qualvoll aufschrie, als wir versuchten, ihre Blutzirkulation wieder in Gang zu bringen. Das Cisium war breit genug, dass sie ausgestreckt hatte liegen können, und die Stricke hatten die Zirkulation nicht völlig abgeschnitten, sonst hätte sie nicht überlebt. Als sie wieder Gefühl in den Gliedern hatte, krümmte sie sich vor Schmerzen. Erst in ein oder zwei Tagen würde sie stehen und gehen können. Offenbar hatte er ihr sexuell nichts angetan, aber sie hatte damit gerechnet. Das musste schon schrecklich genug gewesen sein.
Bevor sie richtig begriff, wo sie war, krächzte sie schon wütend los. Angesichts dessen, was ich vorzufinden befürchtet hatte, hätte sie von mir aus so viel fluchen können, wie sie wollte. Nachdem sie zwei Tage lang gefesselt und vierzig Meilen in einem dunklen, engen Kasten durchgerüttelt worden war, Hunger und Durst leiden musste, sich von dem Gerüttel übergeben hatte und gezwungen war, sich zu beschmutzen, während sie die ganze Zeit erwartete, dasselbe Schicksal zu erleiden wie die anderen von Thurius zerstückelten Frauen, hatte selbst Flaccida das Recht, wütend zu sein. Sie musste gedacht haben, dass keinem ihre Abwesenheit auffallen, und wenn doch, man sie nie aufspüren würde. Sie war gewitzt genug, bemerkt zu ha-

ben, dass Rubella die Überwachung eingestellt hatte. Ihre Familie hatte keine Ahnung, wo sie jetzt wohnte. Von ihren verprügelten Sklaven konnte man kaum erwarten, dass sie ihr Verschwinden melden würden; die waren sicher froh gewesen, in Ruhe gelassen zu werden. Wie so viele andere vor ihr war sie ohne jede Spur aus Rom verschwunden. Als ihr schließlich klar wurde, wie knapp sie entkommen war, wurde sie still und verfiel in einen tiefen Schockzustand.

Flaccida hier zu finden löste das Rätsel um den Verbleib von Aelianus' Verlobter nicht, aber es ließ hoffen, dass das Schicksal der jungen Claudia weniger schrecklich war.

»Was nun?«, erkundigte sich Frontinus. Er hatte mir kurz berichtet, wie Aelianus zu ihm gekommen war, voller Tatendrang und bereit, sofort loszureiten. Frontinus hatte ihn zu Marponius geschickt, um die Sache mit dem Haftbefehl zu klären, während er selbst, praktisch, wie er nun mal war, mir gleich nach Tibur gefolgt war. »Die Städtischen Kohorten und meine Leute sollten in Kürze hier sein. Für die Frau lässt sich sicher ein Transportmittel finden, sobald sie sich einigermaßen erholt hat, aber ich würde diesen Schweinehund gerne schnellstens einem Richter vorführen.«

Das war mir nur recht. Ich wollte nach Hause.

Und was Thurius betraf, da hatte ich mir schon ausgedacht, wie wir ihn zurückbringen konnten. So, dass es für uns sicher war, unerfreulich für ihn und äußerst angemessen. Ich achtete sorgfältig darauf, ihn nicht umzubringen. Ich wickelte ihn in die ekligsten alten Planen, die ich finden konnte, von Kopf bis Fuß. Ich fesselte ihn fest genug, dass er leiden musste, aber nicht so fest, dass seine Blutzirkulation abgeschnitten war und er sterben würde. Dann schloss ich ihn in dem Kasten auf dem Cisium seines Herrn ein. Frontinus und ich fuhren damit zurück nach Rom. Wir nahmen uns dafür zwei Tage Zeit und ließen Thurius während der ganzen Fahrt eingesperrt in dem Kasten.

LXIV

Endlich zu Hause.

Helena hatte mich nicht hereinkommen hören. Als das Baby zu schreien und der Hund zu winseln begann, rappelte sie sich mühsam auf und hob ihren Kopf von den Armen, die sie auf den Tisch gelegt hatte. Ich sah, dass sie in einer verzweifelten Stimmung war. Sie hatte meine Lyrik gelesen.

»Rühr dich nicht«, sagte ich. »Ich habe Julia, und Nux hat mich.« Die Hündin hatte sich an mein Bein gehängt, umklammerte mein Knie mit beiden Pfoten, selbst als ich den Raum durchquerte. Angeblich sollte das Zuneigung ausdrücken, obwohl sie einen Einbrecher damit wohl in Schach hätte halten können.

»Sie heißen dich als Helden willkommen!«

Ich zuckte zusammen, als Julia so richtig loslegte. Nux hüpfte auf und ab und umkreiste mich wie verrückt. »Odysseus ist das nie passiert.«

Dann hielt ich sie beide umschlungen, einen Arm um jede, während ihre Tränen auf meine abscheulich dreckige Tunika tropften. Ich hätte mich erst waschen sollen, aber ich hatte das dringende Bedürfnis, diese beiden fest an mich zu drücken. »Ich sollte baden – doch ich wollte zuerst nach Hause kommen.« Jetzt, da ich hier war, würde es mir schwer fallen, wieder wegzugehen. Außerdem war ich viel zu müde.

Helena murmelte etwas Unverständliches und klammerte sich erstaunlich lange an mich, wenn man bedachte, wie sehr ich stank. Dann lehnte sie sich ein bisschen zurück, ihre Erleichterung höflich überspielend, um Abstand zu bringen zwischen sich und das stoppelbärtige Wrack mit den tiefen Ringen unter den Augen, das sie liebte.

Lange Zeit sah sie mich nur an. Das konnte ich aushalten.

»Manche Frauen denken, Helden seien etwas Wunderbares«, sinnierte Helena. »Zu Hause sind sie eher eine Plage, wenn du mich fragst. Am schlimmsten finde ich, dass sie so oft unangekündigt verschwinden. Man weiß nie, wann man ihre Wäsche abholen soll oder ob es der richtige Tag ist, wieder ihr Lieblingsobst zu besorgen.«

Ich hatte ein albernes Grinsen im Gesicht, als sich Friede in mir breit machte. Nux, die aus dem Zimmer gerannt war, kam jetzt zurück, mit dem Schwanzende zuerst, und zerrte ihren völlig zernagten Korb als Willkommensgeschenk herein.

Um Helena gerecht zu werden, musste ich ihr erzählen, was passiert war, zumindest in abgekürzter Form. Helena Justina ersparte mir die Mühe, die Worte zu finden, und kam selbst zu den richtigen Schlüssen. »Du hast den Mörder gestellt. Du musstest ihn überwältigen ...« Sie berührte einen Bluterguss an meinem Wangenknochen. Ein Nerv zuckte unter der Berührung, aber trotz des Schmerzes lehnte ich mich gegen ihre Hand. »Du bist erschöpft. Hatte er wieder eine Frau entführt?«

»Ja.«

»Claudia war es nicht.«

»Ich weiß. Sie ist also wieder aufgetaucht?«

»Nein, aber hier ist jemand, der weiß, was mit ihr geschehen ist.«

»Dein Bruder?«

»Nein, Aulus ist beleidigt nach Hause gestapft. Gaius!«

Gleich darauf schlurfte mein nichtsnutziger Neffe mit einem seltsam schüchternen Ausdruck im Gesicht herein. Diesmal war er sogar sauberer als ich. Ja, er sah so aus, als hätte Helena ihn hier behalten, ihn aufgepäppelt und ihn zu völlig unvertrauten Hygienemaßnahmen angehalten in der Zeit, die ich fort gewesen war.

Sie redete leise auf ihn ein. »Sag Onkel Marcus alles, was du mir und meinem Bruder Aelianus über die Nacht beim Circus Maximus erzählt hast.«
Gaius schien zu denken, er würde Prügel bekommen. Helena hatte mir das Baby abgenommen, und ich hing nur schlaff auf meinem Hocker, ließ ihn sehen, dass nichts auf der Welt mich von hier hochbringen würde. Außerdem lag Nux quer über meinen Füßen.
»Helenas Bruder ...«
»Aelianus?«
»Nein, der andere.«
»Justinus? Der ist im Ausland.«
»Jetzt schon«, rief Helena mit ungewöhnlichem Nachdruck.
Gaius riss sich zusammen und sprudelte alles heraus. »Justinus kam mit einem kleinen Karren angefahren, als ich dir bei der Überwachung half. Ich sah ein Mädchen aus dem Circus rennen. Er schien sie zu erwarten. Sie sprachen kurz miteinander, dann gab er ihr einen dicken Kuss, hob sie in den Karren, und sie rasten davon.«
»Und das Mädchen war ...«
»Claudia Rufina«, bestätigte Helena. »Der schlimme Junge. Quintus ist mit der reichen Braut seines Bruders durchgebrannt. Und weißt du was, Marcus?«
Ich erriet es. »Deine edle Familie gibt mir die Schuld daran?« Ich war selbst zum Lachen zu müde.

Gaius warf uns vor, wir würden das Baby erdrücken, nahm es uns vorsichtig ab und trug es zum Spielen in das andere Zimmer. Als Reaktion auf seine ruppige Autorität hörte Julia sofort zu schreien auf.
Ich saß einen Moment lang da und schaute mich in der einfachen Wohnung um, die ich mein Zuhause nannte. Sie sah ungewöhnlich sauber und ordentlich aus. Auf dem Tisch, neben der arg mitgenommenen Schriftrolle meiner immer wieder überkritzelten Oden, die Helena zu ihrem Trost gelesen hatte, stan-

den mein Lieblingsbecher und meine Lieblingsschüssel, direkt vor dem Hocker, auf dem ich zu sitzen pflegte, als könnten sie für meine sichere Heimkehr garantieren. Daneben lag ein Dokument, das ich als den Kaufvertrag für den Bauernhof in Tibur erkannte, den ich zu erwerben versprochen hatte. Helena hatte den Kauf organisiert. Ich öffnete das Tintenfass, griff nach einer Feder, tauchte sie rasch ein und unterschrieb.

»Du hast ihn noch nicht gelesen«, wandte Helena ruhig ein.

»Nein, aber du.«

»Du bist zu vertrauensselig, Falco.«

»Ach ja?«

»Ich werde dich morgen dazu zwingen, ihn zu lesen.«

»Das ist der Grund, warum ich dir vertraue«, sagte ich lächelnd.

Ein weiteres Desaster bahnte sich an. Helena ging hinüber zur Wäscherei, um eine Schüssel mit Wasser zu holen, damit ich mich waschen konnte, bevor ich ins Bett fiel. Sie hatte offenbar mit Petronius gesprochen. Als er heraufgaloppiert kam, wusste er bereits, dass ich den Fall gelöst hatte und im Triumph mit Thurius zurückgekehrt war. Die Sache würde schwierig werden.

»Und wo warst du, als du gebraucht wurdest?«, schimpfte ich los, das Gespräch an mich reißend, bevor er die Initiative ergreifen konnte.

»In den miesesten Weinschenken der Subura, hinter einem dämlichen Trottel namens Damon her, der erfolglos versuchte, einen steilen Zahn in einem roten Kleid aufzureißen, die ihn nur zum Narren hielt. Sie hat ihm bis in die Puppen ein Glas nach dem anderen aufgeschwätzt, und als Damon zum zehnten Mal pinkeln ging, ist sie abgehauen und hat ihn sitzen lassen. Dann musste ich den Vollidioten auf der Suche nach seiner Geldbörse durch all die Kneipen zurückverfolgen, in denen er vorher gewesen war – obwohl sich das Mädchen natürlich damit aus dem Staub gemacht hatte …«

»Reine Zeitverschwendung.« Ich war nicht in der Stimmung für ausführliche Berichte.

Petro starrte mich lange an.
Ich wusste, was kommen würde, und hob müde die Hand. »Lucius Petronius, du hast doch was, das dir auf der Seele brennt.«
»Wenn du wieder fit bist.«
»Ich bin fit. Dein Leben braucht eine neue Richtung. Du bist ganz wild auf deinen alten Posten – wahrscheinlich angelockt von der Erregung stumpfer Routine und zeitaufwendiger Berichte für die Vorgesetzten, den nörgelnden Unmut der Bevölkerung und das Mitleid erregende, wenn auch regelmäßige Gehalt …«
»So was in der Art.«
»Das ist noch nicht alles? Oh, ich glaube, ich kann's erraten. Du planst eine freudige Rückkehr zu deiner Frau.« Wenn ich nicht so müde gewesen wäre, hätte ich mehr Vorsicht walten lassen.
»Immer mit der Ruhe, alter Freund.«
»Du hast mir ständig zugesetzt, ich solle es tun, darum erzähle ich es dir als Erstem.«
»Daraus schließe ich, dass du es Silvia noch nicht gesagt hast?«
»Nein, bisher noch nicht.«
»Ich sollte mich wohl geehrt fühlen. Hast du Silvia in letzter Zeit überhaupt gesehen?«
Ein misstrauischer Ausdruck erschien auf seinem Gesicht. »Du verbirgst doch was.«
Ich hätte ihn belügen sollen. Ja, ich hätte erst gar nicht davon anfangen sollen. Er war mein Freund, und ich wusste, wie schnell er wütend werden konnte. Aber ich war zu erschöpft, um behutsam oder vorsichtig vorzugehen. »Ich hab gehört, dass man Silvia mit einem anderen Mann gesehen hat.«
Petronius Longus reagierte nicht sofort darauf.
»Vergiss es«, murmelte ich.
Seine Stimme war leise, obwohl er kochte. »Wer hat dir das erzählt?«
»Maia. Wahrscheinlich ist das nur Gerede …«
»Wie lange weißt du schon davon, Falco?«
»Erst seit kurzem.«

Er sprang auf.
Ich war seit Jahren mit Petronius Longus befreundet. Wir hatten Tragödien, unzählige Weinamphoren und schlechtes Benehmen miteinander geteilt. Er wusste Dinge von mir, die hoffentlich niemand anders je erfahren würde, und mir war völlig klar, was er sagen wollte. »Petro, du hast mir bei meiner miesen Arbeit geholfen, hast meine schludrigen Methoden und meine lausige alte Wohnung ertragen, hast es dir bieten lassen, beim Frühstück kritisiert zu werden, und jetzt musstest du zusehen, wie ich Thurius geschnappt und die ganze Anerkennung dafür bekommen habe. Um dem allen die Krone aufzusetzen, hab ich dir auch noch erzählt, dass deine Frau dich betrügt, und das in genau dem Moment, in dem du deinen Stolz geschluckt und beschlossen hast, zu ihr zurückzukehren. Tja, da hast du's: Du möchtest unsere Partnerschaft beenden, und ich hab dir gerade die Ausrede für einen dicken Streit geliefert.«
Einen Streit, für den ich nicht mehr die Kraft hatte. Petro sah mich an, dann hörte ich ihn leise ein- und wieder ausatmen. Ein leichtes Lächeln huschte über sein Gesicht, doch er sagte nichts.
Er verließ die Wohnung mit seinem normalen, gleichmäßigen Schritt, und ich hörte ihn die Außentreppe mit verächtlicher Endgültigkeit hinunterstapfen.

Gleich darauf kam Helena zurück. Die Schüssel krachte gegen das Geländer, wie sie es immer tat, wenn Helena sie voll nach oben trug, und sie murmelte vor sich hin. Dann rief sie etwas in scharfem Ton, als wollte sie einen Besucher davon abhalten, heraufzukommen, offenbar ohne Erfolg, denn Füße tappten eifrig die Stufen hinauf, und ein Kopf, den ich kannte, lugte um den Türrahmen. Angeklatschtes Haar, bleiche Augen und ein unerträglich mitfühlender Blick. Der vertraute, unwillkommene Körper folgte. Es war mein alter Widersacher Anacrites.
Er trug eine Tunika in einer neutralen Farbe und von etwas verwegenem Aussehen, eng sitzende Stiefel und einen harten Ledergürtel. Am Gürtel hingen ein kleiner Geldbeutel, eine große

Schreibtafel und ein Satz Nagelfeilen, um ihn beschäftigt zu halten, sollte er je stundenlang an eine ionische Säule gelehnt einen Verdächtigen beschatten. Jemand musste ihm Unterricht gegeben haben. Er sah aus wie der klassische Privatermittler – zäh, ein bisschen verschlagen, vielleicht sogar freundlich, wenn man ihn kannte, ein neugieriger und leicht unzuverlässig wirkender Typ.

»Willkommen zu Hause, und meinen Glückwunsch! Petronius Longus löst, wie ich höre, die Partnerschaft mit Ihnen?« Ich bedeckte meine Augen und erschauerte. Ich war so erschöpft, dass ich Anacrites hilflos ausgeliefert war. Er erledigte die dreckige Arbeit sehr sanft, wie ein Zahnklempner, der einem in dem Moment, in dem er einen zum Schreien bringt, versichert, dass es gar nicht wehtun wird. »Mutter hatte Recht, Falco. Sind Sie nicht froh, dass Ihnen jemand anders zur Verfügung steht? Es sieht so aus, als ob Sie und ich nun doch noch zusammenkommen!«